Renate Habets
Thea · Roman

Renate Habets

Thea

Roman

alcorde verlag

Lektorat: Hans-Joachim Pagel, Essen
Satz und Layout: alcorde Verlag, Essen
und Lina Weichold, Wuppertal
Schrift: Bembo 11,5/14,5
Papier: Alster Werkdruck 90 g/qm, bl. weiß, 1,5 fach Volumen
Umschlaggestaltung: Lina Weichold, Wuppertal,
unter Verwendung eines Gemäldes von Renate Habets
Gesamtherstellung: fgb-freiburger graphische betriebe, Freiburg
ISBN: 978-3-939973-11-9

Für Tante Hanni,
die mir ihre Geschichte schenkte

2007

Gedankenverloren saß die alte Dame in ihrem Ledersessel, in dem sie nahezu den ganzen Tag verbracht und ihre Gäste empfangen hatte. Schön war dieser Tag gewesen, richtig schön, aber auch anstrengend. Das musste wohl so sein, wenn man immer älter wurde, jede und jeden überlebt und mehr Erinnerungen hatte als alle diejenigen zusammen, die sie besuchen kamen.

Achtundachtzig Jahre war sie heute geworden, kaum glauben konnte sie es. Achtundachtzig, das war eine lange Zeit, in der vieles geschehen war, sich verändert hatte, Menschen vorübergezogen waren. Und gegangen waren sie, die Menschen, die ihren Weg begleitet hatten, gegangen für immer. Nur sie, sie lebte noch, nahm Anteil an den Geschichten der Jüngeren, lachte mit ihnen und lebte doch in einer ganz anderen Welt, einer Welt, die diese nicht kannten und nie kennen würden. Manchmal sagten sie: „Erzähl mal, Tante Thea!", aber dann sah sie doch, wenn sie erzählte, dass die Gedanken der anderen abschweiften, dass die Gegenwart sie gefangen nahm und ihre Kräfte absorbierte. Dann schwieg sie, nie vorwurfsvoll, wusste sie doch, dass die Erinnerungen nur ihr gehörten, nur ihr wichtig waren, ihr Kraft gaben für die Zeit, die noch vor ihr lag.

Sie seufzte ein wenig und erhob sich mühsam, wobei sie sich auf der Sessellehne abstützte, denn das Aufstehen fiel ihr schwer. Neben ihr lehnte der Stock, ohne den sie schon lange nicht mehr gehen konnte. Die Sicherheit, die er ihr gab, wollte sie nicht mehr entbehren. Auf ihn gestützt ging sie die wenigen Schritte bis in ihre Küche, um sich ein Glas Tee zu holen. Dort sah sie sich um. Alles war aufgeräumt, nichts mehr erinnerte an das Durcheinander des Tages, das bereits um 11 Uhr mit dem Besuch des Pfarrers begonnen und um 18 Uhr mit dem Abschied ihrer Tochter geendet hatte. Alles Geschirr war gespült worden, denn zu einer Spülmaschine hatte sie sich bisher nicht durchringen können – „es wird sauberer, wenn man mit der Hand spült", daran glaubte sie fest, und dann musste man sich auch nicht mehr umgewöhnen. Der Rest des Kuchens war im Kühlschrank verstaut, wie sie feststellte, als sie hineinschaute, und der Fußboden war geputzt. Ihre Tochter war ein Goldstück. Sie ließ sie nicht im Stich, auch wenn sie ihr eigenes Leben führte. Das musste ja auch so sein, die Jungen müssen ihren Weg gehen, ja, das müssen sie, auch wenn es manchmal schwer und der Weg unverständlich war.

Kurz durchzuckte sie der Gedanke, dass es mit ihrer Tochter nicht immer so gewesen war, so harmonisch und mühelos wie heute, so herzlich, ganz so wie zwischen Mutter und Kind, die einander fast Freundinnen sind. Freundinnen – wann war das, als sie geglaubt hatte, die Tochter hasse sie? Bitter waren alle diese Jahre gewesen, eine so lange Zeit … Ach nein, daran wollte sie heute nicht denken! Vorbei! Nur das Schöne sollte wiederkehren, nur dieses, und sie deckte das Unbehagen, das in ihr aufgestiegen war, durch Normalität zu: Dort lag ein kleiner Papierschnipsel auf dem Boden, unbemerkt heruntergefallen, zu dem bückte sie sich schwerfällig, den Stock zu Hilfe nehmend. Es wäre ihr nie eingefallen, ihn dort liegen zu lassen, bis ihre Haushaltshilfe morgen früh kam. Sie hatte es sich abringen müssen, dass diese Hilfe kam. Bis vor wenigen Jahren hatte sie alles noch allein gemacht, aber dann war ihr das doch sehr mühselig geworden, und nun war sie auch froh darüber, dass sie ein Stück Verantwortung hatte abgeben können.

Endlich hatte sie es geschafft, das Papier von dem Linoleumbo-

den aufzuheben und in den Mülleimer zu werfen. Das Linoleum hatte ihre Tochter schon lange ersetzen wollen durch etwas Moderneres, Laminat vielleicht oder einen dieser pflegeleichten Kunststoffböden. Aber dagegen hatte sie sich dann doch heftig gewehrt. Den Küchenboden hatte ihr Mann gelegt, vor vielen Jahren, ihnen beiden hatte das Stahlblau so gut zu der hellen Einbauküche gefallen. Und das Linoleum würde sie überleben, da war sie ganz sicher.

Über fünfzig Jahre wohnte sie nun schon in dem kleinen Siedlungshaus, das sie als junge Frau mit ihrem Mann bezogen hatte, in dem die Tochter aufgewachsen und aus dem sie fortgegangen war und in dem sie nun allein lebte, seit ihr Mann vor zehn Jahren gestorben war. Damals, als sie es bezogen, hatten sie es sich kaum leisten können, denn sie waren jung und verdienten wenig, aber es lag so günstig. Gar nicht weit von ihrem Elternhaus entfernt. Nur über den Friedhof musste man gehen und dann die lange Straße Am grauen Stein entlang, und schon war man am Ort ihrer Kindheit. Das hatte ihr damals gut gefallen, dass alles so nahe war, das Vertraute, und ihr Mann hatte sich ja auch immer mit ihrer Familie verstanden, wirklich immer.

Mittlerweile war sie mit ihrem Tee ins Wohnzimmer zurückgekehrt, stellte das Glas auf einem kleinen Tisch neben ihrem Sessel ab und legte eine CD auf, Klaviermusik, die sie sehr liebte. Während sie sich wieder im Sessel niederließ, griff sie nach einem der vielen Bilder, die auf dem Tischchen neben ihr standen, Bilder in allen Größen und Formaten, in Silberrahmen, schlicht oder kunstvoll verziert, unter Glas oder mit einem schmalen schwarzen Bändchen gerahmt, Bilder, die ihr wert und teuer waren, ein ganzes Leben in Bildern. Ihr Leben!

Das blaue Seidenkleid, das sie zur Feier des Tages angezogen hatte, raschelte leicht, während sie sich den pinkfarbenen Schal zurechtrückte, den sie um den Halsausschnitt trug. Schals liebte sie, hatte sie immer geliebt, schon als ganz kleines Mädchen hatte sie immer etwas um den Hals haben wollen, und das hatte sich bis heute nicht geändert. Ein dunkelblaues Seidenkleid war ja gut und schön und trug dem Anlass Rechnung, aber das Pink, das war sie, und diesen Farbtupfer musste sie sich gönnen, auch wenn sie heute achtundachtzig geworden war.

Sie nahm einen Schluck Tee, stellte das Glas ab, lauschte ein wenig der Klaviermusik, die sie entspannte und beruhigte, und zog das Bild, das sie in der Hand hielt, etwas näher an ihre Augen heran, denn so gut wie früher konnte sie nicht mehr sehen. Sie musste die Dinge schon nahe zu sich heranholen, wenn sie alles genau erkennen wollte. Und alles erkennen, das wollte sie nun. Jede Einzelheit war wichtig, wenn sie wiederkommen sollten, sie alle, die bereits gegangen waren.

Alt war die Fotografie, sehr alt, das sah man sofort, denn sie war schon recht vergilbt, obwohl sie doch immer durch das Glas geschützt gewesen war. Es war eine dieser Aufnahmen, die zu Beginn des letzten Jahrhunderts üblich gewesen waren, sepiafarben, nicht allzu groß, mit gezackten Rändern. Natürlich war sie von einem Fotografen gemacht worden, in dessen Atelier man gegangen war, wo er viel Zeit darauf verwendet hatte, die Personen nach seinen Vorstellungen aufzubauen. Würdevoll sollten sie wirken, Respekt erzeugend, ein wohlanständiges Bild deutscher Bürgerlichkeit nach dem Krieg. Und das ließ man sich schon etwas kosten! Man war stolz auf seine Familie, und das dokumentierte man für die Nachfahren.

Stolz war er, dieser Familienvater, stolz auf seine große Familie, das sah man ihm an. Er stand in der Mitte des Bildes, hoch aufgerichtet, obwohl er eher mittelgroß war, aber da seine Frau auf einem kleinen Sessel vor ihm saß, überragte er sie um Etliches. Er trug einen dunklen Anzug, um den hochgestellten weißen Hemdkragen war eine dunkle Krawatte gebunden, und eine Taschenuhr an einer langen Kette gab Auskunft darüber, dass er sich etwas leisten konnte. Seinen rechten Arm hatte er scheinbar locker auf der Rückenlehne des Rohrsessels abgelegt, in dem, leicht zu ihm hingeneigt, seine Frau saß. Diese trug ebenfalls Dunkel, ein Kleid, der damaligen Mode entsprechend, das so lang war, dass man die dunklen Strümpfe unter ihm mehr ahnen als sehen konnte. Auch ihre Spangenschuhe waren dunkel. Sie hatte wohl darauf bestanden, möglichst natürlich fotografiert zu werden, denn sie trug keinen Hut, sondern zeigte ihr volles helles Haar, das im Nacken zusammengenommen war – wohl zu einem Knoten, den man nicht sehen konnte. Sie lächelte ein wenig und berührte mit der linken Hand leicht die Perlenkette, die sie um den Hals trug. Unter ihr sah man ein schmales Goldkettchen mit Kreuz hervorblitzen. Der Stolz des Paares hatte sich – oder wohl eher der Fotograf – um sie herum gruppiert, fünf Jungen, ihre Söhne. Der größte stand hinter der Mutter neben dem Vater, auf dessen anderer Seite stand der nächstkleinere. Neben dem Sessel standen zwei weitere Jungen, von denen der Linke seine Hand lässig auf einem weißen Blumenhocker mit Palme abstützte, während der Rechte, wie vom Spielen herbeigeholt, einen hölzernen Reifen in der Hand hielt, als sei er gerade hinter diesem hergelaufen und habe nur innegehalten, um sich fotografieren zu lassen. Diese Vier standen sehr aufrecht und blickten geradeaus in die Kamera, unsicher zwanghaft lächelnd, nur der Kleinste, der am rechten Knie seiner Mutter lehnte, blickte zu Boden, als habe er keine Lust gehabt, sich fotografieren zu lassen. Überhaupt unterschied er sich von seinen Brüdern. Diese trugen halblange dunkle Hosen, die ihnen bis über die Knie reichten. Darunter kamen die dunklen Wollstrümpfe zum Vorschein, die jeder, ob Junge oder Mädchen, tragen musste und die in den hohen Knopfstiefeln verschwanden, mit denen sie fest und beidbeinig auf der Erde standen. Dazu trugen sie dunkle, geknöpfte Jacken, aus denen oben die strahlend weißen Hemdkragen lugten. Anders der

Jüngste. Er stand ganz locker da, das rechte Beinchen abgeknickt, und stützte seinen Arm auf dem Knie der Mutter ab. Ihn hatte man, der Würde des Anlasses entsprechend, in eine Matrosenbluse gesteckt, die über eine ebenfalls dunkle halblange Hose reichte. Strümpfe und Knopfstiefel waren wie die seiner Brüder. In der anderen Hand hielt er nachlässig eine Matrosenmütze, deren Bänder fast den Boden berührten. Allen gemeinsam war die Frisur oder eher die Nicht-Frisur. Die Köpfe der Fünf waren blank geschoren, nur die Stoppeln gaben ihnen überhaupt etwas Farbe, so dass die Jungen mit den übergroßen Augen, die allen Geschorenen zu eigen sind, aus dem Silberrahmen blickten. Nur der Jüngste schaute auch nach achtundachtzig Jahren immer noch zu Boden.

1919

Das erste, das sie hätte wahrnehmen können und von dem sie immer geglaubt hatte, es wahrgenommen zu haben, waren diese fünf geschorenen Jungenköpfe, die, einen Kreis über ihr bildend, auf sie herab blickten.

Sie lag im elterlichen Schlafzimmer in der alten Weidenwiege, die ihren Brüdern bereits als Bett gedient hatte, und man hatte die Jungen herbeigeholt, die neu geborene Schwester zu begutachten. Und da lag sie nun in den liebevoll hergerichteten weichen Kissen, gewickelt und mit einer der Strampelhosen bekleidet, welche die beiden Letztgeborenen ebenfalls getragen hatten. Man warf nichts fort in diesem Haushalt, alles konnte noch einmal gebraucht werden, man wusste ja nie …

Nun schauten diese beiden zusammen mit den drei Älteren auf das kleine Mädchen herab, das dort unter ihnen lag und seine Augen auf sie richtete, als könne es sie sehen, und leicht mit den Ärmchen zuckte, als wolle es Kontakt mit den Brüdern aufnehmen, diesen Fünf, mit denen es seine Kindheit und Jugend verbringen würde.

Hätte es sie wahrnehmen können, hätte es fünf gespannte Mienen gesehen, neugierig, aber zugleich auch etwas ablehnend – „Schon wieder ein Geschwisterchen!“ – und ungläubig – „Ein Mädchen?“ –, denn sie kannten ja nur Brüder, und auch ein wenig hilflos dem Kleinen, dem Weiblichen gegenüber. Fünf Jungenköpfe bewegten sich über ihr, mal kam der eine näher an sie heran und entfernte sich wieder, dann griff eine kleine Hand in den Korb und streichelte ihr Fäustchen, das sie fest geschlossen hielt, als müsse sie sich gegen die Welt verteidigen. Um sie herum war Bewegung, die sie, dort unten liegend, unbewusst aufnahm und die sie am Leben teilnehmen ließ, die Bewegung ihrer Brüder, die ihr nun zum ersten Mal begegneten und sie ihnen.

Mucksmäuschenstill waren die Fünf, denn der Vater hatte ihnen gesagt: „Ihr könnt gucken, aber Ruhe! Dat Kleen braucht Ruhe und die Mamma auch!“ Und daran hielten sie sich. Außerdem war ihnen das elterliche Schlafzimmer, die Wöchnerinnenstube, merkwürdig fremd. „Frauensachen“ gingen da vor, von denen man noch nichts wusste und vielleicht auch nie etwas wissen würde. Das machte die lebhaften Jungen befangen. Und das Geschlecht des Babys – ein Mädchen! – tat noch ein übriges, um sie zu verunsichern. Über Mädchen wusste man eigentlich so recht gar nichts, nur dass sie anders waren – und nun suchten sie das Andersartige in seinem Gesichtchen, den fuchtelnden Fäustchen und den zappelnden Beinchen. Und während sie so schauten, voller Konzentration, sah es aus, als glitte ein Lächeln über den kleinen Mund, ein Lächeln für die fünf Brüder.

„Luur ens, de Mösch!“, rief, ungewollt berührt, Heinz, der

Zweitälteste, elfjährig, „mer han en Mösch!“ – „De Mösch, de Mösch!“, fielen nun die Brüder ein, erst zögerlich, dann immer lauter und befreiter: „De Mösch! De Mösch! De Mösch!“ Die Jungenstimmen bildeten einen Chor, der gar nicht mehr aufhören konnte, sie bei ihrem Namen zu nennen und als kleines Geschwisterchen zu begrüßen. Franz, der Fünfjährige, krähte am lautesten, Peters, des Dreizehnjährigen, Stimme war schon etwas tiefer, der vierjährige Herrmann sang fröhlich, und Josef unterstützte ihn mit der leichten Flegelhaftigkeit des Achtjährigen, dem die Welt gehört. „De Mösch“ klang es durch das Zimmer, hinaus auf den Flur bis in die Wohnküche im Parterre, in der der Vater gerade die Hebamme verabschiedete. Der Zorn verlieh ihm Flügel. „Wat ess denn hier loss?“, rief er, als er die Tür aufriss und in das Schlafzimmer stürmte, in dem seine Söhne wie Indianer um die Wiege tanzten und „de Mösch!“ sangen. „Raus hier!“ war seine einzige Reaktion. Er packte an Körperteilen, was er zu fassen bekam, und bugsierte diese nebst den dazu gehörigen Jungen auf den Treppenabsatz, so dass sich das Zimmer im Nu geleert hatte.

Auf Zehenspitzen näherte er sich der Wiege, voller Furcht, sein Töchterchen werde zu schreien beginnen, weil die Brüder es gleich in seiner ersten Lebensstunde erschreckt hatten. Vorsichtig blickte er auf das Baby hinab, das ganz ruhig in seinem Kissen lag, die Lippen ein wenig bewegte und die Augen nun geschlossen hatte. Die kleine Faust hatte es gelöst. Zufrieden sah es aus wie eine, die man in der Welt willkommen geheißen, der man ihren Platz gegeben hatte.

Hinter sich hörte er ein leichtes Kichern, und als er sich umwandte zu seiner Frau, staunte er. Sie lag in ihrem Bett, noch erschöpft von der Geburt, ihrer siebten, aber sie lachte, zuerst nur ganz sachte, dann immer herzlicher und steckte ihn damit an, so dass auch er unwillkürlich lachen musste, ohne recht zu wissen, warum.

Peter, der von draußen das Ohr an die Tür gepresst hielt, gab seinen Brüdern, die sich ängstlich auf dem Treppenabsatz herumdrückten, ein Zeichen, sie könnten beruhigt gehen. „Sie lachen wieder", flüsterte er ihnen zu, und die Fünf verzogen sich erleichtert in die Küche. Wenn die Eltern lachten, konnte es ja so schlimm nicht mehr kommen.

Drinnen aber hielt sich die Mutter nun die Seiten vor Lachen. Es zog noch ganz gewaltig nach der Geburt, aber sie konnte auch nicht aufhören. „Nä", sagte sie glucksend, „nä, so schnell hat keins unserer Kinder nen Spitznamen gehabt, dat ging schnell." Und als der Vater sie erstaunt ansah, erzählte sie ihm unter Gekicher, wie Heinz seiner kleinen Schwester einen Namen gegeben hatte: „de Mösch", der Spatz. Von Geburt an „de Mösch".

„Gib mir dat Kind", sagte sie zu ihrem Mann, der das Baby nun vorsichtig aus der Wiege hob – trotz der vielen Vorgänger tat er sich bei jedem Neugeborenen immer wieder schwer – und seiner Frau ans Bett brachte. Liebevoll und unendlich zärtlich empfing sie ihre Tochter, ihre erste und – wie sie damals noch nicht wusste – einzige, und legte sie an die Brust, das Köpfchen des Kindes instinktiv vorsichtig umfangend, als müsste sie es gegen den Rest der Welt schützen. Lächelnd blickte sie auf das Kind hinab und streichelte mit der Rechten sanft über den Flaum des Köpfchens, fuhr dann die Linien der Wangen nach, verweilte kurz auf dem Näschen und betrachtete den kleinen Mund, der sich an ihrer Brust festgesaugt hatte.

Eine Tochter! Endlich eine Tochter! Sie konnte es nicht fassen. Nach sechs Söhnen, die sie ihrem Mann geboren hatte und von denen fünf überlebten, hatte sie endlich eine Tochter bekommen, ein kleines Mädchen, nach dem sie sich so sehr gesehnt hatte, alle die Jahre lang. Sie liebte ihre Söhne, alle fünf, jeden in seiner Einzigartigkeit, und sie war dankbar dafür, dass sie gesund, munter und lebhaft waren. Aber ein Mädchen, das war doch noch etwas ganz anderes, wirklich. Es war mehr wie man selbst, ein Stück vom eigenen Wesen. Wie hübsch konnte man es kleiden! All das wollte sie es lehren, was sie selber so vollendet beherrschte: kochen und nähen, bügeln, backen, flicken, eine Familie versorgen, Kinder gebären und aufziehen, aber auch die Freude an Büchern und der Musik. Jungen gingen so schnell in eine fremde Welt, die männliche, taten Dinge, die man nicht kannte und manchmal auch nicht verstand. Aber bei einem Mädchen war einem alles bekannt, vertraut, es wuchs in eine Welt, die die eigene war, und darüber war sie an diesem Tage, an dem sie ihr siebtes Kind geboren hatte, unendlich glücklich.

Ihr Mann hatte mittlerweile das Zimmer verlassen und sie mit dem Kind allein gelassen. „Mösch", flüsterte sie diesem zu, „du bist unsere Mösch, der Heinz hat Recht."

Um den Namen des Kindes hatte es große Kämpfe gegeben, nur um den Namen für ein Mädchen, bei einem Jungennamen hätten sie sich leicht einigen können. Ihr Mann wollte zu einer Zeit, in der die Töchter Maria, Anna, Wilhelmine, Gertrud und Magdalena hießen, am liebsten, dass sie das Kind nach seiner Mutter – Helene – oder nach ihr selbst – Antonie – nannten, das hätte ihm gut gefallen, das gab so ein Gefühl von Verbundenheit über die Generationen hinweg. Ein Lenchen oder eine Toni, das wäre es gewesen! Und wenn es etwas ganz anderes sein sollte, dann eben Johanna. Aber sie hatte sich gesträubt, zum ersten Mal in ihrer vierzehnjährigen Ehe hatte sie sich wirklich gesträubt.

„Wenn dat ein Mädchen wird, will ich ihm den Namen

geben", hatte sie ihm gesagt, immer wieder und so starrköpfig, wie er seine Frau nicht kannte, und hatte die Hand auf den Bauch gelegt, wie um zu signalisieren, dass dieses Kind unter ihrem ganz besonderen Schutz stand. Verstanden hatte er das nicht, aber da sie ihm immer eine gute Frau gewesen war und er sie auch herzlich liebte, hatte er sich nach einer Weile einverstanden erklärt. Allerdings hatte er dann doch kaum an sich halten können, als sie ihm sagte, sie wolle das Kind, falls es eine Tochter würde, Theodora nennen.

„Theodora?", hatte er fassungslos gefragt, „Theodora? Watt is dat denn?" Der Name kam ihm denn doch zu seltsam vor. Nicht nur ungewöhnlich, sondern seltsam. Wie sollte ein Kind mit einem solchen Namen wohl sein? Merkwürdig, das war ausgemacht. Da hatte seine Toni sich etwas einfallen lassen, was er kaum zu verdauen vermochte. Aber sie ließ sich von diesem Namen nicht mehr abbringen, das wusste er, dazu kannte er sie zu gut. Irgendwann, als sie wegen seines verbalen Ausfalls nicht mehr so verletzt reagierte, hatte er sie dann aber doch fragen müssen, wie sie denn auf „den verrückten Namen" gekommen sei.

An diesem heutigen Septembertag, an dem sie ihre Tochter, die sie Theodora nennen wollte, geboren hatte, dachte sie an dieses Gespräch mit ihrem Mann zurück. „Theodora, Gottesgeschenk", flüsterte sie ihrer Tochter zu, „ja, dat bist du. Ein Geschenk des lieben Gottes, um das ich ihn lange gebeten habe. Dich wollte ich haben, kleines Mädchen, und deshalb heißt du Theodora." Dass dieser Name aus dem Griechischen komme, hatte sie ihrem Mann erklärt. Als der einwandte, es gebe keine Heilige mit diesem Namen, hatte sie heftig widersprochen.

In der Pfarrbücherei hatte sie vor Jahren eher zufällig ein Buch über die Kaiserin Theodora von Konstantinopel gefunden, das sie fasziniert hatte. Alles an ihr: ihre geheimnisvolle Herkunft, Tochter eines Bärenwärters, die sich als Prostituierte verdingen musste, um sich zu ernähren. Aber, so hatte es in dem Buch gestanden, weil sie so unglaublich schön und gut gewesen war, hatte sich ein Kaiserneffe in sie verliebt und sie gegen den Widerstand der Familie geheiratet. Später war er selbst Kaiser geworden, ein mächtiger, Justinian, der sie zu seiner Kaiserin gemacht hatte. Und als solche hatte sie ganz viel für die Armen getan. Sie hatte dafür gesorgt, dass der Mädchenhandel verboten wurde, den Prostituierten hatte sie geholfen und war ihrem Mann eine wichtige Beraterin gewesen. Wie eine Heilige war sie gewesen, und das war wichtig, fast eine Heilige. Alles an dieser Frau hatte ihr gefallen. Aus tiefster Armut war sie emporgestiegen, und ihre Stellung hatte sie genutzt, um den Menschen Gutes zu tun, das war ein Leben! Nie hatte sie vergessen, wie sehr sie die Erklärung des Namens gerührt hatte: Theodora, von *theos* (Gott) und *doron* (Gabe), die Gottesgabe! Sie, die nie auch nur ein Wort in einer anderen als der deutschen Sprache gekannt hatte, vergaß diese beiden griechischen Wörter nie mehr. Dass es keinen Namenstag für diese „komische Heilige", wie ihr Mann sagte, gab, störte sie nicht, sie meinte, man könne dem Kind ja einen zweiten Namen geben, Johanna, dann habe es auch einen Namenstag. Und man könne sie ja auch zu Hause Thea nennen. Und so hatte er sich gebeugt, ihr zuliebe.

Da lag sie nun in ihrem Arm, ihre Theodora Johanna, ein gewaltiger Name für solch ein kleines Wesen, das Gottesgeschenk, ein Mädchen, dem sie als Frau Vorbild sein konnte und wollte, mit aller Kraft ihres Herzens. „De Mösch", wie die Jungen gesagt hatten, Theodora Johanna, „de Mösch".

Lächelnd schaute sie auf ihr siebtes Kind hinunter, doch nun spürte sie die Anstrengung der Geburt und ihre Müdigkeit wieder. Die Augen fielen ihr zu, und beide, Mutter und Tochter, erholten sich von aller Mühsal des Tages.

Diese war nicht gering gewesen für die Mutter. Wie an jedem Tag so hatte sie auch an diesem ihre Pflichten im Haushalt erfüllt. Als sie spürte, dass die Geburt bevorstand – nach sechs Kindern, die sie bereits geboren hatte, spürte sie das ganz genau –, hatte sie noch alles getan, damit Mann und Söhne versorgt waren. Sie hatte im Garten Gemüse geholt und geputzt, Kartoffeln geschält und einen Eintopf gekocht, den ihr Ältester, Peter, am nächsten Tag, wenn der Vater wieder bei der Arbeit war, für die Brüder nur warm zu machen brauchte. Heinz hatte sie zur Arbeitsstelle des Vaters geschickt, ihm zu sagen, er möge kommen, sobald er könne, es sei so weit. Dann hatte sie noch in dem großen Herd ein Blech mit Streuselkuchen gebacken, damit „die Männer" feiern konnten, wenn alles vorbei war, und hatte sich dann mit ihrem Flickkorb auf die Bank in der Küche gesetzt und auf ihren Mann gewartet, der Gott sei Dank bald kam und die Hebamme holte, als er sah, wie weit seine Frau schon war.

Natürlich wurde zu Hause entbunden, da war man allem nah und konnte jederzeit ein Auge auf die Jungen haben, vor allem die Kleinen, der Franz und der Herrmann, waren ja noch so hilfsbedürftig. Warmes Wasser konnte man in der Küche zubereiten, es war leicht in den ersten Stock zu tragen, ihr Mann war ja einer, der mit zupackte und sich auch für Hausarbeiten nicht zu schade war. Im Notfall konnte man immer noch nach dem Arzt schicken, der wohnte gleich zwei Häuser weiter und wäre sofort da. Aber das war bei allen ihren Geburten nie notwendig gewesen, und auch dieses Mal war es wieder sehr schnell getan, schon am Nachmittag dieses sonnigen Frühherbsttages im Jahre 1919 war ihre Tochter da gewesen.

Unten in der Küche feierte man derweil die Geburt des kleinen Töchter- und Schwesterchens bei Streuselkuchen und Kaffee, Malzkaffee natürlich, denn den guten, den mit den zwei langen ‚e', den gab es nur an hohen Feiertagen und nur für die Erwachsenen. Er war zu teuer für jeden Tag.

Die Jungen saßen in der Küche auf der Bank um den Vater herum, der mit ihnen lachte und spaßte, denn auch er war froh, dass „es" wieder einmal gut gegangen war, und die Hebamme, die dort unten noch auf ihn gewartet hatte, nachdem er wutschnaubend in das Schlafzimmer gerannt war, blieb auch noch ein wenig und hatte ganz glänzende Augen, weil der Vater ihr „zur Feier des Tages" ein paar selbst gebrannte Klare eingeschenkt hatte. Die Familie hatte sich um Thea, „de Mösch", erweitert, die in den Armen ihrer Mutter ihrem ersten ganzen Erdentag entgegenschlummerte.

2007

Die alte Dame lächelte versonnen, ganz in sich und die Erinnerungen versunken. Die Bilder vom Tage ihrer Geburt standen so klar vor ihrem inneren Auge, dass sie wirklich glaubte, alles gesehen und bewusst wahrgenommen zu haben: die tanzenden Jungen, den wütenden Vater und die im Bett liegende lachende Mutter, die sich die Seiten hielt. Die Mutter, die an diesem Tag ihre Tochter geboren hatte, das einzige andere weibliche Wesen, mit dem gemeinsam sie sich gegen diese Welt der Männer verteidigen und retten wollte, in die ihre Söhne immer schneller hineinwuchsen und die ihr unbekannt und – das glaubte sie mitunter – feindlich gesonnen war.

Achtundachtzig Jahre später, an eben demselben Tag, saß nun die Tochter, viel älter, als die Mutter je geworden war, in ihrem

Sessel und kehrte nur ganz langsam und etwas unwillig in die Welt ihres Wohnzimmers zurück. Die singenden Jungenstimmen verklangen allmählich in ihr, der Geruch des Malzkaffees und des frisch gebackenen Streuselkuchens schwand und wurde ersetzt durch den Duft der blühenden Rosen, die die Enkelin jener Mutter damals heute ihrer Mutter gebracht hatte, ein weiteres Glied in der Kette der Generationen, eine weitere Tochter, die sehnsüchtig erwartet worden war.

Langsam und etwas steif geworden von der unbequemen Haltung, die sie eingenommen hatte, als sie das Familienbild betrachtete, das in dem Sommer vor ihrer Geburt aufgenommen worden war, lockerte die alte Dame ihre Schultern und richtete sich auf, schaute sich um. Wo waren sie nur alle, die Personen, die eben noch so lebendig in ihr gewesen waren? Alle entschwunden, keine von ihnen lebte mehr, nur sie, die Mösch, das kleine Mädchen, das auf diesem Bild noch gar nicht sichtbar war, hatte heute Geburtstag und konnte sie zum Leben erwecken.

Wo war sie auf diesem Bild? Ihre Mutter war doch damals schon lange mit ihr schwanger. Konnte man das sehen, konnte man ihr anmerken, wie erwartungs- und hoffnungsvoll sie wieder war – denn sie hatte seit Peter, ihrem Ältesten, immer erneut auf ein Mädchen gehofft –? Thea hob das Bild, das sie in ihren Schoß hatte sinken lassen, wieder hoch und betrachtete es nun genauer, nur noch auf die Figur der Mutter konzentriert, die in der Mitte des Bildes und in der Mitte ihrer Familie seit achtundachtzig Jahren auf ihrem Sessel saß. Ihre Augen richteten sich auf die Taille der Frau auf dem Bild, abschätzend, ob man wohl etwas von der Schwangerschaft bemerken könne. Aber da war nichts, wirklich nichts. Man konnte nichts sehen, nein, nur … Thea schaute noch genauer hin, strengte sich an, Details auf der verblichenen sepiafarbenen Fotografie zu erkennen. Den einzigen Hinweis auf sie bildete, wenn man es sehen wollte, der Arm der Mutter, der leicht und wie schützend auf ihrem Bauch ruhte. Aber der konnte auch ganz zufällig dort hingeraten sein, musste nichts zu bedeuten haben.

Ihre Augen wanderten nun etwas höher auf dem Bild, zum Gesicht der Mutter, verharrten bei dem Mund, dem immer noch lächelnden. Man konnte es kaum noch erkennen, denn die Fotografie hatte unter den vielen Ereignissen der vergangenen Jahrzehnte gelitten, aber es war eindeutig, dieses Lächeln hatte die Mutter auch auf ihren Lippen gehabt, als sie die Tochter zum ersten Mal an ihre Brust legte. So musste es gewesen sein, sagte sich Thea, nur so, denn dieses Lächeln der Mutter war immer den ganz intensiven Momenten vorbehalten gewesen.

Überhaupt: An die Lippen der Mutter erinnerte sie sich am deutlichsten, glaubte sie, die Lippen, die sich an ihren guten Tagen breit verzogen zu einem fröhlichen Lachen, dann stieg es in die braunen Augen, die sie von ihr geerbt hatte, und brach sich Bahn, Klang werdend, immer stärker und nach und nach alle mit sich reißend, die anwesend waren. Hatte der Vater nicht ...?, dachte Thea. Ja, er hatte ihnen, den drei Kleinen, Franz, Herrmann und ihr, früher immer auf ihre Bitte: „Papp, erzähl mal von früher. Wie war dat, als du die Mamm ...?" von seiner entscheidenden Begegnung mit ihr erzählt. Und da kehrte sie zurück, die Erinnerung an die dunklen Abende, wenn er mit ihnen in der großen Wohnküche auf der Bank gesessen und mit seiner tiefen Stimme die vergangene Welt beschworen hatte, die die Kinder so liebten. Das Lachen der Mutter, das die Erzählung begleitete, sie hörte es deutlich, als ertöne es neben ihr, als sei es ins Leben zurückgekehrt.

1905

Dieses Lachen! Es ließ ihn, der grüblerisch allein an seinem Wirtshaustisch saß, aufmerken. Was war das für ein Lachen! Es klang so heiter, so unbeschwert, so befreit – wenn man nur einmal so lachen könnte! Neugierig geworden, hob er den Kopf und sah sich nach der Urheberin des Lachens um. Da stand sie, drei Tische von ihm entfernt, ein Tablett mit mehreren Biergläsern in den Händen, das sie kaum noch halten konnte, weil das Lachen sie schüttelte, sie schien gar nicht mehr aufhören zu können. Die beiden Männer, die sie wohl bedienen wollte, ihrer Kleidung nach Bauern, die er aber nicht kannte, blickten sie verblüfft an, der eine streckte beide Hände, von denen es tropfte, weit von sich, während der andere zunächst zögernd und dann immer herzhafter in ihr Lachen einfiel. Der erste, ziemlich verärgert, wollte sich nicht mitreißen lassen, konnte dann aber doch nicht widerstehen und platzte laut los, schüttelte die Hände kräftig ab und rollte dann die Hemdärmel nach oben, was ihm allerdings sichtlich unangenehm war. Peter, der Beobachter, sah das umgefallene Bierglas auf dem Tisch, das seinen Inhalt wohl über die Unterarme des Mannes ergossen hatte. „Entschuldige“, gluckste das junge Mädchen, „aber das war so komisch!“ – „Musst doch keinen Knicks vor ihm machen, so fein ist der nicht“, dröhnte nun der andere, immer noch lachend, und zeigte auf seinen Kumpanen. Da wurde Peter klar, dass sie wohl auf dem unebenen Dielenboden gestolpert war, als sie das Glas auf dem Tisch absetzen wollte, und dabei hatte sie den Gast mit Bier beschüttet. „Ich bin doch sonst in der Küch …“, sagte sie, als ob das die Erklärung für alles sei, und brachte die restlichen Biergläser an einen anderen Tisch. Er betrachtete sie genauer und wunderte sich nun nicht mehr, dass er sie hier noch nie gesehen hatte. Allerdings ging er auch nur selten ins Wirtshaus, lieber sparte er seinen Lohn, es war eh wenig genug. Die dicken blonden Zöpfe hatte sie um den Kopf gewunden, trug die einfache Kleidung der Landbevölkerung: einen dunklen Rock, der ihr bis über die Knöchel reichte, eine helle Kattunbluse und über dem Rock eine schon recht zerschlissen aussehende Schürze. Ihre Füße steckten in den Holzschuhen, die wohl ihren Stolperer verursacht hatten. Eigentlich war sie eher unauffällig, ein Mädchen vom Land, von denen es viele gab, aber ihr Lachen machte sie einmalig, unvergleichlich. Immer wieder musste er sie ansehen, und als er sein Bier bei ihr zahlte, funkelten ihre braunen Augen ihn fröhlich an, glänzend von dem Lachen, das ihm so gut gefiel.

Auf dem langen Nachhauseweg erst fiel ihm auf, dass er die Sorgen, die ihn umgetrieben und in das Gasthaus geführt hatten, eine Weile ganz vergessen hatte.

Seit diesem Tag ging Peter öfter „in de Mühl", ein kleines schlichtes Gasthaus mit angeschlossener Viehwirtschaft und Schlachterei, idyllisch am Ufer des Elbbachs gelegen, der durch die Wiesen der Niederung floss. Mehr als vier Kilometer musste er stets zurücklegen von Mittelhof aus, dem Dorf, in dem er zu Hause war und das auf der Höhe lag. Zu dieser Zeit war er neunundzwanzig Jahre alt, ein verschlossener, in sich gekehrter junger Mann, der mit den Eltern und sieben Geschwistern auf einer kleinen Bauernschaft lebte, die sie nur kärglich ernährte. Im Kreise der Geschwister galt er als etwas schwierig, weil er sich oft zurückzog und auch Interessen hatte, die die anderen nicht teilten. Er liebte es, Neues zu erfahren, über andere Länder, möglichst weit weg, und ließ in seinem Eifer nicht nach, wenn es darum ging, sich Wissen anzueignen. Da in dem elterlichen Hause eine Zeit lang auch die Kinder des Dorfes unterrichtet worden waren, dort also die offizielle Schulstube war, hatte er mehr Gelegenheit gehabt als andere Bauernkinder, Bücher auszuleihen und sich in sie zu versenken. Diese Leidenschaft teilte nur seine kleine Schwester Louise, elf Jahre jünger als er, die mit steter Liebe an ihm hing und ihn oft auf seinen Wanderungen begleitete. Auch er mochte diese kleine Schwester, die wie er die Sehnsucht zu verspüren schien, die enge Begrenztheit ihres Dorfes verlassen zu können.

Seit jenem Tag aber, als er das Lachen gehört hatte, musste Louise häufig auf ihn verzichten und schmollte, weil der Bruder nach der Arbeit oder an den Sonntagen heimlich und schnell wegging und ihr keine Gelegenheit gab, sich ihm anzuschließen. Sie sah ihn nur immer, wenn sie hinter ihm herlief, neugierig und verletzt, den Weg zum Elbbach hinunter nehmen, ehe er zwischen den Bäumen verschwand. Er beeilte sich, zu „de Mühl" zu kommen, der Wassermühle, die zur Ortschaft Altenbrendebach im Tal gehörte, aber weit außerhalb lag. Dort bestellte er stets ein Glas Bier, ein einziges nur, vor dem er den ganzen Abend saß und ab und an einen Schluck daraus trank. Wenn er Glück hatte, war sie wieder da, manchmal aber sah er sie auch gar nicht, hörte nur ab und zu ihr Lachen aus der Küche klingen. Und das genügte ihm dann auch.

Ihr fiel auf, dass dieser junge Mann, der nicht in ihrem Dorf wohnte – sie stammte aus Altenbrendebach –, häufig kam und sie immer anschaute, erst nur anschaute, dann allmählich ein paar Worte mit ihr wechselte, freundlich, zurückhaltend, ein wenig schüchtern fast, bis ihre Worte zu kleinen Gesprächen wurden, die sie zwischen der Arbeit mit ihm führte. Sie hatte sich angewöhnt, wenn sie ihn sah, an Abenden, an denen sie nur in der Küche arbeitete, herauszukommen und sich an seinen Tisch zu stellen und ein wenig mit ihm zu plaudern.

Immer war er höflich, nicht so plump wie viele seiner Altersgenossen, aber er war ja auch kein Bauer, wie sie inzwischen wusste, sondern Bergmann.

Irgendwann hatten sie sich dann das erste Mal verabredet, ganz offiziell, an einem Tag, an dem sie zufällig beide frei hatten, und wanderten auf den Hümmerich, die höchste Erhebung in ihrer Heimat. Und dort war es auch, dass er ihr mehr von sich erzählte. Von ihr hatte er bereits eine Menge erfahren. Sie war wie er das dritte Kind von achten. Und auch sie stammte aus einer Familie von Bauern, die zu wenig Land besaßen, davon die ganze Familie satt zu machen, so dass die Kinder außer dem Ältesten, der den Hof übernehmen würde, sich Arbeit suchen mussten. So war sie nach der Beendigung der Volksschulzeit „in Stellung" in die Mühle gegeben worden, wie es für Mädchen üblich war. Sie arbeiteten mit im Haushalt, lernten dabei alles, was sie später in der Ehe beherrschen mussten, und verdienten etwas Geld dazu, das sie zu Hause abgaben, um so die Not ein wenig lindern zu helfen. Es waren schwere Zeiten und die Arbeiten recht mühsam.

Toni, Antonie getauft, mittlerweile einundzwanzig Jahre alt, war von ihrer Dienstherrin bald in die Küche geschickt worden und hatte sich dort zu einer hervorragenden Köchin entwickelt, deren Lob sich auch in den ferner gelegenen Dörfern verbreitet hatte. Und sie hatte entdeckt, dass es ihr große Freude machte, für viele zu kochen, ihre Fähigkeiten zu verbessern und – wenn es irgend ging mit den vorhandenen Zutaten – neue Rezepte zu erfinden. Sie war ein Mensch, der zwar schon sehr früh hart hatte arbeiten müssen, da ihre Mutter aufgrund einer Herzkrankheit viel bettlägerig war und Toni als ältestes Mädchen für die jüngeren Geschwister sorgen musste, aber dabei nie seine Fröhlichkeit und seinen Humor verloren hatte. Was ihn an ihr faszinierte, war ihre Fähigkeit, das Heitere an einer Situation zu erkennen und mit der ihr angeborenen Leichtigkeit auch schwere Tage möglichst von der lustigen Seite zu nehmen. Das tat seiner eher grüblerischen Natur gut und hellte seine dunklen Stimmungen auf.

Als sie nun dort oben im Sonnenlicht auf dem Hümmerich saßen, über die Wipfel des Westerwalds schauten, in ihre mitgenommenen Brote bissen und Wasser tranken, erzählte er ihr, ohne zu wissen, wie es dazu gekommen war, von seinen Problemen. Das hatte er noch bei niemandem getan. Er war gleich nach der Schule in die Grube Friedrich gegangen und arbeitete dort unter Tage. Im 19. Jahrhundert hatte es in der Gemeinde Mittelhof drei Gruben gegeben, in denen Eisen- und Kupfererz gefördert wurde. Das hatte zunächst viele Menschen in den Ort gezogen, aber seit ab 1892 zwei der Gruben hatten geschlossen werden müssen, weil die Vorkommen abgebaut waren, herrschte hohe Arbeitslosigkeit, und man musste froh sein, einen Gelderwerb gefunden zu haben. Und so fuhr er nun jeden Tag für zehn Stunden in die Grube ein und baute in den dunklen engen Stollen das Erz ab. 2,38 Mark verdiente er täglich, Geld, das den Eltern gut zupass kam. Aber er hatte begonnen, sich unter Tage unwohl zu fühlen. Zu eng war es ihm dort unten, zu dunkel, kaum atmen konnte er, und der Staub setzte sich auf seine Bronchien, so dass er immer häufiger Fluchtgedanken hegte, alles hinschmeißen wollte und nachts davon träumte, in der Grube ganz langsam zu ersticken. Während er dies zögernd und unsicher ob ihrer Reaktion erzählte, hatte Toni seine Hand genommen und fest in ihre beiden geschlossen. Als er sie ansah, beugte sie sich schnell zu ihm hinüber, ließ seine Hand los und umfasste seinen Kopf tröstlich, ließ ihn dann aber ganz erschrocken wieder los.

„Du musst da raus“, sagte sie, „raus musst du da“, und damit hatte sie die Lösung seines Problems klar und unumwunden ausgesprochen. Er wandte ein, das könne er nicht, er habe Verantwortung für die Familie, diese brauche das Geld, wie das denn gehen solle, man könne nicht einfach so fortgehen. „Mer don dat“, sagte sie fest, ohne nur eine Sekunde zu zögern, und nahm erneut seine Hand in ihre, sich mit dem „mer“ (wir) ihm anvertrauend und versprechend, und damit waren sie eigentlich verlobt. Dazu bedurfte es nicht mehr des ersten Kusses, der eher scheu war, denn beide hatten keinerlei Erfahrung mit dem anderen Geschlecht. Den Rückweg den Berg hinunter traten sie Hand in Hand an und ließen einander auch nicht mehr los, bis die ersten Fachwerkhäuser ihres Heimatdorfes in Sicht kamen. „Mer don dat“, wiederholte sie, als sie sich abends mit einem verstohlenen Kuss von ihm verabschiedete, und „mer don dat“ sagte er leise vor sich hin, lächelnd, als er den Berg hinauf ging, auf halbem Wege seine Schwester Louise traf, sie von der Erde aufhob und heftig im Kreise schwenkte, was diese sehr verwunderte.

„Mer don dat“ – wie, wann, unter welchen Umständen, nichts war klar, aber man würde es tun, man würde weggehen und gemeinsam etwas ganz Neues beginnen!

Und so machte er sich im Herbst auf den Weg nach Altenbrendebach, in seinen besten Kleidern, die armselig genug waren, aber er hatte dafür gesorgt, dass er blitzsauber war. Bei seiner ungewöhnlich langen und ungewöhnlich sorgfältigen Rasur hatte er sich mit dem Messer einen Schnitt am Kinn zugefügt, was ihm ein fast verwegenes Aussehen gab. Im Elternhaus seiner Toni hatte sich die Familie, die von dieser auf den Besuch eingestimmt worden war, erwartungsvoll in der Küche versammelt. Er betrat das Haus, wandte sich in dem engen Flur hinter der Haustür nach rechts, verbeugte sich, in der Küche angekommen, ins Ungewisse und bat den Vater von Antonie, ihn sprechen zu dürfen. Dieser erhob sich langsam und feierlich und tat, als wisse er überhaupt nicht, worum es gehe. Hoch aufgerichtet schritt er durch die Küche, bedeutete Peter, ihm zu folgen, und dieser tat es trotz seiner neunundzwanzig Jahre herzklopfend. In der guten Stube angekommen, ließ sich sein Möchtegernschwiegervater in dem großen Lehnsessel nieder, der in der Mitte des Zimmers stand, und bot ihm einen Stuhl zum Sitzen an. Peter aber zog es vor, stehen zu bleiben, um endlich seine Rede loszuwerden, und begann hastig, doch in wohlgesetzten Worten um die Hand der Tochter zu bitten. Väterlich lächelnd bat der Gebetene, die Vermögensverhältnisse offen zu legen, denn dass der zukünftige Schwiegersohn keinen Landbesitz sein eigen nannte, hatte er natürlich längst ausgekundschaftet. Man konnte seine Tochter schließlich nicht jedem Hergelaufenen geben, auch wenn man froh war, dass ein Maul weniger zu stopfen war … Peter berichtete von seiner Arbeit in der Grube, dem Tagesverdienst und dem, was er bisher hatte sparen können, sagte dann aber auch ehrlich, dass er nicht gewillt sei, in Mittelhof zu bleiben, sondern mit seiner – hoffentlich – Ehefrau nach Köln gehen wolle, um sich dort Arbeit zu suchen, gesucht würden Leute, die „bei der Bahn" anfangen wollten. Von Anfang an mit offenen Karten zu spielen war ihm wichtig, die Eltern sollten wissen, dass ihre Tochter die Heimat verlassen würde. Nach einer gewissen Pause erhob sich der Vater etwas schwerfällig aus seinem Sessel, schlug dem immer noch stehenden Peter kräftig auf die Schulter, nannte ihn „Sohn" und erklärte großmütig, er könne seine Tochter zur Frau haben. Gemeinsam kehrten sie nun in die Küche zurück, in der alle so taten, als wüssten sie nicht, um was es gegangen sei, und ihnen gespannt entgegen blickten – nur Toni zwinkerte ihm leicht zu. Der Vater verkündete, Peter aus Mittelhof habe um die Hand seiner Tochter Antonie aus Altenbrendebach angehalten, so als werde eine neue Dynastie gegründet, und da sprangen alle auf, schrien durcheinander und hießen ihn als Schwager willkommen. Als man dann gemeinsam den Selbstgebrannten probierte, war die offizielle Verlobung vonstatten gegangen, das nunmehr Brautpaar hatte sich vor allen Zeugen einen keuschen Kuss gegeben, und erst als sie sich, endlich allein gelassen, draußen voneinander verabschiedeten, konnte man die unterdrückte Leidenschaft ahnen.

Dem Bräutigam blieb nun nur noch, seinen neuen Stand den eigenen Eltern mitzuteilen, die ja auch erfahren mussten, dass sie bald eine neue Tochter haben würden, und dies nahm er noch am selben Abend in Angriff. Im Beisein seiner Geschwister erfuhren die Eltern seinen Plan, Antonie zu Beginn des kommenden Jahres zu heiraten und mit ihr nach Köln zu gehen. Auch in seiner Familie, die allerdings viel überraschter war, da er seine Liebschaft geheim gehalten hatte, brach Tumult aus, Glückwünsche wurden ausgesprochen, neugierige Fragen gestellt und der Selbstgebrannte wurde herausgeholt. So kam es, dass Peter an diesem Abend mit roten Wangen und ungewohnt fröhlich zu Bett ging. Dass seine Schwester Louise bei seiner Nachricht blass geworden war und schnell die Küche verlassen hatte, war niemandem aufgefallen. Und während Peter seinen ehelichen Freuden entgegenschlummerte, weinte Louise sich in den Schlaf, weil sie ihren Lieblingsbruder an die Stadt verloren hatte.

Diese Geschichte hatten die Kinder geliebt, immer wieder hatten sie sie hören wollen, und sie rührte die alte Dame auch heute noch, ein Jahrhundert später. Dass die Eltern auch einmal so jung und so verliebt gewesen waren! Das konnte man sich als Kind kaum vorstellen. Darüber sinnierte Thea eine Weile vor sich hin. Und all die Zeit, die mittlerweile vergangen war, unvorstellbar!

Sie lebte heute in einer Welt, die die Eltern wohl nur erschrecken würde, könnten sie zurück kommen. Auch sie war mitunter völlig verunsichert, wenn es ihr nicht gelang, an einem Automaten einen Fahrschein für die Straßenbahn zu kaufen, oder wenn die Computerstimme am Telefon es einem nicht mehr ermöglichte, ganz einfach seine Beschwerden loszuwerden, sondern das immer Gleiche weiter vor sich hin plärrte, bis man entnervt auflegte. Aber so war das nun mal, man wurde älter, immer älter, bis man alt war und sich unnütz fühlte. Bei diesem Gedanken, der da so plötzlich und ungewollt in ihr aufgestiegen war, rief Thea sich energisch zur Ordnung. „So'n Quatsch", schimpfte sie vor sich hin und zerrte mit der Rechten an ihrem pinkfarbenen Halstuch, als müsse sie diese Anwandlung gewaltsam von sich fort schieben. Sie stellte das Familienbild, das sie so lange betrachtet hatte, schnell auf das Tischchen zurück, nicht ohne ein nicht vorhandenes Staubkörnchen wegzuwischen, und nahm ein anderes Bild zur Hand, das daneben stand.

Das Hochzeitsbild ihrer Eltern, das sie über alle Wirren der Zeit gerettet hatte! Es gab nur noch dieses eine, alle anderen waren den Zeitläuften zum Opfer gefallen, umso wertvoller war es für sie – für sie und alle diejenigen, die nach ihr kamen. Es sollte weitergegeben werden an die jetzt noch Jungen, und diese sollten es, wenn sie alt waren, an die nächste Generation weitergeben, und so immer fort. Die Zeiten änderten sich, aber die Familie blieb, tröstete sie sich, und das stimmte ja auch, alle waren noch in ihr. Und an ihr war es, die Erinnerung an sie weiterzugeben, wach zu halten, deshalb war sie achtundachtzig Jahre geworden, nur sie konnte es noch! Und da lächelte sie vor sich hin, froh darüber, an ihrem Geburtstag eine Aufgabe gefunden zu haben, die nur sie allein erfüllen konnte.

In der Erinnerung wollte sie alle und alles heute heraufbeschwören und noch einmal durchleben, und dann wollte sie morgen ihrer Tochter davon berichten – heute ging das ja, vor Jahren hätte sie nur unwillig abgewinkt –, damit diese wusste und es ihrer Tochter erzählen konnte, die im fernen Australien verheiratet war, und diese dann … eine Kette von Menschen, die ohne diese Hochzeit in Mittelhof nicht existieren würden. Familie …

Fröhlich auflachend – mit genau diesem Lachen, das einst den Vater in der Mühle bezaubert hatte – strich sie über den silbernen Rahmen des Hochzeitsbildes.

1906–1914

Kalt war es, entsetzlich kalt an diesem Februartag des Jahres 1906, an dem Antonie Peters Frau werden sollte. Dieser Winter hatte es in sich, und so lag hoher Schnee, als sich Peter, begleitet von seiner gesamten Familie, in die Kirche begab. Nur kurz war sein Weg, da St. Marien in Mittelhof, wo geheiratet werden sollte, dem elterlichen Haus genau gegenüber lag, nur durch die Dorfstraße von ihm getrennt.

Man war stolz auf diese Kirche, die erst im Jahre 1897 geweiht worden war. Zuvor hatte man immer sechs Kilometer bis in das nächste Städtchen gemusst. Und da diese Kirche, „Auf dem Sturm“ genannt, da sie hoch oben lag, wo der Wind zupacken konnte, geräumig und hell war, hatte man beschlossen, dort die Trauung durchzuführen, auch wenn das für Tonis Familie eine lange Wanderung bis dorthin bedeutete. Und so waren „die Stürmers“, denn so hießen sie nach der Lage ihres Hauses, bereits aufgebrochen, um der Familie der Braut Raum und Zeit zu geben, sich zu richten. Nur Louise war zu Hause geblieben, da man ihr die wichtige Aufgabe übertragen hatte, mit einer von Tonis jüngeren Schwestern den Brautschleier zu tragen. Das hatte sie für eine kurze Zeit mit der Hochzeit versöhnt.

Und nun stand Peter, nervös die Hände knetend, vor dem Altar und wartete auf seine Braut. Der hochstehende, kräftig gestärkte Kragen seines weißen Hemdes, um den die ebenfalls weiße Krawatte gebunden war, scheuerte, engte ihn ein und ließ ihn schwer atmen, was seine Nervosität noch steigerte. Hoffentlich ging alles gut – was genau das sein sollte, hätte er nicht zu sagen gewusst, „alles eben“. In seinem neuen schwarzen Anzug, den die Mutter, um ihn zum Glänzen zu bringen, mit Kaffeesatz gebürstet hatte, fühlte er sich zwar sehr feierlich, aber auch sehr unbehaglich, so dass er die Schultern hochzog, als müsse er sich vor etwas schützen. Die ebenfalls neuen schwarzen Lederschuhe quietschten leise bei jeder Bewegung, was ihn vollends irritierte. Alle paar Minuten griff er in seine linke Jackentasche, um sich zu vergewissern, dass die Eheringe, schmal und golden, noch vorhanden waren.

Endlich gab es Bewegung an der hinteren Tür der Kirche, die nur zu feierlichen Gelegenheiten wie heute geöffnet wurde, sonst betrat man den Raum durch die linke oder rechte Seitentür. Alle Köpfe wandten sich neugierig um, den ersten Blick auf die Braut zu erhaschen, aber der Bräutigam reckte den Kopf am höchsten, denn er hatte Toni in den letzten beiden Wochen nicht mehr zu Gesicht bekommen. So wollte es der Brauch, das Brautpaar hatte „rein“ vor den Altar zu treten, man wollte sie nicht „in Versuchung" führen. Und was er sah, verschlug ihm den Atem. Am Arm ihres Vaters, der sich, der Wichtigkeit des Augenblicks vollkommen bewusst, fast gleitend vorwärts bewegte und die Tochter ein wenig zerrte, da er es eilig zu haben schien, sie dem Bräutigam zu übergeben, betrat Toni die Kirche und schwebte – so zumindest kam es Peter vor – auf ihn zu. Sie trug ein eher einfaches schwarzes Kleid, lang, oben eng, mit einem weiten Rock, der ihre schlanke Taille betonte. Hoch geschlossen fasste es ihr Gesicht fast wie in einen Rahmen ein. Ihr volles blondes Haar, das sie nach oben gesteckt trug, wurde von einem Buchsbaumkränzchen gehalten, an dem der lange weiße Brautschleier befestigt war, den ehemals ihre Mutter getragen hatte und den nun die beiden Schwestern des Brautpaares trugen. Der Brautstrauß, den sie fest in ihrer linken Hand hielt, bestand ebenfalls aus Buchs und gelb blühenden Winterlingen, den einzigen Blumen, die dem Schnee trotzten. Und so schritten die Vier hastig auf Peter zu, der vorne wartete. Wie man es ihr gesagt hatte, hielt Toni die Augen gesenkt – so gehörte es sich für eine jungfräuliche Braut – nur einen Augenblick lang verstieß sie gegen die Form. Als sie unmittelbar vor Peter stand, blickte sie auf und strahlte ihn so unverhohlen glücklich an, dass er alle Nervosität und Unsicherheit vergaß und ihr, die schnell die Augen wieder senkte, die Hand reichte und mit ihr vor den Altar trat. Dort standen sie nun nebeneinander und wagten weder sich anzufassen noch anzusehen. Der Pfarrer las die Brautmesse, die Anverwandten sangen die Kirchenlieder laut mit – je lauter, desto dauerhafter die Ehe – und es gab nur einen einzigen Augenblick der Verzweiflung für Peter. Als die Zeit gekommen war, Toni sein Eheversprechen – „bis dass der Tod uns scheidet" – zu geben, griff er in seine rechte Jackentasche und wühlte in ihr, auf der Suche nach den Ringen. Panik drohte ihn zu ergreifen, weil er sie nicht fand, aber dann beruhigte er sich, als er Toni neben sich atmen hörte, griff in die linke und hatte die Ringe zur Hand. Zu den Klängen von „Großer Gott, wir loben dich", das alle Anwesenden voll Herzensinbrunst sangen, verließ Toni an Peters Arm hoch erhobenen Hauptes die Kirche, nach rechts und links lachend, nunmehr seine angetraute Frau.

Die Hochzeitsfeier sollte im Festsaal der Mühle stattfinden, denn man hatte viele Menschen zu bewirten, da zwei Dörfer zu dem Fest eingeladen waren. Und so zog die Gesellschaft, in dicke Jacken und Mäntel gehüllt, durch den tiefen Schnee den Berg hinunter, am Elbbach entlang, und wurde immer lustiger und lauter, da man sich gegen die Kälte kräftig mit Selbstgebranntem schützte. Um die Tische versammelten sich alle und sprachen dem Essen fröhlich zu, das zwar recht einfach, aber ausgesprochen schmackhaft war, hatte es sich die Wirtin doch nicht nehmen lassen, selbst für Toni zu kochen, die sie sehr schätzte. Für sie hatte sie einiges von den Vorräten des Winters hergegeben. Man speiste lange – Fleischsuppe mit viel „Einlage", würzigen Schweinebraten und Schokoladenpudding –, redete viel, hörte auch mal einer mehr oder weniger gelungenen Tischrede zu, und es war alles sehr ländlich-vertraut, was nur Louise nicht gefiel, die sich vornahm, ihre Hochzeit solle ganz anders sein, nicht so bäurisch, eleganter.

Als das Brautpaar sich zum Tanz erhob, zierte ein schmales Goldkettchen mit einem Kreuz Tonis schlichtes Kleid, Peters Geschenk. Sie hatte ihm eine Taschenuhr gekauft, die er bald, wie sie ihm versprach, an einer später noch zu erstehenden Uhrkette tragen konnte. Wie sie beide diese Geschenke, die eigentlich deutlich ihre Möglichkeiten übertrafen, finanziert hatten, darüber haben sie nie gesprochen, aber beide wollten dem anderen etwas wirklich Schönes zur Hochzeit schenken.

Nach dem Essen spielte „die Musik" auf, drei Bauernsöhne, die ihre Geigen wunderbar beherrschten, und zu den Klängen von „O du schöner Westerwald", das auf keiner, aber wirklich keiner einzigen Feier fehlen durfte, führte der Bräutigam seine Braut auf die Tanzfläche, und bei „weht der Wind so kalt" lachte sie ihn an und forderte ihn zu schnellerer Bewegung auf, was bei der Melodie nicht so ganz einfach war. Hingebungsvoll sangen alle „doch der kleinste Sonnenschein dringt tief ins Herz hinein", das Brautpaar drehte sich zu den Klängen und trug den besungenen Sonnenschein wirklich tief in seinem Herzen, ehe sich dann beim nächsten Lied alle auf die Tanzfläche wagten und der Tag sich mit Hopsen, immer anzüglicher werdenden Witzeleien und vielen von Gebranntem begleiteten Segenswünschen neigte. In der Dunkelheit brachte man das Brautpaar durch den Schnee lachend und schreiend wieder den Berg hinauf ins Dorf zurück, wo bei „Stürmers" die Hochzeitskammer für sie gerichtet war. Dass alle sie bis vor die Tür dieses Zimmers brachten, war dem Brautpaar, das bisher kaum körperlichen Kontakt gehabt hatte, schrecklich peinlich, aber als Kindern vom Lande war ihnen alles, was zum Leben von Mann und Frau gehörte, nicht wirklich fremd. Und so erblickte auch neun Monate später, noch im selben Jahr, ihr erster Sohn, Peter nach seinem Vater genannt, das Licht der Welt in Mittelhof.

Dies geschah aber nicht mehr im elterlichen Hause des Ehemannes, denn er war unmittelbar nach der Hochzeit mit seiner Frau in eines der Häuschen gezogen, die der Besitzer der Grube Friedrich nahe Steckenstein, nur einige hundert Meter bergab, hatte errichten lassen. Diese bestanden aus einer Wohnstube, zwei Kammern, Küche, Keller und einem

Stall für Schweine, Ziege oder Kuh. Auch ein wenig Gartenland gehörte dazu. Die Miete betrug monatlich sieben Mark, was für die beiden zwar viel Geld war, aber da Toni zunächst noch weiter in der Mühle arbeitete und sie eine der Kammern an einen ledigen Bergmann vermietet hatten, reichte es knapp, und man konnte sogar noch ein wenig auf die Seite legen, denn den Entschluss, nach Köln zu gehen, hatte man keineswegs aufgegeben.

Aber zunächst mussten sie es noch eine Weile in Mittelhof aushalten, da weder konkrete Pläne noch genügend Erspartes vorhanden waren, um das Dorf zu verlassen. So fuhr Peter also Tag für Tag weiter in die Grube ein und tat dort seine schwere Arbeit, allerdings bedrückte ihn die Enge dort unten nicht mehr so sehr, als hätte sich mit der Heirat seine Brust geweitet. Es war ein Ende abzusehen, irgendwann würde man gehen, und das machte alles erträglicher. Jede Gelegenheit, noch etwas dazu zu verdienen, nahm er wahr, und da er vor keiner Arbeit zurückscheute, auch vor der härtesten oder schmutzigsten nicht, sammelte sich Mark um Mark in der Schmuckdose von „Farina gegenüber“, dem Eau de Cologne, das Toni zur Hochzeit bekommen hatte, und die sie sinnigerweise zur „Umzugskasse“ erklärt hatte.

Wenn ihr Mann nach Hause kam, trat sie ihm – ganz gesetzte Ehefrau – an der Haustür entgegen, begrüßte ihn mit einem Kuss und sprudelte dann über von dem, was sie tagsüber erlebt hatte. Er, der Stillere, freute sich an ihren Erzählungen und lachte herzlich, wenn sie von ihren Erlebnissen in der Mühle berichtete. Sie hatte ihm ein schmackhaftes Mahl zubereitet, denn kochen konnte sie, weiß Gott! Gemeinsam mit ihrem Untermieter setzten sie sich in der Küche zu Tisch, Peter sprach langsam und bedächtig das Tischgebet, und dann ließen sie es sich schmecken. So gewann ihr gemeinsames Leben sehr schnell einen vertrauten Rhythmus, der ihnen sehr behagte. Dass Toni so schnell schwanger geworden war, freute den Fast-Familienvater sehr, denn er wünschte sich – und da waren die beiden sich völlig einig – eine große Familie mit vielen Kindern. Sie kannten es nicht anders, und trotz der Armut hatte es ihnen wohlgetan. Gott würde schon für sie sorgen. Da waren sie ganz sicher, darüber wurde nicht gesprochen. Das Gottvertrauen war ihnen gemeinsam, es gehörte einfach zum Leben dazu.

Als Toni ihm nun allabendlich entgegentrat, die Hände auf den Bauch gelegt, dem man die Schwangerschaft noch gar nicht ansah, wuchs er unter der Verantwortung, die er fühlte, und das machte ihn frei. Er fuhr Toni dann schon einmal durch das blonde hochgesteckte Haar, die ihn schalt, weil er sie „verstrubbelte", es sich aber gern gefallen ließ.

Der kleine Peter, „der Fuss", wie er später wegen seiner rotbraunen Haare genannt wurde, kam zum Beginn des Dezember – wieder einmal lag tiefer Schnee, durch den sich die Hebamme zu ihnen kämpfen musste – sehr leicht auf die Welt. Peter nahm ihn in seine Hände, schaute in die noch blicklosen Augen seines Erstgeborenen – und dann auch noch gleich ein Sohn – und hatte das Gefühl, dass nun alles richtig sei. Wie sein Vater ihn vor dreißig Jahren in den Händen gehalten hatte, so tat er es heute mit seinem Kind, und so ging es immer weiter. Es war schon gut, wenn man Frau und Kind hatte, es war in der Ordnung, man gab das weiter, was man selbst erhalten hatte, so war die Welt eingerichtet. Ausdrücken hätte er das nicht können, dazu war er auch zu zurückhaltend, aber in seinem Gefühl war er ganz sicher. Wenn es nach ihm ging, sollte diesem kleinen Peter bald das nächste Kind folgen. Das sah Toni genauso – da waren sie sich einig –, aber vielleicht doch nicht so ganz, denn sie sagte unmittelbar nach der Geburt, die sie stolz gemacht hatte – denn nun gehörte sie dazu, zu den Erwachsenen, den Frauen, den Müttern! –, sie sagte also: „Un dat nächste weed ein Mädchen!", ganz selbstgewiss und ohne Zweifel. Ihm war das gleichgültig, Junge oder Mädchen war egal, da der Stammhalter geboren war.

So war man nun Familie noch im Jahr der Hochzeit, und Toni schickte sich darein genauso schnell wie in ihre Ehe. Der kleine und der große Peter füllten ihr emotionales Leben aus, die viele Arbeit, die sie als Hausfrau hatte, die auch den Garten, das Schwein und die Hühner im Koben versorgen musste, ging ihr leicht von der Hand.

In dem Jahr, in dem der Sohn heranwuchs und seine ersten zaghaften Schritte tat, sorgte Toni unermüdlich für ihre Lieben, und Peter kümmerte sich um ihre Zukunft. Bis in den Westerwald hatte es sich herumgesprochen, dass die Preußische Staatsbahn dringend junge Leute suchte, die nach kurzer Anlernzeit die Arbeit bei ihr aufnahmen. So hatte er sich auf den Weg nach Köln gemacht, da in Deutzerfeld, auf der linken Rheinseite, ein Knotenpunkt verschiedener Eisenbahnlinien entstanden war. Nachdem er sichergestellt hatte, dass es für ihn gute Möglichkeiten gab, bei „der Bahn" zu arbeiten und auch aufzusteigen, beschlossen Toni und er, den Umzug zu wagen und ein neues Leben in der Stadt zu beginnen. Erneut war er dorthin aufgebrochen, um eine Unterkunft für die kleine Familie zu finden, die sich aber bald vergrößern würde, denn Toni war erneut schwanger. Wichtig war, dass er seine Arbeitsstelle zu Fuß erreichen konnte und die Miete nicht allzu hoch war, deshalb schaute er sich in der „Humboldt-Kolonie" um, die zu Deutz gehörte. Dieser Stadtteil entwickelte sich gerade zu dieser Zeit sehr schnell. Noch vor knapp zwanzig Jahren waren hier überall Äcker und Wiesen gewesen, aber mit der wachsenden Industrie zogen immer mehr

Leute vom Land in die Stadt, für die Wohnraum geschaffen werden musste. Und so hatte die Maschinenbau AG Humboldt in Köln-Kalk im freien Feld südlich des Firmengeländes Grundstücke gekauft. An schnurgeraden Straßen wurden auf rechtwinkligen Grundstücken Eigenheime errichtet, denen zur Jahrhundertwende mehrgeschossige Mietshäuser folgten.

In einem dieser Häuser fand Peter eine Wohnung, die fürs erste reichen musste, und damit war der Umzug beschlossene Sache. Nichts konnte sie mehr davon abbringen, weder die Ängste der Eltern, die ihnen Grauenvolles in der „Großstadt", denn eine solche war Köln ja mittlerweile, voraussagten, noch Louises Tränen, die mit Peter ihren Lieblingsbruder und mit Toni eine gute Freundin verlor, bei der sie viel ihrer freien Zeit verbracht hatte. Als sie sich dann eines Morgens, begleitet von einem Großteil ihrer Familien, mit Sack und Pack auf den Weg zum Bahnhof in Niederhövels machten, dreißig Minuten Fußweg von ihrem Häuschen entfernt, weigerte sich Louise, mitzukommen. Sie umarmte ihren Bruder hastig und drückte die Schwägerin kurz an sich, nur den kleinen Peter herzte und küsste sie ausgiebig, war sie doch seine Patin, dann drehte sie sich heftig ab und lief davon. Nur kurz über die Schulter zurück blickend rief sie ihnen wütend und entschlossen zu: „Ich komm auch!"

Kopfschüttelnd machten sie sich auf den Weg, mit nicht allzu viel Gepäck beladen. Sie hatten nur das Notwendigste mitgenommen, Möbel mussten in Köln besorgt werden, die eigenen hatten sie den Mietern verkauft, die das Bergmannshäuschen bezogen.

Der Abschied war herzzerreißend, als zögen da zwei in die weite Welt hinaus und kämen nie mehr zurück. So kam es einigen Familienmitgliedern, die kaum über die Grenzen ihres Dorfes hinausgekommen waren, wahrscheinlich auch vor, denn die nur hundert Kilometer entfernte Stadt Köln oder besser: Cöln – so sollte es nach dem Willen Kaiser Wilhelms II. ausschließlich geschrieben werden – schien ihnen die Fremde schlechthin.

Und als eine solche erschien sie Toni auch, die doch so sehr auf die Abreise gewartet hatte. Mit großem Mut und dem Vertrauen, dass alles schon gut werden und Gott es tatsächlich richten würde, war sie losgezogen und hatte eigentlich nie darüber nachgedacht, dass eine unbekannte Welt auf sie wartete. Die Realität brach völlig unerwartet über sie herein.

Peter, der ja eigentlich immer der Bedenkliche war, fühlte sich von Anfang an wohl. Hier war Luft, hier war Weite, hier konnte er atmen! Und das gab ihm die Kraft und die Freude für seine neue Aufgabe. Außer ihm waren viele Bauernsöhne, die die Großstadt ebenfalls angezogen hatte, im Deutzerfeld beschäftigt, gleich ihm von Neuanfang und Aufstiegswillen beseelt, so dass er sehr bald Gleichgesinnte und Freunde fand und sich in eine Gemeinschaft eingebunden wusste.

Dagegen hatte Toni den Alltag in der Stadt zu bewältigen. Zwar änderte sich im Grunde nichts an ihren Aufgaben – die Arbeit der Hausfrauen, die alles ohne maschinelle Hilfen bewältigen mussten, war immer schwer, gleichgültig ob auf dem Dorf oder in der Stadt –, aber es fehlte ihr die dörfliche Vertrautheit, die Vertrautheit mit Menschen und mit der Umgebung. Ihre kleine Wohnung lag in der zweiten Etage eines dunklen, engen Mietshauses, an das weitere Häuser grenzten. Das Gegenüber bildeten ebenfalls solche Mietwohnungen, so dass es dieses Mal Toni war, der die Luft zum Atmen fehlte. Zu Hause hatte sie nur vor die Türe treten müssen, um ein wenig zu plaudern oder den neuesten Klatsch zu erfahren. Jeder kannte jeden, und was ihr dort als viel zu eng erschienen war, wurde hier zur Sehnsucht. So konnte es geschehen, dass Peter, wenn er von der Arbeit nach Hause kam, seine hochschwangere Frau – am Rockzipfel der kleine Peter, den Daumen im Mund – fast trotzig „Über deine Höhen weht der Wind so kalt" singen hörte, wobei sie heftig im Kohl rührte. Er strich ihr dann behutsam über das Haar. Es zu zerzausen traute er sich nicht, denn er bemerkte oft, dass sie Tränen in den Augen hatte, als hätte sie nur auf ihn gewartet. Und dann erzählte sie, am Abendbrottisch, vor den gefüllten Tellern, nachdem der Kleine zu Bett gebracht war und sie ihr Tischgebet gesprochen hatten. Sie erzählte, wie fremd ihr die Leute seien, die sprächen ganz anders, sie könne sie nicht verstehen, es seien so viele, man könne sie gar nicht richtig kennen lernen, und so dunkel sei es. „Mer kumme hier raus", sagte er dann immer, und dieses Mal war er es, der die Hoffnung hochhielt.

An den Sonntagen packten sie einen Korb mit Essen und Getränken und wanderten durch die Felder zu dem nahe gelegenen Poll am Rhein. Dann saßen sie in den Rheinwiesen, spielten mit Peter, sahen den vorbeifahrenden Schiffen hinterher – „Guck mal, die fahren nach Haus!" – und unterhielten sich mit anderen. Und dann konnte Toni auch wieder lebhaft sein und lachen, ihr herrliches Lachen! Das waren die Augenblicke, in denen Peter daran glaubte, dass alles gut werden würde, man müsse nur noch ein wenig darauf warten.

Allerdings begannen zunächst Tonis Migräneanfälle. Sie, die immer gesund gewesen war, musste sich nun häufiger niederlegen, alles verdunkeln und ihre Übelkeit bekämpfen. Selbst um ihren Sohn konnte sie sich dann nicht kümmern, der blieb bei einer Nachbarin, mit der sie allmählich etwas vertrauter wurde. Und diese Nachbarin war es auch, die ihr im Spätherbst, als die Wehen kamen, beistand, bis die Hebamme dem zweiten Sohn ins Leben half, Heinrich nach seinem Großvater aus Mittelhof genannt, in der Familie aber stets Heinz oder eher noch „der Schmal“ gerufen. Peter freute sich über seinen zweiten Sohn, und Toni beschloss insgeheim, „das nächste“ werde ein Mädchen sein.

Der Familienvater begann als Hilfsbremser zu arbeiten, eine Tätigkeit, die ihn nicht forderte, aber sehr schnell stieg er auf zum Bremser und wurde dann als Zugführer verbeamtet. Toni widmete sich ihren Kindern, kämpfte mit dem Heimweh und gewöhnte sich nur ganz allmählich an dieses so andere Leben in der Stadt. Es dauerte lange, bis ihr Lachen wieder durch die Wohnung scholl, eigentlich bis sie 1914 ihr eigenes Haus bezogen hatten, da fand sie zu ihrer selbstgewissen Heiterkeit zurück.

Der dritte Sohn, 1911 geboren, hätte wieder ein Mädchen sein sollen, wurde aber ein Josef, „der Stief“, weil er sich merkwürdig ungelenk bewegte als kleines Kind.

1913 war sie erneut schwanger, aber der vierte Sohn Walter starb nach wenigen Monaten am Fieber, was sie monatelang nicht verkraftete, bildete sie sich doch ein, sie hätte ihn zu Hause – noch immer war das der Westerwald – retten können, da war nicht solch eine „schlechte Luft“ wie in der Stadt. Trost brachte ihr ein weiterer Sohn 1914, Franz oder „der Gries“ wegen seiner fast weißen Haare. Ihn liebte sie mit einer unendlichen Zärtlichkeit, das Geschenk, das ihr nach der Erfahrung des Todes eines ihrer Kinder gegeben worden war. Diese Erfahrung hatte sie angreifbarer gemacht, tiefer und weicher. Franz war der einzige ihrer Söhne, bei dem sie weder gedacht noch gesagt hatte: „Dat nächste weed ein Mädchen.“ Das wäre ihr dann doch zu verwegen vorgekommen.

Kurz nach Franz' Geburt machte die Familie das wahr, was der Vater 1906 versprochen hatte: „Mer kumme hier raus!" Man zog um in ein eigenes Haus.

2007

Woher wusste sie dies alles nur?, fragte sich Thea, in ihrem Sessel den Erinnerungen hingegeben. Sie war doch noch gar nicht dabei gewesen, weder bei dem Umzug in die Stadt noch bei all den Geburten oder ihrer Mutter Traurigkeit. Wer hatte ihr davon gesprochen? Auch die Brüder waren ja noch zu klein gewesen, um sich daran zu erinnern, viel zu klein, um es überhaupt wahrzunehmen. Hatte die Mutter so viel erzählt oder der Vater? Gab es da noch etwas anderes, so etwas wie ein Familienwissen, das in einem war als Gewissheit, das man – vielleicht – schon mitbrachte, wenn man auf die Welt kam, eine Art Keim, der sich dann später durch das, was man selbst erlebte, entfaltete und ausgestaltete? Wenn das so war, dann musste es auch weitergegeben werden, dieses Gespinst aus Erzähltem, Erlebtem, Erinnertem und Gefühltem, ein Wissen vor der Geburt.

Sie war die Jüngste von allen, aber auch die einzige, die noch wusste, und diese Erkenntnis brachte sie zum Lächeln, einem Lächeln, in dem die kleine Thea war, das Kind, und die erwachsene zugleich.

Das Haus in der Volpertusstraße 1, ja, das kannte sie, in ihm war sie geboren worden und aufgewachsen – und trotzdem hatte die Familie noch fünf Jahre ohne sie dort gewohnt.

Sie sah es genau vor sich. Seine dunkelbraune Haustür …

Sie befand sich auf der rechten Seite. Wenn man die Klinke der festen Holztür hinunterdrückte, betrat man den Hausflur, in dem die Luft immer ein wenig geschwängert war vom Duft nach Gekochtem und Gebackenem, dem kräftigen Geruch der Kindheit. An der rechten Seite des Flures führte eine Holztreppe geradewegs in die oberen Stockwerke. Unter ihr befanden sich die schmale Toilette und ein Vorratsraum. Der Flur knickte auf der Höhe dieser Räume nach links ab und gab den Weg in die große Wohnküche, den Lebensmittelpunkt der Familie, und zu dem nur selten benutzten Wohnzimmer frei. Der Küchentür gegenüber verließ man das Haus nach hinten und betrat den dunklen Hofraum, gepflastert mit grauen Platten, den die rechts an das Haus angebaute Waschküche einengte, die den Großen der Familie auch als Badezimmer diente. Aber hinter dem Gitter, das diesen Hof abgrenzte, begann die Freiheit für die Kinder. Da die Häuser in der Volpertusstraße ganz neu in den Feldern der Kolonie erbaut worden waren, hatte man dafür Sorge getragen, große Gärten anzulegen, die den Besitzern ermöglichten, Obst, Kartoffeln und Gemüse zum Selbstverbrauch anzubauen. Peter und Toni hatten ein übriges getan, da ihr Haus auf einem Eckgrundstück stand und ihnen nach hinten hinaus viel Raum zur Verfügung blieb. Für die Kinder hatten sie eine große Spielwiese angelegt, auf der diese tollen und sich austoben konnten. Beiden war wichtig, den Jungen in der Nähe des Hauses unter den wachsamen Augen der Mutter Austobemöglichkeiten zu geben, wenn sie schon nicht die Freiheit der Felder des Westerwalds genossen, die ihre eigene Jugend bestimmt hatte. „Luft“ sollten die Kinder haben, wünschte sich Toni, und sie wollte sie sehen können, denn auf der Straße fürchtete sie die zahlreichen Pferdefuhrwerke, die ihre Lasten transportierten. Dass der Verkehr in dieser Gegend zunahm, lag daran, dass sich die Kolonie allmählich verwandelte. In dem reinen Wohnviertel für die Arbeiter siedelte sich immer mehr Industrie an, eine Akkumulatoren-, eine Brot- und eine Fischfabrik, von den Kindern „Rollmopsfabrik“ genannt, denn diese liebten sie sehr. Und so war Toni glücklich, ihre Jungs unter Kontrolle behalten zu können, zumindest so lange, wie diese das zuließen.

Im ersten Stockwerk des Hauses befanden sich die Schlafräume der Familie, einer für die Eltern und ein gemeinsamer für die vier Söhne. Zwar existierte noch ein etwas kleinerer Raum auf dieser Etage, doch den hatte Toni für sich reklamiert, in ihm sammelte sie ihre Wäsche, und oft bügelte sie auch hier und träumte von dem kleinen Mädchen, das diesen Raum einmal bewohnen würde. Das „Mädchenzimmer“ nannte Toni ihn insgeheim für sich, weil sie beschlossen hatte, dieses Zimmer erst zu räumen, wenn sie ihre Tochter geboren hatte. Dass dies geschehen würde, daran zweifelte sie nie, Gott würde schon wissen, wann es so weit wäre. Und in der Zwischenzeit genoss sie die Ruhe, die sie nur hatte, wenn sie sich hier aufhielt, seltsamerweise akzeptierten die lebhaften Jungen, dass dies ihr Reich war. Und Peter war ohnehin froh, dass ihr Lachen wieder durch das Haus scholl, und ließ sie gewähren.

Die zweite und die dritte Etage vermieteten sie, da sie dieses Geld dringend benötigten. So hoch war der Lohn Peters, obwohl er mittlerweile Beamter war, nicht, und er nutzte jede Gelegenheit, sich noch etwas dazu zu verdienen. Aber sie hatten es geschafft. „Mer kumme russ!“ hatte er seiner Familie verkünden können.

Und so zogen sie um, kurz nach der Geburt von Franz,

den Toni auf dem Arm in das neue Haus trug, Josef an der Hand führend, ihre Sachen auf ein Pferdefuhrwerk gepackt, auf dem oben auf dem Kutschbock Peter und Heinz stolz thronten und lauthals „jedoch der kleinste Sonnenschein dringt tief ins Herz hinein" sangen, denn sie hatten von ihren Eltern in den letzten Wochen immer wieder gehört, nun werde es so schön wie zu Hause, endlich so schön wie zu Hause. Und „zu Hause", das wussten sie, war der Westerwald, und da konnte dieses Lied, das oft bei ihnen gesungen wurde, doch nur richtig sein. Unter den heimlich oder unverhohlen neidischen Blicken ihrer ehemaligen Nachbarn brachten die Sechs also ihren Hausrat, begleitet vom Gesang der beiden ältesten Söhne, in das eigene Haus. Der Traum von Peter und Toni war in Erfüllung gegangen. Sie hatten es geschafft, sie mussten nicht mehr zur Miete wohnen, sondern besaßen etwas Eigenes, etwas, das sie an die Stadt band und ihnen dort Wurzeln gab.

Das Lachen war zurückgekehrt, nach dem Peter sich lange Jahre gesehnt hatte, und Toni nahm ihr Reich mit Fleiß und Freude in Besitz. Mittelpunkt in der großen Wohnküche wurde der Kachelofen, um den sich eine lange Sitzbank zog, vor der der große Esstisch stand, den man neu gekauft hatte, durchaus noch auf Zuwachs der Familie berechnet. In der Ecke neben der Küchentür befand sich Tonis Herd, auf dem sie mit Inbrunst kochte und in dem sie buk. In diesem Raum spielte sich fast das ganze Leben der Familie ab. Hier wurde gegessen und geredet, Hausaufgaben gemacht und gesungen, geschimpft und verziehen, vor allem wurde hier auch gebetet, vor und nach jeder Mahlzeit und oft auch die Nachtgebete der Kinder.

Das Wohnzimmer gegenüber wurde nur an Festtagen beheizt. Es war schon viel Arbeit, den Ofen in der Küche stets mit Kohle zu füttern, die die Jungen, als sie älter wurden, aus dem Keller hoch holten, in den der Kohlenmann sie von seinem Fuhrwerk aus durch ein Schüttbrett durch das Kellerfenster gekippt hatte. Nachts wickelte man ein Brikett in nasses Zeitungspapier, damit es nicht ausging. Die Asche wurde meist von den Jungen weggebracht. So war das Wohnzimmer die meisten Tage des Jahres unbewohnt, was allerdings nicht ausschloss, dass Toni es regelmäßig putzte, bohnerte und Staub dort wischte. Nur Heinz, der keinen Unfug ausließ, schlich sich mitunter heimlich in den Raum, ließ sich auf dem dunkelgrünen gepolsterten Samtsofa nieder, betrachtete den dunklen Eichentisch mit den schweren Stühlen und das Büffet aus dem gleichen Holz, in dem die Mutter ihr gutes Service, das sie zur Hochzeit bekommen hatte, und die Sammeltassen hinter Glas zur Schau stellte. Die gerafften Tüllgardinen vor dem Fenster schlossen das Draußen nahezu aus. Dann ließ er den geschorenen Kopf auf die weißen Spitzendeckchen sinken, die die Sofalehne schützten, und genoss es, etwas Verbotenes zu tun. Und diese Deckchen waren es auch, die ihn immer wieder verrieten, obwohl er nie dahinter gekommen ist. Natürlich entdeckte Toni sofort, wenn sie den Raum betrat, dass sich etwas verändert hatte, denn ihrem Sohn gelang es nie, die Ordnung der Spitzen wiederherzustellen.

Die oberen Räume waren sehr einfach eingerichtet, sie dienten wirklich nur dem Schlafen, so dass Betten, Schemel und ein Schrank jeweils genügen mussten.

Schnell hatte sich die Familie eingewöhnt und glitt wieder in den gewohnten Lebensrhythmus. Peter verließ das Haus früh und machte sich zu Fuß auf den Weg zum Deutzerfeld, die beiden ältesten Jungen gingen etwas später mit ihrem Ranzen auf dem Rücken, in dem bei jedem Schritt die

Schiefertafel klapperte und hinten das Schwämmchen am Wollband tanzte, zur nahe gelegenen Volksschule. Die beiden Kleinen blieben bei der Mutter. Josef spielte, wenn das Wetter es zuließ, im Hof mit Steinen, und Franz wurde in seiner Wiege an die Luft gebracht und schlief oder spielte mit seinen Fingerchen. In dieser Zeit verrichtete Toni ihre Hausarbeit, die ihr kaum eine Sekunde zum Durchschnaufen gab. Sie richtete die Zimmer, putzte, kochte die Wäsche im Zuber, rubbelte sie auf dem Waschbrett, stampfte sie dann erneut im Zuber mit Kernseife oder Soda, spülte sie mehrmals, wrang jedes einzelne Teil aus und hängte es im Garten auf die Wäscheleine. An Waschtagen kochte sie mittags nur eine schnelle Erbsensuppe, die sie gut hatte vorbereiten können, an anderen Tagen achtete sie sorgfältig darauf, dass die Jungen immer frisches Gemüse und Kartoffeln bekamen, Fleisch gab es nur sonntags. Anschließend spülte sie in der großen Emailleschüssel im Waschbecken. An den Nachmittagen kümmerte sie sich darum, dass die Hausaufgaben, zu denen Peter nie Lust hatte, weil er dazu so viel länger brauchte als der begabte Heinz, sorgfältig und richtig angefertigt wurden, machte Besorgungen, während die Großen auf die Kleinen aufpassten, bügelte mit dem Eisen, das man auf dem Herd heiß gemacht hatte, flickte, bereitete das Abendessen – Brot mit Schmalz und manchmal, wenn es ein Schlachtpaket gegeben hatte aus dem Westerwald, mit Schinken oder eine Milchsuppe –, spülte wieder, sorgte dafür, dass die Kinder ins Bett kamen und – nebenbei erzog sie sie noch.

2007

Wie hatte sie das nur alles geschafft?, fragte sich Thea, die sich das alles wieder vergegenwärtigt hatte. Sie erhob sich aus ihrem Sessel, um sich in der Küche ein Glas Wasser zu holen. Dort schaute sie sich um, als sehe sie dies alles zum ersten Mal: Elektrogeräte, wohin sie blickte. Alles zu ihrer Erleichterung. Der Elektroherd, der ohne Kohlen auskam, die Waschmaschine, die alles alleine machte, Dampfkochtopf, Toaster, Brotschneidemaschine – nun gut, die Spülmaschine fehlte, aber sie musste nur den Wasserhahn aufdrehen, dann hatte sie warmes Wasser, während die Mutter das Wasser noch in schweren Kesseln auf dem Herd hatte erhitzen müssen. Und wie ekelhaft war es immer gewesen, wenn die Fettaugen auf dem Spülwasser schwammen! Innerlich schüttelte sie sich, als ihr das einfiel. Wie hatte sie nur so lange vergessen können, wie schwer das Leben damals gewesen war, und dennoch hörte sie heute wieder das fröhliche Lachen der Mutter und ihr Singen, wenn sie bei der Arbeit war. Aber – sie hatte doch nicht immer gelacht und gesungen. Da gab es auch Dunkles, Unverständliches, etwa die Tage, an denen die Mutter sich zurückgezogen und im Bett gelegen hatte. War sie dann unter ihren Sorgen gestrauchelt, hatte auch sie Panik gekannt? Nie hatte Thea sich das gefragt, und nun war es ihr, als würden auch die Ängste der Mutter wieder lebendig, Ängste, von denen sie als Kind nichts geahnt hatte.

1914–1916

Der Krieg! Von ihm erfuhr Toni am Nachmittag des ersten August, als eine Nachbarin aufgeregt in ihre Waschküche stürzte, wo sie gerade die Strümpfe der Kinder rieb, und schrie: „Mer han den Russkis den Krieg erklärt!“ Da war es nun wirklich so weit. Seit dem 28. Juni, an dem sie umgezogen waren, hatte es politisch gebrodelt, so gebrodelt, dass auch sie in ihrer kleinen Welt es wahrgenommen hatten. An diesem Tage war der österreichische Thronfolger ermordet worden, aber das war weit weg, irgendwo dort hinten, wo war schon Sarajewo? Aber jetzt war der Krieg hier, in Humboldt, bei ihnen, das war ihr klar. Am Abend, als die Jungen im Bett waren, denn vor ihnen sprach man nicht von „so etwas", am Abend also saßen Peter und Toni in ihrer Wohnküche und überlegten, was diese Kriegserklärung für sie bedeute. Peter erzählte ihr, bei der Nachricht seien Kollegen von ihm in laute Begeisterung ausgebrochen, auf dem Nachhauseweg habe er schon an vielen Fenstern die schwarz-weiß-rote Flagge flattern sehen und überall habe man „Heil dir im Siegerkranz" gesungen. Es sei fast Volksfeststimmung gewesen. Er, dem alles Vaterländische verdächtig war, wie eben alles Fanatische, beruhigte seine Frau zwar – „Et kütt, wie et kütt!" –, aber beiden war klar, dieser Krieg würde Veränderungen bringen und Opfer fordern.

Bald erfuhr Peter, dass er nicht eingezogen werde, weil man ihn dringend bei der Bahn brauchte. Da atmete Toni auf, sorgte sich aber dann um ihre Brüder und Schwäger, die mit den Kriegsbegeisterten ins Feld gezogen waren. An den Militärzügen, die von Köln aus die Truppentransporte an die Westfront brachten, ließ sich die Siegesgewissheit ablesen. Mit frischem Grün geschmückt verließen sie das Deutzerfeld, an ihren Fenstern singende, fröhliche, scherzende Soldaten, alle in Feldgrau. Auf die Seitenwände hatte man mit ungelenken Kreidestrichen – Peter erzählte es des Abends seiner Frau – „Platz da, Eilzug nach Paris!", „Wir sehen uns auf dem Boulevard wieder", „Jeder Stoß ein Franzos!" oder „Jeder Schuss ein Russ!" geschrieben, sicher, dass man sehr bald als Gewinner zurückkehren würde. Zunächst fand der Krieg weit entfernt statt, es schien alles beim Alten zu bleiben, nur dass immer mehr Männer eingezogen wurden und immer mehr Frauen deren Arbeitsstellen übernahmen, erinnerte an ihn.

Privat brachten die ersten Kriegstage allerdings eine gewaltige Veränderung. Da die alte Welt in Scherben ging – was man damals noch gar nicht wissen, allenfalls ahnen konnte –, hatte Louise beschlossen, ihre eigene Revolution zu wagen. Sie war siebenundzwanzig Jahre alt, hatte sich standhaft geweigert, dem Werben der Bauernburschen nachzugeben, und nun lange genug gewartet. Dem Vater, die Mutter war mittlerweile gestorben, erklärte sie, drei Töchter seien noch bei ihm, die ihn versorgen könnten, sie aber müsse nun weg aus dem Dorf, nur in der Stadt könne sie eine angemessene Arbeit finden. Und ehe dieser sich von dem Schreck erholen konnte, hatte sie sich auf den Weg gemacht mit kleinem Gepäck und großen Hoffnungen. Und so stand sie nun eines Abends mit zwei Koffern in der Hand, angetan mit ihrem besten Kleid und schönsten Hut, vor Peters Haustür. Der hatte aus den Briefen, die er aus Mittelhof erhielt, erahnen können, dass sich etwas zusammenbraute, war aber doch verblüfft, als ihm seine Schwester halb lachend, halb weinend in die Arme fiel. Toni freute sich, die Schwägerin zu sehen, und sie war es auch, die sich auf ihre Seite schlug, als der Bruder versuchte, Louise „zur Vernunft" zu bringen. Vergeblich, sie war entschlossen zu bleiben. Wenn nicht bei ihm, dann woanders, auf jeden Fall in Köln. Und so bezog sie noch am selben Abend das „Mädchenzimmer" im Hause ihres Bruders, der insgeheim Hochachtung vor ihrem Mut hatte. Die Jungen liebten die Tante, die sie von Besuchen im Westerwald her kannten, und so war man zunächst gründlich vom Krieg abgelenkt.

Toni freute sich sehr, nun neben all den männlichen Wesen eine Geschlechtsgenossin im Hause zu haben, mit der man „Frauenkram“, wie ihr Mann das etwas abfällig nannte, bereden konnte, und so blühte sie bereits am ersten Abend auf, als sie nach der Abendmahlzeit mit Louise deren Koffer auspackte. Der Inhalt erstaunte sie allerdings ungemein. Nicht der des ersten Koffers, denn darin befanden sich neben ein wenig Leibwäsche und Strümpfen nur zwei Kleider und zwei weiße bestickte Leinenschürzen, die die Schwägerin „in Stellung“ tragen wollte, Berufskleidung sozusagen. Aber der des zweiten Koffers! Den wollte Louise zunächst gar nicht auspacken, sie zierte sich ein wenig und wehrte ab, als Toni nach ihm griff. Aber dann ließ sie sich doch überreden und förderte aus ihm sechs Hüte zutage. Sechs! Hüte! Toni fasste es nicht. Was wollte sie nur mit all diesen Hüten? Louise gestand etwas verschämt, dass sie Hüte sammle, weil man die doch in der Stadt brauche. Das unterscheide schließlich die „Buuremädsche“ von den „Fräuleins in der Stadt“, und ein solches wolle sie ab sofort sein, mit allen Konsequenzen! Immer, wenn die Landarztfrau, der sie den Haushalt geführt hatte, einen ihrer Hüte ausrangierte, hatte sie darum gebeten, ihn behalten zu dürfen, und so war ihre stattliche Sammlung zusammengekommen. Toni lachte herzlich und umarmte die Jüngere, die noch voller Erwartungen und Neugier auf alles war, was auf sie zukommen würde. Und so endete der Abend damit, dass Peter, als er das Schlafzimmer aufsuchte, lautes Gekicher aus dem „Mädchenzimmer“ vernahm, in dem die Schwägerinnen eng umschlungen auf dem Bett saßen und nicht aufhören konnten zu lachen.

Louise war es aber durchaus ernst damit, sich in der Stadt ein neues Leben aufzubauen, ganz schnell dazu zu gehören, und sie war wild entschlossen, hier glücklich zu werden. Der erste Glücksfall war, dass sie ihren Bruder mit seiner Familie hier hatte, bei denen sie Unterkunft und Zuspruch fand, der zweite, dass sie in sehr kurzer Zeit, bereits nach zwei Wochen, Arbeit fand. In einem weiteren linksrheinischen Vorort, in Mülheim, das seit diesem Jahr zu Köln gehörte, wurde eine Haushälterin für einen großen Geschäftshaushalt gesucht. Louise hinterließ einen hervorragenden Eindruck. Für das Vorstellungsgespräch mit ihren – hoffentlich – zukünftigen Chefs hatte sie sich von dem wenigen Ersparten, das sie mitgebracht hatte, eine hochgeschlossene weiße Satinbluse gekauft, mit Biesen besetzt, die schräg zur Taille hin verliefen und in einem breiten Gürtel endeten. Dazu trug sie einen locker fallenden dunkelgrauen Rock und ihre besten schwarzen Schnürschuhe. Sie überzeugte, sie überzeugte vollständig, nicht nur durch ihr sicheres, aber dennoch zurückhaltendes Auftreten, sondern am meisten dadurch, dass sie anbot, hier und sofort „Rievkoche“ zuzubereiten, nachdem sie erfahren hatte, diese seien das Lieblingsgericht des Hausherrn. Zum nächsten Monatsersten konnte sie anfangen, ein Zimmer stand für sie in der Villa bereit, und das Gehalt war unerwartet hoch, was sie am meisten freute, wollte sie doch die Segnungen der Stadt genießen können. Deshalb hatte sie schließlich die Heimat verlassen.

Sie verließ also mit ihren sieben Hüten und einigen Kleidungsstücken mehr als bei ihrer Ankunft das Haus ihres Bruders, begleitet von dessen Segenswünschen – er fühlte sich schließlich für die „kleine Schwester“, die immer noch unverheiratet war, verantwortlich – und der herzlichen Bitte ihrer Schwägerin, sie so oft wie möglich zu besuchen, sie könne jederzeit bei ihnen übernachten, das wisse sie ja. Dies sagte Louise zu, denn Mülheim war nicht allzu weit entfernt, man konnte zu Fuß gut in einer Dreiviertelstunde von einem Haus zum anderen gelangen. Wenn man schnell ausschritt.

Damit war die Einquartierung beendet und das Mädchenzimmer wartete erneut auf eine Bewohnerin. Als Toni zu Beginn des Frühsommers sicher war, wieder schwanger zu sein, war sie zunächst ein wenig erschrocken, weil sie sich schon fragte, ob man mit dann fünf Kindern über die Runden kommen könne, denn es war inzwischen absehbar, dass der Krieg nicht, wie im August 1914 euphorisch proklamiert, bald zu Ende sein würde. Man musste mit Entbehrungen rechnen. Sie tröstete sich aber schnell mit dem Gedanken, Gott werde schon für sie sorgen, wie er es bisher auch getan hatte, und Peter verstärkte erfolgreich seine Bemühungen, nebenbei zu arbeiten, was nicht so schwierig war, da die Kriegsdienst leistenden Männer fehlten. So schleppte er in seiner Freizeit Steine. Mit diesem Zusatzverdienst, dem Lohn und dem, was im Garten wuchs, würden sie schon durchkommen. Und es fehlte ja auch noch das kleine Mädchen in der Familie.

Theodora wurde ein Herrmann, der sechste Sohn von fünf überlebenden. Und da er ja nichts dafür konnte, dass er keine Tochter war, schluckte seine Mutter die Enttäuschung rasch hinunter – eigentlich gab sie sich diese gar nicht zu –, herzte ihn wie ihre anderen Söhne nach der Geburt und dachte insgeheim: „Dat nächste weed …“

Am 27. Januar des Jahres 1916 – es war Kaisers Geburtstag und schulfrei – wollte Toni ihre beiden ältesten Söhne, die den kleinen Josef auf die Straße mitgenommen hatten, durch das Wohnzimmerfenster hereinrufen. Peter, „der Fuss“, stand an die gegenüberliegende Hauswand gelehnt, hielt, ganz verantwortungsvoller Ältester einer großen Geschwisterschar, Josef so fest an der Hand, dass dieser sich ihm zappelnd zu entziehen suchte, und beobachtete seinen Bruder. Heinz stapfte in seinen hohen Schuhen im Stechschritt über die Volpertusstraße. Bei jedem Schritt knallten die Stoßeisen an der Schuhspitze und die Nägel unter der Sohle auf die gepflasterte Straße, was einen ziemlichen Lärm erzeugte. Über der Schulter trug er einen Besen, der ihm als Gewehr diente, und dazu sang er mit mehr kräftiger als schöner Stimme lauthals:

„Der Kaiser ist ein lieber Mann,
er wohnet in Berlin.
Und wär' es nicht so weit von hier,
so ging ich heut noch hin."

Bei jedem neuen Vers wechselte er die Marschrichtung, wobei er den Besen im Bogen von der einen Schulter auf die andere warf. In diesen Gesang hinein hörte man Josefs Stimmchen: „Ich auch! Ich auch", was, da Peter ihn nicht losließ, in wütendes Gebrüll überging. Unermüdlich marschierte Heinz auf und ab, unermüdlich hielt Peter fest, unermüdlich brüllte Josef – mit vaterländischer Begeisterung, wie sie zu dieser Zeit angesagt war, hatte der Auftritt gar nichts zu tun, eher wirkte er wie eine ungewollte Parodie.

Toni knallte ihr Fenster ohne Rücksicht auf die duftigen Tüllgardinen zu, schmiss den Reinigungslappen in den Eimer, aus dem es hoch aufspritzte, und raste aus dem Haus. Ohne sich mit Worten aufzuhalten, stürmte sie zu ihrem Zweitgeborenen, packte ihn wenig sanft am Oberarm und zerrte ihn von dannen Richtung Haustür, immer wieder „Schmal, halt de Schnüss!" rufend. Als dieser jedoch unerschrocken weiter nach Berlin wollte, holte seine Mutter weit aus, und mitten in den Gesang klatschte eine Ohrfeige. „Heinrich, wie kannste nur …" – seine Mutter schnappte nach Luft, stieß ihn in den Hausflur und hastete wieder zur Straße, um die beiden anderen Söhne, die wie angewurzelt und stumm die Szene verfolgt hatten, heim zu schubsen. „Dä Papp hätt Ärjer jenoch, weil hä nit em Kriesch is“, erklärte sie und verordnete „Heinrich“ Stubenarrest. Und weil es gerade so gut passte, Peter auch. Josef wurde zum „Nachdenken“ in den Hof geschickt, was der beim Steinekicken tat.

Verstanden haben die Söhne nicht, was die „Mamm“ so entsetzlich aufregte, sie warteten ab, bis der Sturm vorüber war – das taten sie immer –, und Heinz war nun etwas vorsichtiger, wenn er Militär spielte, er machte es nur noch heimlich, aber die Soldaten, ihre Lieder und ihr Marschieren zogen ihn magisch an.

Und Soldaten sah man ja genug zu dieser Zeit. Man sah sie an- und abreisen, kurz tauchten sie in den Familien der Schulfreunde auf, wo dann immer große Freude herrschte, dann reisten sie wieder ab mit den Zügen, für die „der Papp“ verantwortlich war und von denen er viel erzählte. Wie voll sie seien, wie gedrängt es zugehe und wie wichtig seine Arbeit und die seiner Kameraden bei der Bahn doch sei. Toni nickte dazu nur, insgeheim froh, dass ihr Mann sicher zu Hause war, wenn auch oft mit schlechtem Gewissen, wenn bei ihren Nachbarinnen mal wieder die Nachricht von einer Verletzung oder gar vom Tod ihrer Männer angekommen war. Dann ging sie zu ihnen, tröstete sie, weinte mit ihnen und schämte sich tief in ihrem Inneren, dass sie erleichtert war. Es plagte sie die Angst, eines Tages würde sie Gott für diese Erleichterung etwas zurückgeben müssen, eines Tages würde es so weit sein … Aber dann kehrte sie nach Hause zurück, nahm die Arbeit für ihre Familie wieder auf – und es gab, weiß Gott, genug zu tun! – und fürchtete dabei, dass einer ihrer Brüder oder Schwäger in Gefahr sei, einer Gefahr, die sie sich konkret nicht ausmalen konnte, denn die Soldaten auf Heimaturlaub schwiegen, wenn man sie nach ihren Erlebnissen fragte, sie schwiegen, und keiner von ihnen hatte mehr den Glanz in den Augen, mit dem er 1914 losgezogen war. Und das machte ihr Angst, aber vor den Kindern zeigte sie diese Angst nie, sie wurde nur wütend, wenn eines von ihnen „Krieg spielen" wollte. Das untersagte sie, heftig, so heftig, dass es ungewohnt für die Söhne war, und deshalb taten sie es nur noch insgeheim.

Und überhaupt … es würde schon seinen Sinn haben, das viele Leid, wenn man auch nicht wusste, welchen, man war bei IHM in guten Händen, es musste einfach so sein. Im übrigen musste man sich um Louises Hochzeit kümmern!

Ja, Louise wollte im Mai des Jahres 1916 heiraten, eine große Freude für Toni, die schon befürchtet hatte, die Schwägerin werde als „spätes Mädchen" enden. Für sie, die so jung geheiratet hatte und sich ein Leben ohne ihren Mann und ihre Kinder nicht vorstellen konnte, war dies eine Lebensperspektive, die ihr Furcht einjagte. Keine Familie – undenkbar! Dass Louise allem Werben der Bauernburschen, unter denen manch gute Partie gewesen wäre, aus dem Weg gegangen war, hatte Toni verstanden, denn auch sie hatte ja aus Liebe geheiratet, nur aus Liebe, und dabei gar nicht auf Besitz geachtet. Dass nun aber Louise, so fürchtete sie, nie eine solche Liebe wie ihre zu Peter kennen lernen würde, quälte sie ständig. Am liebsten hätte sie es in die Hand genommen, einen Mann für die drei Jahre jüngere Schwägerin zu suchen. Dies hatte ihr allerdings Peter, mit dem sie das Problem besprochen hatte, streng verboten. Sie möge abwarten, hatte er gemeint, es komme schon alles, wie es solle.

Und tatsächlich, es war alles gekommen, wie es gesollt hatte. Mit den Jahren hatte der ruhige, nie aufbrausende Peter bei der Bahn Freunde gewonnen und war für die jüngeren Kollegen so etwas wie ein väterlicher Berater geworden. Oft brachte er sie mit nach Hause, wo Toni ihnen, wenn die Lebensmittellage es zuließ, eines ihrer köstlichen Gerichte kochte – besonders beliebt war ihr Schweinebraten mit Möhrengemüse aus dem Garten, nur leicht in Butter gedünstet, aber auch ihr Kartoffelsalat fand reißenden Absatz bei den Eisenbahnern. Eines Tages hatte Peter Matthias mitgebracht, Mattjöh genannt, einen der Lokomotivführer, die im Deutzerfeld ihre Arbeit begannen, zehn Jahre jünger als er, Junggeselle. Da dessen Familie zu Kriegsbeginn nach Belgien ausgewandert war, dauerte ihn der Kollege. Ganz ohne Hintergedanken hatte er ihn mit in die Volpertusstraße gebracht, und so war es ein reiner Zufall, dass er dies an einem Tage tat, an dem Louise frei hatte und bei ihnen war. Nach dem sonntäglichen Mittagessen saß man unter dem großen Apfelbaum, da die Sonne an diesem Tag noch einmal herbstlich warm schien, und trank Kaffee, den mit zwei langen „e", den guten, den Toni zur Feier des Tages herausgerückt hatte, denn sonst hütete sie ihn wie ihren Augapfel. Man saß auf der Holzbank und sah den Jungen zu – noch waren es erst vier –, die um den kleinen Franz herum ihre Indianertänze aufführten. Toni war die erste, der auffiel, dass ihre beiden Gäste einander immer wieder verstohlen musterten, dann wegschauten, dann erneut den anderen suchten. Louise war munter, lachte viel, scherzte mit den Kindern und wirbelte in der Küche die erstaunte Toni einmal mit sich herum. Gegen Abend, als sie sich auf den Heimweg machen wollte, denn eine dreiviertel Stunde benötigte sie ja, sprang Matthias auf und bot ihr an, sie zu begleiten, er wohne ganz in ihrer Nähe. Peter war dies recht, da er befürchtete, seine kleine Schwester komme in die Dunkelheit, und Toni blickte verschmitzt lächelnd hinter den beiden her, die nebeneinander in Richtung der St. Engelbert Kirche verschwanden. Zu Peter sagte sie nichts an diesem Abend, sie fürchtete wohl, ihr Wunsch für Louise, dieser Mattjöh möge der Rechte sein, werde nicht in Erfüllung gehen. Erst einige Wochen später erfuhren sie von der lachenden Louise, dass Matthias eigentlich in der entgegengesetzten Richtung ein Zimmer bei einem Handwerkerehepaar bewohnte, er muss also an diesem ersten Abend sehr spät nach Hause gekommen sein.

Aus diesem ersten Treffen war recht schnell eine enge Beziehung geworden. Toni wunderte sich nicht, als Louise ihr bereits drei Wochen später im „Mädchenzimmer" gestand, sie habe sich in Mattjöh verliebt, er, nur er müsse es sein. Wie es der Zeit entsprach, tauschten die beiden immer inniger werdende Küsse, wenn sie sich unbeobachtet fühlten, oder standen in enger Umarmung versunken auf den Poller Wiesen, vor dem Kölner Dom oder einmal sogar auf dem Drachenfels, wo ihre Verlobung stattfand – wieder auf einem Hügel, denn auch Toni und Peter hatten auf dem Hümmerich beschlossen, zusammen zu bleiben. Berge mussten bei außergewöhnlichen Ereignissen wohl sein, wenn man aus dem Westerwald kommt! Dieser Tradition blieb sogar Louise treu, die mittlerweile zur Überzeugungskölnerin geworden war. Dass sie nun auch noch einen „kölschen" Mann bekam, ja, das hatte so sein sollen …

Peter und Toni hatten diesen stillen, schmalen Mann mit seiner Brille und dem kleinen Schnurrbart schätzen gelernt, und so wurde er, als er zunächst bei Peter – in Vertretung des Vaters – um Louises Hand anhielt, herzlich in die Familie aufgenommen. Endlich hatte die quirlige und oft dickköpfige Louise ihren Ruhepol gefunden, endlich war sie bereit, sich jemandem anzuvertrauen, der Zuneigung, Verlässlichkeit und Besonnenheit ausstrahlte. Für Toni kam dies einem Wunder gleich.

Ein weiteres Wunder war Mattjöh selbst. Toni litt, seit sie nach Köln gezogen war, unter heftigen Migräneattacken, die sie zwangen, sich mit einem nassen Lappen auf der Stirn in das abgedunkelte Schlafzimmer zurückzuziehen, dort still zu liegen und ergeben abzuwarten, bis es ihr wieder besser ging. Diese Tage waren in der gesamten Familie gefürchtet, da man sich um Ruhe bemühen musste, um die Mutter zu schonen. Zudem fehlte sie an allen Ecken und Enden. Peter, der als der Älteste dann die Verantwortung für die Brüder übernehmen musste, war völlig überfordert, und dies war sicherlich mit ein Grund, warum er das Elternhaus so früh verließ.

Diese Attacken, die nicht nur Toni, sondern die ganze Familie so sehr quälten, kündigten sich stets durch leichte Übelkeit und eine veränderte Wahrnehmung an, Toni nannte das „Schleier sehen". Als sich eines Abends wieder einmal eine Migräne näherte, waren Louise und Mattjöh gerade vorbei gekommen. Dieser bemerkte, dass Toni immer blasser wurde und es ihr sichtlich Schwierigkeiten bereitete, ihre Arbeit mit gewohnter Energie auszuführen. Er fragte nach, zögerte kurz, als ob er nachdenken müsse, gab sich dann einen Ruck und erklärte Toni, er könne versuchen, ihr zu helfen. Sie müsse nur mit ihm in ein anderes Zimmer gehen, er brauche Ruhe dazu. Erstaunt verließ sie die Küche und folgte ihm, ohne groß nachzudenken, nur von der Hoffnung geführt, diese Schmerzen, die sie so quälten, möchten verhindert werden. Später erzählte sie dann, Mattjöh habe sie ins Wohnzimmer geführt und dort gebeten, sich aufrecht auf einen Stuhl zu setzen. Dann habe er ganz vorsichtig ihren Kopf mit seinen Händen umfasst, rechts und links. Ihr sei ganz leicht geworden, sie habe sich gut gefühlt, und nach einer halben Stunde, in der sie dagesessen und Matthias hinter ihr gestanden habe, die Hände um ihren Kopf, sei alle

Übelkeit verschwunden gewesen. Dies war nur die erste Situation von vielen, in der es „Mattjöh mit den heilenden Händen“, wie er nun von der ganzen Familie mit Respekt genannt wurde, gelungen war, Erleichterung zu verschaffen.

2007

Onkel Mattjöh, Mattjöh mit den heilenden Händen, was hatte ihn wieder auferstehen lassen? Jahrzehntelang hatte Thea nicht mehr an ihn gedacht, ja, so richtig gut hatte sie ihn auch gar nicht gekannt, war er doch mit dreiundvierzig Jahren gestorben, 1929, als sie erst ein fast zehnjähriges Mädchen war. Thea versuchte sich zu konzentrieren, das Bild des Onkels in sich aufsteigen zu lassen, ihm Gestalt zu geben, es festzuhalten, denn auch an ihn erinnerte nur sie sich noch, sie allein. Über sie gebeugt stand er an ihrem Bett, die funkelnden Brillengläser verbargen seine Augen. Sein schmales Gesicht neigte sich zu ihr, und dann legten sich seine Hände auf ihren schmerzenden Bauch – und wieder verspürte sie die Ruhe, die von diesen Händen ausgegangen war, die Wärme, die sie mehr als siebzig Jahre vergessen hatte. Heute, an ihrem achtundachtzigsten Geburtstag, kehrte sie zu ihr zurück, diese Wärme, und mit ihr der Onkel, der so früh verstorben war. An Tante Louise, ja, an die erinnerte sie sich gut, die hatte ihre gesamte Kindheit und Jugend begleitet mit den drei Cousinen, den Töchtern von ihr und Mattjöh, die mitten im Krieg geheiratet hatten. In der Volpertusstraße, wie man immer wieder erzählt hatte, dort hatten sie geheiratet.

Aber – da war doch noch etwas gewesen, etwas, das vor der Hochzeit geschehen war und die Familie in Aufruhr versetzt hatte. Wenn sie frohgemut war, und das war Tante Louise meist, nur damals nicht, nach dem Schlag, als Onkel Mattjöh nach der harm-

losen Magenoperation nicht mehr aufgewacht war – wenn sie also frohgemut war, liebte sie es, die Geschichte von Peters Hochzeitsgeschenk zu erzählen, diesem Bild, das eigentlich so ganz anders aussehen sollte …

Das Bild war in den Wirren der Zeiten verloren gegangen, lange hatte es auf Tante Louises Vertiko gestanden. Es zeigte ihre beiden ältesten Brüder, zehn und acht Jahre alt damals, als „Helden des Vaterlandes". Sie lächelte und brach dann in lautes Gelächter aus. Zu komisch war dieses Bild gewesen …

1916

Einige Wochen vor Louises Hochzeit wurde beratschlagt, was man denn nun schenken könne, zumindest Peter, der Fuss, ihr Patenkind, sollte das tun. Viel geben konnte man nicht, das Geld war knapp. Und man hatte versprochen, die Hochzeit in der Volpertusstraße zu feiern. Dennoch, für Peter brauchte man etwas! Und so war Toni auf die Idee gekommen, ihren Ältesten zum Fotografen zu schicken, damit dieser von ihm ein Bild für Louise anfertige. Peter, der Sohn, war von diesem Einfall überhaupt nicht angetan, er versuchte sich zu wehren – für seine Verhältnisse heftig, denn er war ja eher angepasst und bedächtig. Den Aufstand hingegen probte sein Bruder Heinz. Das sei ungerecht, dass nur der Fuss fotografiert werde, er wolle auch, das sei „fies, furchtbar fies". Ihm ging es ganz einfach darum, dabei zu sein, die Tante und ihre Hochzeit waren ihm gleichgültig, aber der Fuss sollte keine Extrawurst haben, der schon gar nicht! Irgendwann gab Toni entnervt nach. Gut, dann sollten die beiden eben gemeinsam zum Fotografen gehen, aber allein, sie müsse bei den Kleinen bleiben.

An einem regnerischen Tag machten die Brüder sich also auf den Weg zu dem Fotografen, der nur zwei Straßen entfernt sein Atelier hatte. Beide trugen blank gewichste Stiefel, aus denen die schwarzen Strümpfe empor wuchsen und in den knielangen dunkelbraunen Hosen aus festem Wollstoff verschwanden, in die Toni mit Mühe eine Bügelfalte fabriziert hatte. In die Hose gestopft war ein weißes Hemd, von dem aber unter der dunkelbraunen Jacke, die die Mutter aus einem gewendeten alten Wintermantel genäht hatte, nur der offene Hemdkragen sichtbar war. Wie immer waren die Köpfe kurz geschoren.

Mit Ermahnungen, sich gut zu benehmen und zügig zu gehen, schickte Toni ihre Söhne auf den Weg. Dies konnte Heinz aber nicht davon abhalten, kaum dass er um die Ecke gebogen war, einen matschigen Stein von der Erde aufzuheben und mit dem Ruf „Fang!“ seinem Bruder zuzuwerfen, der ihn nur fassen konnte, indem er ihn gegen die Jacke drückte, die erste Schmutzflecken zeigte. Bis sie bei dem Fotografen angekommen waren, war der Stein so oft hin- und hergeflogen und auch immer wieder einmal im Matsch gelandet, dass seine Spuren an der Kleidung der Jungen nicht mehr zu übersehen waren.

Der Fotograf stutzte nur kurz, als er sie sah, und beschloss dann, „Frau Tonis“ Anweisungen hinsichtlich des Bildes künstlerisch ein wenig zu verändern. Es war schließlich Krieg, und dem hatte man auch bei einer Fotografie Rechnung zu tragen. Und ein wenig vaterländische Gesinnung konnte bei einer Hochzeit doch so falsch auch nicht sein! Also griff er in seine Kleiderkiste, und im Nu standen zwei veränderte Jungen vor ihm, die er zu einem Bild nach seinem Geschmack gruppierte. Die Mitte des Bildes nahm ein hochbeiniges Gestell aus dunklem Holz ein, einem Blumenständer ähnlich, auf dem die weiße Gipsbüste des Kaisers prangte. Links von dieser steht Peter, bekleidet mit seinen Stiefeln, die dicke Lehmspuren aufweisen, und seinen Hosen. Darüber aber trägt er einen Uniformrock, wie sie in dieser Zeit gerne für Kinder hergestellt wurden. Er reicht ihm weit über die Oberschenkel und ist in der Mitte gegürtet. Seinen Kopf ziert eine Pickelhaube, und die rechte Hand greift zu dem Schleppsäbel. Gegengleich steht sein jüngerer Bruder auf der rechten Seite der Kaiserbüste. Allerdings greift er mit seiner linken Hand an die obere Plattform des Gestells. Was sich jedoch nicht gleicht, ist der Gesichtsausdruck der beiden Jungen. Peter steht aufrecht, beide Füße nebeneinander, ganz ernst, sich der Würde des Augenblicks bewusst. Ganz kleiner Soldat, wie der Fotograf es sich vorgestellt hatte. Ob dieser Augenblick darüber entschieden hat, dass er acht Jahre später Berufssoldat wird, ist nie geklärt worden. Auf jeden Fall steht er da wie einer, der gerne tut, was andere ihm sagen. Ganz anders Heinz. Da ihm der Uniformrock zu groß ist, reicht er ihm fast bis zu den Knien, was die Würde deutlich mindert. Obendrein hat er die Füße gekreuzt und grinst breit spitzbübisch unter seinem Pickelhelm hervor, wenig erfüllt von vaterländischem Geist.

Toni war entsetzt, als ihr das Bild zu Gesicht kam, aber es war nun einmal Geld dafür ausgegeben worden, also musste es herhalten als Geschenk. Louise zeigte sich dessen würdig, es zierte stets die Kommode, und selbst ihre älteste Tochter Maria hat es immer in Ehren gehalten, dieses „Kriegsbild“.

Für einen Tag konnte und wollte man den Krieg vergessen, auch wenn er eigentlich allgegenwärtig war. Allgegenwärtig durch den Mangel, die Trauer um Verluste, die Angst um Söhne, Brüder und Väter. Keine Familie in der Humboldtkolonie war verschont geblieben, immer öfter läuteten die

Glocken von St. Engelbert zum Gedenken an eines ihrer gefallenen Pfarrkinder. An diesem Tage jedoch, einem warmen sonnigen, wie der Frühsommer ihn bringen kann, läuteten die Glocken gegen diese stetige Trauer an, an diesem Tage verkündeten sie wie im Trotz, dass noch Leben und Freude sei. Eigentlich gehörte das Brautpaar ja nicht zu dieser Pfarre, aber Toni zuliebe, die eine eifrige Kirchgängerin war, und weil Peter viel für die Gemeinde tat, hatte der Pfarrer sich bereit erklärt, die Heiratswilligen in der Engelbertkirche zu trauen.

Groß war die Hochzeitsgesellschaft nicht. Aus dem Westerwald war nur eine Schwester von Peter und Louise gekommen. Der Vater, der in Trauer war nicht nur um seine Frau, sondern auch um seinen zweitältesten Sohn Heinrich, der vor Verdun gefallen war, mochte unter diesen Umständen die „weite Reise in die große Stadt“ nicht antreten, obwohl er seine jüngste Tochter, die er am wenigsten von allen seinen Kindern verstand, gerade deshalb umso mehr vermisste.. Er ließ durch die Schwester seinen väterlichen Segen überbringen und sorgte durch ein riesiges Naturalienpaket für eine deftige Grundlage dieser neuen Ehe. Auch für Mattjöhs Eltern und Brüder war es in den Kriegszeiten unmöglich, aus Belgien anzureisen, so dass nur einer seiner Brüder, Andreas, der das Ganze als Abenteuer auffasste, sich nach Köln durchgeschlagen hatte. Peters und Tonis gewachsene Familie bildete also den Kern der Gesellschaft, dazu kamen einige Freunde „von der Bahn“, die an der Feier in der Volpertusstraße teilnehmen sollten.

Louise betrat an Peters Arm die Kirche, vor sich die beiden Kleinen, Franz und Josef, die Blumen aus dem Garten streuten, und hinter ihnen Heinz, der sie feixend beaufsichtigte. Neben Heinz ging Peter, ihr Patenkind, mit todernster

Miene, zusammengekniffenen Lippen und weit vorgestreckten Armen, in den Händen das Kissen, auf das er sich ganz konzentrierte, Tonis bestes rotes Samtsofakissen, auf dem die Ringe lagen. Das musste so sein, hatte seine Mutter erklärt, die diese Szene in einem der Bücher aus der Pfarrbücherei gelesen hatte, die sie während des Bügelns, des Stopfens, des Kochens und wann immer es ihr möglich war, verschlang. Peter musste die Ringe tragen! Und Peter trug die Ringe mit hochrotem Kopf und sich ganz der Würde seiner Aufgabe bewusst. Die Jungen waren am Morgen in der Waschküche geschrubbt worden, bis ihre Gesichter glänzten. Anschließend hatte der Vater ihnen eigenhändig die Köpfe geschoren. Alle vier trugen ihre Sonntagskleidung, aus denen die beiden Ältesten schon fast herausgewachsen waren: dunkelblaue Matrosenblusen mit weißen Streifen am Kragen und dazu glänzende schwarze knielange Hosen, genäht aus alten Militärhosen, die Toni von einer Nachbarin bekommen hatte, vervollständigt durch lange schwarze Strümpfe und ihre Knopfstiefel. Mit dieser Vorhut also betrat Louise die Kirche, die bis auf die letzte Bank gefüllt war, gerade wegen dieser schwierigen Zeiten, in denen die Trauung stattfinden musste. Man hatte so wenig Gelegenheit zu feiern, dass man jede nutzte, es zu tun. Toni war bekannt und beliebt in der ganzen Kolonie, und ihre jüngere Schwägerin, die stets lachte und äußerst warmherzig war, wurde ebenfalls von allen gemocht, die sie kannten. Und so hatte sich nicht nur die gesamte Nachbarschaft aus der Volpertusstraße versammelt, sondern auch aus den anliegenden Straßen war man gekommen, um Louise auf ihrem Weg in ein neues Leben zu begleiten. Neugierig reckten die Frauen ihre Hälse, um den ersten Blick auf die Braut zu erhaschen, und ein bewunderndes „Ah" ging durch die Reihen. Louise, eigentlich nur mittelgroß, wirkte durch ihr schlank geschnittenes schwarzes Hochzeitskleid sehr groß am Arm ihres eher kleinen, mittlerweile etwas gedrungen wirkenden Bruders, der im Laufe seiner Ehe ein wenig angesetzt hatte. Wie es ihr gelungen war, dieses Seidengeorgettekleid zu bekommen, hat nie jemand erfahren. Es war tailliert, umschloss ihren Oberkörper eng und war über der Brust in kleine Biesen gelegt. Ab der Taille floss es, ihre Figur umspielend, bis zum Boden. Eng geschnitten waren auch die langen Ärmel, an denen sich eine Knopfleiste bis zum Ellbogen emporzog. Den hohen Kragen schmückte eine Gemmenbrosche, Mattjöhs Geschenk zur Hochzeit. Das dunkle Haar trug sie hochgesteckt, und über ihm bauschte sich, gehalten durch einen schmalen immergrünen Kranz, der bodenlange weiße Schleier. Den Brautstrauß aus weißem Flieder und hellen Rosen hielt sie fest in der Hand. Hoch erhobenen Hauptes schritt sie also durch die sie bewundernde Menschenmenge auf ihren Bräutigam zu, auf den sie so lange gewartet hatte und der nun dort vorne am Altar ihrer harrte. Jeden Schritt bis dorthin genoss sie, ganz unverkrampft und offen. Hierhin hatte ihre Rebellion sie geführt, sie war am Ziel, sie war angekommen bei „Mattjöh mit den heilenden Händen". As sie an ihrer Schwägerin vorbei schritt, wandte sie leicht den Kopf nach rechts und strahlte diese an, so unverhohlen und ehrlich, spontan und ungeschützt, dass Toni, die ihren Jüngsten in seiner besten Strampelhose auf dem Arm hielt, Gott inständig bat, Louise eine ebenso gute Ehe zu schenken wie ihr selbst. Dass sie dreizehn Jahre später die Schwägerin als Witwe mit drei kleinen Töchtern trösten musste, wusste zu diesem Zeitpunkt gottlob niemand.

Nach der Brautmesse führte der Pfarrer die Trauzeremonie durch, und Louises „Ja" hallte so laut und entschieden durch die Kirche, dass die Anwesenden lächelten und Matthias ganz gerührt ihren Arm umfasste. Frisch vermählt verließen sie die Engelbertkirche und zogen zu der nahe gelegenen Volpertusstraße 1, wo Toni trotz der harten Kriegszeiten – dank des Paketes von ihrem Schwiegervater – einen großen saftigen Schweinebraten mit Sahnesoße, Salzkartoffeln und Gemüse aus dem Garten auftischte. Vorweg gab es eine Hochzeitssuppe, Rinderbrühe mit Nudeln und Eistich, und eine Weinspeise beendete die Mahlzeit.

Nach dem Mittagessen verließ man die gute Stube, die heute natürlich benutzt wurde, und feierte im Garten bis in die Abendstunden weiter, und irgendwann erklang natürlich auch das Lied vom schönen Westerwald mit dem „Wind so kalt", das Peter, „der Fuss", auf der Tuba begleitete, die er seit einiger Zeit spielte. Alle sangen lauthals und mit Inbrunst: „Jedoch der kleinste Sonnenschein dringt tief ins Herz hinein", nur Louise kniff die Lippen zusammen. Das war nun doch zu viel! Sie, die unbedingt den Westerwald hatte verlassen wollen, würde sich doch nicht ausgerechnet an ihrem Hochzeitstag dorthin zurücksehnen. Lächelnd betrachtete sie den ihr gerade Angetrauten, den stillen Matthias, in dessen Brillengläsern sich die Lichter des Abends spiegelten, der, ermuntert von Tonis rotem „Aufgesetzten", völlig versunken mit einstimmte, obwohl er doch nur ein einziges Mal in Mittelhof gewesen war, als er den Vater um ihre Hand gebeten hatte. Und wie froh er gewesen war, als man wieder in die Stadt zurückgekommen war. Das Land war nicht seine Welt!

Spät am Abend brachte ein Nachbar das junge Ehepaar mit seiner Pferdekutsche, die noch nicht Opfer des Kriegs geworden war, nach Mülheim in die kleine Wohnung, die sie gemietet hatten. Und Toni sorgte derweil kopfschüttelnd dafür, dass ihre beiden Ältesten, die wohl unbemerkt den Aufgesetzten gekostet hatten, sicher in ihrem Bett im Kinderzimmer landeten. Spät am Abend, als sie aufgeräumt und gespült hatte, setzte sie sich zu Peter in den Garten, nahm seine Hand in ihre und gestand ihm ihren Wunsch, unbedingt ein Mädchen haben zu wollen, unbedingt …

2007

Wie hatte die Mutter arbeiten müssen, und immer sorgte sie dafür, dass alle es gut hatten. Wehmütig lächelnd rief sich Thea die vorhin betrachtete Fotografie in Erinnerung, auf der die Mutter, inmitten ihrer Männer, in die Kamera gelächelt hatte. Nur selten hatte sie an sich gedacht oder Wünsche geäußert, das Wohl der anderen war ihr wichtiger gewesen, immer. Nur diesen einen Wunsch hatte sie gehabt, ihr ganzes Leben lang, eine Tochter wollte sie haben, eine einzige Tochter, damit sie zu zweit waren in dieser Männerwelt! Wie war es wohl für sie gewesen, fragte sich Thea, mehr als neunzig Jahre später, was hatte sie empfunden, als sich ihr Wunsch bei Louise gleich zweimal hintereinander erfüllte?

Die Mutter hatte ihr immer erzählt, Louises erste Schwangerschaft sei für sie wie eine eigene gewesen, so nahe standen sich die Schwägerinnen, und als Louises Stunde gekommen war, stand sie ihr bei, ging der Hebamme zur Hand, beruhigte den aufgeregten Matthias und war diejenige, die ihr die erste Tochter an die Brust legte. War sie neidisch? Oder hatte sie sich nur für die Schwägerin gefreut, der der eigene Wunsch so schnell erfüllt worden war? Dass deren kleine Tochter Maria auf den Tag genau zwei Jahre vor ihrer eigenen Tochter geboren wurde, konnte sie ja damals nicht wissen. Und ebenfalls konnte sie an diesem Tage nicht wissen, dass Louise bereits zwei Töchter haben würde, ehe sie ihre eigene auf die Welt brachte, denn die kleine Gertrud wurde eineinhalb Jahre nach Maria geboren.

Hatte man bei der Hochzeit tatsächlich den Krieg vergessen und gefeiert, als sei die Welt in Ordnung? Was waren das für Zeiten damals? Wie hatte man sie überhaupt durchstehen können, und woher hatten die Eltern, Tanten und Onkel den Mut genommen, Kinder in diese Welt zu setzen, die tagtäglich immer mehr ihrem Untergang zutaumelte, immer schneller …

1916–1919

„Man muss vertrauen, ER wird es schon richten", das war Tonis Devise, wenn ihr in den letzten Kriegsjahren angst und bange geworden war um ihre Familie, um ihre Kinder, die doch noch so klein und hilflos waren und die so viel brauchten. Louises Hochzeit war der letzte Feiertag gewesen, den man unbeschwert genossen hatte, danach wurden die Zeiten sehr schwierig. Ohne den Garten und Peters viele kleine Nebenverdienste, die oft aus Zucker, Brot und, wenn man ganz viel Glück hatte, auch einmal einem Stückchen Butter bestanden, hätte man die Zeiten kaum überstanden. Aber auch so war es schwer genug gewesen. Und das hatte bald nach Louises Hochzeit begonnen. Viele Wochen lang hatte der kleine Josef, fünf Jahre alt, im „Steckrübenwinter" 1916 auf 1917 weinend vor seinem Teller gesessen, weil er den Geschmack von Rüben überhaupt nicht mochte und die Mutter ihm doch kaum einmal etwas anderes hatte bieten können. Heinz hatte die Situation noch verschärft, weil er seinen Mund nicht halten und es nicht unterlassen konnte, den kleinen Bruder zu necken. Jedes Mal, wenn diesem die Tränen in die Augen stiegen und er über seinem Eintopf zu würgen begann, schrie er: „Luur ens, der Stief!", der daraufhin losweinte, was Heinz nur zu neuen Taten anspornte.

„Ess, Jung, ess de Hindenburch (Hindenburg) Knöllche, lecker, lecker Hindenburch!“ Toni fiel es dann immer schwer, den Kleinen wieder zu beruhigen, aber auch mit Heinz mochte sie nicht wirklich streng werden, denn der Heranwachsende überspielte oft ja nur seinen eigenen Hunger. Und gehungert hatten sie in diesen letzten Kriegsjahren, weniger als die Nachbarn zwar, aber immer noch genügend, um zu wissen, wie Hunger sich anfühlt. Alles, was sie bekommen konnte, gab sie ihren fünf Jungen, und Peter tat das ebenfalls, so dass auch er immer magerer wurde und sie sich sorgte, ob er seine schwere körperliche Arbeit würde durchhalten können. Dazu kam die Angst um die an der Front Kämpfenden, die Angst, was sein würde, wenn der Krieg zu Ende war, verloren, was man immer offener auszusprechen begann, die Angst um die Zukunft ihrer Jungen, die doch alles noch vor sich hatten.

Die Nachrichten vom Kriegsschauplatz waren immer erschreckender. Immer mehr Nationen traten in den Krieg ein, alle gegen Deutschland, wie Peter, der bei der Bahn viele Kriegsteilnehmer traf, Toni erklärte, so dass man das Schlimmste fürchten musste. Wie schlimm es wirklich dort draußen war, wussten die Daheimgebliebenen nicht, sie ahnten es nur, wenn wieder einmal ein Verwundeter auf Heimaturlaub kam. Grauenhaft sahen die Männer oder Söhne der Nachbarinnen aus, erzählte Peter, der Fuss, der seinen Vater oft zum Deutzerfeld begleitete, um dort kleine Gelegenheitsarbeiten zu übernehmen. Er war entsetzt, nun die abgerissenen Uniformen zu sehen, die er doch früher so schmuck und attraktiv gefunden hatte. Gegen die Kälte hätten sich die Soldaten in verschlissene Decken gehüllt, erzählte er seiner Mutter, „ganz grau“ hätten die ausgesehen, und manche hätten kaum gehen können. Aus dem Zug hätte man sie heben müssen, getaumelt seien sie auf dem Bahnsteig. Peter, der Elfjährige, war entsetzt, und Toni sorgte dafür, dass sie mit ihm in der Küche allein war, wenn er diese Geschichten erzählte. Das mussten die Kleinen nicht auch noch hören, das nicht!

Schlimmer fand sie, dass viele der Kriegsteilnehmer nicht sprachen. Wenn sie bei ihren Nachbarinnen war, saßen die Männer oder Söhne dort, zusammengesunken, in eine Ecke am Herd gekauert, um warm zu werden, oft mit geschlossenen Augen, husteten oder schwiegen, schwiegen ganze Tage lang. Und dann dankte Toni insgeheim – immer jedoch mit schlechtem Gewissen – Gott, dass ihr Mann zu Hause gebraucht wurde und die Söhne noch zu klein waren. Nie wollte sie ihre Söhne im Krieg wissen, nie. Dass alle Fünf zwanzig Jahre später im Feld waren, hat sie nicht mehr erleben müssen.

Ja, die Zeiten waren schwierig, für jeden, um wie viel schwieriger für eine siebenköpfige Familie mit noch kleinen Kindern, die Mangel litten, trotz aller Mühe der Eltern. Und dazu kamen noch die persönlichen Sorgen, wie sie in jeder Familie auftreten, Streitereien der Kinder, Krankheiten, Verletzungen. Besonders mit Heinz gab es zunehmend Probleme. Ihm fiel es schwer, sich einzuordnen, sich anzupassen, was sein Bruder Peter fast zu gut konnte, worüber sich Toni ebenfalls Sorgen machte, da sie fürchtete, es werde ihm nicht gelingen, sich später einmal durchzusetzen. Und Durchsetzungskraft, das hatten sie die letzten Jahre gelehrt, die brauchte man zum Überleben. Heinz dagegen schien zu viel von dem zu besitzen, was seinem älteren Bruder fehlte. Er bestand eigentlich nur aus Auflehnung, Widerstand und Trotz. Mit ihm umzugehen kostete sie große Kraft, zu viel Kraft, so dass sie allzu oft, wie sie wusste, nachgab, um sich selbst zu schonen, spürte sie doch, dass sie nicht mehr die Kräftigste war, ihre große Familie hatte sie geschwächt.

Typisch für Heinz war, dass er nie das wollte, was andere ihm vorschlugen. Eines Abends war sein Volksschullehrer gekommen und hatte die Eltern um ein Gespräch gebeten. Toni führte ihn ins Wohnzimmer und ließ ihn dort mit ihrem Mann allein. Während sie sich oben um die Kleinen kümmerte, hatte Heinz sich an die Wohnzimmertür geschlichen und sein Ohr daran gelegt, um zu hören, was drinnen gesprochen wurde. Wider Erwarten war sein Lehrer nicht gekommen, um gegen ihn Klage zu führen, sondern um den Eltern ans Herz zu legen, Heinz auf das Gymnasium zu schicken. Dieser hörte, vor der Tür lauschend, dass er sehr intelligent und dass es eine Schande sei, wenn man seine Talente nicht nutze. Ob es der Vater nicht ermöglichen könne, ihm die Chance zu geben. Vielleicht gebe es ja die Möglichkeit, sie finanziell ein wenig zu unterstützen, eventuell kirchlicherseits … Da stieß der Horcher vor der Tür einen gewaltigen Schrei aus, polterte laut „Nä, nä, nä …" rufend die Treppe herauf, stieß die Tür zum Kinderzimmer auf und stürmte an seiner erstaunten Mutter und den vier Brüdern vorbei zum Fenster, riss es auf und sprang mit einem riesigen Satz auf die Fensterbank. „Isch weed keen Pastor", schrie er, das „O" in die Länge ziehend, und sprang in die Dunkelheit. Seine erschrockenen Eltern, der Lehrer und die Geschwister fanden ihn unten auf der Straße liegend mit einem gebrochenen Bein, weil er hart aufgekommen war, und an diesem Abend war der Gymnasiumsbesuch kein Thema mehr. Aber auch Tage später konnte ihn niemand davon überzeugen, dass dies zu seinem Besten sei. „Isch weed keen Pastor", wiederholte er wie eine Gebetsmühle, sicher, dass dies die einzige Bestimmung eines Besuchs der höheren Schule sei. Und dabei blieb es. Man gab nach und ließ ihn weiter auf der Volksschule, die dann dazu führte, dass auch Herrmann endlich seinen Spitznamen bekam.

Im Jahr 1919 war Toni erneut schwanger, und diese Schwangerschaft nahm sie mehr mit als die vorherigen. Vieles fiel ihr nun schwer, und die drei älteren Söhne wurden mehr zur Hilfe herangezogen, als sie gewöhnt waren. So bat sie diese eines Morgens, den kleinen Herrmann, der immer quengelte, er wolle auch in die Schule gehen, doch mitzunehmen, damit sie ein wenig Ruhe hatte. Josef konnte sie bei der Nachbarin lassen. In diesem ersten Jahr nach dem Krieg erhielten die Kinder in der Schule eine Schulspeisung, um ihnen wenigstens eine warme Mahlzeit am Tage zu sichern. An dieser Schulspeisung nahm Herrmann teil, ohne zu ahnen, dass es das gab, was er nicht runterbringen konnte: Gerstensuppe. Diese zu essen weigerte er sich auch zu Hause konstant, nur hier in der Schule hielt er den Teller in der Hand und traute sich nicht, etwas anderes zu machen als die Großen, die er aufmerksam und still bewundernd den ganzen Tag über beobachtet hatte. Er wollte alles so machen wie die Schulkinder. Und die aßen ihre Teller leer, also würgte auch er die glibberige Gerstensuppe runter, voller Ekel. Als er dann am Nachmittag zu Hause von Toni gefragt wurde, wie es denn in der Schule gewesen sei und was er zu essen bekommen habe, kullerten dicke Tränen seine Wangen herunter, er schluchzte auf und schrie voller Wut seine ganze Empörung und Enttäuschung in die Welt: „Jäsch (Gerste)!" Das war das einzige, was er herausbrachte. Heinz, der mitleidlose Spaßmacher, rief in Tonis tröstende Worte hinein: „Hä is de Fuhrmann Jäsch, Fuhrmann Jäsch", und dieser Name blieb Herrmann bis in sein hohes Alter, ebenso wie die Ablehnung von Gerstensuppe.

Ein knappes Jahr nach dem Ende der Monarchie gebar Toni in Köln – das wilhelminische C war seit dem 1. Februar 1919 wieder dem K gewichen – endlich die so sehnlich erwartete Tochter, Theodora Johanna, die Mösch, die von fünf geschorenen Jungenköpfen in der Welt willkommen geheißen wurde.

2007

Ab jetzt war sie dabei gewesen, nun konnte sie sich selbst erinnern, dachte Thea, die immer noch gedankenverloren in der Küche stand. Vielleicht auch nur erinnern, weil man ihr erzählt hatte, aber nun war es auch ihre Geschichte, war sie Teil dieser Generation, deren letzte Überlebende sie war. Die einzige Zeugin, in deren Erinnerungen alle und alles noch präsent waren. Nur noch in ihr …

Wie im Traum griff sie zu ihrem Stock, der neben ihr an der Schrankwand lehnte, und spürte erst jetzt, dass sie kaum noch stehen konnte. Mühsam humpelte sie ins Wohnzimmer, ließ sich schwer in ihrem Sessel nieder und rückte dabei das weiße Spitzendeckchen, das unter dem Familienfoto lag, wieder gerade. Weiße Spitzen, ja, die hatte die Mutter auch irgendwoher für das Taufkleid ihrer Tochter besorgt, niemand wusste, was sie dafür hatte hergeben müssen, Äpfel, Kartoffeln oder gar ein wenig Kaffee, den sie von Louise bekam, denn Mattjöhs belgische Verwandten ließen der wachsenden Familie manches zukommen. Kaffee, das hatte ihr die Mutter immer erzählt, war in diesen Zeiten kostbar gewesen, unvorstellbar kostbar.

Und so hatte sich Thea als Kind immer einen Schemel an den Küchenschrank gerückt und war darauf geklettert, um in die Kaffeedose zu schauen, die ganz hinten etwas versteckt im Küchenschrank stand, weil sie hoffte, irgendwann einmal Gold in ihr zu finden, denn Gold war ja wohl das Kostbarste überhaupt …

Die Geburt ihrer Tochter ließ Toni wieder fröhlicher und energievoller werden. Man hörte ihr Singen durch das ganze Haus, der sorgenvolle Blick wich, und die Arbeiten schienen ihr nun leichter von der Hand zu gehen. Eine Weile hatte Thea im Schlafzimmer der Eltern verbracht wie auch ihre Brüder kurz nach deren Geburt, aber sie siedelte schnell um in das „Mädchenzimmer“, das so lange auf eine Bewohnerin gewartet hatte. Sobald Toni nach der Geburt wieder bei Kräften war, hatte sie das Zimmer ausgeräumt, ihre Haushaltsutensilien in die Küche gebracht und Peter fast etwas ungeduldig gebeten, den Raum neu zu streichen und zu tapezieren. Eine helle und blumige Tapete sollte es sein. Aus Stoffresten, die sie schon lange gehortet hatte, nähte sie duftige Gardinen und setzte später die Spitze von dem Taufkleidchen daran. Anders als das „Jungenzimmer“ sollte der Raum für Theodora sein, ihr kleines Mädchen, das sie nun endlich hatte und das ganz schnell sein Zimmer beziehen musste.

Die Brüder schauten zunächst erstaunt, gewöhnten sich dann aber daran, dass bei dem Schwesterchen vieles ganz anders war als bei ihnen. Das musste wohl so sein, Mädchen waren nun einmal schwach und hilfsbedürftig. Der Vater hatte auch gesagt, sie müssten nun „Kavaliere“ sein. Und so begannen sie sehr früh, die Kleine zu verwöhnen, ihr immer zu Diensten zu sein und sie als etwas Außergewöhnliches in ihrer Familie zu akzeptieren. Besonders Peter, der Älteste, fühlte seine Verantwortung für dieses kleine weibliche Wesen und ließ nicht zu, dass die Brüder sie wie ihresgleichen behandelten. Sobald sie etwas grober oder rauer mit ihr umgingen, schritt er ein, verbot es ihnen und verteilte wohl auch einmal Ohrfeigen. Ganz vorsichtig nahm er das Schwesterchen auf den Arm, sobald es nur leise vor sich hinraunte, trug es durch die Küche, das ganze Haus und den anliegenden Garten und benannte alles, was sie sahen. Die drei kleineren Brüder folgten ihm bei diesen Gängen, streichelten ab und zu ein erreichbares Stückchen Haut oder gar nur einen kleinen Socken und bemühten sich, dabei ganz vorsichtig und liebevoll zu sein. Nur Heinz fügte sich nicht so ganz in die Schar der Verehrer. Er fand „das Getue“ albern, vor allem wahrscheinlich, weil er seinem älteren Bruder die Rolle des Beschützers neidete, und ging seiner eigenen Wege. Nur wenn er ganz allein war mit der Mösch, wie er sie unbeirrbar – „Dat Kind heeß Thea!“ – nannte, kitzelte er sie unter den Ärmchen, die sie ihm weit entgegenstreckte, bis sie quietschte vor Vergnügen, und dann konnte es auch geschehen, dass er ihr noch haarloses Köpfchen küsste. Wenn sich jedoch ein anderes Familienmitglied näherte, ging er mit seinem schwingenden Schritt, den er sich seit neustem angewöhnt hatte, von dannen, deutlich hörbar „Kinderkram“ vor sich hin murmelnd. Er hatte wichtigere Dinge zu tun, als sich um die kleine Schwester zu kümmern.

Nie hatte Toni Schwierigkeiten, jemanden zu finden, der bereitwillig den Kinderwagen durch die Siedlung schob oder sich eine Stunde neben ihn in den Garten setzte, um Theas Schlaf zu bewachen. Wurde Thea gebadet, drängten sich die drei Jüngsten um die große Schüssel in der Küche, in der das Kind saß, und der achtjährige Josef war stolz, es zu halten.

Nur Herrmann, der Vierjährige, platschte schon einmal mit dem Lappen, so dass das Wasser hoch aufspritzte, Thea ins Gesicht. Aber auch dann schrie sie eigentlich nie, meist lachte sie und brabbelte vor sich hin, wenn die Brüder um sie waren. Sie schien es weidlich zu genießen, so im Mittelpunkt aller Aufmerksamkeit und Liebe zu stehen.

Auch der Vater war stolz auf seine winzige Tochter, die ihnen nach den fünf Jungen geschenkt worden war, obwohl er sich nur schwer an den Namen Theodora gewöhnte, der ihm viel zu gewaltig schien für die Kleine, er war froh, Mösch sagen zu können. Wenn er abends mit den Jungen um den großen Küchentisch saß, gesellte sich Toni zu ihnen, das Töchterchen auf dem Schoß, und die beiden Frauen der Familie erfuhren so, dass ganz neue Zeiten angebrochen waren. Peter erklärte den Jungen, es gebe nun keinen Kaiser mehr, den hatte man nach Holland geschickt. Und auch die Grafen und Barone waren nicht mehr so wichtig, man lebte jetzt in einer Republik, in der jeder alles werden konnte – „sacht man wenigstens", fügte er etwas skeptisch hinzu. Jeder, auch die Frauen, denn die hatten nun das Wahlrecht – ob das gut war, wusste er noch nicht so recht. Heinz fand alles gut und aufregend, was der Vater ablehnte. Wenn der voller Abscheu von den Kommunisten erzählte, beschloss er, genau so einer zu werden. Aber vielleicht wurde er auch ganz reich, da war er noch unentschlossen. Peter trauerte den Uniformen und Aufmärschen der Kaiserzeit nach, die ihn begeistert hatten, und wollte alles über die Reichswehr wissen, die sogar einmal die Regierung in die Flucht geschlagen hatte. Die Kleineren hörten mit großen Augen zu und warteten darauf, dass das Kartenspiel ausgepackt würde oder man „Mensch ärgere dich nicht!" spielte.

Auf jeden Fall hatte sich sehr viel geändert, ob zum Guten, konnte Toni noch nicht entscheiden, gab es doch immer noch viel zu wenig zu essen und schimpften alle über die hohen Reparationskosten, die die neue Republik zahlen musste für den verlorenen Krieg. Dennoch – sie sorgte sich weniger als in den Kriegszeiten, wie sie ihre Familie satt bekommen sollte, ihre Angst vor der Zukunft schwand und man hörte sie auch wieder das Westerwaldlied singen, wenn sie Thea badete oder zu Bett brachte. Sie waren einigermaßen heil durch den Krieg gekommen, und sie hatte ihr ersehntes Töchterchen – es würde schon alles gut weiter gehen. Peter war von der neuen Reichseisenbahn übernommen worden, also war ihr Unterhalt gesichert.

So wuchs Thea auf, behütet von den Brüdern und geliebt von allen, erkrabbelte sich energisch ihre Umwelt und konnte schon mit zehn Monaten alleine laufen, weil sie es leid war, nicht an das heranzukommen, was sie interessierte. Sehr früh plapperte sie ihre ersten Worte, zum Stolz von Vater und Mutter, und wollte überhaupt am liebsten alles selber machen: essen, sich waschen, spazieren gehen.

Für Peter war nun die Zeit gekommen, sich zu entscheiden, welchen Beruf er nach Beendigung seiner Schulzeit ergreifen wollte. Eine rechte Vorstellung, was ihm gefallen würde, hatte er nicht, am liebsten wäre er zu den Klängen einer Kapelle marschiert, hätte salutiert und das getan, was man ihm sagte. Und das tat er dann auch, denn sein Vater beschloss, ihn zu einem Nachbarn in die Lehre als Werkzeugschlosser zu geben. Ein Handwerk sollte es sein, da der Junge zwar geschickt mit den Händen, aber nicht so schnell im Denken war, ganz im Gegensatz zu seinem jüngeren Bruder, dem Schmal, der mühelos lernte und ihn übertölpelte, wann immer er wollte. Außerdem – Werkzeuge brauchte man immer, da würde der Fuss sein Auskommen haben, und wenn er Begabung dafür zeigte, konnte er ja immer noch seinen Meister machen. Peter stimmte zu, ging mit seinem Vater zu dem Nachbarn und drehte unsicher seine Kappe in den Händen, als dieser ihn fragte, warum er Schlosser werden wolle. „Dä Papp …“, war alles, was er rausbrachte, und damit war es abgemacht, nach Ostern würde er seine Lehre beginnen. Es war gut, dass niemand zu diesem Zeitpunkt ahnte, wie todunglücklich er in den nächsten drei Jahren werden würde, weil es ihn überhaupt nicht reizte zu lernen, wie man Werkzeuge herstellte. Metall auch nur anzufassen war ihm widerlich.

Da Toni ihren Ältesten gut kannte, war ihr bewusst, dass Probleme auf ihn zukommen würden, und das ließ ihre Sorgen erneut aufflackern. Außerdem war sie wieder schwanger im Jahre 1921, und diese Schwangerschaft machte ihr zu schaffen wie keine zuvor. Sie fühlte sich matt und abgespannt, bei jeder Mühe klopfte ihr Herz heftig, es war, als habe sie nun, nach der Geburt der Tochter, keine Kraft mehr für ein weiteres Kind. Ohne die Hilfe der Söhne hätte sie ihren Haushalt nicht mehr bewältigen können, aber jeder von diesen übernahm seine Pflichten, nur Heinz vergaß sie mitunter. Eine große Hilfe war ihr Josef, der mittlerweile zehn Jahre alt war. Schon immer hatte er gerne in die Töpfe geguckt, wenn sie kochte. Am liebsten war es ihm, wenn sie buk, dann hielt er sich bei ihr in der Küche auf und wollte alles wissen über Zutaten und Teige, Nüsse und Zitronat. Nun übernahm er fast selbstständig das Kochen, sie musste ihm nur manchmal helfen, aber wenn er aus der Schule kam, schwang er den Kochlöffel und sorgte dafür, dass seine Brüder, der Vater und Thea abends eine warme Mahlzeit bekamen. Mittags behalf man sich mit Broten, die schnell geschmiert und gegessen waren.

Dies entlastete Toni, aber es blieb noch genügend zu tun übrig, wie Bügeln, Wäsche Waschen, Stopfen und Flicken, was ihr immer schwerer fiel, je weiter ihre Schwangerschaft fortschritt. Zum ersten Mal wurde sie ungeduldig, sehnte das Ende herbei. Nur wenn sie ihr Töchterchen brabbeln und vor Freude quietschen hörte, entspannte sie und freute sich auf ihr achtes Kind.

2007

Tatsächlich, die Mutter hatte acht Kinder geboren. Ob sie noch öfter schwanger gewesen war und Babys verloren hatte, darüber hatten sie früher nie nachgedacht. Nun würde man es nie mehr erfahren, nie mehr fragen können, wie sie diese Schwangerschaften durchgestanden und empfunden hatte. Sie selbst, Thea, war zu klein gewesen damals, um sich an diese neun Monate zu erinnern, in denen die Mutter Hubertchen erwartet hatte. Hubertchen, das letzte ihrer Kinder, der einzige, der ohne Spitznamen gegangen war, nicht einmal dazu hatte seine Zeit gereicht. Hubertchen, ihr jüngster, innig geliebter Bruder, dessen „kleine Mutter" sie gewesen war. Kein Bild existierte von ihm, hatte jemals existiert, aber sie konnte sich genau den blonden Lockenkopf vorstellen und das Grübchen in der rechten Wange, wenn er gelacht hatte.

Thea lehnte sich in den Sessel zurück und schloss die Augen. Immer noch kamen ihr die Tränen, wenn sie an das Brüderchen dachte – und es war doch fast ein Jahrhundert vergangen. Aber mit Hubertchen hatte sich alles geändert, mit seinem Tod legte sich ein Schleier der Trauer über ihre Kindheit, die vorher so sorglos und heiter gewesen war, so unbeschwert. Diesen Tod hatte die Mutter nicht mehr verkraftet, er hatte sie schwach gemacht, anfällig, krank – und in diese Schwäche war sie, Thea, mit einbezogen, die sich mit allen ihren beachtlichen Kräften wehrte gegen die Trauer und das Leid. Es waren schwere Jahre gewesen für sie – aber es muss-

ten auch schwere Jahre für die Mutter gewesen sein, dachte sie und erschrak, denn sie dachte es heute zum ersten Mal. Zum ersten Mal? Nach über achtzig Jahren? Wie war das möglich?

Thea zögerte. Sollte sie die Jahre mit ihrem kleinen Bruder lebendig werden lassen? Ihr fehlte der Mut dazu.

Schwerfällig erhob sie sich aus ihrem Sessel und ging langsam, auf ihren Stock gestützt, zur Terrassentür. Die Vorhänge waren bereits vorgezogen und sperrten die äußere Welt aus, aber jetzt mochte sie nicht allein sein, jetzt brauchte sie den Kontakt mit draußen, um der Trauer, die in ihr aufgestiegen war, zu entfliehen. Sie fasste in den dunkelblauen Samt – wie hatte sie ihn immer geliebt, seit sie ihn mit ihrem Mann im größten Kaufhaus der Stadt ausgesucht hatte! Viel zu teuer war er eigentlich gewesen! – und zog den Vorhang nach links, öffnete die Tür und trat langsam auf die gepflasterte Terrasse. Es war bereits dunkel, es musste spät sein, und ganz still. Ein außergewöhnlich schöner Vorherbsttag war in den Abend übergegangen, sternenklar und gar nicht kalt. Tief sog sie die Luft ein, mehrere Male, und seufzte dann, wie um sich einer Last zu entledigen. Sie lehnte sich an den Gartenstuhl, der vorne am Rande stand, und schaute auf in den Himmel. So hatten die Sterne auch damals geschienen, damals, als Hubertchen auf die Welt gekommen war, fast genau zwei Jahre nach ihr.

1921

Und wieder lag Toni in dem Ehebett, in dem sie alle ihre Kinder außer Peter zur Welt gebracht hatte, aber dieses Mal war alles anders. Sie hatte nicht bis zuletzt für das Wohl ihrer Familie sorgen können, das hatte sie Louise überlassen müssen, die mit ihren beiden kleinen Töchtern in der letzten Woche täglich in die Volpertusstraße gekommen war, um sie zu unterstützen, da sie fast ausschließlich hatte liegen müssen. Der Arzt, den Toni auf Anraten der Hebamme konsultiert hatte, schaute sie besorgt an, als er sie untersucht hatte, und riet, sich zu schonen, zu schonen, zu schonen. Wie das bei einer so großen Familie gehen sollte, hatte er auch nicht gewusst, aber Louise, die von Peter informiert worden war, dass es gar nicht gut um die Schwägerin stehe, war sofort herbeigeeilt und hatte – nach Rücksprache mit Mattjöh – das Szepter übernommen. Ihre beiden Töchter waren glücklich, liebten sie doch die Cousins und das Cousinchen sehr, und Mattjöh kam abends nach der Arbeit vorbei, um seine kleine Familie abzuholen und nach Hause zu begleiten. Vorher hatte er sich aber immer eine Weile zu Toni in das abgedunkelte Schlafzimmer gesetzt und seine Hände dort auf ihrem Körper ruhen lassen, wo es ihr gut tat.

So konnte sich Toni, als ihre Stunde herankam, ganz beruhigt über das Wohl ihrer Familie, auf die Anweisungen der Hebamme und des am Nachmittag herbeigerufenen Arztes konzentrieren. Es war ihre schwerste Geburt, und sie dauerte den ganzen Tag bis in die Abendstunden. Ihr Körper war verbraucht und kraftlos, so dass sie wenig tun konnte, ihrem letzten Sohn den Weg ins Leben zu erleichtern. Als die in der Küche Wartenden – Peter, Louise und Mattjöh, die Kinder hatten sie mit Wurstbroten und Pfefferminztee in den Garten geschickt – es fast nicht mehr aushielten vor Sorge, erschien endlich die Hebamme und holte Peter, seinen gerade geborenen Sohn zu begrüßen. Matt lag Toni in den Kissen, schaffte es kaum, ihrem Mann zuzulächeln und den Sohn, der neben ihr auf einem Kissen lag, zu präsentieren. Auch Louise und Mattjöh schauten noch schnell bei ihr herein, den Kindern hatte man gesagt, die Mutter brauche Ruhe, sie könnten ihren kleinen Bruder am nächsten Tag in Augenschein nehmen.

Bevor der Arzt das Haus verließ, hatte er sich mit Peter in die gute Stube zu einem Glas Aufgesetzten zurückgezogen und diesem dort eindringlich klar gemacht, dass dies unbedingt Tonis letzte Schwangerschaft gewesen sein musste, wollte er nicht das Leben seiner Frau riskieren. Peter, erleichtert, dass alles noch einmal gut verlaufen und das Kind gesund zur Welt gekommen war, versprach, alles zu tun, damit Toni sich erhole und wieder zu Kräften komme. Am besten wäre es wohl, wenn sie eine Zeit lang mit den drei Kleinen nach Altenbrendebach gehe, um dort in der frischen Luft und Ruhe zu gesunden. Um die Großen wolle er sich schon kümmern, Louise und Mattjöh würden helfen.

Von alldem wusste Thea natürlich nichts, als sie am nächsten Morgen vom Arm ihres Vaters aus den kleinen Bruder zum ersten Mal sah. Und es war Liebe auf den allerersten Blick, zumindest bei ihr, er konnte ja eigentlich noch gar nicht blicken, liebte seine große Schwester aber ebenso wie sie ihn. Er lag, sauber gewickelt und in eine blaue gestrickte Strampelhose gekleidet, neben der Mutter in dem großen Ehebett und hielt die Augen geschlossen. Peter ließ sein Töchterchen vorsichtig auf seine Seite des Ehebettes hinunter, so dass es, nachdem er es zur Behutsamkeit aufgefordert hatte, auf die Mutter und den Kleinen zukrabbeln konnte. Neugierig näherte es sich dem Baby, schaute in das Gesichtchen, und genau in dem Augenblick, als Thea mit der linken Hand etwas ungeschickt sein Bäckchen berührte, öffnete es weit die blauen Augen und schaute in das Gesicht seiner Schwester, als wolle es sich dieses am ersten Tag seines Lebens genau einprägen. Entzückt gluckste Thea und versuchte, ihm einen feuchten Kuss auf den haarlosen Kopf zu drücken, fasste dann sein umherwedelndes Händchen, hielt es fest und lachte selig auf. Endlich war jemand kleiner in der Familie als sie, endlich!

Toni hatte das Geschehen aufmerksam verfolgt, lächelte ihren gerührten Mann an und wandte sich dann der Tochter zu. Sie packte deren andere Hand, streichelte darüber und sagte: „Du bess sing kleine Mutter, dat bess du, Theodora!“ Wenn es feierlich wurde, nannte sie sie stets bei ihrem vollen Namen, und dies war ein solcher Augenblick.

Für Thea und Toni begann eine glückliche Zeit, in der sie einander ganz nahe waren in der Sorge um das Brüderchen und seiner Pflege. Allerdings dauerte es eine ganze Weile, bis Toni sich von der Geburt so weit erholt hatte, dass man daran denken konnte, die Reise in den Westerwald anzutreten. Zunächst wehrte sie sich heftig dagegen, als Peter ihr den Vorschlag machte, hielt ihm vor, das gehe nicht, die Jungen und er brauchten sie, wie solle denn der Haushalt ohne sie laufen. Und überhaupt, so schlimm sei das alles gar nicht, sie werde schon bald wieder bei Kräften sein, wenn sie nur genügend Schlaf bekomme, lachte sie, um Peter zu beruhigen. Der aber ließ sich dieses Mal nicht von ihr überreden, sondern bestand auf seinem Plan. Auch Mattjöh und Louise hatten ihn darin bestärkt, Toni müsse sich erholen, unbedingt, man werde es schon eine Weile ohne sie schaffen. Und endlich stimmte diese zu, nachdem sie ihr schlechtes Gewissen, ihren Pflichten zu entfliehen, überwunden und dem Heimweh in sich Raum gegeben hatte. Die Hügel des Westerwalds wiederzusehen, Kind zu sein im elterlichen Hause ohne die Last der großen Familie – diese Sehnsucht hatte gesiegt.

Und so erlebte Thea als Zweijährige ihre erste große Reise, als der Vater sie, die Mutter und die beiden Brüder, Herrmann und Hubert, so war der Kleine getauft worden, mit ihrem Gepäck zum Deutzer Bahnhof brachte. Neugierig saß sie auf den Knien des Vaters in der „Elektrischen“, die mittlerweile die Kolonie mit Kalk verband. Dort musste man umsteigen, erneut in die Straßenbahn, die quietschend und ruckend über die Schienen fuhr mit einer Geschwindigkeit, die Thea erschreckte. Gegenüber auf der langen Bank saß die Mutter und hielt krampfhaft den Kinderwagen fest, in dem der Jüngste der Familie schlief, neben sich Herrmann, der sich an zwei Taschen klammerte, die man ihm zu halten befohlen hatte. Der Vater und sie waren umgeben von dem Rest des Gepäcks, mehreren Taschen und Koffern. Unmittelbar vor dem Deutzer Bahnhof stieg man aus. Bewundernd blickte Herrmann zu der gewaltigen Kuppel der Bahnhofshalle hoch und marschierte dann, die beiden ihm anvertrauten Taschen mit sich schleppend, die ihm riesig erscheinende Treppe hinauf, gefolgt von dem Rest der Familie.

In der dreischiffigen Bahnsteighalle, modern aus Eisen und Glaselementen errichtet, beobachteten die beiden Kinder aufgeregt die an- und abfahrenden Züge, bis der Vater sie endlich in dem Holzabteil ihres Zuges sicher untergebracht, noch einmal geküsst und sich dann verabschiedet hatte. Toni wirkte nun, da Peter den Zug verlassen hatte, doch ein wenig ängstlich, sie war es überhaupt nicht gewöhnt, ohne ihren Mann zu sein, kaum einen Tag waren sie in ihrer Ehe getrennt gewesen. Aber als der Zug schnaufend den nächsten Bahnhof erreichte, wanderten ihre Gedanken bereits voraus und Vorfreude auf die Heimat breitete sich in ihr aus. Die Kinder genossen die Reise sehr, die mit Tonis Erzählungen schnell vorüber ging. Von den Kühen und Pferden erzählte sie, der Scheune und „der Mühl", dem Bach und all den Menschen, die auf sie warteten, und so waren die Kinder sehr gespannt auf diese unerwarteten Ferien. Während der gesamten Fahrt schlief Hubertchen tief in seinem Kinderwagen, trotz der aufmerksamen Bewachung seiner Schwester, die immer wieder den Kopf in den Wagen steckte und sein Händchen streichelte.

Am Bahnhof in Wissen holte Tonis ältester Bruder, der den Hof von seinem Vater übernommen hatte, die Schwester und ihre Kinder mit dem Pferdewagen ab. Den noch unbekannten Onkel musste man immer wieder anschauen und bestaunen, sprach er doch ganz anders als die Leute in Köln, und – und das war das Erstaunlichste – die Mutter sprach plötzlich auch ganz anders als gewohnt. Besonders Herrmann konnte sich nicht genug wundern auf dem Weg am Elbbach entlang nach Altenbrendebach.

Und dort empfing sie ein ganz anderes Leben, als sie bisher kannten: Wenige Gehöfte standen weit auseinander an einer nicht betonierten Straße, die zu dieser Jahreszeit schon recht matschig war mit tief ausgefahrenen Wagenspuren. Gegenüber von Tonis elterlichem Hof floss der Elbbach, bei dessen Gemurmel sie abends einschliefen. Überhaupt war es viel stiller als zu Hause, man hörte, wenn man im Bett lag, höchstens einmal das Muhen einer Kuh oder das Bellen eines Hundes. Auch die Gerüche waren fremd, es roch nach Tieren, Mist, Getreide und allem Möglichen, das die Kinder nicht benennen konnten.

Das Aufregendste aber war der Toilettengang. Da es im Haus keine Toilette gab, musste man tagsüber zu dem Holzhäuschen hinter dem Haus, in dessen Tür ein Guckloch war. Dort ließ man sich auf einer Holzbank nieder, in die ebenfalls ein großes Loch gesägt war. Herrmann genoss es, mit seinen Füßen gegen das Holz zu poltern. Das machte einen so tollen Lärm, aber Theachen fürchtete sich dort. Sie hatte immer Angst, durch das Loch in die Tiefe zu plumpsen und dort zu verschwinden. Lieber war ihr der Nachttopf, der in dem Zimmer, das sie mit der Mutter und den Brüdern bewohnte, unter einem der Betten stand. Überhaupt die Betten! Hoch waren sie, so dass man abends immer mit großem Gequietsche hineinkroch – sie und Herrmann teilten sich eines – und sich dann laut jauchzend in das Weiche fallen ließ und danach noch ein paar Mal auf- und abhüpfte. Und dann deckte die Mutter das dicke Federbett über sie beide, „wie bei Frau Holle“, sagte Herrmann immer und lachte. Wenn man dann so lag, konnte man die Schnüre mit Apfelschnitzen über dem Bett betrachten, die unter der Decke hingen, oder die dicken Schinken an dem Holzpfosten in der Ecke. In dem zweiten Bett schlief die Mutter, Hubert in seinem Kinderwagen. So war man tags und nachts beisammen, was Thea sehr gefiel.

Und man war nicht nur beisammen, nein, das Schöne war, dass die Mutter nun Zeit für sie hatte, unendlich viel Zeit. Sie, die zu Hause immer mit dem großen Haushalt beschäftigt war, immer etwas in den Händen hatte und nie rastete, war nun nur für ihre drei Jüngsten da. Man stand gemeinsam auf, frühstückte in der dunklen Küche mit der geschnitzten Eckbank und dem Kreuz darüber frisch gebackenes Brot mit Butter und köstlicher Marmelade, die die Tante, die Frau von Tonis ältestem Bruder, selbst eingekocht hatte. Ihre Kinder, zwei Mädchen und drei Jungen, waren älter als die drei aus Köln und gingen deshalb jeden Morgen zur Schule, so dass Toni an den Vormittagen mit den ihrigen etwas unternahm. Mal schoben sie und Herrmann den Kinderwagen über die matschigen Straßen bis zur „Mühl“, wo sie die ehemalige Chefin der Mutter besuchten, in der großen Gaststube saßen und köstliche kleine Kuchen verspeisten. Dort erzählte man ihnen, wie fröhlich die Mutter immer gewesen sei und dass sie ihren Vater nur durch ihr lautes Lachen für sich gewonnen habe. Bei diesen Geschichten lächelte Toni ganz versonnen in sich hinein, strich ihrer Tochter über die Löckchen, wie um sie richten zu müssen, und eine ganz leichte Röte stieg ihr ins Gesicht. Auf dem Nachhauseweg saß Thea oft vorne auf dem

Kinderwagen, ließ die Beinchen baumeln und betrachtete sich die Gegend von dort aus. Meist sangen sie, und wenn sie ganz glücklich waren, konnte es auch schon einmal ihr geliebtes Lied von dem Wind sein, der „so kalt" über die Höhen des Westerwalds pfiff. Das konnten sie nun gut nachvollziehen, denn in diesen späten Oktobertagen und dem nachfolgenden November wehte oft ein kräftiger Wind, gegen den Toni die Kinder mit dicken Socken, gestrickten Schals und Mützen, die fast das ganze Gesicht versteckten, geschützt hatte. Wenn es zu kalt oder regnerisch war, blieb man zu Hause, und Toni zeigte ihnen das ganze Haus und erzählte von früher. Hier, hinter diesem Schrank hatte sie sich immer versteckt, und dort neben der Treppe war ihr einmal der Milchkrug heruntergefallen. Und plötzlich wurde die Mutter zum Kind für sie, war auf ihrer Höhe und ihnen noch viel näher als sonst. Das lag sicherlich auch daran, dass Tonis großer Bruder und der Vater, der mit im Haus lebte, sie auch so behandelten, als „die Kleine", die wieder bei ihnen war und die man „aufpäppeln" musste. Und dies schien zu gelingen, die Mutter wirkte gesünder, viel fröhlicher und lebensfroher als in den letzten Monaten in Köln und viel jünger. Dass sie mitunter, wenn man zu schnell den Hügel zu den Obstbäumen hinauf ging, ins Keuchen geriet und nur schwer Luft zu bekommen schien, merkten die Kinder nicht, ihnen erschienen die zwei Monate, die sie 1921 mit der Mutter im Westerwald mit den Menschen, den Tieren und der Natur verbrachten, wie das Paradies, wunderschön und völlig ungetrübt.

Selbst das Krankwerden war hier nicht schlimm. Als Thea ein paar Tage lang heftig hustete, ihr der Hals weh tat und ihre Nase rot wurde vom Dauerschnupfen, wurde sie tagsüber, in Decken gehüllt, auf die Ofenbank neben den Großvater gebettet, der bei ihr saß, ihr aus der Zeitung vorlas und ihr immer wieder kleine Leckereien in den Mund zu stopfen versuchte, denn das Kind musste ja bei Kräften bleiben. Die Mutter hatte allerdings ein anderes Rezept gegen das Halsweh: heiße Wickel. Ein nasses Tuch wurde um Nacken und Kehle geschlungen, und seine Wärme war zunächst wunderbar. Dann aber wurde das Feuchte allmählich kalt, unangenehm und unbequem. Wenn Thea dann kräftig protestierte, schlang die Mutter ihr einen warmen, auf dem Ofen vorgeheizten Schal um den Hals und gab ihr heiße Milch mit Honig zu trinken, köstlich. Dafür lohnte sich das Kranksein fast! Am Abend legte Toni ihre kühle Hand auf die Stirn des Kindes und befand, es habe Temperatur und müsse schwitzen. Das bedeutete, dass sie warm anzogen wurde, dicke Socken als Schal um den Hals bekam, tief unter das Federbett kriechen musste und ihr eine Tasse mit heißem Holundersaft an den Mund gehalten wurde. Über das Federbett wurde ein weiteres gedeckt, ein Kissen an die Seite des Kopfes, damit nur ja keine Luft an Thea herankam. Und während die Wärme in ihr aufstieg und die ersten Schweißanfälle hervorbrachte, lag sie da, die umsorgte und umhegte Prinzessin, hatte die Mutter ganz für sich allein und fühlte sich bedauert. Aber da das nach einer Weile doch langweilig wurde, begehrte sie aus dem Bett zu kommen und war ganz glücklich, als sie wieder auf der Ofenbank neben dem Großvater landete. Dort konnte sie die Kätzchen beobachten, der Tante beim Kochen zusehen und sich mit dem Gesundwerden beeilen.

Dass auch in diesem Paradies der Kinder die Bedrohungen zahlreich waren, merkten sie nicht. Von den sorgenvollen Gesprächen der Erwachsenen bekamen sie nichts mit, verstanden diese nicht oder man verheimlichte alles Negative, wie es üblich war. Die finanzielle Lage der Bauern war angespannt. Der Hof ernährte kaum die große Familie, außerdem lebten dort noch zwei unverheiratete Schwestern und ein Bruder, der mit schweren psychischen Störungen von den Schlachtfeldern bei Verdun zurückgekommen war. Grausames musste er dort mit angesehen haben, aber er sprach nie darüber. Stumm saß er in der dunkelsten Ecke der Küche, tagaus, tagein, sprach kein einziges Wort mit den anderen, nickte höchstens einmal oder schüttelte stumm den Kopf. In der Hand hielt er immer ein Schnitzmesser, mit dem er Löffel, Tröge, Pantinen und alles, was man für ein wenig Geld verkaufen konnte, herstellte. Das gab ihm das Gefühl, nicht ganz unnütz zu sein. Was aus ihm einmal werden mochte, wusste niemand. Man betrachtete ihn sorgenvoll, betete für ihn oder stellte Kerzen in der Marienkapelle auf. Aber seine Krankheit lag wie ein Schatten über den Erwachsenen. Die Kinder gingen ganz unbefangen mit dem Onkel um. Er war, wie er war, das wurde einfach hingenommen.

2007

Hatte sie später jemals an diesen Onkel Wilhelm gedacht, der den Krieg nicht hatte hinter sich lassen können? Und heute Abend, an ihrem Geburtstag, war er wiedergekommen wie alle, saß schnitzend in seiner dunklen Ecke in der Küche, aus der er einige Jahre nach ihrem Besuch mit der Mutter stumm aufgestanden war und sich in der Scheune erhängt hatte. Das hatte man den Kindern natürlich nie gesagt. Aber sie erinnerte sich, dass ihr der Vater eines Abends im Zweiten Weltkrieg – er saß mit ihr in der Küche der Volpertusstraße, und sie bangten um die Brüder, die im Felde waren, und warteten auf den nächsten Fliegeralarm – plötzlich von diesem Tod gesprochen hatte und von dem Grauen, das der Onkel nicht mehr hatte aushalten können.

Seine Erinnerung hatte ihn getötet, und ihre Erinnerung erweckte ihn heute wieder und ließ ihn lebendig werden. Zweimal Erinnerung – ein seltsam Ding. Und überhaupt, überlegte sie, während sie ihren Blick zu den funkelnden Sternen über ihr richtete, die sie ein Leben lang gesehen hatte, woher wusste sie eigentlich von den Sorgen und Problemen, die die Erwachsenen damals geplagt hatten? Sie hatten doch als Kinder gar nichts davon mitbekommen, im Gegenteil, Altenbrendebach war ihnen wie ein irdisches Paradies erschienen. Und heute, da sie dieses Paradies in der Erinnerung wieder auferstehen ließ, heute wusste sie, dass es bedroht und gefährdet gewesen war. Wieso wusste sie das heute, wer hatte es ihr gesagt? Seit Jahrzehnten hatte sie kaum mehr an diese Zeit gedacht und viel weniger noch über sie gesprochen. Mit wem auch? Nur mit Herrmann hätte sie das können, denn die beiden anderen lebten schon lange nicht mehr, viel zu lange nicht mehr.

Seufzend erhob sie sich aus dem Gartensessel, in dem sie sich, da sie schlecht stehen konnte, niedergelassen hatte, blickte noch einmal auf zum Himmel, der ihr nun ein wenig verdunkelt schien, und ging mühsam zurück ins Zimmer. An der Terrassentür blieb sie stehen. Da diese immer ein wenig klemmte beim Zuziehen, ruckte sie kräftig an ihr und zog dann den blauen Samtvorhang vor, denn für das, was nun kam, musste sie die Außenwelt aussperren. Nun wollte sie allein sein mit dem, was sie erinnerte, ganz allein.

Aber die Frage, woher sie wusste, was sie doch gar nicht mitbekommen hatte, ließ sie nicht in Ruhe. Damals war sie nur ein glückliches kleines Mädchen von zwei Jahren gewesen, das im Hier und Heute lebte und noch nicht nachdachte über das, was mit ihm geschah, noch gar nicht darüber nachdenken konnte. Dieses Kind war noch in ihr, ganz versteckt, aber daneben waren weitere sechsundachtzig Jahre in ihr, Jahre, in denen sie gelebt, gesehen, erlebt und – manchmal – verstanden hatte. Und diese Jahre gaben ihr das Wissen. Das war es – ihre Erinnerung war Wissen, Wissen der erwachsenen, der alt gewordenen Frau, viel älter, als die anderen jemals geworden waren. Alles, was ihr im Leben widerfahren war, prägte diese Erinnerungen, machte sie zu ihren eigenen, ganz subjektiven. Aber – bedeutete das nicht, dass alles vielleicht gar nicht so gewesen war und Herrmann vielleicht eine ganz andere Erinnerung hätte?

Ihn konnte sie nicht mehr fragen, doch zögernd gestand sie sich nun ein und wurde dann ganz sicher, dass er anderes hätte wieder aufleben lassen, das, was zu seinem Leben gehörte. Sehen wir so alles Vergangene und Gegenwärtige – mit unseren ganz eigenen Erfahrungen und in deren Licht? Kopfschüttelnd, doch auch leise lächelnd ließ sie sich vorsichtig auf dem Stuhl neben der Terrassentür nieder, nachdenklich und bereit, den Strom in ihr erneut fließen zu lassen, zu sehen, was er ihr brachte. Weihnachten, ja …

1921–1925

Weihnachten waren sie wieder zu Hause gewesen, und nun begann wirklich ihre Zeit als kleine Mutter.

Für das Kind Thea war Weihnachten immer der schönste Tag des Jahres gewesen, sie ahnte ja nicht, dass er sechzehn Jahre später zum schlimmsten werden sollte. Es war alles sehr geheimnisvoll und geschäftig. Tagelang vorher wurde Teig zubereitet, geknetet, gebacken. Stollen und Plätzchen und Kuchen, und für die Kinder war das eine herrliche Zeit. Man naschte am Teig, half der Mutter, wo man konnte, durfte die misslungenen Plätzchen probieren und konnte es vor Zappeligkeit kaum aushalten, bis dann abends am 24. Dezember, nachdem man mit dem Vater aus der Messe gekommen war – die Mutter hatte Haushaltstätigkeiten vorgeschützt, einmal im Jahr ging sie nicht mit in die Messe –, das Glöckchen ertönte und die Kinder der Reihe nach – Peter führte die Gruppe an und Hubertchen bildete den Schlusspunkt – ins Wohnzimmer durften. Der Tannenbaum stand neben dem Sofa in der Ecke und reichte bis zur Decke. Seine Wachskerzen strömten, vermischt mit dem Duft nach Tanne und Plätzchen, einen unvergleichlichen Geruch aus – es war Weihnachten! Der Vater las die Weihnachtsgeschichte vor, die Kinder sangen, begleitet von den Instrumenten, die sie nach und nach lernten, mit den Eltern Weihnachtslieder und freuten sich an den Kleinigkeiten, die sie geschenkt bekamen: selbst gestrickte Socken, ein Buch, Thea auch einmal eine vom Vater hergestellte Puppe, Pullover und natürlich der „bunte Teller", von dem jeder einen eigenen hatte und auf dem Plätzchen, Äpfel und später auch schon einmal Schokolade lagen. Das war der schönste Abend des Jahres, aber auch der nächste Tag bot Freude, denn dann besuchten sie alljährlich Louise und Mattjöh mit den beiden Cousinen Maria und Gertrud, zu denen später noch Elisabeth hinzukam, und es gab an dem großen Küchentisch mit der Eckbank ein Festessen mit Schweinebraten aus dem Westerwald und Schokoladenpudding als Dessert, den Thea besonders gerne mochte. Und dazu viel Gelächter, Gespräche, und oft endete der Tag mit dem Westerwaldlied, das Louise wie immer, die Stirn runzelnd, nicht mitsang.

Überhaupt erschienen Thea diese Jahre wie ein nie enden wollendes Fest. Die Mutter, scheinbar wieder genesen, bildete den Mittelpunkt ihres Lebens, den sie nur noch mit Hubert teilte, denn die älteren Brüder, auch Herrmann, der 1921 in die Schule gekommen und nur für die Ferien im Westerwald freigestellt worden war, waren an den Vormittagen nicht zu Hause und gingen auch tagsüber immer öfter ihre eigenen Wege.

Auch Heinz war 1922 aus der Schule entlassen worden und wollte am liebsten gar nichts arbeiten, sondern das Leben in vollen Zügen genießen. Vorstellungen, welchen Beruf er einmal ausüben sollte, hatte er keine, nur dass es nicht der gleiche wie der seines ältesten Bruders – „Schlosser weed isch nit!" – sein konnte, wusste er mit Bestimmtheit und verkündete es, wann immer man es hören oder nicht hören wollte. Sorgenvolle Beratungen hatten zwischen Peter, dem Vater, und Toni abends im ehelichen Schlafzimmer stattgefunden, dem einzigen Raum, in dem sie ein paar Stunden einmal ungestört waren. Immer wieder hatten die Lehrer betont, dass „Heinrich" ein sehr begabter Junge sei und leicht lerne. Eigentlich müsse er nach der Volks- zur Handelsschule gehen, wenn sie sich dies finanziell irgendwie erlauben könnten. Dazu waren die Eltern bereit, hätten sich auch noch ein wenig mehr eingeschränkt, um Heinz diese Chance zu geben. Aber dieser hatte beschlossen, mit Schule sei Schluss, und wenn er etwas beschlossen hatte, blieb er dabei, da half kein Drohen des sonst so gütigen Vaters und kein Betteln der Mutter. Er weigerte sich, und damit hatte es sich! Gegen seinen Dickkopf war nichts auszurichten, so dass Peter sich nach einer Lehrstelle für seinen Zweitgeborenen umsah. Dass dies kein Handwerk sein konnte, war dem Vater klar, Heinz' Begabung lag eindeutig nicht auf manueller, sondern eher auf intellektueller Ebene, er musste nur wollen …

Endlich gelang es ihm, bei der Stadtparkasse Köln, der damals drittgrößten Institution dieser Art in Deutschland, einen Ausbildungsplatz zu bekommen. Hier sollte er eine dreijährige kaufmännische Lehre absolvieren, und dann würde man weitersehen. Vielleicht gefiel ihm diese Arbeit ja … Und Heinz beugte sich und fuhr nun täglich mit der Elektrischen von Poll aus, wohin er zu Fuß ging, in die Innenstadt. Sehr bald gehörte seine gesamte Neugier dieser Stadt, Köln, das unter dem Oberbürgermeister Konrad Adenauer ein neues Gesicht bekam: Der Festungsrayon wurde durch den „Grüngürtel“ ersetzt. Aus Angst, dass die dicht gedrängt wohnenden Menschen „kein Spiel und keinen Sport mehr kennen“, wie er sagte, ließ er 1921 die Flächen der früheren Befestigungsanlagen zur „grünen Lunge“ und zu Naherholungsgebieten ausbauen. Darin wurde 1923, was Heinz voller Begeisterung immer wieder zu Hause erzählte, die größte Sportanlage Europas – „stellt üsch vor, in janz Europa“ – in Müngersdorf eröffnet, einem Vorort am anderen Ende der Stadt, für Thea am anderen Ende der Welt. 60 000 Zuschauer könnten in der Hauptkampfbahn die Geschehnisse verfolgen, und es gebe noch ein Schwimmbad und Plätze für Leichtathletik, Reitturniere, Hockey, Tennis und dazu eine Radrennbahn, alles in Müngersdorf. So hatte er es von Kunden überschwänglich in der Sparkasse erzählen hören. Außerdem eröffnete 1925 die „Straßen-Omnibus-Gesellschaft mbH“ ihre erste Linie von Köln nach Kalk. Der Otto-Motor hatte den öffentlichen Verkehr erobert! Dass mit der „Bastei“ am linken Rheinufer 1924 ein Feinschmeckerlokal eröffnete, nahm man in der Volpertusstraße eigentlich nicht zur Kenntnis, es hätte nur Josef interessiert, den vom Kochen Faszinierten. Am meisten aber schwärmte Heinz von dem Hochhaus am Hansaring. Nach der Arbeit war er dort hingegangen und hatte sich den Neubau angesehen. Es sei unglaublich, siebzehn Stockwerke hoch, ganz glatt, ohne „Geschnörkel“. Das sei derzeit „Europas höchster Wolkenkratzer“. Am liebsten würde er dort arbeiten, mit dem Aufzug lässig in sein Büro fahren, im Café sitzen und von der 17. Etage aus auf den Hansaring hinuntergucken. Toni lächelte ein wenig über die Begeisterung ihres Zweitältesten, staunte aber zugleich über die schnellen Veränderungen, die sich vollzogen, und bemerkte, dass sie Heinz an das Leben außerhalb der Kolonie zu verlieren drohte.

Und so blieben nur die beiden Kleinen bei ihr, die Mösch und Hubertchen, die immer enger zusammen wuchsen. So lange der kleine Bruder noch nicht laufen konnte, ging Thea immer wieder zu ihm, schaute, ob er alles hatte, brachte ihm ein Stück Brot oder band ihm mit immer geschickter werdenden Fingerchen sein Lätzchen um. Der Kleine strahlte sie zunächst zahnlos und dann mit sich mehrenden Zähnen an und klatschte dabei in die Händchen. Wenn er, was selten genug vorkam, einmal weinte, konnte nur Thea ihn trösten, nie wollte er ohne sie sein und sie nie ohne ihn. Begeistert schaute sie zu, wenn er in der Küche nahe dem Herd in der Zinkwanne gebadet wurde, platschte in das Wasser und versuchte auch schon einmal, ihm mit der Kernseife die Speckröllchen seines dicken Bauchs zu waschen. Toni, die sich über den Eifer der Tochter freute, ließ dies nicht nur zu, sondern unterstützte alles, was Thea an ihre Rolle heranführte. Endlich ein weiteres weibliches Wesen in der Familie! Wie hatte sie sich das gewünscht! Und Theodora schien aufzugehen in diesen Tätigkeiten, welch Glück für die Mutter!

Sobald Hubert laufen konnte, tat Thea keinen Schritt mehr ohne ihn. Er folgte ihr, wohin sie ging, und wenn er fiel, war sie es, die ihm wieder auf die Füße half und ihn tröstete, wenn er sich weh getan hatte. Beide hatten sich und die Mutter dazu, dies machte ihre kleine Welt aus, in der man nichts von Inflation, Arbeitslosigkeit und politischen Unruhen hörte. Zwar musste man sich stark einschränken, zumal das Geld, kaum verdient, sofort wieder ausgegeben werden musste, da es sonst seinen Wert verlor, aber das merkten die beiden Kinder nicht.

Jeden Tag ging Thea mit der Mutter und dem kleinen Bruder zu dem Lebensmittelgeschäft in der Parallelstraße, da Ware mehr zählte als Geldscheine. Obst, Gemüse und Kartoffeln hatte man ja im Garten, seit dem Krieg gab es einen Hühnerstall, so dass man eigene Eier hatte, und ein paar Karnickel vervollständigten die städtische Viehzucht. Aber alles andere musste gekauft werden, und das war bei einer so großen Familie nicht ganz einfach. Meistens gab es Hülsenfrüchte, weil sie satt machten, was bei den immer hungrigen heranwachsenden Jungen ganz wichtig war. Außerdem ließen sie sich gut lagern. Als Sonntagsessen gab es oft Krautwickel, die mit Corned Beef aus der Dose gefüllt wurden. Milch holte Thea in der Kanne, die morgens zum Frühstück, warm gemacht, immer eine ganz eklige Haut hatte. Theas Aufgabe war es, die Rabattmarken, die man beim Einkaufen bekam, in das dafür vorgesehene Büchlein zu kleben, das in der linken Schublade des Küchenschranks aufbewahrt wurde. War es gefüllt, konnte man sich etwas Besonderes dafür leisten, zum Beispiel ein achtel Pfund des von Toni so geliebten Bohnenkaffees. Die Kinder lernten schnell, all das, was frisch war, im Sommer in den Keller zu bringen oder im Winter auf die Fensterbank zu stellen. Wenn die Mutter das Essen zubereitete, das man nun am späten Nachmittag einnahm, wenn alle wieder zu Hause waren, schaute Toni aufmerksam zu, rührte und knetete mit roten Wangen und versuchte überhaupt, sich bei all den zahlreichen Hausarbeiten, die die Mutter verrichtete, nützlich zu machen. Das Schönste war Bettenmachen! Unter den dicken Federbetten konnte man sich verstecken, eine Bude bauen oder sich ganz in sie einrollen, und dann war man im Land der Cowboys, von denen Heinz immer so begeistert erzählte, oder auf hoher See und fuhr mit einem Schiff nach Amerika in eine Stadt namens New York, des Bruders Traumziel.

Andere Abenteuer erlebten sie im Garten, dort gingen sie, Thea mit einem dicken Stock in der Hand, Hubert ihr ergeben folgend, unter den Obstbäumen auf Expedition oder suchten die böse Hexe, die Hänsel und Gretel verzaubert hatte. Alles, was die Brüder und die Eltern am Abend zuvor, um den Küchentisch versammelt, erzählt hatten, fand am nächsten Tag Eingang in ihre Spiele, und sie brauchten niemand anderen, denn sie hatten ja sich. Nur manchmal war Herrmann ein geduldeter Gast in ihrem Leben.

Als Toni diese Kinderidylle empfindlich störte, lernte sie zum ersten Mal das Temperament und den Durchsetzungswillen ihrer Tochter kennen und musste einsehen, dass diese den gleichen Dickkopf hatte wie Heinz. In der Nachbarschaft war vor einigen Jahren ein Nonnenkloster errichtet worden. Die Schwestern kümmerten sich unermüdlich um die Kranken in der Pfarre und hatten nun einen Kindergarten eröffnet, in dem Toni ihre Tochter angemeldet hatte. Sie fand, es sei für Thea an der Zeit, mit anderen kleinen Mädchen Kontakt aufzunehmen, auch hier Freundschaften zu schließen, damit ein Gegenpol zu ihrer so männlich geprägten Familie geschaffen wurde. Dabei hatte sie allerdings nicht mit dem Unwillen der Tochter gerechnet. Diese weigerte sich schlicht, einen Schritt über die Schwelle dieser Einrichtung zu machen. Da gehe sie nicht hin, sie könne Hubertchen nicht allein lassen, und die Mädchen seien alle dumm. Als die Mutter dennoch beharrlich blieb, warf sie sich auf den Boden, strampelte mit den Beinen gegen den Küchentisch und brüllte immer wieder ihr „NÄÄÄÄÄÄ!" durch das ganze Haus. Auch dem Vater gelang es kaum, die Tochter zu beruhigen, als er sich auf die Seite der Mutter schlug. Zum ersten Mal erlebten die Eltern Thea außer sich und waren erschrocken. Der Vater wäre bereit gewesen, einzulenken, hielt er doch auch nicht so viel von dem Kindergarten – „neumodisches Zeug" –, die Mösch könnte doch auch zu Hause bei der Mutter bleiben und was lernen, aber das ließ diese nicht zu. Es sei wichtig für das Kind, auch mit anderen Kindern zusammen zu sein, und das sei nun einmal beschlossen. Sie schnappte sich ihre protestierende Tochter, schleppte sie in deren Zimmer, setzte sie „zum Nachdenken" auf dem Bett ab und verschloss die Tür von außen. Und dort ließ sie das Kind, das abwechselnd gegen die Tür trampelte oder laut schluchzte, sitzen. Die Brüder, die Mitleid mit der Schwester hatten, horchten immer wieder an der Tür, aber Toni ließ nicht zu, dass sie sie trösteten, sie blieb entschlossen. Erst als es still wurde im Mädchenzimmer, ging sie hinauf, schloss die Tür auf und wandte sich an ihre Tochter, die völlig erschöpft von ihrem Aufstand auf dem Bett lag. Ihre Rede begann sie mit „Theodora", ein sicherer Hinweis darauf, dass es nun ernst wurde, und sie teilte ihr ganz ruhig mit, dass an dem Kindergarten kein Weg vorbei führe, wirklich keiner, da sei sie sich mit „dem Papp" einig. Theodora müsse sich nun entscheiden, ob sie weiter trotzend auf ihrem Zimmer bleiben oder einverstanden mit ihr zu den anderen gehen wolle. Nach einer Weile sah Thea wohl ein, dass Widerstand zwecklos sei, und ging an der Hand der Mutter die Treppe hinunter in die Küche, wo sie Herrmann, wohl um ihn neidisch zu machen, denn einer musste an diesem Abend daran glauben, von all den Vorzügen des Kindergartens berichtete, die die Mutter ihr vorhin aufgezählt hatte. Und um Hubertchen kümmere sich die Mutter schon, sie sei ja nur vormittags nicht zu Hause. Und so war es ausgemacht: Thea ging als erste und einzige in der Familie in den Kindergarten und fühlte sich dort sehr wohl. Er eröffnete ihr Wege aus dem engen Familienumfeld heraus, und da sie ein sehr neugieriges und auch wissbegieriges Kind war, ergriff sie die Chancen, die ihr der Kindergarten bot.

Nachmittags aber war sie wieder ganz für den kleinen Bruder da, bis eines Tages diese heile Kinderwelt einen Riss bekam. Hubert wurde krank, als er gerade vier Jahre alt war.

2007

Sie schreckte zusammen auf ihrem Stuhl, der nicht sonderlich bequem war. Aber sie war so vollständig in ihrer Kinderwelt mit dem Bruder gewesen, dass sie das gar nicht bemerkt hatte und nun im Rücken völlig verspannt war. Gefangen in ihren Erinnerungen, reckte sie ein wenig die Arme, wollte sie doch eigentlich gar nicht in die Gegenwart zurückkehren. Sie dehnte sich und gab sich ganz dem Gefühl des Wohlbehagens hin, das sie erfüllte. Schön waren diese Jahre gewesen, wunderschön, ihre Kinderzeit! Es war, als hätte ein goldener Schein sie umgeben, sie und den kleinen Bruder, der so geliebt wurde von seinen beiden Müttern. Wenn sie an diese Zeit dachte, sah sie sich immer Hand in Hand mit ihm, nie waren sie getrennt. So hatte sie es zumindest empfunden. Dass sie dieses noch einmal in Gedanken erleben durfte, war ein Geschenk, gerade rechtzeitig zu ihrem Geburtstag. Langsam erhob sie sich von dem Stuhl an der Terrassentür und ging zu ihrem Sessel, in den sie sich schwer fallen ließ. Erneut fiel ihr Blick auf die Bildergalerie auf dem Tischchen neben ihr. Aber – sie zögerte – da war doch etwas gewesen, das sie aufschrecken ließ eben, da war … ja, der Bruder war krank geworden. Wenn sie das lebende Hubertchen zugelassen hatte, musste sie auch seinen Verlust durchleben, oder konnte sie jetzt einfach Schluss machen und ins Bett gehen? Morgen war ja auch noch ein Tag! Konnte man das Schöne haben ohne die Kehrseite, das Gute ohne das Böse? Und dass der Bruder heute noch einmal zurückgekommen war, lag doch an ihr. Sie hatte ihn gerufen ...

1925

Er war krank geworden, wenige Tage nach seinem vierten Geburtstag, als er auch endlich in den Kindergarten gehen sollte. Thea besuchte mittlerweile die erste Klasse der Volksschule und lernte mit Eifer. Als sie jedoch an diesem Tag, den alten Tornister der Brüder auf dem Rücken, mit tanzendem Schwämmchen und Tafellappen, fröhlich und hungrig nach Hause hüpfte, fand sie die Küche leer. Das war ungewöhnlich zu dieser Tageszeit, gewöhnlich erwarteten Mutter und Bruder sie dort schon mit einer kleinen Mahlzeit. Laut nach ihnen rufend stürmte sie hinaus in den Hof, die beiden waren wohl im Garten, und als sie sie dort nicht fand, rannte sie blitzschnell die Treppe hoch und hörte dann die beruhigende Stimme der Mutter aus dem Schlafzimmer. Ohne dass diese sie bemerkte, näherte sich Thea der halb offen stehenden Tür und sah nun den kleinen Bruder im Ehebett der Eltern liegen, und als sie auf ihn zu laufen wollte, sah sie, wie er die Augen verdrehte, und seine Arme, die auf der Bettdecke lagen, zuckten. Die Mutter beugte sich über ihn, legte ihm die Hand auf die Stirn, schüttelte besorgt den Kopf und sah, als sie sich ein wenig seitlich wandte, das schreckensstarre Gesicht ihrer Tochter. Schnell ging sie zu ihr, ergriff ihre Hand und führte die Widerstrebende fest aus dem Zimmer. Leise schloss sie die Tür und erklärte Thea, dass Hubertchen Ruhe brauche, ganz viel Ruhe, und sie wolle doch nur sein Bestes, oder? So leicht ließ Thea sich jedoch nicht beruhigen, was ihm fehle, wollte sie wissen, heute morgen sei er doch noch ganz gesund gewesen. Das sei ein plötzliches Fieber, antwortete Toni, so schnell, wie es komme, so schnell gehe es auch wieder, es sei ziemlich heftig und mache unruhig, deshalb habe Hubert sich so wild bewegt. Nur halb beruhigt ließ Thea sich zu der Nachbarin schicken, bei der sie blieb, bis der Vater nach Hause kam.

Schwere Tage folgten. Die Mutter sah Thea eigentlich nur, wenn sie in der Küche die Wadenwickel vorbereitete oder ein wenig Brühe kochte für den Kleinen, meist verschwand sie hinter der Tür des Krankenzimmers. Manchmal hatte sie ganz rote Augen, als hätte sie geweint. Das war am dritten Tag, nachdem der Arzt bei ihnen gewesen und ein so bedenkliches Gesicht gemacht hatte. Franz wurde mit einem Rezept in die Apotheke geschickt – so etwas kannte man nicht. Wenn einer krank war, halfen doch immer Mutters Tees oder Hals- und Wadenwickel. Medizin aus der Apotheke, da musste es ernst sein! Ab dem dritten Tag war auch Louise bei ihnen. Gleich wenn ihre Töchter mittags aus der Schule kamen, machte sie sich mit ihnen auf den Weg in die Kolonie und übernahm den Haushalt der Schwägerin. Mit der vernünftigen Maria und der kapriziösen Gertrud vergaß Thea zeitweise ihren Kummer, der darin bestand, dass man sie nicht zu Hubert ließ und im Hause etwas vorging, das sie nicht verstand. Mit den beiden Cousinen spielte sie im Garten – Louise schickte sie nach draußen, wenn es das Wetter nur irgend erlaubte, damit sie an die „frische Luft" kamen, auf die sie schwor. Dann aber beobachtete Thea wieder durch das Küchenfenster, wie sie ihre Mutter im Arm hielt und zu trösten schien. Wenn sie dann in die Küche stürmte, um die Mutter zu fragen, was los sei, wandte Toni sich ganz schnell ab und eilte ins Schlafzimmer zurück. Jeden Abend kam

Mattjöh, begrüßte seine Töchter mit Kuss und Umarmung, strich der verstörten Thea über den Kopf, blickte seine Frau fragend an, und wenn diese hilflos mit den Schultern zuckte, ging er eilends in die erste Etage, schickte Toni zu den anderen und setzte sich an das Bett seines schwerkranken Neffen. Das Kind litt an Fieberkrämpfen, die, statt zu weichen, wie der Arzt zunächst gemeint hatte, immer heftiger wurden und den kleinen Körper immer mehr schwächten. In solchen Momenten gelang es Thea, sich unbeobachtet durch das Treppenhaus zu schleichen, leise die Tür aufzuklinken und einen Blick in das Krankenzimmer zu werfen. Vielleicht bemerkte Mattjöh sie auch und ließ es zu, dass das Kind wenigstens auf diese Art Kontakt zu dem geliebten Bruder hatte. Und so sah Thea, wie Mattjöh, neben dem Bett sitzend, dem Jungen seine Hände auflegte, oft stundenlang, so schien es ihr. Er schaute das Kind dabei beschwörend an, als wolle er es zurückhalten, an das Leben binden. Dann, wenn er steif war vom langen Sitzen, erhob er sich kurz, reckte sich, nahm langsam seine Brille ab, hielt sie eine Weile gedankenverloren in den Händen, setzte sie wieder auf und ließ sich erneut neben dem Kranken nieder und legte die Hände wieder auf den fieberheißen Körper. Am Abend des fünften Tages sah er Thea angstvoll an der Tür stehen, winkte sie mit einer Hand zu sich heran, nahm sie auf den Schoß und ließ sie Hubertchens Hand streicheln. Dieser lag ganz klein in dem riesig erscheinenden Elternbett, mit geschlossenen Augen, und atmete sehr langsam und schwer. Fest hielt Thea seine Hand und schaute ihn unverwandt an. Und als der Onkel sie zur Erde gleiten ließ, ging sie ruhig nach draußen.

Zu gerne hätte Mattjöh dieses Kind gerettet, von dem er wusste, wie sehr Toni an ihm hing. Diese schwere Schwangerschaft, die sie mit ihm durchlebt hatte, die Geburt, bei der sie beinahe gestorben wäre, ihr Wissen, dass dieser Sohn der letzte sein würde, denn so war es mit Peter besprochen – all dies hatte ihn ihrem Herzen nahe gebracht. Diesen Verlust würde sie nie verkraften, das befürchteten Mattjöh und Louise, und deshalb versuchte der Onkel, ihm von seiner Kraft zu geben, da die Kraft, die er von Toni erhalten hatte, nicht zu reichen schien.

Am Abend des sechsten Tages starb der jüngste Sohn von Toni und Peter, beide saßen mit Mattjöh an seinem Bett. Ganz leise ging er, kraftlos, die Krankheit hatte er nicht besiegen können, dazu war Tonis jüngstes Kind zu schwach. Thea saß mit ihren beiden Cousinen und ihren Brüdern, die an diesem Abend alle einmal wieder gleichzeitig zu Hause waren, bei Louise in der Küche, die eine Kerze angezündet und die Kinder zum Beten aufgefordert hatte. Die sechsjährige Thea war die kleinste und verstand nur, dass irgendetwas ganz Schlimmes vorging. Als sie vor Angst laut aufschluchzte, nahm Peter, der Fuss, ihre Hand tröstend in seine, was auch ihm selbst half, mit der Furcht fertig zu werden. Louise sah dies und hob Thea auf ihren Schoß, ohne das Beten des schmerzreichen Rosenkranzes zu unterbrechen. „Der für uns Blut geschwitzet hat …"

Nach Hubertchens Tod wurde alles anders. Nicht nur, dass sich Stille über das Haus gesenkt hatte – es war, als habe es die Lebenskraft verloren, wie man der Mutter diese entzogen hatte. Dabei schien äußerlich alles beim Alten geblieben zu sein. Es wurde gekocht, geputzt, gewaschen, gebügelt, geflickt und gesorgt wie immer, aber man hörte die Mutter nicht mehr singen, gebeugten Kopfes ging sie ihrer Arbeit nach. Nie mehr eilte sie leichtfüßig die Treppen hoch, und es konnte geschehen, dass eines der Kinder sie beim Heimkommen in der dunklen Küche – das Licht hatte sie vergessen – auf der Eckbank sitzen und leeren Blicks vor sich hin starren sah. Wenn man sie begrüßte oder die Lampe anmachte, schreckte sie hoch, strich sich eine Haarsträhne zurück, die sich aus dem Knoten gelöst hatte, und lächelte durch einen hindurch.

Das erschreckte ihre Kinder, aber auch ihren Mann, der nicht wusste, wie er ihr helfen sollte. Auch er vermisste den kleinen Hubert, seinen Letztgeborenen, schmerzlich, hätte alles dafür hergegeben, ihn wieder zu haben, wusste aber, dass dieser der Krankheit keinen Widerstand hatte leisten können. Der Arzt hatte ihm gesagt, Hubert sei immer ein schwächliches Kind gewesen und wäre es wohl auch geblieben, anfällig für Krankheiten aller Art. Das sei nun einmal häufig so bei den Jüngsten in einer großen Familie, und in diesen schlechten Zeiten gebe es auch kaum eine Möglichkeit, sie hochzupäppeln. Das war kein Trost, aber Peter fand sich damit ab. Der HERR hatte genommen. Und das wollte Toni nicht gelingen. Sie konnte den Kleinen innerlich nicht gehen, ihn nicht los lassen, sie fühlte sich schuldig an seinem Tod. Diese Schuld trieb sie um. Hätte sie den Tod verhindern, hätte sie das Kind retten können? Sie wusste doch, hatte es immer gewusst, dass sie würde zahlen müssen dafür, dass sie alle so heil durch den Krieg gekommen waren. Jeder hatte ein Opfer bringen müssen, nur sie nicht. Ihr Mann war zu Hause geblieben, die Söhne waren zu jung für den Fronteinsatz, ihnen war es gut gegangen – den Mangel, den sie hatten leiden müssen, verdrängte sie, verwandelte ihn in „Gutgehen“ – man musste immer zahlen im Leben, und Hubertchen, das unschuldige Hubertchen, war das Opfer geworden, ausgerechnet er, der ja erst lange nach dem Krieg zur Welt gekommen war.

Diese Gedanken konnte sie ihrem Mann nicht mitteilen, die konnte sie nur immer wieder in ihrer Seele hin- und herwälzen, stets von Neuem und unentwegt. Und das raubte ihr

Kraft, machte sie schwach, zehrte an ihrem Lebensnerv. Es begann die Zeit ihres Kränkelns. So recht gesund war sie in den letzten Jahren nicht mehr gewesen, spätestens seit Huberts Geburt nicht, aber nun beugte sie sich der Krankheit.

Die drei ältesten Söhne sahen das wie ihr Vater mit Besorgnis, aber für sie begann das Leben ja jetzt erst. Ihre Welt war nicht mehr das Haus in der Volpertusstraße, sondern der Beruf, die Freunde und die ersten Liebschaften. Auch Josef war mittlerweile aus der Volksschule entlassen, und seine Berufswahl war ganz leicht gewesen. Er, der sich seit Jahren schon am liebsten am großen Herd in der Küche aufhielt und am glücklichsten war, wenn er backen konnte, wollte nichts anderes als Konditor werden. Nur Konditor! Das wusste er schon, seit er zehn Jahre alt war, und ausgesprochen hatte er es ein Jahr vor der Schulentlassung. Die Eltern waren zunächst verblüfft gewesen, hatte doch bisher keiner ihrer Söhne einen eigenen Berufswunsch gehabt, und nun stand da dieser Drittgeborene, der immer eher unauffällig gewesen war, breitbeinig in der Küche und verkündete ihnen, für ihn komme nur das Konditorhandwerk in Frage. Der Vater, überrascht, fragte ihn, was ihn denn daran reize, ob das überhaupt ein „richtiger“ Beruf für einen Mann sei. Dadurch ließ sich Josef aber überhaupt nicht provozieren, er überzeugte seinen Vater ruhig und unbeirrt von seinem innigen Wunsch. Konditor sei das Beste, das Allerbeste, denn dann könne er immer mit den feinen Lebensmitteln umgehen, Butter, Mehl, Sahne, Honig, Nüssen, Mandeln, Marzipan. Danach sehne er sich so sehr, er habe alle diese Dinge immer schon geliebt und könne sich nichts Schöneres vorstellen, als sein ganzes Leben lang damit zu arbeiten. Und was es sonst noch alles gebe: das Tourieren der Teige, das Blanchieren der Früchte, das Temperieren der Kuvertüre, das Garnieren von Torten und – und das sei das

Höchste – das Entwerfen und Fertigen von Dekoren für Geburtstage oder Hochzeiten oder das Jubiläum der Reichsbahn. Letzteres erfand er ganz schnell, um den Vater gnädig zu stimmen, der auch tatsächlich schmunzeln musste, als sein noch wenig aufgeschossener Dreizehnjähriger ihn damit lockte. Dass er die meisten Fachbegriffe, die Josef blitzschnell aufgezählt hatte, gar nicht kannte, gab er nicht zu, aber es imponierte ihm schon, wie gut dieser sich in seinem Wunschberuf auskannte. Mit dem Versprechen, die Mutter und er würden es sich überlegen, vertröstete er Josef auf später, der ließ aber nicht locker und fragte beharrlich nach, ob er Konditor werden könne. Und so wurde er Konditor. Peter war es in dem Jahr bis zu Josefs Entlassung aus der Schule gelungen, eine Lehrstelle im ersten Café Kölns, dem Café Riese auf der Schildergasse, zu bekommen.

Und so war es leer geworden im Haus. Die drei Ältesten verließen es morgens sehr früh und kehrten abends oft erst spät zurück, auch an den Wochenenden hatten sie häufig etwas vor. Zurück blieben die drei „Kleinen“, Franz, Herrmann und Thea, die noch die Schule besuchten. Franz, der „Gries“, kümmerte sich in dieser schweren Zeit sehr um seine „Mama“ – nur er sprach sie so an, die anderen sagten „Mamm“ –, er fand als einziger Zugang zu ihr. Auch er war ja damals ein Geschenk für sie gewesen, nachdem sein vor ihm geborener Bruder verstorben war, zu ihm hatte sie immer eine sehr enge Bindung gehabt, von ihren Söhnen war er derjenige, der ihr am nächsten stand. Franz schaffte es mitunter, sie aus ihrer Lethargie zu lösen, er ging ihr zur Hand, wann immer er Zeit hatte, und da er ein hervorragender Schauspieler war, gelang es ihm manchmal, sie zu einem Lächeln zu bringen, wenn er seinen Lehrer nachahmte oder einen der Brüder.

Thea hatte mit einem Schlag alles verloren: ihr geliebtes Brüderchen, mit dem sie immer zusammen gewesen war, ihre Rolle als „kleine Mutter“ und auch die Mutter, vor deren Starre und Leid sie sich fast ein wenig fürchtete. Sie fühlte sich verlassen von ihr, nicht nur von Hubertchen, und mit ihren gerade erst sechs Jahren war sie auch viel zu jung, zu verstehen oder sich so schnell umzustellen. Ihr gesamter Alltag zu Hause hatte sich verändert. Wo sie immer zu zweit oder zu dritt gewesen waren, war sie nun allein, und damit musste sie fertig werden. Hilfe bot ihr nur Herrmann, an den sie sich in dieser Zeit eng anschloss. Auch er, der stillste und sensibelste der Jungen, hoch musikalisch und nachdenklich, litt unter der Situation im Hause nach dem Tod seines Bruders. Er half sich, indem er so wenig wie möglich daheim war und die Zeit nach der Schule mit anderen Jungen aus der Nachbarschaft verbrachte. Und dorthin nahm er Thea mit, die vier Jahre jüngere Schwester, deren Kummer und Orientierungslosigkeit er ahnte. So wurde aus der „großen“ allmählich wieder die „kleine“ Schwester, die sich im Kreise der Jungen bewähren musste.

Ja, es war wirklich alles anders geworden nach Hubertchens Tod, ganz anders. Das zeigte sich am deutlichsten bei dem ersten Weihnachtsfest nach der Tragödie. Alles war wie immer: Die Mutter backte Plätzchen, der Vater besorgte den Christbaum, überall wurde getuschelt, versteckt, geheimnist. Und dennoch war nichts wie früher: Man hörte während des Teigrührens, Knetens und Backens kein einziges Weihnachtslied von der Mutter, sie stand gebeugt über dem Küchentisch, den Kopf gesenkt, um die aufsteigenden Tränen zu verbergen. Der Vater schaute stets besorgt zu ihr, wirkte traurig und ratlos, und den Kindern fehlte die frühere Fröhlichkeit und Aufgeregtheit. Wie ein Schleier lag es über all ihren Tätigkeiten, obwohl sie nach außen hin den Anschein der Weihnachtsüberraschung aufrecht erhielten. Zur Christmette gingen in diesem und den folgenden Jahren alle, auch die Mutter, die früher immer zu Hause geblieben war und den Raum gerichtet hatte. Seit dem Tod ihres jüngsten Sohnes blieb sie Weihnachten nie mehr zu Hause, immer ging sie mit in die Christmette. Anschließend ging man ins Wohnzimmer wie immer, der Reihe nach, nur dass Thea jetzt die Letzte war. Sie bekam in diesem Jahr eine wunderschöne Stoffpuppe geschenkt – Toni und Louise, die die Idee dazu gehabt hatte, hatten sich bei der Herstellung große Mühe gegeben –, einen Puppenjungen, der einen gestreiften Strickpullover und eine braune Stoffhose trug, auf dem Kopf eine blaue Zipfelmütze. Richtig freuen konnte sie sich aber nicht über ihn, er war nicht Hubert, konnte es nie sein.

Alles klang gedämpfter an diesem Abend: das Vorlesen der Weihnachtsgeschichte, das Singen, die Gespräche. Nur als der Vater an den gestorbenen Sohn und Bruder erinnerte und die Mutter eine Kerze für ihn entzündete, schienen alle fast erleichtert, konnten sie doch nun der Trauer ihren Raum geben.

Auch der Besuch der „Mülheimer“, Louises Familie, war nicht so wie in den letzten Jahren. Zwar bewunderten Maria und Gertrud Theas Puppenjungen sehr, was ihr gut tat, und spielten auch mit ihr, aber die Erwachsenen saßen mit ernsten Mienen im Wohnzimmer, lachten nicht wie sonst immer. Als Toni sich immer häufiger an die Stirn griff, begleitete „Mattjöh mit den heilenden Händen“ die Schwägerin nach oben, um zu versuchen, ihre Migräne zu lindern. Louise blieb neben dem Bruder sitzen, besorgt, ohne ihr sonst so fröhliches Lachen, und daran, das Westerwaldlied zu singen, dachte an diesem Tage niemand.

Weihnachten war ihr ganzes Leben lang schwierig gewesen, dachte Thea nun, nicht nur wegen Hubertchen. Selbst als ihre eigene Tochter bereits auf der Welt war, konnte sie sich nie ganz vorbehaltlos und spontan auf das Fest freuen, die Erinnerung war belastet – aber so weit war sie noch nicht mit ihrer Geschichte! Energisch schob Thea die aufkommenden Gedanken beiseite, glättete mit der Hand kraftvoll eine Falte, die das blaue Seidenkleid über dem Knie warf, und griff zu dem pinkfarbenen Schal, als müsse er ihr Hilfe geben bei dem, was alles noch auf sie wartete, was auch lebendig werden wollte, zu ihr und ihrem Leben gehörte. Wie im Traum, ganz langsam, ergriff sie den Schal, strich nachdenklich mit langsamen Bewegungen auf ihrem Schoß über ihn, ihn selbstvergessen betrachtend, und band ihn dann sorgfältig wieder um den Hals, als könne sie sich nur mit Ordnung gegen das Kommende wappnen.

Wenn sie so zurück blickte, schien es ihr, als seien nach Huberts Tod die Sorgen größer und zahlreicher geworden. Aber vielleicht war das gar nicht so gewesen, vielleicht hatte es nur diesen Anschein, weil sich der Blickwinkel verändert hatte, da Leid und Trauer in ihrer aller Leben getreten waren. Die Unbefangenheit und Selbstverständlichkeit waren verloren, die der Familie vorher zu eigen gewesen waren. Und – das fiel ihr nun ein – es mochte auch sein, dass das nur ihr Blickwinkel war, ihr ganz eigener, denn sie war damals ja noch so klein gewesen, so jung, dass sie dem Kummer nichts entgegenzusetzen hatte, vielleicht war das bei den Brüdern ganz anders gewesen.

Sie hatte nicht verstanden, warum sie plötzlich allein war. Die Mutter, die ihr hätte Hilfe geben müssen, konnte das damals nicht, heute war ihr das klar, und der Vater, der sie herzte und auf seinem Schoß barg vor allem Unbegreiflichen, war ja nur selten zu Hause gewesen. So war es eigentlich verständlich, dass nun Herrmann begann, die Hauptrolle in ihrem Leben zu spielen, zumindest die Hauptrolle in der Familie. Sein Bild stieg vor ihr auf, wie er noch vor wenigen Jahren gewesen war: leicht gebeugt, mit schütterem Haar und mitunter auch ein wenig desorientiert, aber immer noch hatte jenes Lächeln seine Lippen umspielt, das ihr damals den Weg in ein neues Leben gewiesen hatte. So nahe war ihr jetzt dieser Tag …

1926–1928

Sie war aus der Schule gekommen, hatte wie immer ihren Tornister nach oben in ihr Zimmer gebracht, im Beisein der schweigenden Mutter die Linsensuppe gelöffelt, die sie nicht besonders mochte wegen des Essigs, der nach Tonis unumstößlicher Meinung unbedingt hinein gehörte, da war Herrmann in die Küche gekommen, begleitet von Franz. Die beiden hatten länger Schule gehabt als Thea, aßen nun auch schnell ihre Suppe, und während Franz versuchte, die Mutter in eine seiner langen Geschichten zu ziehen, gab der jüngste Bruder ihr lächelnd ein Zeichen mitzukommen. Neugierig sprang Thea auf und lief hinter ihm her. Zielstrebig ging der Bruder die Straße hinunter und sah, sich kurz zu ihr umwendend, dass die Kleine ihm folgte, bis sie zu den Wiesen am Ende der Kolonie gelangten. In ihrer Mitte stand ein riesiger alter Apfelbaum, krummgewachsen, ausgehöhlt, der kaum noch Früchte trug und deshalb niemanden interessierte. Herrmann langte in die Höhle unterhalb des dicken Astes und zog einen Zettel heraus. Thea, die mittlerweile bei ihm angekommen war, reckte sich neugierig, um zu schauen, was Herrmann da in der Hand hielt. Der aber knüllte den Zettel zusammen, pfiff dreimal laut auf seinen Fingern, und aus allen Richtungen kamen vier Jungen angelaufen, alle in Herrmanns Alter. Thea hatte sie in der Schule gesehen, weil sie dort immer mit dem Bruder zusammen waren. Die fünf Jungen bildeten nun neben dem Apfelbaum einen Kreis und begrüßten sich feierlich mit Handbewegungen zu Kopf und Schulter hin, als hätten sie nicht den ganzen Vormittag nebeneinander auf der Schulbank verbracht. Die neugierigen Blicke auf Thea ignorierte Herrmann und tat so, als sei es selbstverständlich, dass er seine kleine Schwester mitgebracht hatte. Und so taten auch die anderen Jungen so, man war nun eben statt zu fünft zu sechst.

Es folgte der erste Nachmittag, an dem Thea sich wieder rundum wohl und aufgehoben fühlte. Sie hatte ja gar nicht gewusst, wie frei man sich auf den Feldern, die die Kolonie umgaben, bewegen und fühlen konnte. Mit Hubertchen war sie fast immer in der Nähe des Hauses geblieben, nun aber durchstreifte sie mit den Freunden Herrmanns das gesamte Wohngebiet und die angrenzenden unbebauten Gebiete, bis hin zu dem Wäldchen, das an der Grenze zu Poll lag. Dieses Wäldchen! Seit ihrem ersten Nachmittag dort mit den Jungen liebte sie es, und es blieb stets ihre Zuflucht, selbst, als die Spielgefährten bereits arbeiten gingen und sie allein von der „Bande“ übrig geblieben war. Denn als „Bande“ verstanden sich die Fünf. Man musste fest zusammenhalten und durfte nichts verraten, das war Ehrensache. Schweigen musste man können über das, was sie miteinander erlebten. Das lernte Thea schnell. Und schweigen konnte sie, nie kam irgendetwas über ihre Lippen, was sie nicht ausplaudern durfte, obwohl Toni sie, wenn es ihr etwas besser ging, häufig fragte, womit sie ihre Nachmittage verbrachte. Mehr als „spielen“ erfuhr sie nie von ihrer Tochter, die alles dafür getan hatte, von den Jungen als volles Mitglied der Bande anerkannt zu werden. Nach kürzester Zeit war ihr das gelungen, und es geriet völlig in Vergessenheit, dass sie noch so klein und dazu auch noch ein Mädchen war. Sie wurde eben jungenhafter als jeder Junge, das war die Lösung! Nach kurzer Zeit pfiff sie auf ihren Fingern schriller und lauter, ihr Gang veränderte sich, und auf die Äste des Apfelbaums kletterte sie blitzschnell bis in die höchsten Höhen, dort, wo es besonders gefährlich war. Dass die Jungen sie nur „de Mösch" nannten, störte sie nach einiger Zeit auch nicht mehr, sie nahm es als Zeichen der Anerkennung hin, einen Spitznamen zu tragen.

Dabei waren ihre Spiele völlig harmlos. Man traf sich, um Räuber und Schanditz (Gendarm) zu spielen, eines von Theas Lieblingsspielen. Drei waren die Räuber, die sich im Wald verstecken mussten, und die drei anderen waren die Schanditzen, die durch das Niederholz schlichen, sich geheimnisvolle Zeichen machten, einander zunickten und dann plötzlich mit viel Gebrüll auf eines der Verstecke zustürmten, in dem sich einer der Räuber verborgen hatte. Am leichtesten war es, Herrmann zu fangen. Hatte der sich erst einmal in einem Gebüsch eingerichtet, vergaß er völlig seine Umwelt, zog ein Buch aus der Tasche, das er immer mit sich führte, und begann in eine andere Welt abzutauchen. So konnte es auch geschehen, dass er, als die drei Suchenden ihn in seinem Versteck aufstöberten, völlig verstört war, weil er gerade mit Robinson Crusoe den Gefährten Freitag gefunden hatte. Über sein verblüfftes Gesicht feixten sie noch stundenlang. Oder man machte Ballspiele, spielte Fangen und Verstecken oder war als Antarktis- oder Afrikaexpedition unterwegs.

Die Familie gewöhnte sich schnell daran, dass Thea immer mit Herrmann unterwegs war. So unzertrennlich sie früher mit Hubert gewesen war, so unzertrennlich wurde sie nun mit dem älteren Bruder. Wo er ging, folgte ihm Thea, und sie schien ihm auch nie lästig zu werden, ganz im Gegenteil, sein kleiner getreuer Vasall gab ihm wohl ein Gefühl der Wichtigkeit, das er, der Jüngste von fünf Brüdern, er, der „Fuhrmann Jäsch", so nie gekannt hatte. Die beiden Geschwister schlossen sich eng aneinander an, und den Vater freute es, dass die kleine Tochter, die so niedergedrückt und unglücklich gewesen war, nun endlich wieder rote Wangen bekam und leuchtende Augen. Seine Mösch sollte glücklich sein, der Ernst des Lebens hatte sie seiner Meinung nach viel zu früh getroffen.

Für Toni war es schwieriger, Theas neues Leben zu akzeptieren. Sie spürte, wie die Tochter ihr entglitt, ihr Verhalten änderte und immer burschikoser wurde. Das gefiel ihr überhaupt nicht, andererseits wusste sie auch, dass die eigene Schwermut und Trauer das Kind überforderten. Und so ließ sie sie ziehen, die lang ersehnte Tochter, die doch eigentlich mit ihr gegen die Männerwelt sein sollte und nun in die Männerwelt eintauchte.

Zum offenen Konflikt kam es, als die Mutter entdeckte, dass Thea in der Höhle des Apfelbaumes, an dem sich die Bande immer noch traf, eine alte Hose von Herrmann versteckte, die sie immer schnell anzog, wenn sie mit den Jungen unterwegs war. Die Röcke hatten sich bald als hinderlich erwiesen und wurden von ihr auch als abwertend angesehen, erinnerten sie die anderen doch nur an ihr Mädchensein, und das wollte sie möglichst vollständig vergessen machen. So hatte es sich eingebürgert, dass sie eine von Herrmanns abgelegten Hosen am Treffpunkt verbarg. Ihr war immer klar gewesen, dass sie nicht von zu Hause aus damit losgehen konnte, das hätten die Eltern nicht erlaubt. Also musste man ein nicht ausgesprochenes Verbot umgehen mit einer Heimlichkeit. Was sie tat, „gehörte sich nicht", das wusste sie. Zwei Jahre lang hatte nie jemand etwas gemerkt, mit Rock war sie von zu Hause weggegangen und im Rock war sie auch zurückgekehrt, nie war dieser schmutzig oder zerrissen wie Herrmanns Hosen so oft. Aber die Mutter hatte nie einen Verdacht deshalb geschöpft, sie war davon ausgegangen, dass Thea sich als Mädchen eben „mädchenhaft" benahm, auch wenn sie immer mit den Nachbarjungen unterwegs war.

Eines Tages war Toni, von Poll kommend, wo sie eine Bekannte besucht hatte, am Rande des Wäldchens entlang gegangen, als ihr Thea, laut schreiend, mit den Armen fuchtelnd, da sie gerade wieder einmal einen Räuber jagte, in schmutzigen Hosen, ein rotes Tuch verwegen um den Hals geknüpft, in die Arme lief. Dass die Tochter noch einen schrillen Warnpfiff an die anderen ausstieß, brachte das Fass zum Überlaufen. Nach einem ersten entsetzten Blick nahm sie ihre Tochter am Schlafittchen, die sträubte sich nur kurz und ergab sich dann in ihr Schicksal. Energisch wurde sie von der Mutter nach Hause geführt, ohne dass ein Wort zwischen den beiden gewechselt wurde, und auf ihr Zimmer geschickt.

Dort saß Thea nun und wartete darauf, dass der Vater vom Deutzerfeld zurückkehrte, denn die Mutter hatte ihr drohend angekündigt, man werde sich zu dritt „unterhalten". Welcher Art diese „Unterhaltung" sein würde, konnte Thea sich lebhaft vorstellen, es würde für sie mit Sicherheit nichts zu lachen geben. Sie betrachtete die duftigen Gardinen, die Toni so liebevoll nach ihrer Geburt genäht hatte, und die Blümchentapete, Symbol ihrer Rolle im Leben nach Auffassung der Mutter. Ihr war klar, dass nun die Zeit der Ungebundenheit und völligen Freiheit zu Ende gehen würde. Einen solchen Verstoß gegen das Schickliche konnte die Mutter nicht einfach hinnehmen. Ein wenig hoffte sie noch auf die Unterstützung durch den Vater, ein ganz klein wenig.

Aber auch dies erwies sich als trügerisch. Peter musste zwar zunächst schmunzeln, als Toni ihm das Vergehen seiner Jüngsten berichtete, teilte aber dann deren Überzeugung, dass es so nicht weitergehen konnte, dass das „Rumtreiben" mit den Jungen ein Ende haben musste. Herrmann, den man zunächst zu der Sache gehört hatte, bemühte sich zwar tapfer, die Schwester zu verteidigen, geriet aber selbst in die Kritik und wurde zu einem Monat Hausarrest verdonnert, weil er geduldet hatte, dass Thea „ihr Mädchensein verriet". So gewaltige Worte fielen tatsächlich, was eigentlich gar nicht Tonis Charakter entsprach. Die Enttäuschung, in der Tochter nur einen sechsten Jungen großzuziehen – „schon wieder ein Jung, und isch wollt doch en Mädsche han" – saß tief und ließ sie unerwartet heftig reagieren. Peter kannte den innigsten Wunsch seiner Frau, in dieser Männerfamilie eine Verbündete zu haben, verstand ihn auch und beschloss, seine Jüngste habe dieses „Rumstromern" aufzugeben und mehr an ihre zukünftigen Aufgaben herangeführt zu werden. Und so war auch er es, der ihr verkündete, dass sie sich nun zielstrebig darum bemühen müsse, alles zu lernen, was sie als Hausfrau und Mutter können müsse. Und im übrigen – in „Jungshosen" wolle er sie nie mehr sehen, fügte er drohend hinzu. Dass die Hose in den zwanziger Jahren mehr und mehr als Bekleidung für Frauen in Mode kam, interessierte ihn nicht, seine Tochter hatte Rock und Schürze zu tragen, so war das immer gewesen und damit basta! In der Kolonie interessierten modische Extravaganzen nicht, da tat man das, was „sich schickte". Und sie war nun einmal ein Mädchen!

Thea hatte das untrügliche Gespür, dass Schmeicheln heute nicht helfen würde, wie sonst so oft, und so stand sie mit gesenktem Kopf in der Küche vor ihren Eltern – selbst ihr rotes Tuch hing trübselig auf ihre Brust herab – und hörte sich an, wie von nun an ihr Tagesablauf aussehen würde. Nach der Schule hatte sie der Mutter zur Hand zu gehen bei allen hausfraulichen Tätigkeiten – spülen, flicken, waschen, bügeln, nähen, putzen –, bei all diesem sollte sie die Mutter unterstützen und damit für ihre Zukunft lernen. Dicke Tränen rollten ihr über die Wangen, als sie innerlich Abschied nahm von ihrer wundervollen Zeit in den Feldern und dem Wäldchen mit ihrer „Bande". Natürlich sollte sie auch spielen dürfen, aber mit den Mädchen in der Nachbarschaft: Fangen, Dilldopp, Hüppekasten, Verstecken und all das, was diese eben so spielten.

Es wurde eine schwere Zeit für Thea. Sie, die es gewohnt war, draußen herumzuspringen und zu toben, war nun viel mehr ans Haus gebunden und dort fast immer unter der Aufsicht der Mutter, die ihr alle die Arbeiten nahe zu bringen versuchte, die sie ihrer Meinung nach beherrschen musste. Ein wenig gab Toni sich selbst die Schuld daran, sich zu wenig um ihr Mädchen gekümmert zu haben in der Zeit tiefer Trauer nach dem Verlust ihres letztgeborenen Kindes. Umso mehr bemühte sie sich nun, den Kontakt zu ihrer Tochter zu vertiefen, diese nach dem Bild zu formen, das sie sich in all den langen Jahren des Wartens von ihr gemacht hatte. Wäre nicht die große Enttäuschung und Verbitterung Theas gewesen, dass man ihr ihre Freiheit genommen hatte, so hätte es eine wunderschöne Zeit für Mutter und Tochter werden können. So aber wurde sie mühsam. Thea, die gegen ihren Willen auf etwas verzichten musste, das sie kannte und liebte, gab insgeheim der Mutter die Schuld an diesem Verlust, und das machte sie kratzbürstig und widerwillig. Zugleich aber plagte sie das schlechte Gewissen, wenn sie sich ungezogen und widerborstig der Mutter gegenüber verhielt, die stets so tat, als bemerke sie die Ablehnung ihrer Tochter nicht, sondern ihr mit Liebe und Zuwendung begegnete.

Wie schön hätte diese Zeit sein können ohne die Erfahrung der zwei Jahre, die hinter ihr lagen. Oft schaute sie, wenn sie mit der Mutter am Küchentisch saß und flickte, häkelte oder strickte, sehnsüchtig aus dem Küchenfenster und stellte sich vor, wie sie sich nun mit den Jungen im Wäldchen versteckte, auf den Pfiff zum Loslaufen lauschte oder Herrmann mit Geschrei aus seinem Gebüsch lockte. Oft ließ die Mutter sie dann gehen, wenn sie diesen Blick bemerkte, und schickte sie zu ihrer neuen Freundin Irmgard nach nebenan. „Dat Kind muss auch spielen", entschuldigte sie das beim Vater, der streng auf die Einhaltung der Regeln zu achten versuchte. Wenn Thea ihm dann abends seinen Strumpf zeigte, dessen Loch an der Ferse sie sorgfältig gestopft hatte, oder die Mutter lobend erwähnte, dass die Tochter die Brotsuppe ganz allein zubereitet hatte, dann nahm der Vater sie ganz fest in seine Arme, küsste sie und zog sie auf seinen Schoß und sagte ihr, wie stolz er auf sein „kleines Mädchen" sei. Da konnte es dann geschehen, dass Thea so heftig husten musste, dass auch sein kräftiges Klopfen auf ihren Rücken nichts half. Überhaupt quälte seit ihrem neunten Lebensjahr, das eine solche Veränderung für sie gebracht hatte, der Husten sie fast ein Leben lang. Nachts saß die Mutter oft an ihrem Bett, wenn sie sich in Hustenkrämpfen wand.

Einmal, als die Mutter nicht zu Hause war und so bald wohl auch nicht wiederkommen würde, hatte Thea sich auf den Weg gemacht zu ihrer Bande. Einmal noch wollte sie – wenn auch schlechten Gewissens ob des Verrats an der Mutter – einen freien Nachmittag mit ihnen im Wäldchen erleben. Aber es war dann alles anders gewesen. Warum, das wusste sie nicht, nur dass sie enttäuscht war, furchtbar enttäuscht. Es hatte einfach nicht mehr gestimmt. Die Jungen hatten sie zwar freudig empfangen, als sie mit wehendem Rock zu ihnen gelaufen kam, aber sie waren zurückhaltender, unsicher und gehemmt, schien ihr. Sie spielten auch nicht mehr wie früher, sondern steckten die Köpfe zusammen und flüsterten, bekamen rote Ohren, als zwei Nachbarmädchen vorbei gingen, und waren merkwürdig, ganz schlicht merkwürdig. Und so war es Thea nicht schwer gefallen, sie bald wieder zu verlassen und nach Hause zu laufen. Auf dem Weg dorthin liefen die Tränen der Enttäuschung, denn nun wusste sie, dass ihre Sehnsucht nach dem früheren Leben ungestillt bleiben musste.

Das war der Augenblick, in dem sie sich dem neuen Leben zuwandte, nicht gerne, aber konsequent, und sich darein schickte, ein Mädchen zu sein. Mit Irmgard, die mit ihren Eltern seit mehreren Jahren im Nachbarhaus wohnte und so alt war wie sie, freundete sie sich sehr intensiv an. Jahrelang liefen sie zunächst Hand in Hand mit klapperndem Tornister in die Schule, später gingen sie Arm in Arm, kichernd und heimliche Blicke nach den Nachbarjungen werfend, die Volpertusstraße hinunter ins Kino oder zur Rheinwiese.

Von Herrmann hatte sie dessen Liebe zu Büchern übernommen. Die Eltern hatten ihr erlaubt, in der Pfarrbücherei altersgemäße Lektüre zu entleihen, was sie auch sehr eifrig tat. Und so las sie sich offiziell durch die gesamte Literatur für Mädchen. Von Henny Koch las sie Erzählungen wie „Goldchens Zukunft“, „Wie Liesel sich das Glück vorstellte und wie es aussah“ oder „Das Glückspilzchen“. Frieda Amerlans „Mädchengeschichten“ begeisterten sie, von Johanna Spyri las sie nicht nur „Heidi“ und „Rosen-Resli“, sondern auch „Verirrt und gefunden“, „Verschollen, nicht vergessen“ und „Lauris Krankheit“. Besonders liebte sie Annemarie

Braun, das „Nesthäkchen“ von Else Ury und „Trotzkopf“ von Emmy von Rhoden, in dem sie genau das wiederfand, was die Eltern auch von ihr erwarteten: Ordnung, Sauberkeit, Fleiß, Gehorsam, Pflichterfüllung, aber mit dessen aufsässigen und wilden Heldinnen sie sich gut identifizieren konnte. Heimlich und umso lieber jedoch las sie das, was sie von Herrmann zugesteckt bekam: Defoes „Robinson Crusoe“, Coopers „Lederstrumpf“ und alles von Karl May, dessen er habhaft werden konnte. Keines ihrer Mädchenbücher übte jemals einen solchen Reiz auf sie aus wie die Geschichten um Winnetou, Hadschi Halef Omar oder Natty Bumppo, den „Lederstrumpf“. In ihnen fand sie all das wieder, was ihr verloren gegangen war. Ein ungebundenes Leben, das nicht von Schürzen und Stricknadeln diktiert wurde!

2007

Da waren sie alle, die Personen, die sie heute noch mühelos aufzählen konnte, alle versammelt in diesem dicken abgegriffenen Band, der – etwas versteckt – zwischen den deutschen Klassikern in ihrem Bücherschrank stand. Neben Goethe auf der einen und Fontane auf der anderen Seite, ihren Lieblingsschriftstellern in späteren Jahren, hatte er seinen Platz gefunden, der Held ihrer Kindheit, der mal Falkenauge, Lange Büchse, Pfadfinder oder Wildtöter hieß, aber immer der „Lederstrumpf“ war. Liebevoll ruhte ihr Blick auf dem dicken Buch mit dem Pappeinband, unten etwas eingerissen. Herrmann hatte es ihr einst geschenkt, zu Weihnachten, aber nur heimlich, keiner hatte davon wissen dürfen. In ihrem Zimmer hatte er es ihr gegeben und dabei verlegen gelächelt, wie es so seine Art war, und es war ihr Schatz geworden, ihr heimlicher Schatz. Mit ihrem Helden streifte sie durch die Wildnis, am Rande der Zivilisation, in treuer Freundschaft vereint mit Chingachgook, dem edlen Wilden, und seinem Sohn Uncas, rettete Elizabeth Temple, immer auf die eigene Kraft bauend und im Einklang mit der Natur. Seltsam, heute wurde ihr plötzlich klar, dass dieses Buch ein Protest war, ein Protest gegen die Rolle, in die man sie gezwungen hatte. Nicht Annemarie Braun, das „Nesthäkchen", hatte sie sein wollen, sondern selbst bestimmen, eigene Wege gehen – hatte es aber nur in diesen Büchern gekonnt, Symbolen ihrer inneren Auflehnung, die nie laut geworden war. Das ging damals nicht. Ein Mädchen hatte sich anzupassen und das zu tun, was die Eltern von ihm verlangten, und wenn man gar das einzige Mädchen war …

Die alte Dame erschrak fast vor diesen Gedanken, die ihr da durch den Kopf gingen, am Abend ihres Geburtstages. Das hatte sie ja noch nie so gesehen. Ihre Kindheit war doch glücklich gewesen! So hatte sie es auch immer ihrer Tochter erzählt: ein fast paradiesisches Leben als Jüngste, behütet im Haus der Eltern, geliebt von ihnen und den Brüdern, geborgen in einer großen Familie, zwar in recht ärmlichen Verhältnissen, aber es war damals ja niemandem besser gegangen, alle hatten knapsen müssen. Und nun stellte sie fest, als sie die Erinnerungen zuließ, dass es durchaus Kratzer auf diesem Bild vom Paradies gab. Und heute fiel ihr zum ersten Mal in ihrem Leben auf, dass sie nie, wenn sie in die „Jungsbücher" versunken war, hatte husten müssen. War das nicht merkwürdig? Sie hatte sie nie wegen der Krämpfe weglegen müssen wie die Stricknadeln oder den halb fertig gehäkelten Topflappen.

Stimmte ihr Bild von der Kindheit denn überhaupt? Es hatte sie doch gegeben, die Abende, an denen alle, um den Küchentisch versammelt, „Herzblättchen" gespielt hatten, denn „Skat is nix für Frauen", wie Heinz zu sagen pflegte. Oder sie hörte heute noch die ganze Familie Mutters Lieblinsglied „Im schönsten Wiesengrunde steht meiner Heimat Haus" singen, begleitet von Peter auf der Tuba und Herrmann mit der Mundharmonika. Und sie hat-

ten dann immer lachen müssen, weil der Vater so falsch brummte und Franz, der überhaupt keinen Ton halten konnte, spätestens bei der zweiten Strophe den Chor aus dem Takt brachte. Das alles war doch gewesen, ja – aber auch das andere war gewesen, wie sie nun wieder wusste, die Trauer, der Schmerz, das Leid der Mutter, die Einengung, die ungeliebte Rolle – und der Husten, ein Leben lang, immer wieder. Sie hatte immer nur die eine Seite sehen, nur an sie hatte sie sich erinnern wollen, alles andere hatte sie wohl tief in sich versteckt, und erst heute war es wieder wach geworden. Es stimmte schon. In den Jahren nach Hubertchens Tod hatte sie, bis dahin ein ganz gesundes Kind, zu kränkeln begonnen und kränkelte dann ihr Leben lang, weshalb sie selbst erstaunt darüber war, dass sie alle anderen überlebt hatte. Nun wollte sie aber noch einmal genau hinschauen, von ihrem Husten wollte sie sich leiten lassen. Und wirklich, am Ende der Ferien im Westerwald war er immer stärker geworden …, der Ferien, die ihr Kinderparadies waren.

1925–1928

Toni und Peter schickten ihre Kinder, wann immer sie es konnten, in die Ferien. Sie fanden es wichtig, dass diese ihre Wurzeln kannten, nicht nur das Lied, und so trugen sie Sorge dafür, dass die Sechs gut untergebracht wurden. Da Peter bei der Reichsbahn beschäftigt war, hatte er Anspruch auf verbilligte Billette, und diesen nutzte er. Peter der Jüngere, Heinz, Herrmann und Thea fuhren stets nach Altenbrendebach zur Familie ihrer Mutter, Josef war bei den Tanten in Mittelhof, den Schwestern des Vaters, zu Gast, wo häufig auch Tante Louise mit ihren Töchtern Ferien machte, und Franz fuhr zu Tante Berta, einer von Tonis Schwestern, die in Limbach in der Nähe des Klosters Marienthal verheiratet war.

Als die beiden älteren Brüder arbeiteten, fuhren nur noch Herrmann und Thea zu dem Onkel und seiner Familie auf den Hof. Bis zum Ende der zwanziger Jahre lebte auch der Großvater noch dort, ein alter Mann, der meist in der Küchenecke saß, seine Pfeife rauchte und den Erzählungen seiner lebhaften Kölner Enkelin lauschte, selbst aber nur ganz selten etwas sagte. Er ging nicht mehr mit aufs Feld und versorgte höchstens einmal die Hühner, wenn er einen guten Tag hatte und ihn das „Reißen", wie er es nannte, nicht so sehr plagte. Doch sonst wurde jede Hand auf dem Hof gebraucht, auch die der städtischen Feriengäste, denen das Leben auf dem Lande wie ein Paradies vorkam, da sie die materiellen Sorgen, die den Onkel plagten, nicht wahrnahmen. Es war für sie eine große Freude, bei der Ernte zu helfen. Früh um sechs Uhr musste man aufstehen, fuhr schnell mit einem Lappen durch die Waschschüssel und über das Gesicht, zog sich das älteste, schon etwas ausgewachsene geblümte Kleid an, das man im letzten Sommer zurückgelassen hatte, band eine Schürze darüber und rannte barfuß in die Küche, wo die anderen schon über ihren Marmeladebroten saßen. Mit dem Ochsengespann fuhr man aufs Feld hinaus, das in einiger Entfernung von dem Hof lag. Lachend und schreiend saßen die Kinder hinten auf dem noch leeren Wagen. Maschinelle Hilfe gab es nicht. Das Getreide wurde je nach Reife geschnitten, zuerst der Hafer, dann der Roggen und zuletzt der Weizen. Die Kinder hatten die Aufgabe, das geschnittene Getreide zusammenzutragen, damit es von den Älteren zu Garben gebunden und zu kleinen Häuschen aufgerichtet werden konnte. Später wurde es dann mit dem Wagen abgeholt und in die Scheune gebracht. Das Dreschen besorgten die Erwachsenen mit dem Flegel, diese mühsame Arbeit wäre für die Kinder zu schwer gewesen. Das Schönste an diesen Tagen war die

Brotzeit auf dem Feld. Mittags, wenn von Mittelhof die Glocken ins Tal klangen, kam Tante Johanna, eine unverheiratete Schwester Tonis, die mit auf dem Hof lebte, mit einem großen Korb auf das Feld, man ließ sich im Schatten nieder und speiste das selbst gebackene Brot mit Butter und Wurst, alles aus dem eigenen Bestand. Dazu tranken die Kinder Milch aus dem Krug und die Erwachsenen selbst gerösteten Kornkaffee aus der Kanne. Und danach ging die Arbeit weiter, bis Thea abends, nachdem sie eine Riesenportion Bratkartoffeln verdrückt hatte, ins Bett fiel und sofort tief einschlief.

Wenn es nichts auf den Feldern zu tun gab, half Thea bei den Hühnern, den Schweinen oder den zwei Kühen. Am liebsten gab sie diesen Futter, weil man dabei durch den Stall gehen und sie streicheln konnte, was sie sich schmatzend gefallen ließen. Thea liebte Blume, eine rotbraune Kuh, die sie mit ihren sanften Augen anschaute und nie eine heftige Bewegung machte, die sie hätte erschrecken können. Zu Blume ging sie immer, wenn sie Zeit hatte, setzte sich neben sie, kraulte sie zwischen den Ohren und erzählte ihr, was sie erlebt hatte, während das Tier still vor sich hinkaute.

Diese Freundschaft drohte allerdings eines Tages abrupt zu enden. Die Tante hatte Thea den Auftrag gegeben, Blume zu einer weiter entfernten Wiese zu führen, damit sie dort weiden konnte. Und so machte sie sich auf, ein Buch in der Schürzentasche, Blume an einem Strick führend, den sie erst löste, als sie an dem Weidegrund ankamen, der ihr immer wegen des Namens Teufelsbruch ein wenig unheimlich gewesen war. Sie gab der Kuh einen freundschaftlichen Klaps auf den Hintern und schaute ihr zu, wie sie sich freudig auf das frische Gras zu stürzen schien. Nach einer Weile wurde Thea das zu langweilig, sie ließ sich im Schatten eines Baumes am nahe gelegenen Waldrand nieder, zog ihr Buch aus der Tasche, begann zu lesen und ließ sich von einer anderen Welt in Bann ziehen. Irgendwann bemerkte sie, dass die Schatten länger wurden, sie blickte von ihrem Buch auf, reckte sich und – sprang erschrocken auf. Wo war Blume? Die hatte doch eben noch am Waldrand gegrast, und nun war sie weg. Thea stürmte über die Wiese, von rechts nach links und wieder zurück, aber nirgendwo konnte sie die Kuh sehen. Laut „Blume“, „Blume“, „liebes Blümchen“ rufend lief sie am Wiesenrand entlang und horchte immer auf ein Muhen, das ihr verraten hätte, wo sich die Kuh versteckt hielt. Das letzte Mal hatte sie sie dort drüben am Waldrand gesehen, schoss es ihr durch den Kopf, also war sie wahrscheinlich in den Wald gegangen, um sich dort eine Wiese zum Grasen zu suchen. Weiter nach ihr rufend, wagte Thea sich nun weg vom Teufelsbruch, immer tiefer in den Wald. Dass sie dort eigentlich nicht gerne war, weil er ihr Angst machte, vergaß sie, aus Sorge darum, ohne die Kuh, die man ihr anvertraut hatte, nach Hause gehen zu müssen. Je länger sie suchte, desto banger wurde ihr. Längst hatten die Tränen zu fließen begonnen, und sie fand keinen Platz mehr, wo sie noch schauen konnte. Voller Angst wusste sie sich keinen anderen Rat mehr, nachdem sie so lange vergeblich gesucht hatte, als zum Hof zurückzugehen und dort ihren Fehler zuzugeben. Laut aufschluchzend lief sie den Weg nach Altenbrendebach zurück, voller Scham, dass ihr das passiert war, und voller Furcht, wie der Onkel und die Tante wohl reagieren würden, wenn sie gestehen müsste, die Kuh verloren zu haben.

Als sie sich dem Haus näherte, sah sie die Tante bereits vor der Tür nach ihr Ausschau halten, war doch mittlerweile die Abendbrotzeit vorüber und Thea immer noch nicht zurück. Weinend lief sie auf die Tante zu, in ihre weit ausgestreckten Arme, und diese konnte kaum das Stammeln verstehen, das

das Kind von sich gab. Endlich begriff sie, dass Thea die Kuh abhanden gekommen war, weil sie sie über einem Buch vergessen hatte, und dass sie bereit war, alle Strafen dafür über sich ergehen zu lassen. Lächelnd fasste die Tante das Kind fester und führte es mit sanfter Gewalt Richtung Stall. Dort, an ihrem Platz, stand die schmatzende Blume, ihr Schwanz wedelte, als wolle sie ihre Hüterin begrüßen und um Verzeihung bitten, dass sie schon voraus gegangen sei. Wie erstarrt stand Thea vor ihr, wagte es kaum, den Arm auszustrecken und ihr über die Blesse auf der Stirn zu streichen. So schnell konnte sie ihren Schock nicht vergessen und ihre Angst, die Kuh nie mehr wiederzufinden. Als sie dann über ihrer Milchsuppe saß, erklärte ihr die Tante, dass Tiere aufgrund ihres Instinkts leicht nach Hause finden und Blume sich wohl beim Abendläuten allein auf den Weg in ihren Stall gemacht hatte. Noch im Traum irrte das Mädchen durch den Wald, suchte eine Kuh und hustete, hustete so stark, dass die Tante in der Nacht zu ihr kam und ihr einen Kräutertee brachte.

Am interessantesten war es für Thea, mit ihrer Cousine, dem jüngsten Kind des Onkels, in die Schule zu gehen. Wenn Thea bereits Ferien hatte, mussten die Kinder des Dorfes noch eine Weile zur Schule gehen, und dann ging Thea mit ihnen. Sauber gewaschen und die Haare zu artigen Zöpfen geflochten, machten sie sich kurz vor halb acht auf den Weg, denn der war lang. Etwa eine halbe Stunde brauchten die Kinder nach Neubrendebach, wo die nächste Volksschule war. Sie gingen zunächst durch einen Buchenwald, immer an einem klaren Bach entlang, in dem es kleine Forellen gab. Diese gefielen Thea so sehr, dass sie sie auf dem Rückweg in ihrer Badehaube fing und nach Hause trug. Dort setzte sie sie in dem kleinen Tümpel unterhalb des Wasserfalls neben dem Obstgarten aus und bildete sich ein, wenn es in Butter gebackene Forellen gab, es seien die ihrigen. Aber auf dem Weg zur Schule konnte man nicht trödeln, sondern musste sich sputen, weil die Kinder oft etwas spät losgingen, hatten sie doch alle schon ihre Pflichten zu erfüllen gehabt, sei es das Füttern der Tiere, das Melken der Kühe oder das Eier- oder Kräutersuchen im Hühnerstall und Garten. Die Schule selbst war ungeheuer spannend für Thea. So ganz anders als ihre Schule in der Kolonie. Zunächst einmal gab es kein eigenes Gebäude für sie, sondern sie war in einem Bauerngehöft untergebracht, und es gab natürlich auch keinen Schulhof. Die Pause verbrachten die Schüler meist im Klassenzimmer, oder sie gingen auf eine Wiese gleich neben dem riesigen Misthaufen.

Es gab nur einen einzigen Klassenraum, in dem alle Kinder, die schulpflichtig waren, zusammen lernten. Das war ganz neu für Thea, die mit vierzig Kindern ihres Alters gemeinsam unterrichtet wurde. Staunend betrachtete sie die Einrichtung: Mitten im Klassenzimmer stand der große Schulofen, der mit einem langen, unter der Decke befestigten Ofenrohr an den Kamin angeschlossen war. Im Winter, erfuhr Thea, zündete der Lehrer, der in zwei Zimmern über dem Schulzimmer wohnte, eine halbe Stunde vor Unterrichtsbeginn das Feuer an, nachdem er Papier, Holz und Kohlestücke in ihm aufgeschichtet hatte. Rechts und links dieser Heizquelle standen zwei Reihen schmaler Bänke, die je nach Klassenstufe in der Höhe anstiegen. Immer saß Thea mit ihrer Cousine Erna auf der rechten, der Fensterseite, denn auf der linken, der Wandseite, saßen die Jungen, die hinter dem Ofen hervor oft Grimassen schnitten oder anders auf sich aufmerksam zu machen versuchten, denn auch für sie war es ganz schön aufregend, dieses Stadtkind bei sich zu haben. Wie sie es auch aus ihrer Schule kannte, stand vorne auf einem Podest das Lehrerpult, so dass man immer zu dem Lehrer hoch schauen musste, wenn man vorne stand. Hinter ihm befand sich auf einer Staffelei die Tafel, ziemlich zerkratzt, die sich schon sehr von der Doppelschiebetafel, wie Thea sie kannte, unterschied. Ein schmaler Schrank in der hinteren Ecke an der Wand vervollständigte die Einrichtung. Landkarten, wie sie in der Stadt selbstverständlich waren in jedem Klassenraum, den Thea kannte, gab es hier nicht, auch fehlten Bilder an den Wänden, die in ihrem Klassenzimmer den Schutzengel, der Kinder über eine schmale Brücke geleitet, und das Hausvieh zeigten. Gemeinsam war beiden Räumen, das fiel Thea sofort auf, das große Kruzifix, das jeweils an der Stirnwand hing.

Thea ließ sich also, wenn sie mit in die Schule ging, immer neben ihrer Cousine Erna nieder, die zwar wesentlich älter war als sie, aber das störte sie nicht. Denn sie lernte gerne mit den größeren Kindern, das forderte sie heraus. Und das war das Allererstaunlichste für sie: Hier lernten alle Altersstufen gleichzeitig jeweils ganz Verschiedenes. Das faszinierte sie. Vorne schrieben die „I-Dötzchen" ihre Wörter sorgfältig auf die Tafel, langsam und bemüht, ja nicht mit dem Griffel zu quietschen, eine andere Gruppe rechnete, wieder andere erzählten schriftlich von dem letzten Kirchweihfest in Wissen oder zeichneten die Umrisse von Deutschland. Alles gleichzeitig und alles beim selben Lehrer. Und es konnte auch schon einmal vorkommen, dass ein größeres Kind aufstand und einem kleineren bei irgendetwas half. Darüber hatte sie am meisten gestaunt, als sie das zum ersten Mal sah. Sie war es gewohnt, in einer Klasse zu sitzen, in der alle das gleiche taten, ruhig auf ihren Plätzen saßen und aufmerksam den Worten der Lehrerin folgten, denn sie hatten ein „Fräulein" in Köln, keinen Mann wie hier. Diesen Lehrer hatte sie schnell ins Herz geschlossen, denn er hatte erkannt, dass er hier ein pfiffiges kleines Mädchen mit wachem Geist vor sich hatte, und bat sie, den anderen über das Leben in der Stadt zu erzählen, über das, was gemeinsam und anders war im Vergleich zum Leben hier. Und das tat Thea für ihr Leben gern, erzählen! Und so kam sie in dieser Dorfschule immer auf ihre Kosten. Es gab viel zu beobachten, und man gab ihr die Möglichkeit, sich zu präsentieren – da ging sie auch in den Ferien gerne in die Schule! Übrigens hat Herrmann sie nicht ein einziges Mal dorthin begleitet, das ging ihm wohl gegen seine Mannesehre.

Es waren erfüllte Ferienzeiten für Thea, voll von Erlebnissen und Zuneigung, viel Freiheit und Aufenthalt in der Natur, so dass, wenn der Abschied sich näherte, auch Theas Husten einsetzte. Bei der Abfahrt gab es immer Tränen, wenn der Onkel ihr auf dem Bahnhof in Wissen noch einmal kurz den Arm um die Schulter legte, und während der ganzen Bahnfahrt nach Köln weinte das Mädchen still vor sich hin.

2007

An diese Tränen konnte sie sich gut erinnern, immer war sie am Deutzer Bahnhof mit verschwollenen Augen angekommen, so dass der Vater schon gutmütig gespottet hatte, es sei ja wohl wieder einmal schrecklich gewesen im Westerwald. Und zum Trost musste sie dann immer das Westerwaldlied vor sich hinsummen. Den Husten aber hatte sie vergessen, der immer kam, wenn man sie aus ihrem Paradies vertrieb. Das hieß aber doch … dann musste es zu Hause wohl Störungen und Irritationen gegeben haben, die es ihr so schwer machten, zurückzukehren. Das hatte sie ja nun plötzlich verstanden. Unwillig aufseufzend strich sie über ihren Rock, glättete wieder eine Falte, fast heftig dieses Mal, und gestat-

tete sich nun zum ersten Mal, auch ihr Kinderparadies gedanklich kritisch unter die Lupe zu nehmen. Ja, für sie waren diese Tage immer himmlisch gewesen, wolkenlos und sonnig, aber es musste ja auch geregnet oder gestürmt haben. So war das mit den Erinnerungen, den Regen und den Sturm unterschlug man sich selbst. Kinderzeit wollte man voller Sonnentage und sorglos, erkannte sie auf einmal, es war einem wichtig, ein fröhliches und geliebtes Kind gewesen zu sein, ja, das war wichtig, wenn man einmal erwachsen war. Und wenn sie heute darüber nachdachte, dann hatte es wohl Sorgen genug auf dem Hof in Altenbrendebach gegeben, von denen sie eigentlich auch gewusst hatte: Das Geld war knapp für all die vielen, die die Wirtschaft ernähren musste, des Großvaters Gesundheit war sehr angeschlagen viele Jahre lang, und dem Krieg hatten sie auch ihren Tribut zahlen müssen, der Selbstmord des jüngeren Sohnes und Bruders musste ihr Gottvertrauen erschüttert haben. Als Kind lebte man im Hier und Jetzt, war im Paradies, weil man nichts mitbekam von den Sorgen der Erwachsenen und die Welt gut und schön wollte, unbedingt! Barfuß laufen war in ihrer Erinnerung Freiheit, Sommer und Glück. War es für ihre Vettern und Cousinen auf dem Dorf nicht eher Mangel gewesen? Seltsame Gedanken, die sie da heute umtrieben …

Sie reckte sich ein wenig, griff zu ihrem Stock und versuchte, sich aus dem Sessel zu erheben. Man kam nur auf dumme Gedanken, wenn man so lange saß. Aber, zögerte sie, während sie sich hochstemmte – das Sitzen hatte sie ganz steif gemacht –, waren diese Gedanken wirklich so dumm? Mit achtundachtzig sollte man die Dinge schon klar sehen, es musste doch einen Sinn haben, dass sie heute alle wieder zu ihr kamen, die so lange schon nicht mehr waren. Und energisch humpelte sie in ihre Küche, setzte Teewasser auf, nicht ohne ein Stäubchen von der Herdplatte zu wischen, und beschloss, Ordnung auch in ihre Vergangenheit zu bringen.

1926

Thea saß an dem großen Küchentisch, die Stricknadeln gesenkt, auf denen die krumme Ferse einer Socke sichtbar war, schaute verträumt in den schönen Frühlingstag vor dem Fenster und wartete darauf, dass das Wasser auf dem Herd kochte, denn die Mutter hatte sie geheißen, Kräutertee zuzubereiten. Ein halbes Jahr war seit Hubertchens Tod vergangen, und heute, an diesem Apriltag 1926, war sie, da Herrmann mit Franz unterwegs war, zu Hause geblieben. Die Mutter lag im verdunkelten Elternschlafzimmer, wieder einmal von einem Migräneanfall geplagt. Der Vater hatte einen freien Tag und arbeitete mit seinem Ältesten draußen im Garten, denn auch der Fuss war nicht zur Arbeit gegangen.

Plötzlich hörte sie ein Klopfen an der Haustür, und als sie neugierig in den Flur lief, konnte sie schon die aufgeregten Stimmen ihrer beiden Cousinen, Maria und Gertrud, erkennen, die nach ihr riefen. Schnell öffnete sie die Tür, vor der Tante Louise, einen Hut, groß wie ein Wagenrad, gegen die Sonne in die Stirn gerückt, mit ihren drei Töchtern stand. Die einjährige Elisabeth lachte aus dem Kinderwagen, Maria und Gertrud trugen, wie immer, schneeweiße Spitzenschürzen über ihren dicken braunen Röcken und den hellblauen selbst gestrickten Pullovern mit aufgestickten gelben und roten Blüten. Darauf legte sie Wert, die Tante Louise. Ihre Töchter mussten hübsch aussehen, und sie waren auch viel eitler als Thea, der ihr Aussehen ziemlich gleichgültig war. Besonders Gertrud, der zweiten, war es immer ganz wichtig, dass alle sie bewunderten. Am meisten bewunderte sie alle vier Onkel Mattjöh, der vor Freude strahlte, wenn er seine „Mädsche“ chic gemacht sah. Und dann strahlte er immer Tante Louise an, nahm sie fröhlich in den Arm, wobei ihr meist der Hut verrutschte, und drückte ihr einen Kuss auf den Mund. Da staunte Thea, denn so benahmen sich ihre Eltern nie!

Dass die Tante mit den Cousinen nun so unerwartet vor der Tür stand, freute sie sehr, denn so konnte sie ihrem Strickzeug entkommen, und außerdem war es immer so lustig mit den Mülheimern, die viel lachten. Aber heute schien das anders zu sein. Die Tante begrüßte sie nur kurz, gebot ihren beiden Älteren, auf Elisabeth aufzupassen und mit Thea in den Garten zu gehen. Dieser trug sie auf, den Vater zu rufen und auch Peter, von dem sie, und das war verwunderlich, zu wissen schien, dass er zu Hause war. Thea schickte also weisungsgemäß Vater und Bruder in die Küche. Der ältere Peter schien sich über den unerwarteten Besuch der Schwester zu freuen, der jüngere wirkte eher etwas nervös und aufgescheucht Das machte Thea neugierig. Was war da nur los? Kurz verständigte sie sich mit Maria, ihrer Lieblingscousine. Gertrud ging ihr immer etwas auf die Nerven mit ihrem mädchenhaften Getue. Die beiden gaben vor, den Flur kehren und reinigen zu müssen, was Gertrud aufs heftigste verabscheute, so dass sie froh war, im Garten bleiben und auf Elisabeth aufpassen zu können.

Thea und Maria schlichen an die Küchentür und rochen gleich, dass wichtige Dinge im Gang sein mussten, denn Louise hatte Kaffee mit dem langen E aufgebrüht, und den gab es doch sonst nur an Feiertagen. Auch Toni schien in der Küche zu sein, das hörte Thea an ihrem Hüsteln. Beide legten nun das Ohr an die Küchentür und lauschten auf das, was drinnen gesprochen wurde. Es ging wirklich um Aufregendes. Peter, der Fuss, schien seine Patentante Louise gebeten haben zu kommen, das war schon erstaunlich genug. Aber noch erstaunlicher war, dass er sich weigerte, weiterhin seiner ungeliebten Arbeit als Schlosser nachzugehen. Als er das sagte, wurde es in der Küche laut, denn Peter, der Vater, erhob seine Stimme und befahl seinem Ältesten, den „Quatsch“ zu vergessen. Die beiden Horcherinnen vor der Tür bekamen zwar nicht alles mit, was der Fuss erwiderte, aber so viel doch, dass er seinem Meister gesagt hatte, er mache Schluss mit dieser Arbeit. Er habe sie nie geliebt, und im übrigen wisse der Vater ja, wie die Lage sei. Millionen Arbeitsloser, und er sei der nächste, der seine Arbeit verliere, das sei abzusehen. Er könne einfach kein Schlosser sein ein ganzes Leben lang. Und dann wurde es wieder laut in der Küche, bis Tante Louises Stimme den Bruder um Ruhe bat, er solle den Fuss doch einfach mal ausreden lassen.

Nun kam Erstaunliches zutage. Peter, der nie widersprochen und immer getan hatte, was man ihm sagte, der stets angepasst gewesen war, hatte mit Tante Louise ein Komplott geschmiedet. Zumindest schien sie ihm den Mut vermittelt zu haben, den sie ja reichlich und Peter zu wenig hatte. Er wollte nun das tun, was ihm schon immer gefallen hatte: Uniform tragen, marschieren und gehorchen. Zumindest warf ihm der Vater das lautstark vor, als er seinen Wunsch, sich als Rekrut für die Reichswehr zu bewerben, geäußert hatte. Von dem, was dann folgte, verstanden die beiden Mädchen im Flur nur wenig, zu politisch wurde nun die Auseinandersetzung.

Bereits im Weltkrieg hatte der Vater seine Ablehnung alles Militärischen kundgetan, er war ja auch nicht im Krieg gewesen, und alles Militante war ihm verdächtig. Als rheinischer Katholik hatte er sich zwar nicht den Sozialdemokraten angeschlossen, sondern wählte das Zentrum und hoffte auf Erfolge der Weimarer Republik. Die würden die Arbeitslosigkeit schon in den Griff bekommen. Er hatte nie um den Kaiser getrauert, sondern war froh darüber, dass in Deutschland demokratische Verhältnisse herrschten, und die wollte er nie wieder aufgeben müssen. Und da wollte sein Sohn zum Militär! Die „Kommissköpp“ seien dort doch alle kaisertreu, wollten den „ollen Willem“ zurückhaben, und überhaupt, dort gebe es doch nur preußische Adelige und die seien auch noch „evangelisch“, was noch schlimmer zu sein schien als das Preußentum. Denen gebe er seinen Sohn nicht. Man wisse doch, das sage jeder bei der Bahn und die anderen auch, dass die die Republik nicht wollten, sondern kaputt machten. Die beteten ja nur den Hindenburg an, den preußischen Gutsbesitzer, und von denen sei noch nie etwas Gutes gekommen.

Louise kannte ihren Bruder gut genug, um abzuwarten, bis er seiner Wut freien Lauf gelassen hatte und verstummte. Und sie war es und nicht Toni – die nur entsetzt diesem Streit folgen konnte und wie gelähmt dasaß –, die ihn vorsichtig bittend dazu brachte, Peter doch erklären zu lassen, warum er zur Reichswehr wolle. Er sei doch alt genug. Vielleicht hat sie ihren Bruder, das haben die beiden Mädchen draußen nicht hören können, daran erinnert, dass auch er einmal einen ungeliebten Beruf aufgegeben hatte und das doch auch gut ausgegangen sei.

Peter erklärte dem Vater nun, dass die Reichswehr ihm eine gute Chance biete. Er könne dort weiter lernen, denn es gebe die Heeresfachschulen, auf die man gehen könne, wenn man sich bewähre. Und vielleicht könne er auch etwas mit Musik machen. Er wolle nicht wegen des Krieges dorthin, einen Krieg werde es nie mehr wieder geben, das sei sicher, den wolle keiner. Und dort sei er vor der Arbeitslosigkeit sicher. Er könne es nicht ertragen, den Eltern auf der Tasche zu liegen, die hätten Sorgen genug. Da seien doch noch die fünf „Kleinen“ – das sagte er wirklich, worüber Thea kichern musste, die sich den hoch aufgeschossenen Heinz vorstellte, wenn der hörte, dass er der „Kleine“ genannt wurde – und er wolle den Eltern keinen Kummer machen, wirklich nicht, er sei doch dann „versorgt". Auch Toni griff nun mit leiser Stimme in die Diskussion ein und sprach für ihren Erstgeborenen. Ihr war wichtig, dass dieser glücklich wurde, und wenn er dafür in die Reichswehr musste, dann sei's drum! Louise unterstützte sie, und irgendwann gab Peter seine Zustimmung, wenn auch äußerst widerwillig. Solle der Junge doch versuchen, als Rekrut aufgenommen zu werden. Halb scherzend, aber doch ernsthaft gemeint riet er ihm, aufzupassen, dass die „Evangelischen" ihn nicht „über den Tisch" zögen.

Nun war es für die beiden Horcherinnen an der Zeit, sich davon zu machen, ehe sie entdeckt wurden, und so saßen sie auch brav bei Gertrud im Garten und hüteten Elisabeth, die mittlerweile längst in ihrem Kinderwagen eingeschlafen war, als der Vater sie in die Küche rief. Dort saß der Fuss, hochrot im Gesicht, mit einem zufriedenen Lächeln auf dem Gesicht, und schaute seine Patentante dankbar an. Den ersten Kampf in seinem Leben hatte er siegreich beendet, nun musste er nur noch angenommen werden bei der Reichswehr.

Und so fuhr er eines Morgens nach Gießen an der Lahn, begleitet von den guten Wünschen der ganzen Familie – nur der Vater wusste nicht so genau, was er ihm wünschen sollte –, um dort auf Herz und Nieren geprüft zu werden. Eine lange und ausführliche Gesundheitsinspektion bestätigte ihm, dass er heerestauglich sei. Er verließ als erster das Elternhaus, um als Rekrut bei der Infanterie einzutreten. Seinen Wunsch, dort „irgendetwas mit Musik" zu machen, konnte er sich später erfüllen, denn er kam zu dem Musikkorps nach Berlin, in dem er Tuba und Flöte spielte. Seine Postkarten, die er regelmäßig schrieb, wurden von allen in Humboldt zwar sehnsüchtig erwartet, glichen sich lange Jahre inhaltlich aber aufs Haar: „Liebe Eltern und Geschwister! Mir geht es gut und ich hoffe, Euch auch. Mit vielen Grüßen Euer Sohn und Bruder Peter". Dass er wegen der heftigen Ablehnung des Vaters am besten so wenig wie möglich von seinen Tätigkeiten schrieb, kam seiner Lethargie wunderbar entgegen.

2007

Ja, diese Postkarten waren so typisch für ihn, den Wortkargen. Wie oft hatten sie darüber gelacht! Und als die Postkarten sich änderten, gab es nicht mehr so viel zu lachen, denn da war Peter im Krieg, genau wie seine Brüder. Und sie hatte mit dem Vater viele Nächte durchwacht, um die „Jungen" gebangt, und er hatte erzählt, von damals, wie schwer es ihm gefallen war, den Ältesten ans Heer abzugeben. Wirklich versöhnt mit dessen Entscheidung hatte er sich nie, und das war seinem Sohn auch immer bewusst gewesen.

Thea goss das kochende Wasser in die Kanne und setzte sich auf den Küchenstuhl, um zu warten, bis der Tee gezogen war. Es musste überhaupt eine schwierige Zeit für den Vater gewesen sein. Auch er hatte wohl unter dem Tod seines Jüngsten gelitten, hatte ihn nicht so einfach seinem Herrgott zurückgeben mögen. Und dann die Mutter! Sorgen wird er sich um sie gemacht haben, auch für ihn war es enger geworden, nicht nur finanziell, das war es ja immer gewesen, aber auch die Ordnung schien gefährdet, in so vielfacher Hinsicht, ja, dachte sie, denn auch Heinz …

Heinz hatte überhaupt nicht verstanden, wie sein Bruder zur Reichswehr hatte gehen können. Das wäre nichts für ihn, überhaupt nichts, immer strammstehen, gehorchen und marschieren. Ein solches Leben konnte er sich nicht vorstellen!

Er war mittlerweile achtzehn Jahre alt, hatte seine Ausbildung bei der Sparkasse beendet und arbeitete nun als Angestellter in einer Zweigstelle in der Stadtmitte. Peter hatte zunächst große Befürchtungen gehabt, ob dieser zweite Sohn, der einen ihm völlig unverständlichen Widerspruchsgeist in sich trug, wohl durchhalten würde, und zu seiner großen Überraschung – das erleichterte ihn und Toni sehr – schien es, als mache dem Schmal die Arbeit sogar Freude. Der Chef hatte Peter immer wieder signalisiert, „der Junge" mache sich gut, habe einen Kopf für Zahlen und sei bei den Kunden sehr beliebt, so dass die Eltern zurzeit nicht befürchteten, Heinz könne die Masse der Arbeitslosen vergrößern. Und so fielen ihnen zunächst die Veränderungen, die mit ihm in dem Jahr nach Hubertchens Tod vorgingen, gar nicht auf. Zu stolz war Peter darauf, dass der Zweitgeborene nicht mit den Händen, sondern mit dem Kopf sein Geld verdiente, dass man es ihm ansah, wenn er morgens früh das Haus verließ, dass er in einem Büro arbeitete. Gleich ihm drängten sich in der Straßenbahn junge Männer, gekleidet in ihre knöchellangen Flanellhosen, die nach unten enger wurden, ein weißes Hemd mit steifem Kragen unter dem an den Schultern ausgepolsterten Jackett, Krawatte um den Hals und Hut auf dem Kopf, alle auf dem Weg ins Büro. Das unterschied sie von den Arbeitern mit ihrer Schiebermütze, der Arbeitshose, dem karierten Hemd und den groben Stiefeln. Heinz hatte eine besondere Vorliebe für seine Tweed-Knickerbockers, die er von seinem eigenen Geld erstanden hatte und am liebsten mit Pullover unter dem langen Jackett trug. Gut sah er aus, fand Toni, wenn sie ihm nachschaute, und Thea bewunderte ihn ungemein, ihren chic aussehenden Bruder.

Ihr und den drei Jüngeren fiel dann auch als ersten auf, dass irgendetwas an Heinz anders zu werden begann. Man konnte so genau gar nicht sagen, was es war, aber es musste an seinen Bewegungen liegen. Er ging nun mit kräftigem Hüftschwung, schob das Becken vor und federte so merkwürdig beim Gehen. Wenn er gut gelaunt war, schnappte er sich abends die kleine Schwester und zog sie hin und her, mit ganz merkwürdigen Aktionen, und nannte das Tanzen. Thea hatte ihre Freude daran. Manchmal tat er auch so, als blase er in ein großes Instrument, dessen Namen die anderen nicht kannten, beugte sich dabei vor und zurück und gab ganz merkwürdige Töne von sich. Das sei die neue Musik, sagte er den Jüngeren, das sei jetzt modern. Dass er ab und zu englische Vokabeln in seine Rede mischte, war ebenfalls neu. Allen deutlich wurde die Veränderung, als er begann, abends lange auszubleiben und auch des Sonntags keine Lust mehr zeigte, die Spaziergänge mit der Familie zu begleiten. Natürlich fragte Peter ihn, wo er sich aufhalte und seine Zeit verbringe. „In Bars“ war die Antwort, worunter die Eltern sich so recht nichts vorstellen konnten, sie hielten es aber für anrüchig. Natürlich gab es Männer unter ihren Nachbarn, die ihre Zeit beim Bier in der Kneipe verbrachten, und man hörte, dass nun plötzlich auch immer mehr Frauen sich dazu gesellten, aber eine Bar war dann doch etwas ganz anderes! Was er denn dort tue, wollte der Vater wissen, erhielt aber nur wenig zufriedenstellende Antworten.

Als Heinz sich dann weite Hosen und ein eng tailliertes Jackett kaufte, brach der schwelende Konflikt offen aus. Es war an einem Samstagabend, als sich die Familie um den Küchentisch versammelt hatte. Toni war mit dem Stopfen der vielen Socken beschäftigt und schaute still vor sich hin, Peter sah den vier jüngsten Kindern beim „Mensch ärgere dich nicht“ zu, Theas Lieblingsspiel. Sie hatte gerade Franz kurz vor Erreichen des „Häuschens“ rausgeschmissen und freute sich diebisch, weil der sich immer so furchtbar darüber aufregte. In diesem Augenblick betrat Heinz die Küche, um den Eltern Bescheid zu geben, dass er weggehe. Mit Hüftschwung näherte er sich dem Küchentisch und blieb dort stehen. Peter schaute kurz von dem Spiel auf und traute seinen Augen nicht. Da stand dieser Flegel und sah unmöglich aus! Sein Haar hatte er mit Pomade eng an den Kopf geklebt und seitlich gescheitelt, seine weite Hose fiel bis über die Schuhe, und das Jackett, eng geschnitten, betonte die Schmalheit des jungen Mannes. „Heinrich“, hob der Vater an, und das sagte er nur, wenn es ganz ernst wurde, so dass die anderen aufmerksam wurden und die Köpfe hoben. Toni erstarrte beim Anblick ihres Sohnes, die Kinder witterten die Sensation und schauten Vater und Sohn gebannt an. „Wie sühst du dann us?“, fragte Peter noch ziemlich leise, aber die Frage machte deutlich, dass er dieses Aussehen nicht dulden würde. Heinz versuchte nun zu erklären, das sei modern, und als der Vater darauf nur höhnisch lachte und vor sich hin schnaubte, eskalierte die Situation. Peter verbot ihm, so auszugehen, und Heinz weigerte sich, das Verbot zu akzeptieren. Wort gab nun Wort, und die erschrocken lauschende Familie erfuhr, dass Heinz seit Wochen unterwegs war, um Musik zu hören und zu tanzen. „Jazz“ war das Wort, das den Vater zur Explosion brachte. Das sei Negermusik, und das dulde er nicht. Sie seien hier in Deutschland und brauchten diesen amerikanischen Quatsch nicht. So recht wusste Peter eigentlich gar nicht, was er da ablehnte, aber er hatte gehört, das sei Musik, die die Neger machten und die man sich nicht anhören könne. Da war doch so eine Dunkelhäutige fast nackt auf der Bühne gewesen, hatte er in der Zeitung gelesen, irgendetwas mit Bananen, das gehöre sich nicht, das sei gegen jeden Anstand. Nackt zeige man sich nicht, erst recht nicht in der Öffentlichkeit, er und die Mutter hätten ihn doch wohl Sitte und Anstand gelehrt. Ob er das alles vergessen habe? Der Vater habe keine Ahnung von der neuen Welt, warf der Sohn ihm daraufhin vor, alles ändere sich und er rege sich über ein Bananenröckchen auf, das Josephine Baker, so heiße „die Negerin" nämlich, getragen habe. Mit einer Lautstärke, die die Kinder bei ihrem sonst eher ruhigen Vater noch nie gehört hatten, verbot dieser dem Sohn, das Haus zu verlassen, und forderte ihn auf, den amerikanischen Quatsch zu vergessen. An diesem Abend gab Heinz der väterlichen Autorität noch nach, aber damit war der Konflikt nicht ausgestanden.

Heinz fühlte sich magisch angezogen von allem, was neu und modern war, und besonders faszinierte ihn Amerika, das ihm vorkam wie ein Paradies auf Erden für freiheitshungrige junge Männer. Durch Kunden in der Bank, die ihn einluden – sonst hätte er sich die Barbesuche gar nicht leisten können –, war er in Kontakt mit dieser Welt gekommen und nun nicht willens, diese wieder aufzugeben. Bei seinen neuen Freunden, die selbstverständlich ein Radio besaßen, ein richtiges, nicht so einen selbst gebauten Detektor wie ihr Nachbar Werner, bei dem man die Antenne immer wieder neu ausrichten musste, um etwas zu hören, fühlte er sich wohl. Dass der Vater sich damit zufrieden gab, mit anderen Männern bei Werner in der Küche zu sitzen und mit staunenden Augen einer Radioübertragung zu lauschen, konnte er nicht verstehen. Es gab doch so viel Neues, das auf einen wartete! Er erinnerte sich noch ganz genau, als er zum ersten Mal sah, wie das Federwerk des Grammophons aufgezogen und dann die Schelllackplatte aufgelegt wurde. Fasziniert beobachtete er, wie sein Freund den Abnehmerarm mit dem Tonkopf auf die Platte auflegte, und dann ertönte aus dem riesigen Trichter Jazz, seine erste Begegnung mit Jazz! Und diese Rhythmik ging ihm ins Blut, er musste die Beine bewegen, konnte nicht ruhig sitzen bleiben, sondern wollte den ganzen Körper spüren, den Kopf mitschwingen lassen. Die Alten konnten das nicht verstehen, niemals, wie es war, wenn der ganze Körper vibrierte und man nur noch Bewegung und Rhythmus war.

Immer wenn er den Geschwistern neue Tanzschritte zeigte oder von der Musik erzählte – denn so ganz allein wollte er diese neue Welt ja auch nicht genießen –, gab es Ärger mit dem Vater. Peter befürchtete, die Jüngeren würden mit in Heinz' Sog gezogen, und er sollte damit Recht behalten, denn auch sie wollten nun Anteil haben an all den Neuerungen. Sie sahen ja ein, dass nicht genügend Geld da war, sich Radio, Grammophon oder gar Telefon zu leisten, sie wussten, dass man sparen musste, aber wenigstens ins Kino wollten sie gehen dürfen, alle gingen dorthin, die Lichtspieltheater schossen aus dem Boden. Schweren Herzens erlaubte er ihnen, auf Tonis Bitten hin, den Besuch der Kindervorstellung. Und so ging Thea, immer von Herrmann begleitet, mitunter auch von den beiden anderen Brüdern, am Sonntag um zwei zum Kino, bezahlte an der Kasse zehn Pfennige, sah in der Wochenschau Politiker in fremden Städten oder Bilder von Expeditionen in die ganze Welt und ritt dann mit Tom Mix auf seinem Pferd Tony the Wonderhorse durch die Prärie. Vorne klimperte der Pianist, und sie sah den stummen Bildern zu. Das war fast so schön wie Lesen! Die Eltern gingen nur einmal mit, sie konnten sich mit diesen Neuerungen überhaupt nicht anfreunden.

Heinz war immer seltener zu Hause, unternahm nie mehr etwas mit seinen Freunden aus der Kolonie und wurde dem Vater immer fremder. Dass der Sohn, entgegen seinen Anordnungen, weiterhin für alles Amerikanische schwärmte, sich anders kleidete – ein Hemd mit weichem Kragen, man stelle sich vor! – und Freizeitvergnügungen nachging, die seinen Segen nicht hatten, schmerzte ihn sehr, weil er das nicht verstand. Nie hätte er sich so gegen seinen Vater aufgelehnt, das gehörte sich nicht und war gegen die Ordnung. Für ihn begann eine Welt zu wanken, an die er unverbrüchlich geglaubt hatte. Er hatte gedacht, nach dem Krieg gehe das Leben weiter wie vorher, wie er es gekannt hatte, wie es immer gewesen war. Man hatte gewusst, was richtig war, auf dem Lande, und dieses Wissen war tief in ihm verwurzelt, auch wenn er seit nunmehr fast zwanzig Jahren in der Stadt lebte. Heinz, den so Andersartigen, verstand er nicht, und Toni, die Vermittelnde, die von Natur aus Leichtlebigere, war so in ihrer Trauer um den jüngsten Sohn versunken, dass sie den beiden keine Hilfe sein konnte. Auch vor diesen Konflikten, die sie wohl spürte, aber nicht begriff, floh Thea zu ihrer Jungenbande. Ganz glücklich war sie, wenn sie mit Heinz irgendwo saß, der große Bruder den Arm um sie legte und ihr anvertraute, er werde nach Amerika gehen, irgendwann einmal, das sei ganz sicher, aber das dürfe sie niemandem, wirklich niemandem verraten. Auch Herrmann nicht? Auch Herrmann nicht! Und so freute sie sich, mit dem Bruder ein Geheimnis zu haben, drohte aber gleichzeitig daran zu ersticken, an ihm und ihrer Angst, der Bruder werde so weit von ihr fortgehen, so unvorstellbar weit.

Weniger gut dagegen verstanden sich Heinz und Josef. Auch der begann nun eigene Wege zu gehen. Seine Ausbildung zum Konditor machte ihm großen Spaß, und dass er mitunter Torten und Pralinen, die nicht mehr verkäuflich waren, nach Hause mitbrachte, freute besonders Thea, die ein Leckermäulchen war, aber auch Peter war der süße Nachtisch der liebste Teil des Sonntagsessens, und so schmausten die beiden einträchtig das, was Josef mitgebracht hatte. Das waren die Augenblicke, in denen sich Vater und Tochter stillschweigend verstanden und einander mit schokoladebraunen Lippen verständnisinnig angrinsten. Dieser Sohn schien seinen Weg gefunden zu haben, das war eine Erleichterung.

An einem Abend, als sie beide wieder tüchtig geschlemmt hatten, setzte sich Josef zu ihnen an den Küchentisch und erzählte wieder einmal von Jean, auf gut kölsch „Schang" ausgesprochen, einem Kollegen aus dem Café Riese, zwei Jahre älter als er, mit dem er sich gut verstand. Beide waren nicht nur begeisterte Konditoraspiranten, das einte sie, sondern sie interessierten sich auch privat für die gleichen Dinge.

Josef war immer dasjenige von Tonis Kindern gewesen, das die meiste Nähe zur Natur hatte. Schon als ganz kleiner Junge hatte er sich von allem, was im Garten wuchs, fasziniert gezeigt. Stundenlang hatte man ihn allein dort sitzen lassen können, wenn nur Blumen in der Nähe waren, ein Vögelchen zwitscherte oder ein Eichhörnchen im Baum herumkletterte. Und als Heranwachsender gab es für ihn nur zwei Orte, an denen er glücklich zu sein schien: die Küche und Mittelhof, wo Josef ja immer seine Ferien bei den Tanten, den Schwestern des Vaters und Louises, verbrachte. Ganze Tage lang blieb er dort im Freien, und wenn es nichts zu helfen gab, rannte er durch den Wald und durch die Felder, worüber Heinz schon immer gespottet hatte, der sich in den Ferien im Westerwald fortwährend gelangweilt und nach Köln zurück gesehnt hatte. „Dä Stief is jeck mit singem Middelhoff", pflegte er zu sagen, wobei er spöttisch die Lippen schürzte und heftig mit den Schultern zuckte, als wolle er damit deutlich machen, für wie „jeck“ er seinen Bruder halte. Peter, der Vater, dagegen freute sich, dass einer seiner Söhne die Liebe zum Land besaß, die auch er noch nach diesen langen Jahren in der Stadt spürte, das brachte ihm diesen Jungen nahe. Jean hatte Josef im Sommer 1926 in den Westerwald begleitet, und die beiden waren begeistert zurückgekommen.

Nun hatte Jean ihn gefragt, ob er nicht Lust habe, mit ihm in den „Wandervogel“ zu gehen, was der Vater denn davon halte. Ob er ihm das wohl erlaube. So recht wusste Peter nicht, was das denn nun sei. Gehört hatte er von ihm, auf dem Deutzerfeld hatte man davon erzählt, wandern würden die und singen. Auch ältere Leute schienen da mitzumachen. Er könne ja mal mit Jean dorthin gehen, schlug er dem Sohn vor, das könne nicht schaden. Und dann werde man weiter sehen.

Und so trat Josef in den Wandervogel ein, wo er alles das fand, was er suchte. Das Zusammenleben mit den anderen machte ihn glücklich, denn er war ein Mensch, der nicht gerne allein war. Und hier tat man alles gemeinsam: Man wanderte, ging „auf Fahrt“, lebte im Zelt, kochte über dem Feuer, um das man sich abends versammelte und zum Klang der Klampfe bis in die Nacht hinein die „Fahrtenlieder“ sang, die er zu Hause dann seiner kleinen Schwester beibrachte. Alle seine Sehnsüchte stillten sie, die nach Abenteuer und fremden Welten, nach Gemeinschaft und Deutschsein, und so konnte er es nicht ertragen, wenn Heinz hinging und diese Lieder, um ihn lächerlich zu machen, karikierend verjazzt sang, unter abenteuerlichen Verrenkungen, scheinbar eine Trompete blasend. Josef war eigentlich ein eher ruhiger Junge, aber Heinz reizte ihn so sehr, dass er sich auf ihn stürzte und mit den Fäusten auf ihn einschlug. Wenn dieser dann laut lamentierte, eilte Toni herbei, völlig verunsichert, denn Prügeleien kannte sie bei ihren Söhnen nicht, darauf hatten Peter und sie geachtet, rang die Hände und schimpfte mit Josef. Lachend ging Heinz dann mit wippenden Schritten von dannen, pfiff einen Schlager, den er bei seinen Freunden mit dem Grammophon gehört hatte, und freute sich, dass er den Jüngeren mal wieder provoziert hatte. Wenn dieser dann beim Abendbrot neben ihm saß, flüsterte er ihm ganz merkwürdige Dinge zu, die Josef kaum verstand, von denen er aber wusste, dass sie gemein und verleumderisch waren. Ob er Jean liebe, fragte Heinz und lachte laut los, wenn der Bruder einen roten Kopf bekam. Jean war sein Freund, natürlich, aber lieben? Was meinte der Schmal damit? Was sie denn miteinander trieben, da im Zelt? Ob sie alle einander Händchen hielten, wenn sie um das Feuer säßen? Das war dann der Augenblick, in dem Josef die Beherrschung verlor und sich nicht anders zu helfen wusste, als zuzuschlagen. Aus Scham sagte er aber den Eltern nichts von dem, womit Heinz ihn reizte, so dass diese sich ratlos fragten, was denn nur in ihren Sohn gefahren sei, und sich Sorgen um ihn machten. Als dann aber Peter eines Abends hörte, wie Heinz seinen Bruder mit gezierter Stimme „Josefa“ rief, verstand er und griff ein. Damit waren die Auseinandersetzungen der Brüder nicht beendet, sie fanden nur heimlicher statt: Josef rümpfte übertrieben die Nase und schnüffelte vor sich hin, wenn Heinz sich, die Haare liebevoll pomadisiert, zum Ausgehen anschickte. Dieser hingegen streichelte dem Bruder, wenn er ihn zu fassen bekam, die Lockentolle, denn Locken hatte nur Josef, sonst keiner der Jungen. Sonntags verließ der Jüngere früh am Morgen das Haus, mit verstrubbeltem Haar, die Hosen unter dem Knie geschnürt, das karierte Hemd locker aus dem Bund schauend, schwere Wanderschuhe an den Füßen. In der Rechten hielt er stolz das Fähnlein seiner Gruppe mit dem Greif, für das er mittlerweile verantwortlich war, und in der Linken die Klampfe, die er von seinem Ersparten gekauft und zu spielen begonnen hatte. Wesentlich später machte sich Heinz auf den Weg: pomadisiert und gescheitelt, mit wehenden Hosenbeinen und dem ihm eigenen Hüftschwung. Abends kehrten sie etwa zur gleichen Zeit zurück, denn Peter bestand darauf, dass sie sonntags früh genug ins Bett kamen, um für den neuen Arbeitstag ausgeschlafen zu sein. Josef brachte den Geruch von Wald, Wiesen und Feuer mit sich, Heinz denjenigen von Zigaretten und Alkohol.

2007

Ja, und zwischen diesen beiden Polen hatte sie sich bewegt, mehrere Jahre lang, in denen die beiden Brüder einander so wenig akzeptierten. Beide erzählten ihr, der Kleinen, von ihren Erlebnissen, lehrten sie Schlager und Lieder. Heute noch konnte sie „Ich hab das Fräulein Helen baden sehn" oder „Wir wollen zu Land ausfahren", und sie sang leise vor sich hin:

„Es blühet im Walde tief drinnen
die blaue Blume fein.
Die Blume zu gewinnen,
ziehn wir in die Welt hinein.
Es rauschen die Bäume, es murmelt der Fluss,
und wer die blaue Blume finden will, der muss
ein Wandervogel sein."

Josef hatte die blaue Blume gesucht und Heinz die Freiheit und Weite in Amerika, gefunden hatten sie beides nicht, aber sie, Thea, hatte es jahrelang zerrissen zwischen diesen beiden Brüdern, die sie liebte, jeden von ihnen. Mit dem einen war sie in die Romantik abgetaucht, während sie mit dem anderen gedanklich die Bars und Etablissements besuchte, von denen er ihr erzählte. Dabei hatten die beiden doch eigentlich nur das gleiche gewollt: sich lösen von den Zwängen, in denen sie lebten, sie selbst werden, nicht wie die Erwachsenen, der eine so und der andere anders.

Lächelnd griff sie nach ihrem Stock und stemmte sich mit seiner Hilfe hoch von ihrem Küchenstuhl, humpelte zum Herd und nahm den Filter mit den Teeblättern aus der Kanne.

Ihre Gedanken waren dabei bei den Brüdern geblieben, die den Familienfrieden so empfindlich gestört hatten. Die blaue Blume hatte Josef nie gefunden, aber ob sie ihn damals in die Reihen der SA geführt hatte? Hatte er geglaubt, dort werde die Romantik wahr? Sie wusste es nicht, und er hatte seinen Irrtum ja auch bald bemerkt, aber vielleicht hatte sie gerade die Erklärung gefunden, nach der sie so lange gesucht hatten, sie alle, die Eltern und die Brüder.

Und Heinz? Der war auch nie nach Amerika gekommen, versucht hatte er es ja, 1929, aber da war ihm die ganze Welt dazwischen gekommen. Und irgendwann war auch die Liebe zum Jazz vorüber, wahrscheinlich, als er Milly kennen gelernt hatte, die liebte Mozart!

Thea nahm die Teekanne und trug sie langsam und vorsichtig ins Wohnzimmer, setzte sie auf dem kleinen Tisch neben ihrem Sessel ab. Aus dem Schrank nahm sie eine der dünnen Teetassen, die sie mit ihrem Mann aus England mitgebracht hatte – als sie es sich leisten konnten, waren sie gereist, sie beide, schön war das gewesen –, und schenkte sich den Tee ein. In Gedanken versunken beobachtete sie das aufsteigende Dampfwölkchen, und da fiel ihr die Mutter wieder ein. Die hatte sie damals geheißen, Tee zu kochen, als Louise so unerwartet ins Haus schneite und Peter half, zur Reichswehr gehen zu können. Damit hatten die Veränderun-

gen angefangen, eine nach der anderen war in dem Jahr nach Hubertchens Tod eingetreten, und die Mutter hatte nur still dabei gesessen und zugesehen, kraftlos, keine Hilfe für den Vater, dessen Welt ganz allmählich zugrunde ging. Aber dann war sie doch langsam wieder zu ihnen zurückgekehrt, zum Vater, zu den Brüdern, zu ihr, verändert zwar, kränklich seit dieser Zeit, aber sie hatte wieder begonnen, Anteil am Leben zu nehmen. Das war, dachte Thea, als sie behutsam, um sich nicht zu verbrennen, den ersten Schluck nahm, das war das Verdienst von Schwester Amella.

1927

Schwester Amella hatte sich ihren Namen nach der purpurnen Sternblume gegeben, die sie so liebte und deren lateinischen Namen sie einmal zufällig hörte. Sie war weit davon entfernt, wie eine Blume auszusehen. Klein war sie, von gedrungener Gestalt mit eher unschönen Gesichtszügen. Nur wenn sie lächelte, erstrahlte ihr Gesicht, es wurde weich und liebevoll, sympathisch, und sie lächelte oft, besonders bei den Kranken, die sie pflegte, und bei den Kindern, die sie im Kindergarten der Humboldtkolonie betreute. Dort hatte sie auch Thea erlebt und durch sie Toni kennen gelernt.

Schwester Amella stammte aus einer Arbeiterfamilie in Köln-Ehrenfeld, die mehr Kinder als Geld besessen hatte. Als zweites von neun Geschwistern und älteste Tochter hatte sie früh gelernt, sich um andere zu kümmern und zuzupacken. Mit einundzwanzig Jahren hatte sie sich entschieden, in den Orden der Vinzentinerinnen in Köln-Nippes einzutreten, der Genossenschaft der barmherzigen Schwestern vom heiligen Vinzenz von Paul. Dort konnte sie, wie sie es wünschte, in der Gemeinschaft Gleichgesinnter leben und sich den Kranken widmen, und das alles im Dienste Gottes. Das gefiel ihr. Als der Orden in der Humboldtkolonie einige Jahre, nachdem sie sich stetig bevölkert hatte, eine Nebenstelle des Klosters errichtete, hatte man sie dorthin geschickt, weil tatkräftige Hilfe gefragt war. Zunächst arbeitete sie im Kindergarten und hatte sich dort schon häufiger mit Toni unterhalten, dann übernahm sie die Krankenpflege in der Pfarrei St. Engelbert. Dabei hatte sie Toni, die ihren Nachbarn ja half, wo sie konnte, näher kennen und schätzen gelernt. Ganz langsam waren die beiden Frauen, die ein so unterschiedliches Leben führten, Freundinnen geworden, so weit eine Nonne überhaupt Freundschaften haben konnte. Gemeinsam war ihnen ihr tiefes Gottvertrauen.

Und so geschah es immer wieder, dass Thea, wenn sie nach Hause kam, in der Küche die Nonne und die Mutter vorfand, eine Tasse mit Muckefuck vor sich, tief in ein Gespräch versunken oder miteinander lachend, sie hatte sie auch einmal singen gehört, glaubte sie, war sich aber nicht sicher, denn das konnte doch eigentlich gar nicht sein, dass die Zwei da sangen … Immer wenn sie ein wenig Zeit erübrigen konnte bei ihren Krankengängen, machte die Nonne eine Pause bei der Mutter.

Schwester Amella gehörte also zu Theas Kindheit wie Louise und ihre Familie und die Verwandten im Westerwald. Für sie hatte die Schwester immer ein liebevolles Wort, strich ihr über die Wange oder zog sie neckend an einem ihrer Zöpfe, auch Hubertchen bedachte sie stets mit einem Lächeln. Manchmal gab sie den beiden auch ein Bonbon, das irgend jemand ihr geschenkt hatte.

Nachdem bekannt geworden war, dass der kleine Hubert gestorben war, war Schwester Amella sofort zu ihnen geeilt, hatte sich zu Toni ans Bett gesetzt und mit ihr geschwiegen.

Und das sollte für lange Zeit das einzige sein, was sie gemeinsam mit Toni tat: schweigen. Es gab keine Brücke mehr zwischen ihnen, denn wo das Vertrauen zu Gott fehlt, hatte auch Schwester Amella keinen Trost. Und so ließ sie es zunächst zu, dass Toni in ihrer Trauer versank, die Wirklichkeit um sich herum vergaß und in ihrer eigenen Welt blieb. Denn Schwester Amella hatte Erfahrung mit dem Tod, immer wieder war er ihr begegnet, schon früh draußen in der Welt, als sie noch Erna geheißen hatte. Viele Kinder und Erwachsene hatte sie sterben sehen im „Ihrefeld", wo das Geld knapp und die Krankheiten zahlreich waren. In ihrer Familie hatte es ebenfalls Tote gegeben, auch ganz junge, aber das erzählte sie Toni nicht. Sie wusste, es hätte nicht geholfen, für den Schmerz anderer war sie noch nicht zugänglich.

Als Krankenschwester in der Kolonie war der Tod ihr ständiger Begleiter geworden, vielen hatte sie durch ihre Pflege das Ende nur noch ein wenig leichter machen, aber nicht verhindern können: den Grippegeschwächten und Diphtheriekranken, den Müttern, die zu viele Kinder geboren und keine Kraft mehr zum Überleben hatten, denjenigen, die ihre Verletzungen aus dem Weltkrieg mit sich herumschleppten, oder all denen, die Trost im Alkohol gesucht hatten, ganz zu schweigen von den vielen Kindern, denen Nahrung und Pflege fehlten, sie widerstandsfähig zu machen. Und dass Hubertchen immer ein Kind gewesen war, das „der Herr liebte", wie sie sagte, wenn ihr eines begegnete, das nicht lebensfähig zu sein schien, hatte sie immer gewusst. Er war immer schwächlich gewesen, zart, aber sie hatte gehofft, er werde es schaffen, da ihm so viel Liebe entgegengebracht wurde. Nun hatten auch ihn die Fieberkrämpfe geholt, die so schrecklich wüteten und gegen die es kein Hilfsmittel gab.

Toni tat ihr in der Seele leid, sie wusste, dass diese schon einmal einen Sohn verloren hatte, gleich nach der Geburt, und sie wusste auch, dass Hubert Tonis letztes Kind bleiben musste.

Wann immer ihre Zeit es zuließ, stahl sie sich zu der Freundin, setzte sich neben ihr Bett, wenn sich Toni wieder einmal mit schweren Migräneanfällen dorthin zurückgezogen hatte, oder zu ihr in die Küche, war da, sprach aber nicht. Ob Toni das zu Beginn überhaupt wahrnahm, wusste Schwester Amella nicht zu sagen, aber da sie monatelang nicht aufgab, schien es ihr, ihre stumme Anwesenheit beginne Toni irgendwann gut zu tun. Immer deutlicher bemerkte sie auch, dass die Kinder litten, besonders Herrmann und Theodora – sie nannte diese immer bei ihrem ganzen Namen, weil ihr die Bedeutung so gut gefiel, „Gottesgeschenk", schön war das –, sie verstanden nicht und entfernten sich von der Mutter. Das sah Schwester Amella mit Sorgen, denn die beiden hätten eine Mutter noch dringend nötig gehabt, aber auch die Älteren konnten eigentlich nicht auf sie verzichten, ebenso wenig wie Peter, der sich bei den Konflikten mit den Söhnen allein gelassen und unsicher fühlte. Aber lange sah sie keine Möglichkeit, an Toni heranzukommen, es schien ihr, man müsse diese still gewähren lassen und darauf vertrauen, dass Gott sie stärken werde.

Als aber so fast zwei Jahre vergangen waren, verlor auch sie allmählich die Geduld. Ein Kind war gegangen, aber sechs andere waren geblieben! Und genau damit platzte sie eines Nachmittags heraus, als sie wieder einmal neben Tonis Bett saß. Es reiche ihr, so gehe das nicht weiter. Man könne sich nicht einfach, weil man Kummer erlitten hatte, aus der Welt zurückziehen, sagte sie, das sei verantwortungslos. Toni schrak zusammen, so hatte noch niemand mit ihr gesprochen, und auch Schwester Amella hätte sich am liebsten auf die Lippen gebissen. Das war ihr nur passiert, warf sie sich vor, weil sie selbst so müde und erschöpft war von der schweren Erkältungswelle, die die Kolonie heimsuchte. Aber zu ihrer größten Überraschung schien sie zu Toni durchgedrungen zu sein. Das Wort verantwortungslos musste bei ihr angekommen sein, tief innen, denn plötzlich brach es aus ihr heraus, alles, was sie noch niemandem zu sagen gewagt und das sie so lange gequält hatte: Sie sei schuld an Huberts Tod, stieß sie unter Schluchzen hervor, nur sie. Sie hätte im Krieg ein Opfer bringen müssen, aber da habe sie immer darum gebetet, dass die Ihren verschont blieben, alle hätten damals bezahlt, nur sie nicht. Und nun habe sie mit Hubertchen bezahlt, der hätte leben können, wenn sie nicht so egoistisch gewesen wäre. Nur an sich habe sie damals gedacht, nur an sich. Und deshalb habe der Kleine gehen müssen.

Schwester Amella saß still neben ihr, hielt ihre Hand und ließ sie schluchzen, bis Toni sich allmählich beruhigte. Nun hatte sie es gesagt, nun war heraus, was sie so drückte. Und nun konnte die Nonne sie verachten, damit rechnete sie. Aber Schwester Amella sagte gar nichts, schaute sie nur liebevoll an, strich ihr sachte über die Hand und bat sie, gemeinsam mit ihr für den kleinen Hubert zu beten. Und das taten sie dann auch. Es dauerte noch eine Weile und bedurfte mancher Gespräche, Toni klar zu machen, dass sie sich in einem Schuldwahn verfangen hatte. Nachdem sie erst einmal alles, was sie quälte, aus sich herausgebracht hatte, konnte sie sich wieder anderen öffnen, und nicht nur mit Schwester Amella sprach sie nun, sondern auch mit Mattjöh, dem stillen, sanften, wenn er mit seinen Händen ihre Schmerzen linderte. Wie diese Schmerzen dabei allmählich schwanden, so schwanden auch ihre Schuldgefühle, und sie begann, wieder Anteil am Leben zu nehmen. Sehr vorsichtig und tastend zunächst, aber dabei half ihr Schwester Amella resolut und beherzt. Und als Toni ihr eines Tages weinend gestand, sie habe ihren kleinen Sohn nun gehen lassen, da wusste sie, dass das Schlimmste überstanden war. Und allmählich wuchs auch wieder die Gemeinsamkeit, das Gottvertrauen. Toni wurde nie mehr so stark wie vorher, sie blieb kränklich, der Schmerz um dieses tote Kind hatte ihr eine Wunde zugefügt, die niemals ganz heilte, aber sie wandte sich wieder dem Leben ihres Mannes und ihrer Kinder zu, und irgendwann hörten diese sie auch mitunter wieder singen bei der Arbeit.

Schwester Amella war aber nicht Tonis einzige Freundin, es gab noch Käthe, die Frau eines Eisenbahnerkollegen, der mit seiner Familie, zu der noch die Tochter Irmgard gehörte, 1927 in das Nachbarhaus gezogen war. Beide Häuser waren aneinander gebaut, ihre Gärten waren durch ein Eisentor miteinander verbunden, das nach kürzester Zeit immer offen stand, weil Irmgard und Thea, die in dieselbe Klasse gingen, sich ganz schnell und so intensiv anfreundeten, wie nur kleine Mädchen das können. Irmgard war fasziniert von Theas Familie. So viele Menschen lebten dort, gingen ein und aus, zogen einen an den Zöpfen oder klopften im Vorbeigehen auf den Rücken, immer hörte man dort Stimmen, nie war es langweilig. Und das war es ihr als Einzelkind häufig. Außerdem kannte sie niemanden in der Kolonie, sie war mit ihren Eltern aus der Eifel zugezogen, und alles war ihr fremd. Thea tat es sehr gut, einmal die Überlegene zu sein, das kannte sie von zu Hause gar nicht, da wusste immer irgend jemand etwas besser als sie, und das fing an, sie zu ärgern. Es machte ihr Freude, Irmgard in ihre Welt einzuführen, nur zu der Bande hatte sie sie nie mitgenommen, das war ihr Geheimnis. Aber nachdem die Eltern ihr das verboten hatten, wurden Irmgard und sie unzertrennlich.

So kamen sich allmählich auch die Mütter näher. Käthe litt zunächst stark unter Heimweh, die Stadt war ihr fremd, und sie fürchtete sich auch ein wenig vor ihr. Gar zu gut konnte Toni sich an ihre Anfänge in Köln erinnern, ganz ähnlich war es ihr damals gegangen, und so nahm sie, die viel Ältere, sich Käthes an, tröstete sie und half ihr, in der Kolonie bekannt und mit ihr vertraut zu werden. Oft sah man die Jüngere morgens, wenn Irmgard in der Schule war, durch das Gartentor schlüpfen, um einen Schwatz mit Toni zu halten, die dabei bügelte, wusch, kochte oder im Garten arbeitete. Mehr und mehr erzählte Käthe auch von sich selbst, wie sie ihren Mann kennen und lieben gelernt hatte und wie unglücklich sie sei, dass Irmgard wohl ihr einziges Kind bleiben werde, sie könne keine mehr bekommen, habe der Arzt gesagt. Solche Vertraulichkeiten waren Toni eigentlich fremd, nur manchmal hatte sie mit Louise über allerlei gesprochen, jedoch lieber nicht über Peter, der war schließlich der Bruder!, aber sie fand Gefallen daran, sich mit einer Frau aussprechen zu können, die keine Nonne war. Manches hätte sie Schwester Amella nie erzählen können, das gehörte sich nicht. Bei Käthe, ja, da war das anders, die war auch verheiratet, die wusste … Und so erzählte sie ihr auch von Hubert, der gestorben war, und als Käthe ihr mit Tränen in den Augen sagte, sie habe ihn wenigstens gehabt, tröstete sie das. So hatte sie nun plötzlich eine Freundin, wie auch Thea eine hatte, und es bürgerte sich ein, dass die Drei von nebenan auch dabei waren, wenn Louise und Mattjöh mit ihren Kindern kamen. Im Sommer saß man im Garten, denn einen solch großen wie sie hatten die Mülheimer nicht, nur einen kleinen Schrebergarten für das Allernotwendigste, und wenn das Wetter das nicht zuließ, fand man sich zu Reden, Spielen oder auch Singen in der Küche ein.

Umso erstaunter war Toni, als eines Morgens das Eisentor zwischen den beiden Gärten geschlossen war. Sie hatte Käthe nur schnell von ihrer Erbsensuppe bringen wollen und stand nun vor geschlossener Tür. Da der Griff etwas klemmte, stellte sie den Topf auf der Erde ab und sah beim Hochschauen, dass sich hinter dem Küchenfenster der Nachbarin etwas bewegte. Sie winkte – keine Reaktion. Verwundert ging sie zu der Küchentür, aber ehe sie sie öffnen konnte, trat Käthe heraus und musterte sie ganz kalt. Toni wollte ihr den Topf reichen, aber sie hörte, man brauche keine Suppe, es sei sowieso zu viel von allem da, sie möge den Topf wieder mit nach Hause nehmen. Ehe Toni sich von dem Schreck erholen konnte, wurde die Küchentür geschlossen und ihr blieb nichts anderes übrig, als zurück zu gehen. Das Gartentor ließ sie dabei wie immer offen.

Beim Waschen – heute war Waschtag, deshalb hatte sie Käthe ja auch das Essen bringen wollen – dachte sie über den Vorfall nach und begann sich Sorgen um Käthe zu machen. Deshalb machte sie sich nach einer Weile auf, kehrte aber an dem nun wieder geschlossenen Gartentor um. Diese Abweisung hatte sie verstanden und sie schmerzte. Sie schmerzte noch mehr, als Thea verstört erzählte, sie habe Irmgard wie verabredet abholen wollen, aber deren Mutter habe ihr gesagt, ihre Tochter habe keine Zeit. Toni wollte sie beruhigen, vielleicht hätten die unerwartet Besuch bekommen oder müssten weg, doch Thea hatte Irmgard gesehen, die ganz traurig gewirkt habe, und überhaupt, die seien ja gar nicht weggegangen, das hätte sie sonst bemerkt. Tröstend fuhr sie der Tochter über die Zöpfe, sagte aber weiter nichts dazu. Auch diese Abweisung schmerzte.

Eine ganze Woche ging das so. Immer, wenn Toni Käthe sah, drehte diese den Kopf weg, tat, als hätte sie sie nicht gesehen, nur wenn andere dabei waren, sprach sie mit ihr, höflich, lächelnd, distanziert. Das Gartentor blieb geschlossen, und Irmgard hatte die ganze Woche „keine Zeit". Und dann stand Käthe plötzlich wieder vor ihrer Küchentür, lächelte, fragte etwas, war wie immer. Toni war zunächst völlig verdutzt, gab recht kurz und misstrauisch Antwort, aber als die andere dann lebhaft zu erzählen begann, löste sie sich innerlich, kochte einen Muckefuck und setzte sich mit ihr an den Küchentisch, zu froh war sie, dass alles wieder in Ordnung schien. Sie machte sich zwar Gedanken darüber, was da wohl los gewesen sei, ließ die Sache dann aber auf sich beruhen.

Bis zum nächsten Mal. Wochen waren vergangen, und Toni hatte den Vorfall bereits vergessen, da war eines Morgens das Gartentor erneut geschlossen. Dieses Mal wurde Toni wütend, weil sie sich so dumm vorkam vor diesem Eisentörchen. Energisch stieß sie es auf und verschaffte sich Zugang zu Käthe, die versucht hatte, sich hinter der Küchengardine zu verstecken. Aber Toni hatte sie gesehen und ließ nicht locker. Sie ließ sich auch nicht von der abweisenden Miene abschrecken, sondern fragte geradeheraus, was eigentlich los sei. Was sie ihr, Käthe, getan habe. Diese tat jedoch, als verstünde sie diese Frage gar nicht, nichts sei los, was denn los sein solle, natürlich habe ihr Toni nichts getan, blieb abweisend und ließ Toni so ins Leere laufen. Als Käthe dann erneut Normalität einkehren ließ, war Toni schon misstrauischer, zu sehr hatte sie sich verletzt gefühlt. Dass ausgerechnet die Frau, der sie viel von sich erzählt hatte und von der sie auch viel wusste, mit der sie ganz vertraut geworden war, sich so verhielt, tat weh, sehr weh. Gerade nach der Leidenszeit, die sie hinter sich hatte. Und für Thea tat es ihr auch weh, die gar nicht verstand, warum sie nicht mit Irmgard spielen konnte. Wie sollte sie ihrer Tochter etwas erklären, das sie doch selbst nicht begriff?

Käthes Verhalten verunsicherte sie. Sie wollte die alte Vertrautheit mit ihr, wusste aber zugleich, dass das eigentlich nicht mehr ging. Und doch war sie immer froh, wenn das Gartentörchen wieder geöffnet wurde.

Die Spontaneität und Ungebrochenheit, mit der Toni diese Freundschaft gepflegt hatte, gingen verloren, je öfter Käthe sich zurückzog. Jederzeit war Toni, wenn sie mit Käthe sprach, gewärtig, dass das Gartentörchen am nächsten Tag wieder geschlossen sein könne, und dieses Bewusstsein brachte Unsicherheit in die Freundschaft, Vorbehalte und Gehemmtheit, zumindest auf Seiten Tonis. Zwar war sie sehr erleichtert, wenn eine solche Phase vorüber war und alles wieder beim Alten zu sein schien, aber tief in ihrem Inneren spürte sie den Schmerz der Zurückweisung, und dies umso mehr, als sie sich völlig arglos in diese Freundschaft begeben hatte und diese ihr so wertvoll geworden war. Die beiden Mädchen gingen nach kurzer Zeit ganz pragmatisch mit dieser Situation um. Wenn Käthe „dat ärm Dier“ hatte, wie Toni das nannte, trafen sie sich heimlich, hinter ihrem Rücken, so dass Toni sich zumindest um ihre Tochter keine Sorgen mehr machen musste. Sie sprachen nie miteinander über diese Situation, sondern ließen geschehen.

2007

Depressionen hatte Käthe gehabt, das war Thea irgendwann, als man mehr über diese Krankheit wusste, klar geworden, wenn sie sich an diese Jahre zurück erinnerte. Man hatte diese Krankheit nicht gekannt, sondern die Nachbarin nur als sehr wunderlich empfunden. Ob es der Mutter geholfen hätte, wenn sie von der Krankheit der Freundin gewusst hätte? Aber wahrscheinlich hätte sie auch dann die Zurückweisung auf sich bezogen, und das musste sie ja wohl auch. Im Rückblick war Thea das Muster deutlich, das Leben hatte sie gelehrt, so etwas zu erkennen. Immer wenn Käthe zu viel von sich preisgegeben hatte, vermutete sie – denn sie war ja bei den Gesprächen der beiden Frauen nicht dabei gewesen –, immer dann zog sie sich zurück, wehrte die Freundin ab und konnte nichts dagegen machen. Thea hatte das verstanden, als sie selbst unter dieser Krankheit gelitten hatte, gut dreißig Jahre war das her, es war eine furchtbare Zeit gewesen. Und da war ihr das Gartentörchen wieder in den Sinn gekommen, an das sie jahrzehntelang nicht mehr gedacht hatte, dieses Eisentor, das der Mutter viel Kummer gemacht haben musste. Und dennoch, das bewunderte sie, hatte diese Freundschaft fortbestanden, die Mutter hatte Käthe nie aufgegeben, sondern war für sie da, immer wieder. Und als Käthe dann im Jahr 1931 wider Erwarten ihrer Tochter Irmgard doch noch ein Brüderchen schenkte, war sie die erste gewesen, die ihr bei der Entbindung beistand.

Es war erstaunlich, dachte Thea nachdenklich, wie viel innere Kraft ihre Mutter, die doch stets kränkelte, gehabt hatte, Käthes Probleme zuzulassen und sich doch nie von ihr abzuwenden.

Ja, die Mutter war wieder ins Leben zurückgekehrt. Das hatte die Probleme zwar nicht verringert – die Konflikte in der Familie blieben –, aber sie hatte ausgleichend gewirkt und wieder eingegriffen, besonders wenn es um Schwierigkeiten zwischen dem Vater und den heranwachsenden Söhnen ging. Und die Probleme mit Heinz hielten an, die beiden waren zu unterschiedlich. Eine andere Käthe brachte den großen Streit.

1928

Die Situation zwischen Vater und Sohn eskalierte, als Heinz zum ersten Mal eine Freundin mit nach Hause brachte. Die Familie hatte sich daran gewöhnt, dass er viel unterwegs und wenig daheim war, Toni hatte ihn auch ab und zu gefragt, ob er denn eine Freundin habe. Sie sorgte sich schon, dass die Jungen „zu weit" gingen, und bei ihrem Zweitgeborenen hatte sie da die größten Bedenken. Aber Heinz wehrte immer ab, erzählte ganz schnell von einem neuen Film, den er im Kino gesehen, oder einem Kunden, der ihn mitgenommen hatte – „Im Auto!" –, und lenkte sie so von ihrer eigentlichen Frage ab, indem er sie neugierig machte. Fröhlich pfeifend ging er durch das Leben, nur dass die Melodien, die er pfiff, Peter zur Weißglut brachten, er konnte – und wollte – sich nicht an diese „Negermusik" gewöhnen. Er war zu dieser Zeit zwar erst zweiundfünfzig Jahre alt, aber es fiel ihm schwer, mit den vielen äußerlichen und auch innerlichen Veränderungen, die in den letzten Jahren stattgefunden hatten, Schritt zu halten. Im Grunde wollte er das auch gar nicht. Er liebte seine Welt, festgefügt, in der alles seinen Platz hatte und überschaubar war. Ordnung war für ihn wichtig, und wenn er diese gefährdet oder gar schwinden sah, wurde er unsicher und auch einmal ungerecht. Dass er seinen Ältesten an das Militär hatte abgeben müssen, daran hatte er sich immer noch nicht so richtig gewöhnt, aber die beiden Frauen – Louise und Toni – sagten ihm ja immer wieder, der Sohn sei glücklich dort und das sei die Hauptsache. Nun gut, beim Militär herrschte wenigstens Ordnung, wenn auch eine andere, als er sie sich vorstellte. Aber Heinz? Das konnte nicht gut gehen mit ihm. Das konnte es einfach nicht! Immer unterwegs, immer mit Menschen, deren Lebensstil er nicht kannte und der sie ihm verdächtig machte. Eines Tages würde der Junge die Arbeit hinschmeißen, und dann? Große Sorgen machte er sich um diesen Sohn, der ihm so unähnlich war … Nie hatte es in seiner Familie eine solche Auflehnung gegeben. Mitunter, wenn er mal wieder mit seinen Gedanken bis hierhin gekommen war, schoss ihm kurz Louise durch den Kopf – aber nein, das war etwas ganz anderes gewesen. So war die nie!

Toni versuchte zwar zu vermitteln, indem sie ihm immer wieder vorhielt, Heinz habe doch noch keinen Tag bei der Arbeit gefehlt und müsse auch gut sein, weil der Chef ihm immer schwierigere Vorgänge anvertraute, aber das beruhigte ihn nicht wirklich, zu tief saßen Verunsicherung und Unverständnis.

In dieser Phase der Entwicklung wurde auch Franz, der Sohn, der der Mutter immer am nächsten gestanden hatte, aus der Volksschule entlassen. Für ihn fand man ganz schnell einen Ausbildungsplatz, aber auch nur, weil man Beziehungen hatte, sonst wäre das sicherlich sehr schwer geworden in dieser Zeit. Ein Vetter Tonis hatte eine Druckerei in der Innenstadt, und dieser war bereit, Franz zum Schriftsetzer auszubilden, wenn der wolle. Er wollte. Ihm, dem immer Fröhlichen, war es wichtig, der Mutter eine Freude zu machen – und warum nicht Schriftsetzer? Auch wenn er sich zunächst darunter noch recht wenig vorstellen konnte. Mit seiner Heiterkeit und Leichtigkeit eroberte er schnell das Herz seines Chefs, der ihm sehr bald einen Nebenverdienst vermittelte. Tonis Vetter war Mitglied einer großen Karnevalsgesellschaft und schlug dem Gries vor, während der Session Herold zu werden, ein wichtiges Amt, denn man musste die Redner zur „Bütt“ führen. Franz war begeistert. Geld zu verdienen und dabei noch einen Riesenspaß zu haben, was wollte er mehr? Allerdings wollte die Mutter nicht so recht. Sie war überhaupt nicht angetan von diesem Gedanken und machte ihrem Vetter heftige Vorwürfe. So jung ein Kind, denn das war er ja eigentlich noch, bis spät in die Nacht in den verrauchten Sälen herumlaufen zu lassen, das war ja wohl nicht sein Ernst. Die größte Angst hatte sie davor, dass Franz mit Alkohol in Berührung kam. Und dass im Karneval zu viel getrunken wurde, das wusste man, hatte es immer wieder gesehen, beim Zug und auch in der Kolonie.

Franz wusste, wie er mit seiner Mutter umgehen musste. Er raufte sich die weißlichen Haare, die ihm seinen Spitznamen gegeben hatten, schaute sie von unten herauf mit seinen großen Augen an und sagte nur „Mama“, und da hatte er schon fast gewonnen. Man einigte sich darauf, dass er es einmal ausprobieren sollte, und dann werde man weitersehen.

So geschah es auch. Ängstlich und unruhig wartete Toni auf seine Heimkehr, obwohl sie wusste, dass ihr Vetter ihn bis nach Hause begleiten würde, er musste nicht allein kommen. Dennoch machte sie sich Sorgen. Und wie Recht sie damit gehabt hatte! Als sie ihren Sohn heimkommen sah, traute sie ihren Augen nicht. Er ging schwankend auf die Haustür zu, schien sie nicht aufzubekommen, torkelte hin und her, bis sein Chef ihn auffing und wieder gerade auf seine Beine stellte. Toni – sie hatte das Ganze aus dem Stubenfenster beobachtet – stürzte durch den Flur zur Haustür und riss sie auf, so dass der Sohn ihr in die Arme fiel. Entsetzt hielt sie ihn fest und starrte wütend den Vetter an, während Franz vor sich hin lallte. Aber bevor sie losschimpfen konnte, sah sie das Lachen um die Mundwinkel des Mannes. Und dann richtete Franz sich in ihren Armen auf, grinste sie frech an und sagte nur „Anjeschmiert“. Rasch umarmte er die Fassungslose, drehte sich einmal mit ihr im Kreise und fiel ihr dann triumphierend aufjubelnd in die Arme. Auch Toni hielt den Sohn lachend umfangen, war sie doch wieder einmal auf sein schauspielerisches Talent hereingefallen, aber fast hatte sie geglaubt, dass er …

Und so kam es, dass Thea neben den Schlagern von Heinz und den Fahrtenliedern von Josef noch die Karnevalsschlager von Franz lernte. „Pitter bezahl“ schmetterte sie gemeinsam mit ihm durch das ganze Haus. Den Karneval lernte sie durch ihn lieben. Es gab kaum einen „Zoch“, zu dem sie nicht gegangen wäre, seitdem diese ab 1927 wieder durch Köln zogen. Zunächst von den Brüdern und Irmgard begleitet, später mit Joseph, ihrem Mann. Am schönsten war es, wenn sie alle gemeinsam unterwegs waren. Franz' Sommerliebe teilte sie allerdings nicht. Wann immer das Wetter es zuließ, war er auf dem Fußballplatz.

Nur an dem Sonntag, als Heinz seine Freundin mitbrachte, war er ebenfalls zu Hause, alle waren zufällig zu Hause außer Peter, der in Berlin im Musikkorps spielte. Er kam nur noch selten.

Als Heinz Andeutungen zu machen begann, da sei eine Freundin, fragte Toni immer wieder nach ihr und drängte ihn, sie doch einmal mitzubringen. Peter war dagegen. Er fand, der Schmal sei viel zu jung, um mit einem Mädchen dauerhaft auszugehen, es sei ja überhaupt noch nicht abzusehen, wann er heiraten könne. So viel verdiene der Junge doch nicht und außerdem sei er ein Kindskopf. Was der mit einem Mädchen denn wolle? Diese Frage hätte Toni ihm nur allzu gut beantworten können, und gerade diese Antwort war der Grund, weshalb sie das junge Mädchen kennen lernen wollte. Im übrigen plagte sie die Neugier jeder Mutter, deren Sohn zum ersten Mal ernsthaft engagiert zu sein scheint. Nach langem Hin und Her stimmte Heinz denn auch zu, seine Freundin an einem Sonntag zum Mittagessen einzuladen. Sie wohnte in

Köln-Nippes, auf der anderen Rheinseite, unter Kölnern „dat Ausland“ genannt. So machte sich Heinz beizeiten auf den Weg, sie dort abzuholen und in die Kolonie zu begleiten. Gegen zwölf Uhr hörte Peter, der sich in der Wohnstube aufhielt – Toni nannte das „auf der Lauer saß“ –, wie die Haustür aufgestoßen wurde und ein weibliches Lachen ertönte, das man in schlechten Romanen als silberhell und tremolierend bezeichnet hätte, so, als bemühte sich da eine, die Tonleiter rauf und runter zu lachen, allerdings fand sie nicht immer den richtigen Ton. Peter wartete kurz ab, um nicht als allzu neugierig zu erscheinen, und wandte sich dann der Küche zu, in der Heinz mit ihr verschwunden war und wo Toni sie gerade begrüßte, um Haltung bemüht. Das sei Katja, stellte Heinz sie ihr vor. Eigentlich heiße sie ja Käthe, tremolierte diese, aber das sei so „primitiv“. Peter zuckte zusammen. Käthe primitiv? Im Laufe des Nachmittags merkte er allerdings, dass dies Käthes, nein Katjas, Lieblingswort zu sein schien. Vieles war primitiv, eigentlich fast alles. An der Küchentür blieb er stehen und betrachtete die Szene vor seinen Augen: Heinz wuselte noch mehr als sonst mit dauerndem Hüftschwung am Tisch herum und schmachtete Katja an, den Scheitel wie mit dem Lineal gezogen und „anjekletscht“, wie Peter das bei sich nannte. Und dann nahm er Katja in Augenschein, langsam und immer entsetzter ließ er seinen Blick von oben nach unten wandern. Auf dem Kopf trug sie einen hellen Hut, der ihn an einen Topf erinnerte, enganliegend. Bis zu den Augenbrauen hatte sie ihn heruntergezogen und blinzelte nun mit ihren stark geschminkten Augen unter dem Rand hervor. Geschminkt! Und dann noch so schwarz. Ihm schien, sie sei krank, da sie ganz bleich war mit knallrotem Mund. So etwas hatte er bisher nur einmal im Kino gesehen, eine Stummfilmdame hatte ihn so angeschaut, dabei war ihm ganz merkwürdig geworden. Und so guckte ihn nun Katja, Heinz' Freundin, an. Wie ein Fragezeichen stand sie in ihrem schwarzen Röhrenkleid, anders konnte er das nicht nennen, mitten in seiner Küche, angestaunt von Thea und Irmgard, die schnell herüber gekommen war, um dieses Wunder von Angebeteter nicht zu verpassen. Die Röhre ließ Arme und Beine frei! Spätestens in diesem Augenblick seiner Musterung hatte Peter sein Urteil über sie gefällt: inakzeptabel. Nicht für seinen Sohn! Der kam aus einem ordentlichen Haus! Da gab es noch Moral! Hilfesuchend blickte er zu Toni, die auch etwas erschrocken wirkte, der allerdings, bei genauerem Hinsehen, ein Lächeln um die Mundwinkel zuckte, dieses Lächeln, das er so lange bei ihr vermisst hatte. Dafür hätte er Katja fast schon wieder verziehen.

Toni forderte alle auf, Platz zu nehmen, der Braten sei fertig, und die Familie setzte sich an den großen Küchentisch, der Vater an das Kopfende, Toni nahe dem Herd, Katja zwischen Heinz, dem sie lässig die Hand auf den Unterarm legte, und Thea, die sich Josefs Platz erschlichen hatte, weil sie an dem Gast riechen wollte. Die duftete, erzählte die Neunjährige später der Freundin, so süß, ob das wohl Parfüm war, so eines aus Frankreich. Gehört hatte sie davon, es aber noch nie gerochen. Mit einem Blick forderte der Vater Thea auf, das Tischgebet zu sprechen, und selbst bei „Komm, Herr Jesus, sei unser Gast …" machte Katja keine Anstalten, ihre Hände zum Gebet zu falten, sondern zupfte an Heinz' Manschette herum, obwohl der, wohl weil er anderes nicht wagte, seine Hände gefaltet hatte. Ihren merkwürdigen Topfhut hatte sie abgelegt, so konnte man sehen, dass auch sie „anjekletschtes" Haar hatte, kohlschwarz, mit so einem Winker quer durch das Gesicht.

„Mensch, die ist doch viel älter als der Jung", erschrak

Peter und sah mit einem kurzen Seitenblick, dass Toni sich auch ihre Gedanken machte. Sie teilte die Suppe aus, wie immer, danach schnitt Peter den Braten in Stücke, teilte sie zu, und alle nahmen Kartoffeln und Gemüse und begannen sich beim Essen lebhaft miteinander zu unterhalten. Peter fragte Katja etwas inquisitorisch, was sie denn arbeite. Sie tanze, bekam er zur Antwort, was ihm zunächst einmal die Sprache verschlug. Tanzen! Als ob das ein Beruf sei! Und wo sie diesen Beruf ausübe. Sie tanze in einem Lokal am Neumarkt, und da habe sie auch den „Heinzi" kennen gelernt, der sei mal dort gewesen und ihr gleich aufgefallen, weil er so süß und nicht so „primitiv" wie die anderen sei. Und er habe ihr zugelächelt, als sie auf der Bühne getanzt habe, Charleston, das könne sie nämlich gut, sie kriege die Beine am höchsten und sei am schnellsten, die anderen seien ganz neidisch auf sie. Und dann habe der Heinzi ihr einen Sekt spendiert. Mittlerweile hatten alle aufgemerkt und hörten ihr zu, Heinz stolz, Franz grinsend, Toni mit weit aufgerissenen Augen und Josef mit noch größeren. Katja trank einen Schluck Wasser, griff dann zu ihrem Täschchen, kramte darin herum und angelte sich schließlich eine goldene Dose und einen goldenen Stift – ob die wohl echt waren, fragte sich Thea –, klappte mit selbstverständlicher Miene den Deckel der Dose auf, runzelte die Augenbrauen, quetschte an einer Seite ihrer Wange herum und verzog dann die Lippen, um sie sich in Seelenruhe neu zu schminken. Anschließend befeuchtete sie diese, blickte noch einmal in den Dosendeckel und klappte ihn zu. Dass alle schwiegen und sie anstarrten, schien sie nicht zu stören, sie wandte sich an „Heinzi" und fragte, ob sie hier rauchen dürfe. Der wurde nun doch etwas rot, blickte zuerst seinen Vater und dann seine Mutter an, wies mit dem Finger auf die Gartentür und ging mit ihr, die schon die lange Zigarettenspitze gezückt hatte, hinaus. Die in der Küche Sitzenden blickten ihr fassungslos nach, jeder und jede mit den eigenen Gedanken beschäftigt. Josef schämte sich für den Bruder, so etwas, sich schminken und rauchen, das tat doch ein deutsches Mädchen nicht, niemals! Franz, der Vierzehnjährige, grinste in sich hinein und dann die „Mama“ an, der das Lächeln vergangen war. Thea staunte. So etwas in ihrer Küche, das musste sie sich genau merken, damit sie das gleich der Irmgard erzählen konnte. Die würde Augen machen! Peter jedoch erhob sich langsam, mit rotem Kopf, schob seinen Teller beiseite und verließ mit schweren Schritten die Küche. Die Zurückbleibenden konnten sich nicht erinnern, dass er jemals vor dem Nachtisch aufgestanden war, überhaupt hielt er ja viel von Ritualen – und nun ging er einfach! Toni beeilte sich, den Pudding auf den Tisch zu bringen, und verschwand sofort, nachdem das Tischgebet gesprochen worden war. Die Kinder wussten, dass sie den Vater suchte. Erst nachmittags, als die Mülheimer wie so oft am Sonntag zu Besuch kamen, tauchten die beiden wieder auf, der Vater schien ruhiger nun, erregte sich aber, als er Louise und Mattjöh von dem mittäglichen Besuch berichtete, der mittlerweile mit Heinz den Heimweg angetreten hatte. Louise lachte laut los, als Peter diese Käthe beschrieb, die ihnen da ins Haus geschneit war, Mattjöh lächelte in sich hinein, und auch Toni konnte plötzlich nicht mehr an sich halten. Nur Peter konnte nicht die lustige Seite der Geschichte sehen. Dass einer seiner Söhne es gewagt hatte, „su en Trottewarschwalv“ mit ins Haus zu bringen, konnte er nicht verstehen, was hatten sie nur falsch gemacht bei Heinrichs Erziehung? Wo sollte das noch mit ihm hinführen?

Am Abend dieses Tages führten Vater und Sohn eine Unterhaltung, die im ganzen Hause zu vernehmen war, selbst auf der ersten Etage, auf die sich die anderen Kinder zurückgezogen hatten. Ein laut gebrülltes „Heinrich!“ empfing diesen bei seiner Heimkehr und ließ ihn fürchten, dass der Sonntag noch nicht zu Ende sei, und damit sollte er Recht behalten. Peter war eigentlich nie sehr streng seinen Kindern gegenüber, aber Heinz hatte entschieden überzogen. Eine solche Frau komme ihm nie mehr ins Haus, nie mehr, donnerte der Vater, und mit einer solchen Frau habe sein Sohn keinen Umgang mehr, ob er das verstanden habe. Heinz hielt dagegen, lautstark auch er, klagte sein Recht auf Selbstbestimmung und Freiheit ein, kämpfte um diese Katja, in die er wohl vernarrt war. Aber mit seinen zwanzig Jahren musste er nachgeben, wollte er es nicht zum Letzten, dem Hinauswurf, kommen lassen. Verziehen hat er dem Vater diesen Abend lange nicht, zu sehr hatte dieser auf seine Autorität gepocht und in seiner Angst, der Junge verliere jede Moral, überzogen. Daran konnten auch Tonis vermittelnde Worte nichts ändern, der Konflikt zwischen Peter und seinem Zweitgeborenen war offen ausgebrochen, zumal er Heinz gegenüber viele Verbote aussprach, die diesen in seiner Ehre als jungen Mann sehr kränkten. Alle Versuche des Vaters, in den nächsten Wochen auf Heinz zuzugehen, was sicherlich das Verdienst der Mutter war, gingen ins Leere, der Sohn verweigerte sich. Er blieb zu Hause, tat, was man ihn geheißen hatte, schwieg, pfiff nicht mehr und war mehr denn je entschlossen, auszuwandern, seinen Traum, nach Amerika zu gehen, möglichst bald zu realisieren.

Thea schenkte sich erneut Tee ein und trank schnell einen Schluck. Erinnern macht einen trockenen Hals, dachte sie, aber vielleicht ist es auch nur das Alter. Fast achtzig Jahre waren seit diesem Sonntag vergangen, aber sie hatte jede Einzelheit noch klar vor Augen. Lächeln musste sie, wenn sie an diese junge Frau dachte, die so modern sein wollte und alles falsch gemacht hatte. Sie hatte in ihrer Küche wie eine Bombe gewirkt. Und dann hatte sie Irmgard und Maria, die neugierig lauschten, an diesem Nachmittag von Katja mit dem guten Duft erzählt und der Puderdose und dem Lippenstift – die neue Welt war in der Küche der Humboldtkolonie zu Gast gewesen, und das war nicht gut ausgegangen. Unter dem Konflikt zwischen dem Vater und dem Bruder hatte sie sehr gelitten, lange, wohl besonders, weil sie ihn nicht verstand. Ihr wäre am liebsten gewesen, man hätte, wie man das mit den Freundinnen und Brüdern tat, „sich vertragen". Aber das taten Erwachsene wohl nicht. Erst sehr viel später hatte sie erkannt, dass an diesem Tag zwei Welten aufeinander getroffen waren, die sich so fremd waren, dass keine Brücke von der einen zur anderen führte. Als Mädchen aber hatte sie zwischen den beiden gestanden, die Tochter und die Schwester gerieten in Widerstreit, da sie beide, den Vater und Heinz, liebte und doch eigentlich nur unbeschwert sein wollte.

Unbeschwert sein, das will wohl jedes Kind, dachte Thea, als sie sich die Folgen jenes denkwürdigen Sonntags vor Augen führte, die Spannung, die in der Familie herrschte, wenn Peter, der Vater, auf seine Autorität pochte und Heinz, der Sohn, diese verweigerte, mal ganz offen und mal eher versteckt, je nachdem, wie weit die Mutter ihn hatte beeinflussen können.

Und so saß sie oft bei ihrem großen Bruder – der Älteste kam ja nur selten nach Hause, was ihn ihr ganz fremd machte – und hörte ihm zu, wenn er von seinen Träumen und Sehnsüchten erzählte: weg von hier, wo alles doch nur eng war. Heute noch konnte sie seine Stimme hören, wie erregt sie klang, wenn er von der Freiheit erzählte, der Weite in Amerika, und immer – daran erinnerte sie sich ganz genau – hatte sie gefürchtet, er werde weggehen und nie, nie mehr zurückkommen. Und dann war sie immer ganz böse gewesen auf den Vater, dem sie die Schuld gab für die Wünsche des Schmal, den sie so bewunderte. Im gleichen Augenblick aber hustete sie und schämte sich dafür, sie liebte den Vater doch … es war schwierig gewesen.

Überhaupt, so seufzte sie, war ein schwieriges Jahr gekommen, ein Jahr, das vieles veränderte, Hoffnungen zerstörte und ihr den ersten Höhepunkt in ihrem Leben brachte, 1929, das Jahr, in dem im Winter der Rhein zugefroren war.

1929

Thea fieberte ihrer Kommunion entgegen. Irmgard und sie hatten im letzten Jahr am Weißen Sonntag, dem ersten Sonntag nach Ostern, nebeneinander in der letzten Bank von St. Engelbert gekniet und neidisch auf die weiß gekleideten Mädchen geschaut, die „Engelscher", die zum Altar zogen, feierlich, vom Harmonium begleitet, das ihre Klassenlehrerin spielte, und unter den Klängen von „Großer Gott, wir loben dich" die Erstkommunion an der untersten Stufe des Hochaltars empfingen. Man durfte bis zu dem Altar gehen an diesem Tag, nur an diesem Tag! Für Mädchen war dies die einzige Möglichkeit, dem Allerheiligsten so nahe zu kommen. Die Jungen, ja, die konnten Messdiener sein, ein von den beiden ersehnter Dienst, unerreichbar, unmöglich. Fast siebzig Jahre sollte es noch dauern, bis dies auch Mädchen vergönnt war. Und so hatten Thea und Irmgard auf die Gruppe dort vorne gestarrt und sich vorgestellt, wie sie im nächsten Jahr dort stehen würden. Unendlich lang schien die Zeit bis dahin.

Aber dann kam ihr Fest doch immer näher. Viele Stunden lang waren sie von den Nonnen und dem Herrn Kaplan vorbereitet worden. Den Katechismus kannten sie fast vollständig, und die Kirchenlieder schmetterten sie laut mit in der Sonntagsmesse, auswendig bis zur sechsten oder auch achten Strophe. Besonders beeindruckt hatte sie der Beichtunterricht, der ihnen ganz neue Dimensionen eröffnete. Schuld und Sühne faszinierten die Neunjährigen, die nur allzu bereit waren, die eigenen Verfehlungen anzuerkennen – Wie oft hatte man trotzig der Mutter widersprochen? Wann hatte man „schlechte Gedanken“ (was immer das auch sein mochte) gehabt? Hatte man sich „unzüchtig“ (ein so großes Wort, oft vom Herrn Kaplan gebraucht, aber nie erläutert) berührt? – und für diese Verfehlungen zu büßen – auch das ein Wort, das Thea in seinen Bann zog, Buße, büßen – das öffnete ihr eine andere Welt, eine erwachsene, eine unverständliche, aber deshalb doch nicht weniger anziehende.

Die erste Beichte war ein Ereignis. Tagelang hatten die Mädchen ihre Sünden gesammelt, „Gewissenserforschung“ betrieben, wie man es sie gelehrt hatte, und waren dabei auf die erschütternde Einsicht der eigenen Schwäche und Sünden gestoßen. Sie fühlten sich schuldig, unendlich schuldig. Das gestanden sie sich mit leiser Stimme, fast euphorisch flüsterten sie einander ihre Sünden ins Ohr und entdeckten dabei immer eine noch größere, als die Freundin gerade genannt hatte – es war so wunderbar, schuldig zu sein und dafür zu sühnen! Dass Thea der Mutter eine kleine Münze gestohlen hatte, um sich damit die geliebten Sahnebonbons im Kolonialwarenladen zu kaufen, konnte sie Irmgard nicht einmal ins Ohr sagen, diese Sünde wog so schwer und die Scham darüber war so groß, dass sie sie mit niemandem zu teilen vermochte, nicht einmal mit der besten Freundin. Das vertraute sie nur dem „Herrn Kaplan“ an, der, hinter den Gardinen des Beichtstuhles verborgen, ihr sein Ohr entgegen neigte, als sie ihr Sündenregister langsam und aufgeregt von dem Blatt ablas, auf das sie es vor Tagen notiert hatte aus Angst, etwas zu vergessen und deshalb nicht „heilig“ werden zu können. Als sie danach in der Kirchenbank rechts neben dem Beichtstuhl kniete, in dem die nächste bereits ihre Schuld gestand, und die ihr auferlegten fünf „Vaterunser“ und fünf „Gegrüßet seist du, Maria“ betete, fühlte sie sich rein wie ein Engel und endlich heiligmäßig, denn nur so konnte man zum „Tisch des Herrn“ treten, das wusste sie.

Von dem Wunsch nach Heiligmäßigkeit hatte Toni profitiert, die nie eine pflegeleichtere Tochter gehabt hatte als in diesen Wochen vor deren Erstkommunion. Das Mädchen bemühte sich, ihr ihre Wünsche von den Augen abzulesen, und übernahm bereitwillig alle Aufgaben im Haushalt, auch diejenigen, die ihr ein Gräuel waren. Schmunzelnd erzählte Toni ihrem Mann, als er vom Deutzerfeld zurückkehrte, „de Mösch“ habe sogar die fetttriefenden Töpfe, die sie aufs tiefste verabscheute und vor denen sie sich schrecklich ekelte, freiwillig mit einer Miene der Entsagung gereinigt, woraufhin Peter die Tochter an sich zog und ihr über die hochroten Wangen strich, liebevoll, so dass sie sich an ihn drückte, denn mit Liebesbekundungen ging der Vater eher spärlich um. „Mösch“, flüsterte er ihr zu, „ming Mösch“, und zog sie leicht an dem geblümten Tuch, das sie, wie fast immer, um den Hals geschlungen hatte und an dem sie etwas verlegen nestelte, als der Vater sie losließ.

Nun konnte er also kommen, der große Tag, auf den sie so

sehnlichst gewartet hatte, sie war im Stande der Heiligkeit und nicht gewillt, diese wieder zu verlieren. Aber am Mittwoch vor dem großen Fest, das in diesem Jahr an Christi Himmelfahrt stattfinden sollte, geschah etwas, mit dem niemand gerechnet hatte. Zur Mittagszeit, Thea war gerade aus der Kirche zurückgekehrt, wurde die Mutter an das Telefon des Klosters gerufen. Ängstlich blickte Thea ihr entgegen, als Toni sehr langsam den Hausflur betrat, den Kopf gesenkt, und sich mit dem rechten Unterarm die Tränen abwischte. Erschrocken sprang das Mädchen auf sie zu und drängte sich in ihre Arme, voller Angst vor dem, was nun kommen würde. Etwas Gutes konnte das nicht gewesen sein, weshalb man die Mutter gerufen hatte, aber die Tränen der Mutter verunsicherten es völlig. Toni nahm es in die Arme und hielt es fest, als wolle sie sich selbst dadurch Halt geben, und dann sagte sie ganz leise, kaum verstehbar: „Onkel Mattjöh is tot. Ich muss zu Tante Louise.“ Nachdem sie Herrmann gebeten hatte, ein Auge auf die kleine Schwester zu haben, machte sie sich unverzüglich auf den Weg nach Mülheim.

Onkel Mattjöh tot? Das konnte doch gar nicht sein! Thea wusste, dass der Onkel am Montag zur Untersuchung ins Krankenhaus gegangen war, weil die Magenprobleme, unter denen er häufig litt, schlimmer geworden waren. Magenprobleme lagen in seiner Familie, das hatte er immer wieder gesagt. Aber tot? Am Sonntag war er doch noch – wie in fast jeder Woche – mit Louise und den Kindern bei ihnen gewesen, man hatte in der Küche gesessen, Tonis Marmorkuchen gegessen und davon gesprochen, dass er bis zu Theas Kommunion wieder entlassen sei. Ein paar Tabletten würden schon alles richten. Und nun war er tot. Man hatte an diesem Morgen eine Magenoperation angesetzt, und er war auf dem Operationstisch verstorben, einfach so.

Thea begann zu weinen und konnte gar nicht mehr damit aufhören. Sie weinte um den Onkel, den sie sehr geliebt hatte, den immer freundlichen, der einem die Hand auflegte, wenn man Bauchschmerzen hatte, der einen so gütig anblickte und mit so viel Begeisterung „Über deine Höhen weht der Wind so kaaaalt“ gesungen hatte, aber mehr noch weinte sie um ihr Fest, auf das sie sich so gefreut hatte und das nun wohl nicht stattfinden würde, trotz ihrer bewahrten Heiligkeit. Herrmann wusste sich keinen Rat, hilflos saß er neben der Schwester, die schluchzend auf ihrem Bett lag, und er war froh, als der Vater nach Hause kam, der die Hiobsbotschaft bereits auf dem Deutzerfeld erfahren hatte. Er nahm seine Tochter auf den Schoß, barg sie in seinen Armen und wartete darauf, dass ihr Schluchzen langsam verebbte. Dann versicherte er ihr, dass ihre Erstkommunion am nächsten Tag stattfinden werde, das hätte der Onkel Mattjöh auch gewollt, da sei er ganz sicher. Als sie dann endlich spät am Abend einschlief, war ihre Mutter noch nicht von der Schwägerin zurückgekehrt.

Am Morgen von Christi Himmelfahrt, dem 9. Mai, war alles tief verschneit, als Thea aufstand und aus dem Fenster schaute. Straße und Gehsteige der Volpertusstraße waren weiß, die Kamine trugen kleine Hauben und man sah noch keine Fußstapfen. Dass die Mutter „Mattjöhs Leichentuch“ murmelte, entging Thea, die ihr Kränzchen und ihre Kerze suchte, noch ehe sie sich gewaschen hatte. Als sie endlich angekleidet war, was endlos dauerte wegen ihrer Zappeligkeit, sprang sie die Treppe hinunter und rannte in die Küche, wo sie alle saßen: ihre Brüder, alle fünf! Selbst Peter war in der Nacht aus Berlin gekommen, er hatte im letzten Augenblick Sonderurlaub erhalten. Gut sah er aus in seiner grauen Uniform, vom Vater wie üblich misstrauisch beäugt, neben ihm stand Herrmann am Küchentisch, mit seinen knielangen blauen Hosen und der grauen Jacke, aus der der weiße Hemdkragen hervorlugte. Josef trug seine geliebten braunen Knickerbockers aus Cord und ein kariertes Hemd unter dem leicht taillierten Sakko und hob sich damit deutlich von Heinz ab, der mit seinen weiten Hosen, dem engen Sakko und den pomadisierten Haaren der modischste war. Franz trug graue lange Hosen und eine graue Jacke, die ihm etwas zu groß war, ihn aber sehr erwachsen wirken ließ. Strahlend stand Thea vor ihnen, die Haare zu langen Zöpfen geflochten, das weiße Kränzchen aus Seidenblumen, das vor ihr bereits Maria und Gertrud getragen hatten, tief in die Stirn gedrückt. Auch das langärmlige weiße Kleid war nicht neu, aber von Toni liebevoll aufgearbeitet und über dem Saum, der in der Höhe der Schienbeine endete, mit einem Volant versehen. Die schwarzen langen Strümpfe und Schuhe vervollständigten ihren Festaufzug. Die Mutter reichte ihr den dicken Wintermantel, und dann schritt die ganze Familie durch den Schnee zur Notkirche von St. Engelbert, denn die Baumaßnahmen an dem Gotteshaus waren noch nicht abgeschlossen. Zwischen Vater und Mutter, beiden die Hand reichend, ging Thea, gemessenen Schrittes nun, denn sie hatte sich wieder auf ihre Heiligmäßigkeit besonnen. Ihnen folgten in gewissem Abstand Franz und Heinz, letzterer in seinem wiegenden Gang, Josef ging neben Peter, der hoch aufgerichtet mit geradem Rücken durch die Kolonie schritt, ihnen folgte Herrmann, die älteren Brüder von hinten bewundernd und beneidend, denn außer Thea war er der einzige, der noch zur Schule ging.

Es war ein wunderschöner Gottesdienst, auch wenn er nur in der Notkirche stattfand. Zu den Klängen von „Großer Gott, wir loben dich" traten auch Thea und Irmgard nebeneinander an die Stufen des Altars und empfingen ihre

Erstkommunion, fühlten sich sehr herausgehoben und erwachsen und genossen es, im Mittelpunkt der Aufmerksamkeit zu stehen.

Nachdem die Kommunionkinder feierlich aus der Kirche ausgezogen waren und das Harmonium verstummte, suchte Thea ihre Familie. Als erste sah sie, sie konnte es kaum fassen, ihre Tante Louise. Freudig wollte sie sich in deren Arme stürzen, lief auf sie zu und blieb abrupt stehen. Ja, es war Tante Louise, aber sie war es auch wieder nicht. Sehr aufrecht stand sie da in ihrem schwarzen, schmal fließenden Kleid, das ihr weit über die Waden reichte, aber etwas an ihr war anders als sonst, was war das nur? Und dann wusste Thea es: Tante Louise trug keinen Hut! Das hatte sie noch nie gesehen. Zu der Tante gehörten die Hüte, immer hatte sie welche getragen, und heute stand sie dort, die Haare streng nach hinten genommen, und eine helle Strähne zog sich auf der linken Seite durch die dunkle Pracht. Weit streckte sie nun die Arme aus und Thea flog auf sie zu, ließ sich umarmen und spürte die Tränen, die ihr in den Nacken tropften. Tante Louise war gekommen, mit ihren Cousinen war sie zu ihrem Ehrentag gekommen, nun war alles in der Ordnung. Was das die Tante gekostet haben musste, darüber hat sie später häufig nachgedacht und ihre Kraft bewundert. Aber Kraft hatte sie ja immer gehabt, diese Tante Louise, deshalb war es sicher besser, dass sie zurückgeblieben war und nicht der stille und sanfte Mattjöh, den ihre Fröhlichkeit und Energie immer angezogen hatten. Mit vierzig Jahren war sie nun plötzlich Witwe und hatte drei kleine Kinder zu versorgen. Dennoch hatte sie es sich nicht nehmen lassen, zum Ehrentag ihrer kleinen Nichte zu kommen. Beim Mittagessen saß sie zwischen Peter, ihrem ältesten, und Josef, ihrem jüngsten Bruder, den Thea erst an diesem Tage kennen lernte.

Josef war das jüngste der Mittelhofer Geschwister, zwei Jahre jünger als die Schwester. Wie sie hatte auch er es nicht in dem Dorf ausgehalten, sondern war in die Kreisstadt gegangen. Dort hatte er sich sehr schnell in der Firma, in der er gelernt hatte, unentbehrlich gemacht und war von dieser an deren Hauptsitz, nach Schwerte, gegangen, hatte dort seine Elsa, die Patentante von Elisabeth, Tochter eines Lehrers, geheiratet und ein Haus gekauft. Rasch war er in der Firma aufgestiegen und schon mit 35 Jahren Prokurist geworden. Seine Ehe war sehr glücklich, der einzige Kummer, der die beiden plagte, war, dass sie keine Kinder bekommen konnten. Sofort als sie die Todesnachricht erreicht hatte, hatte Elsa ihn gedrängt, der Schwester beizustehen, und so war er nun auch bei Theas Kommunion zugegen.

2007

Es war eine schöne Feier gewesen, erinnerte sie sich, wie auf Wolken war sie geschwebt, hatte sich über die Kleinigkeiten, die sie geschenkt bekommen hatte – Taschentücher, zwei Bücher, einige Süßigkeiten –, sehr gefreut. Es war ihr alles wie immer vorgekommen, nur das Westerwaldlied, den sonst üblichen Abschluss eines Festes, hatte man dieses Mal nicht gesungen. Dass Mattjöh an diesem Tag zugegen gewesen war, in Worten und mehr noch Gedanken, hatte sie damals in ihrer Feststimmung nicht gemerkt, aber es konnte ja gar nicht anders gewesen sein, heute war ihr das klar, er war schließlich erst einen Tag vorher verstorben und musste allen Anwesenden schmerzlich gefehlt haben. Nur dass Maria, die lebhafte, ruhiger als sonst gewesen war, war Thea aufgefallen, aber sie waren dann doch in den Schnee hinaus gegangen und hatten alle vier – Thea, Maria, Gertrud und die kleine Elisabeth – am

Kommunionstag einen Schneemann gebaut. Später war Irmgard noch dazu gekommen, die sich bei ihrer Feier, bei der sie das einzige Kind war, gelangweilt hatte und durch das Törchen in den Nachbargarten gelaufen war.

Sie hatte damals gar nicht richtig begriffen, was das bedeutete: tot. Sie wusste, das war schlimm, ahnte auch, dass etwas unwiederbringlich vorüber war. Erst jetzt, nachdem sie dem Tod in ihrem Leben so oft begegnet war, verstand sie, wie schwer dieser Tag für alle Erwachsenen gewesen sein musste und wie viel Liebe sie ihr geschenkt hatten, indem sie mit ihr scheinbar normal ihren Ehrentag feierten.

Mit nassen Augen griff sie zu einer der Fotografien auf dem kleinen Tisch neben sich und holte sie nahe zu sich heran. Da waren sie, die Mülheimer! Vor einer blühenden Hecke hatte der Fotograf sie aufgenommen, wohl im Jahr 1927. In der Mitte saß Tante Louise in einem geblümten Kleid mit einem weißen Voile-Kragen und einer Knopfleiste aus dem gleichen Material. Die dunklen Haare waren weich nach hinten genommen, nur eine vorwitzige Haarsträhne fiel ihr links ins Gesicht. Sie lächelte und hielt Elisabeth auf dem Schoß, ein dralles Kleinkind, das einen Apfel in den Händchen hielt. Rechts neben ihr stand Maria, links Gertrud, und hinter seinen „Mädschen" stand Mattjöh im dunklen Anzug mit Krawatte, schmal, leicht lächelnd, wie es seine Art war, etwas kurzsichtig blinzelnd, da er – wohl aus Eitelkeit – seinen Kneifer nicht aufgesetzt hatte. Die Mädchen trugen leichte weiße Sommerkleider und Maria und Gertrud eine riesige weiße Schleife im Haar, gebunden wie ein Propeller. Nachdenklich zog die alte Dame die Fotografie noch etwas näher zu sich heran und betrachtete forschend Mattjöhs Züge. So lange war das schon her! Sie war erst neun Jahre alt gewesen, als er ging, und dennoch lebte er noch in ihr, auch wenn sie diese Züge schon fast vergessen hatte. Alle auf diesem Bild waren nicht mehr, außer Elisabeth, der ein-

zigen, mit der sie Vergangenes teilte. Aber diese wohnte weit weg von ihr und man sah sich nur selten. Sie wusste, dass Elisabeth kaum Erinnerungen an ihren Vater hatte, zu klein noch war sie bei seinem Tod gewesen. Also war es an ihr, das Gedächtnis an Mattjöh wach zu halten, jenen Onkel, der nun schon seit fast achtzig Jahren nicht mehr war, Mattjöh mit den heilenden Händen. Selbst Elisabeth hatte nichts mehr von dieser Gabe ihres Vaters gewusst!

Thea ließ das Bild sinken, das Bild dieser glücklichen Familie. Nie hatte sie den Anblick vergessen, den die Vier bei der Beerdigung boten.

1929

Am Tage von Mattjöhs Beerdigung auf dem alten Friedhof an der Sonderburger Straße schien die Sonne frühlingshaft warm. Die Totenmesse hatte auf Louises Wunsch in St. Engelbert in der Kolonie stattgefunden, wo sie auch geheiratet hatte, und dass es dieses Mal nur die Notkirche sein konnte, war ihr nur recht. Alle waren dann gemeinsam zu Fuß zum Friedhof gegangen, eine riesige Gruppe von Menschen, ein jeder mit Blumen in der Hand, so war es Thea vorgekommen. Da war zunächst die Verwandtschaft. Alle noch lebenden Geschwister Louises aus dem Westerwald waren gekommen, aus Altenbrendebach war Tonis Bruder angereist. Josef und Elsa kamen aus Schwerte, und die Brüder von Mattjöh aus Belgien und deren Familien waren anwesend. Toni und Peter begleiteten mit ihren sechs Kindern die Schwester und Schwägerin, wobei Toni ein wachsames Auge auf sie hatte, fürchtete sie doch, Louise würde zusammenbrechen. Sie ging den ganzen Weg neben ihr, Thea, „dat Engelsche", in ihrem weißen

Kommunionkleid an der Hand. Und der Familie folgten viele, viele Fremde. Der stille und sanfte Mattjöh hatte nur Freunde, keine Feinde gehabt, und sie alle waren gekommen, ihn auf seinem letzten Weg zu begleiten an diesem sonnigen Maitag, der dem Schneeeinbruch gefolgt war.

Louise schritt sehr aufrecht hinter dem Sarg her, barhäuptig, ihre Töchter dicht neben sich. Die kleine Elisabeth hielt sie an der Hand, rechts von dieser ging Maria, die älteste, die ab diesem Tage die Verantwortung für Mutter und Geschwister übernahm und über Nacht hatte erwachsen werden müssen, obwohl sie doch noch nicht einmal zwölf Jahre alt war. Links neben der Mutter ging Gertrud. Vier traurige Gestalten in Schwarz, denn auch die kleine Elisabeth war dunkel gekleidet. Die Heiterkeit, die diese Familie immer ausgezeichnet hatte, schien verloren. Der älteste und der jüngste Bruder gingen dicht hinter ihr, wie um sie vor der Welt zu schützen, der sie nun allein ausgesetzt war. Sie brach nicht zusammen, sie hielt sich aufrecht, den ganzen Tag über. Für ihre Töchter blieb sie stark, sie wusste, Mattjöh erwartete das von ihr, der die Mädchen nicht freiwillig so früh verlassen hatte. Nur in der Nacht nach der Beerdigung, als die Kinder schliefen, weinte sie in Tonis Armen, die die Nacht über bei ihr blieb, heftig und verzweifelt um ihre verlorene Liebe, stand am nächsten Morgen auf und tat ihre Pflicht. Die Mädchen mussten zur Schule, das Leben musste weiter gehen, wenn auch ärmer.

Und das nicht nur im emotionalen Sinne, sondern auch im finanziellen. Die Rente, die sie von ihrem Mann bekam, war gering, die Arbeitschancen für eine Witwe mit drei Töchtern waren ebenfalls nicht vielversprechend, allenfalls als Hilfe für ein paar Stunden im Haushalt würde sie eventuell etwas bekommen. Die Sorgen waren groß, als Josef mit ihr ein langes Gespräch führte. Er bot ihr Unterstützung an, was sie zunächst ablehnte. Aber er machte ihr klar, dass ihm dies ein Leichtes sei. Er und Elsa hätten keine Kinder, liebten die ihrigen wie eigene, und im übrigen sei die kleine Elisabeth Elsas Patentochter. Sie könne ja versuchen, ein wenig Geld dazu zu verdienen, aber sie müsse ihm erlauben, ihr zu helfen. Dankbar ließ sie sich überzeugen, wenigstens eine Sorge war ihr genommen. Und so stimmte sie auch zu, als Josef ihr vorschlug, so schnell wie möglich eine andere Wohnung zu suchen. Ihm war aufgefallen, wie schwer es ihr fiel, in diesen Räumen, die sie mit Mattjöh geteilt hatte, ihr seelisches Gleichgewicht wiederzufinden. Alles dort erinnerte sie an ihn, überall begegnete ihr sein Lächeln, überall hörte sie sein leises Summen, wenn er abends nach der Arbeit nach Hause gekommen war. Und so trennte sie sich von diesen Erinnerungen, um zu überleben. Ende des Sommers verließ sie mit den Töchtern die Wohnung über der Metzgerei auf der Mülheimer Straße, in der sie ihre Ehejahre verbracht hatte, und bezog auf der Von-Sparr-Straße drei Zimmer mit Erker und einer Küche, in der die Vier ihr neues Leben ohne den Mann und Vater beginnen konnten. Tatkräftig packte sie es an, seelisch unterstützt von den Humboldtern und finanziell von Josef, der ohne Aufsehen immer dann da war, wenn sie ihn brauchte. Die Ferien verbrachten die Mädchen nun oft bei ihm und Elsa. Und so ganz allmählich wich die Trauer der liebevollen Erinnerung.

Thea hatte unterdes ihr viertes Schuljahr zu Ende gebracht. Lernen fiel ihr leicht, ihre Zeugnisse waren hervorragend, es machte ihr einfach Spaß, Neues zu erfahren. So hatten die Lehrerinnen im letzten Schuljahr immer wieder angedeutet, es könnte doch ganz sinnvoll sein, wenn sie das Lyzeum besuche. Toni hatte sich das schweigend angehört, heimlich von Stolz auf diese Tochter erfüllt, die sie so lange ersehnt hatte, aber innerlich ganz sicher, dass Peter dem nie zustimmen würde.

Thea hoffte. Sie war doch Papps Mösch, sein kleines Mädchen, er würde es schon möglich machen, dass sie aufs Lyzeum nach Kalk gehen konnte. Und dort musste sie hin, denn sie wünschte sich doch so sehr, Lehrerin zu werden. Als Lehrerin konnte sie den ganzen Tag in der Schule sein, lesen, schreiben, erzählen, Tätigkeiten, die ihr viel Freude bereiteten, und außerdem: Als Lehrerin guckten die Leute zu einem auf, das war schön. Und bei Hubertchen hatte sie doch schon bewiesen, dass sie Jüngeren etwas beibringen konnte. Was in dieser Zeit in ihr gewachsen war und mit dem Tod so abrupt geendet hatte, das wollte sie wiederhaben – bewusst war ihr das nicht, aber damals hatte ihre Rolle, die sie in der Welt spielte, sich richtig angefühlt, und diese Sicherheit war ihr in den letzten Jahren verloren gegangen.

„Isch muss mit däm Papp reden“, beschied die Mutter sie. Und so stand Thea wieder einmal vor der Küchentür, das Ohr fest daran gepresst, und belauschte das Gespräch der Eltern. Toni tat für die Tochter, was sie konnte. Von den guten Noten berichtete sie und dass die Lehrerin meinte, Theodora sei außergewöhnlich begabt, ja, so drückte sie es aus: „außergewöhnlich begabt“. Und bis Kalk sei es ja auch nicht so weit. Überzeugen konnte sie ihren Mann damit nicht, das hatte sie befürchtet, denn eigentlich hatte er ja auch Recht. Keiner der Söhne hatte eine höhere Schule besucht, sie hatten die Volksschule abgeschlossen und dann erfolgreiche Ausbildungen hinter sich gebracht. Nur bei Heinz hatte man an den Besuch eines Gymnasiums gedacht, aber der hatte ja nie gewollt. Und nun sollte ausgerechnet das einzige Mädchen die Ausnahme machen. Als Peter auf ihren Vorstoß hin deutlich machte, dass das nie in Frage käme, Mädchen sollten kochen, putzen und flicken lernen, sie heirateten ja doch, stimmte sie ihm zu, den eigenen geheimen Wunsch für die Tochter unterdrückend.

Da riss Thea die Küchentür so ungestüm auf, dass sie gegen die Wand schlug, und stürmte laut aufschluchzend zu der Eckbank, auf der ihre Eltern saßen. „Isch will aber … un de Mamm will auch …!“ Peter betrachtete fassungslos seine Tochter, die glaubte, besser zu wissen, was gut für sie sei, als der Vater, und polterte los. Was das denn für ein Benehmen sei. Wer an der Tür horche, höre seine eigene Schande, das sei schon immer so gewesen, was ihr überhaupt einfalle, sich so aufzuführen. Sie bleibe auf der Volksschule, bestimmte er, was für die anderen gereicht habe, reiche auch für sie. Wer weiß, was sie für Dummheiten auf der höheren Schule lernen würde, es lange ihm, dass Heinz nichts als Rosinen im Kopf habe, einer davon sei genug!

Und bei diesem Entschluss blieb er. Da Toni ja in ihrem tiefsten Inneren eigentlich auch dieser Meinung war, versuchte sie begütigend auf die Tochter einzuwirken, die abwechselnd hustend und schluchzend in ihrem Bett lag und immer wieder „Isch will doch Lehrerin wärden …“ hervorstieß. Und eines war klar: Ein Benehmen, wie Thea es an diesem Abend an den Tag gelegt hatte, war untragbar, das ging nicht, dafür hatte sie sich bei „dem Papp“ zu entschuldigen, und zwar baldmöglichst.

Zum ersten Mal hatte Thea die Unnachgiebigkeit ihres Vaters, wenn es um die Änderung der gewohnten Ordnung ging, am eigenen Leibe verspürt, da wurde er hart und streng, auch seiner Mösch gegenüber, und so blieb ihr nichts anderes übrig, als sich in seine Entscheidung zu schicken und sich am nächsten Tag für ihr Auftreten in der Küche zu entschuldigen. Also würde sie keine Lehrerin werden – diese Enttäuschung saß tief.

Dazu kam die Angst, Heinz, den geliebten und bewunderten Bruder, endgültig an die neue Welt zu verlieren. Dessen Pläne, nach Amerika auszuwandern, wurden immer konkreter. Wo immer es ging, versuchte er englische Vokabeln zu lernen oder jemanden zu finden, der ihm die notwendigsten Phrasen beibrachte, damit er die ersten Wochen in der neuen Heimat überstehen konnte. Denn dass dies ohne Englischkenntnisse nicht gehen würde, war ihm klar. Und so nutzte er sogar die Schlager dazu, seine Sprachkenntnisse zu verbessern. Alles wollte er über Auswanderung und ein Leben in den Vereinigten Staaten erfahren, und sobald er es erfahren hatte, teilte er es der kleinen Schwester mit, auf deren Bett sitzend, die Beine locker übereinander geschlagen. Mit den Brüdern konnte er darüber nicht sprechen, sie hätten es den Eltern erzählt, und das wollte er verhindern. Erst im letzten Augenblick, wenn alles bereit war, wollte er sie informieren und dann ganz schnell in das „gelobte Land" aufbrechen. Und so erzählte der Einundzwanzigjährige von New York und seinen Wolkenkratzern, die fast bis an den Himmel reichten, und wo das Geld für Menschen wie ihn, mit Grips und Können, auf der Straße lag. Und reich wollte er dort werden, das hatte er sich fest vorgenommen. Dann konnte er Jazz hören, wann immer er wollte, vielleicht würde er sich ja auch ein Saxophon kaufen und in einer berühmten Bar spielen, er mit anderen, und niemand würde ihm das verbieten. Gespannt und aufmerksam lauschte Thea ihm und saugte alles auf, was er über seine neue Heimat erzählte, zugleich voller Trauer, weil es solche Momente wie diese mit dem Bruder dann nie mehr geben würde. Und überhaupt, er sei ja so weit weg, sie würde ihn nicht mehr wiedersehen. Er tröstete sie dann, sie könne ihn ja besuchen, das gehe schnell mit dem Schiff oder, noch besser, er lasse sie mit dem Flugzeug vom Butzweiler

Hof kommen, er habe dann ja ganz viel Geld. Und so erfuhr Thea, dass es seit drei Jahren eine Gesellschaft gab, die sich mit dem Transport von Menschen in der Luft abgab, eine Vorstellung, die ihr eher Furcht als Neugier einjagte. Und wenn sie erst einmal da sei, in New York natürlich, denn das war die Stadt seiner Träume, dann würde er ihr alles zeigen, und zuallererst gingen sie zu der Freiheitsstatue, die könne man ja auch schon von Ellis Island aus sehen. Dort werde er ankommen. Thea lernte, dass alle dort ankämen, dorthin müsse man vom Schiff aus, aber das sei nur für eine kurze Zeit, und sie müsse überhaupt nicht dahin, tröstete er sie, denn sie komme ja nur auf Besuch. Aber es sei nicht schlimm dort, ganz schnell werde er die Prüfungen hinter sich haben und dann gehe er nach Yorktown in Manhattan, das sei die Upper East Side. An seinem ersten Abend wolle er dann die 86. Straße entlang schlendern, den deutschen Broadway, er, ein frischer New Yorker unter vielen anderen. Das sei etwas ganz anderes als die Kolonie! Ganz etwas anderes!

Nach solchen Abenden schwirrte Thea der Kopf. Im Traum flog sie mit riesigen Maschinen, die Flügel hatten, nach Amerika, verirrte sich, fand ihren Bruder nicht, wachte schweißnass auf und hustete, hustete sich die Seele aus dem Leib. Wenn Toni dann an ihr Bett kam, fand sie sie oft in Tränen vor. Aber das Mädchen verriet ihr nie, was es quälte, das war sein Geheimnis mit Heinz, und ein Geheimnis verriet man nicht, nie, auch wenn man darunter litt.

Thea spürte, dass der Abschied vom Bruder näher rückte, als er ihr erzählte, er habe nun ein wenig Geld zusammengespart für die erste Zeit, und außerdem habe ihm einer seiner Freunde eine Adresse gegeben, an die er sich wenden könne. Dort werde er Menschen haben, die ihm helfen könnten, einen Job zu finden. Einen Job – dieses Wort führte ihn bereits in eine andere Welt. Im übrigen sei er nun volljährig, da könne „der Papp nix maache“.

Und dann machten wenige Oktobertage alle diese Pläne, die schon so weit gediehen waren, zunichte. Am 24. und 25. Oktober 1929 brach die amerikanische Börse zusammen, und es änderte sich vieles, für Heinz alles. Amerika musste er vergessen, denn die Einwanderung wurde erschwert, und auch in Deutschland brach für Jahre die große Unsicherheit aus, man musste froh sein, wenn man den Arbeitsplatz behielt, auch wenn man viel weniger verdiente als zuvor und alle staatlichen Hilfen verkürzt wurden.

2007

Heinz! Vor die Bilder ihres Bruders aus späteren Jahren, die Thea in sich bewahrte, hatte sich das des Einundzwanzigjährigen geschoben. Nichts war da von dem am Ende Demenzkranken, der sie nur manchmal und mit Mühe erkannt hatte, nichts auch von dem Herrn Sparkassendirektor im immer dunklen Anzug mit dezenter Krawatte, vor dem seine Angestellten respektvoll dienerten, oder dem Vater von zwei Töchtern, denen er kein Aufbegehren durchgehen ließ. Was hatte es für Kräche gegeben, als seine jüngste Tochter sich die Haare mit Henna gefärbt hatte und im Minirock losstolzieren wollte. Das sei gegen die Ordnung, hatte er gewettert, das erlaube er nicht. Nur in seinen Augenwinkeln hatte man mitunter noch den Schmal ahnen können, den sie nun hatte auferstehen lassen: Heinz, den Rebellen, den Freiheitsdürstenden, den Amerikasüchtigen mit seinen weiten Hosen, dem pomadisierten Haar und dem wiegenden Gang.

Er hatte sie damals ganz schön überfordert, erkannte sie nun, mit seinem Geheimnis und seinen Geschichten. Zehn Jahre war sie alt gewesen und hatte ihre Welt behalten wollen. Er hatte ihr zum ersten Mal die Furcht vor dem Verlust eines Menschen zugemutet, und das zu einem Zeitpunkt, als sie dem noch nicht gewachsen war, nicht gewachsen sein konnte.

Aber … zehn Jahre war sie damals, und ihr hatte der Bruder all dies erzählt? Nur ihr allein? Wie einsam musste er gewesen sein, einsam in dieser Familie, die ihr immer wie eine ganz besondere vorgekommen war. Nur mit ihr, einem kleinen zehnjährigen Mädchen, hatte er seine Träume teilen können. Und plötzlich empfand sie Schmerz um den Bruder, diesen jungen Mann, der so viele Pläne hatte und diese so plötzlich begraben musste. Wie musste er darunter gelitten haben in der Zeit, als er immer stiller wurde und sein Möglichstes dazu beitrug, die finanzielle Grundlage der großen Familie mit zu sichern, denn die Lohnkürzung hatte alle getroffen, wenn auch keiner der Männer arbeitslos geworden war, da hatten sie Glück gehabt, großes Glück …

Für Heinz war 1929 das Ende der „Goldenen Zwanziger“ gekommen, nicht nur für ihn, aber er hatte sie so genossen, das Neue so herbeigesehnt.

Gedanken, die sie nie gedacht oder nur geahnt hatte, achtundsiebzig Jahre hatte sie gebraucht, zu sehen und zu verstehen. Zum ersten Mal war sie nicht von sich ausgegangen, hatte in den anderen geschaut, ihn neu gesehen und neu gewertet.

Wenn das so war, aber dann war ja auch die Entscheidung des Vaters, die er im Jahr 1931 getroffen hatte, eine ganz und gar unglaubliche, und sie hatte sie immer als etwas ihr Zustehendes hingenommen. Was musste es den Vater gekostet haben, Thea doch noch die Erlaubnis zu geben, auf ein Gymnasium zu wechseln?

Mittlerweile war sie das einzige seiner Kinder, das noch die Schule besuchte. Herrmann hatte 1930 seine Schulzeit beendet, zu einer Zeit, da die Zahl der Arbeitslosen infolge der Weltwirtschaftskrise auf fünf Millionen gestiegen war. Eine unvorstellbare Zahl, die auch denjenigen Angst einflößte, die bisher noch nicht davon betroffen waren. Tonis „Männer" gehörten – dem HERRN sei Dank – zu diesen, aber täglich konnte es morgens anders werden, als es am Abend noch geschienen, ein Satz, den Toni den Ihrigen immer wieder zu bedenken gab. Wenn sie im Kolonialwarenladen einkaufte, zur Vesper in die Kirche ging oder auch nur Frauen aus ihrer Nachbarschaft auf der Straße traf, immer sah sie verweinte Augen und sorgenvolle Gesichter und hörte die Klagen, dass man nicht wisse, wie es weitergehen solle. Jede zweite Familie in der Kolonie war bereits von der Arbeitslosigkeit betroffen. Peter berichtete abends, wenn sich alle zum Essen um den Tisch in der Küche versammelt hatten, von den Gesprächen mit seinen Kollegen, die ihn nachdenklich und besorgt machten. Das sei alles die Schuld der Republik, meinten viele, unter dem Kaiser sei das viel besser gewesen. Man habe doch wenigstens Arbeit gehabt, aber jetzt gehe alles den Bach runter. Der Brüning sei zu schwach, da müsse jemand das Ruder fest in die Hand nehmen, das Steuer rumreißen und für Ordnung sorgen. Ein Starker müsse her, jawoll, den brauche man! Diese und ähnliche Parolen hörte man immer häufiger. Je mehr Menschen auf die kirchlichen Suppenküchen angewiesen waren, desto lauter wurden sie – sehr zum Leidwesen von Peter, der im Lauf der Jahre zum überzeugten Republikaner geworden war. Thea lauschte den lebhaften Gesprächen des Abends, denn auch die Brüder berichteten von Entlassungen und immer zahlreicher werdenden Bettlern auf den Straßen, vor den Kirchen und Lichtspieltheaterpalästen, die aus dem Boden schossen. Ein allgemeines Gefühl der Unsicherheit breitete sich aus, schleichend, lähmend und unaufhaltsam, das durch die Notverordnungen, über die man heftig debattierte, noch verstärkt wurde. Thea verstand die Einzelheiten nicht, aber sie begriff, dass die Älteren sich Sorgen machten und oft nicht einer Meinung waren. Wenn der Vater sich über die Rufe nach dem „starken Mann“ ärgerte, setzte Josef dagegen, das sei doch gar nicht so schlecht, so könne es ja nicht weiter gehen, und sie hätten im Wandervogel schon oft davon gesprochen, wie es wäre, wenn einer käme, der Deutschland wieder groß macht. Die Schande von Versailles müsse getilgt werden. Heinz, der nur noch wenig sprach im Familienkreis und sich oft mit Freunden traf, die niemand kannte, schnaubte nur und erinnerte kurz daran, dass in Amerika die Demokratie doch auch klappe. Eigentlich hätte der Vater über diese Unterstützung ja froh sein müssen, aber allein das Wort Amerika erregte ihn nur noch mehr, so dass Toni, um die Gemüter zu beruhigen, die Diskussion oft damit beendete, dass sie den Topf auf den Tisch stellte, begleitet von den Worten: „Hürt op – et kütt wie et kütt!“, einem ihrer Lieblingssprüche zu dieser Zeit, dem niemand wirklich ernsthaft etwas entgegen setzen konnte.

Dies nun war die Zeit, als Herrmann aus der Schule entlassen werden sollte und einen Arbeitsplatz brauchte. Allen – auch ihm – war klar, dass er für das Erlernen eines Handwerks nicht unbedingt geeignet war. „Dä Fuhrmann Jäsch hätt zwei linke Häng“, hatte Heinz schon vor langer Zeit festgestellt, und dabei war es geblieben. Herrmann tat sich schwer, wenn er etwas reparieren oder ausbessern sollte, da nahm ihm oft einer der Brüder den Hammer, die Nägel oder die Zange aus der Hand, weil man sonst riskierte, dass er sich verletzte. Also beschloss man, er solle in einem Büro arbeiten, was auch seinem Wunsch entsprach. Rechnen machte ihm viel Freude, er hatte eine sehr schöne Handschrift, lernte leicht und war hilfsbereit. Er wollte keine Arbeit, bei der man sich schmutzig machen musste, das wusste er ganz gewiss, und so kam ihm das Büro entgegen, nur eine Lehrstelle musste noch für ihn gefunden werden. Dies allerdings stellte sich als großes Problem heraus, so dass man trotz allen Suchens nichts gefunden hatte, als er die Schule mit einem guten Zeugnis verließ. Bei der angespannten Arbeitslage war kaum jemand bereit, einen Lehrling aufzunehmen und auszubilden. So recht wusste niemand in der Familie mehr, wo man sich umhören könne.

Aber ein glücklicher Zufall kam ihnen zu Hilfe. Toni hätte es wohl eher als ein Eingreifen von SEINER Seite gesehen. In der Mittagspause auf dem Deutzerfeld, als die Männer beieinander saßen und das Essen aus ihren mitgebrachten Henkelmännern verzehrten, sprach eines Tages ein Kollege Peter an. Über dessen Sorgen, für seinen Jüngsten eine Lehrstelle zu finden, wusste er Bescheid. Ein Vetter von ihm, so berichtete er, arbeite in der Personalabteilung eines großen Werkes in Köln-Braunsfeld, „irgendwas mit Industriegas oder so". Und den habe er gestern Abend getroffen und da habe der gesagt, mittags sei ein Lehrling abgesprungen, jetzt müsse er dummerweise einen neuen suchen. Ihm sei sofort Peter mit seinen Sorgen eingefallen. Ob das wohl was für seinen Herrmann sei? Auf jeden Fall warte der Vetter darauf, dass er, Peter, sich schnell bei ihm melde. Bereits am nächsten Morgen fuhr dieser, nachdem er, was ihm eigentlich immer Furcht einflößte, das Telefon benutzt hatte, um einen Termin abzusprechen, aber dieses Mal musste es sein, mit Herrmann nach

Braunsfeld – und zwei Stunden später war sein Jüngster ganz unerwartet Lehrling bei der IGA und konnte sofort anfangen. Ob der Vetter sich von den Zeugnissen oder von Herrmanns schüchternem Lächeln und seiner stillen Beständigkeit hatte überzeugen lassen, war ungewiss – wahrscheinlich hatte beides dazu beigetragen.

Herrmann fühlte sich wie im Paradies. Eine kaufmännische Lehre, das war es, was er sich erträumt hatte: ein sauberer Arbeitsplatz, Papier, Bleistifte, Telefone um sich herum, rechnen und schreiben dürfen und dann noch die lange Bahnfahrt – wie viele Bücher würde er dabei lesen können! So trat er etwas verspätet seine Lehre in der Firma an, in der er einundfünfzig Jahre später als Abteilungsleiter – immer noch sein stilles Lächeln auf den Lippen – feierlich und viel geliebt und hoch geachtet in den Ruhestand verabschiedet wurde. Und so war eine große Sorge von den Eltern genommen, alle ihre Söhne hatten Arbeit und verdienten Geld, nur Thea ging weiter zur Schule. Sie hatte noch ein paar Jahre vor sich, aber da sie sehr gut lernte, musste man bei ihr nicht mit Überraschungen rechnen.

Das aber sollte sich als falsch erweisen. Thea sorgte für gehörige Aufregung in der Familie, auch wenn sie das gar nicht wollte. Sie hatte sich darein geschickt, weiterhin die Volksschule zu besuchen. Die Enttäuschung nach dem vierten Schuljahr war verwunden, und dabei hatte ihr die Tatsache, dass Irmgard mit ihr in eine Klasse ging, kräftig geholfen. Doch dann bat völlig überraschend gegen das Ende ihres siebten Schuljahres die Lehrerin, die bei ihnen Rechnen unterrichtete, Thea, nach dem Pausenschellen doch noch kurz mit ihr in der Klasse zu bleiben. Sie wolle einmal mit ihren Eltern sprechen, ob Thea wohl so lieb sein wolle, einen Termin mit diesen für sie zu vereinbaren. Es mache ihr gar nichts aus, zu ihnen nach Hause zu kommen, auch abends, das sei kein Problem. Sie beruhigte noch die verwunderte Thea, sie brauche sich keine Sorgen zu machen, es sei „nix Schlimmes", weswegen sie kommen wolle.

Und so geschah es, dass die Lehrerin von der Mutter eines Abends in das Wohnzimmer gebeten wurde, was dem Besuch deutlich den Anstrich des Ungewöhnlichen und Besonderen gab. Peter hatte seiner Tochter vorher sehr deutlich gemacht, dass er ein Horchen an der Tür nicht dulden werde, und zwar dieses Mal so deutlich, dass Thea sich nicht traute, ihr Ohr zu benutzen, um die Neugier zu befriedigen, sondern sich schweren Herzens in ihr Zimmer zurück zog. Dort saß sie nun auf ihrem Bett, las ein wenig, legte das Buch beiseite, als sie merkte, dass sie von den drei gelesenen Seiten kein Wort verstanden hatte, nestelte nervös an ihrem Tuch, das sie wie immer um den Hals trug, kaute auf ihren Zöpfen, griff erneut zum Buch, legte es beiseite … die Zeit verging im Schneckentempo. Irgendwann hatte sie versucht, etwas von unten zu erlauschen, indem sie sich auf den Fußboden legte und das Ohr darauf presste, aber außer murmelnden Stimmen vernahm sie nichts. Ganz so schlimm konnte es wohl nicht sein, denn mitunter ertönte ein Lachen von unten herauf, dann hörte man wieder nur die Stimmen der drei Erwachsenen, wobei zunächst die Stimme des Vaters deutlich öfter zu hören war, allmählich aber die Frauenstimmen überwogen. Nach anderthalb Stunden hörte Thea, wie die Lehrerin das Haus verließ, und gespannt schlich sie bis an das Treppengeländer, wusste aber instinktiv, dass es besser war, sich nicht direkt sehen zu lassen. Und so wartete sie noch zehn ihr unendlich lang erscheinende Minuten, bis der Vater nach ihr rief. Geschwind witschte sie die Treppe hinunter, stürmte in die Küche und saß im Nu neben den Eltern auf der Eckbank.

Mit hochroten Wangen lauschte sie fast atemlos dem, was der Vater ihr erzählte. Er begann mit „Theodora", es musste sich also um eine ungemein wichtige Angelegenheit handeln. Die Lehrerin sei da gewesen, um noch einmal mit ihnen über das Gymnasium zu sprechen. Thea stockte der Atem, damit hatte sie nie und nimmer gerechnet, sollten ihre Träume nun doch noch wahr werden? Man sei in der Schule der Meinung, Theodora (noch immer nannte er sie Theodora!) sei ein außergewöhnlich begabtes Mädchen, da müsse man etwas tun, es sei sonst schade um diese Begabung. Und deshalb habe die Lehrerin vorgeschlagen, noch einmal über das Gymnasium nachzudenken. Es gebe eine Möglichkeit, nach der siebten Klasse noch dort in die Quarta einzusteigen. Allerdings sei das nicht ganz einfach. Und dann berichtete er der Tochter, die an seinen Lippen hing und ganz gegen ihre sonstige Gewohnheit kein Wort hervorbrachte, von der Höheren Mädchenschule in Köln-Kalk. Diese war von den Schwestern vom armen Kinde Jesu übernommen worden und bot besonders begabten Mädchen die Möglichkeit, dort auch ohne Zahlung des Schulgeldes zu lernen. Mittlerweile hatte diese Schule auch einen gymnasialen Zweig, der zum Abitur führte und dann zum Studium an einer Universität berechtigte. Aber wenn man das nicht wollte, konnte man nach der zehnten Klasse auch abgehen und das Lehrerinnenseminar besuchen.

Theas Lehrerin war bereits bei der Schulleiterin vorstellig geworden und hatte dieser von ihrer begabten Schülerin berichtet, der „alles nur so zuflog". Gemeinsam hatte man einen Weg gefunden, für das Mädchen den Schulbesuch dort zu ermöglichen. Natürlich musste sie die zwei Jahre Französisch, die sie versäumt hatte, nachholen, denn in der Quarta, in die sie dann aufgenommen würde, sollte zusätzlich der Englischunterricht beginnen. Das Schulgeld sollte ihr erlassen bleiben, die finanziellen Mittel für Bücher und Material müssten allerdings die Eltern aufbringen.

Angstvoll blickte Thea den Vater an, denn bisher hatte der noch mit keinem Wort zu erkennen gegeben, wie er zu der Angelegenheit stand, so dass sie nicht so recht zu hoffen wagte, doch noch ihren Wunsch erfüllt zu bekommen. Auch das Gesicht der Mutter, auf dem zwar ein Lächeln lag – man hätte es als stolzes Lächeln deuten können, wenn man wollte –, verriet nichts. Endlich endete der Vater und blickte die Tochter an, lächelte nun und fragte sie, ob sie sich zutraue, die zwei Jahre Französisch nachzuholen. Da jubelte Thea laut auf, sprang von ihrem Sitz und umarmte abwechselnd den Vater und die Mutter und wieder den Vater. „Jo, jo, jo", rief sie immer wieder, alles werde sie tun, alles, und studieren werde sie auch. Das war der Augenblick, in dem die Mutter mit ihrem „Et kütt, wie et kütt" zu bedenken geben wollte, dass man so weit noch nicht sei, aber Thea sah sich am Anfang einer Leiter, die sie sofort ins studentische Himmelreich führte, auch wenn sie sich darunter so recht nichts vorstellen konnte.

So war es also entschieden: Ab dem kommenden Schuljahr besuchte Thea das Lyzeum, als erstes Kind der Familie sollte sie zur höheren Schule gehen, ein Gedanke, der Peter zwiespältig erschien. Ausgerechnet die Mösch sollte Gymnasiastin werden, seine kleine Mösch, das jüngste seiner Kinder und das einzige Mädchen. So ganz passte das nicht in sein Weltbild, er hatte sich überwinden müssen, seine Zustimmung zu geben, sehr hatte er sich überwinden müssen. Aber Toni zuliebe, die ihn so flehentlich angeschaut und es so sehnlichst für die Tochter gewünscht hatte, hatte er zugestimmt, eigentlich gegen seine Überzeugung. Aber – stolz war er doch, seine Mösch auf dem Gymnasium, ausgerechnet seine Mösch, das letzte seiner Kinder! Und so nahm er seine Tochter fest in den Arm, ehe er sie zu Bett schickte und sie daran erinnerte, ihr Nachtgebet nicht zu vergessen.

Für Thea wurde es eine unruhige Nacht mit wirren Träumen, aus denen sie früh erwachte. Sobald es möglich war, stand sie auf und lief in ihr Wäldchen – laufen musste sie nun und laut schreien, und das konnte sie nur dort – „Isch jonn op de Schull!!“ rief sie immer wieder durch den morgenstillen Wald, „Isch jonn op de Schull!“. In allen Varianten rief sie es: beschwörend, singend, jauchzend, befreit, voller Stolz, triumphierend: „Isch jonn op de Schull!“ „In de Schull“ war sie bisher gegangen, nun war es „op de Schull“. Zwischen diesem „in“ und „auf“ lagen Welten. *In* die Schule gehen alle, aber *„op“,* das war das Besondere, das Einmalige, das, was sie nun durfte.

Und so lief sie ganz schnell zu Irmgard, um ihr als erster außerhalb der Familie diese so umwerfende Neuigkeit zu erzählen, und war ganz erschüttert, als dieser bei der Nachricht die Tränen in die Augen stiegen. Betroffen stand sie vor der Freundin und erlebte zum ersten Mal bewusst, dass die Freude der einen die Trauer der anderen bedeuten kann. Daran hatte sie nicht gedacht, dass sie nun etwas aufgeben musste. Nicht nur Irmgard, den täglichen Schulweg mit ihr, das gemeinsame Erleben und Schwatzen, sondern alles Vertraute, die Lehrerinnen, die Klassenkameradinnen, das Gebäude und ihren Platz in diesem bekannten Leben.

Und auf einmal schlich sich in ihre Freude auch ein wenig Bangigkeit, die sich verstärkte, je näher der Schulwechsel herankam. Am ersten Schultag begleitete die Mutter sie natürlich nach Köln-Kalk in die Bertramstraße, stolz auf die Tochter mit ihrer dunkelblauen Schulmütze, die in weißen Buchstaben den Namen der Schule trug, die Zöpfe säuberlich geflochten und mit passenden blauen Bändchen versehen. Aber als sie sie dann, nachdem sie mit der Direktorin gesprochen und der ihr Kind anvertraut hatte – als ein ganz gewaltiger Schritt von ihr weg kam Toni dieser Moment vor – auf dem Schulhof zurückließ, hatte Thea viel von ihrer sonstigen Lebendigkeit verloren. Sie starrte auf die anderen Mädchen, die sich in Grüppchen zusammenfanden, heftig aufeinander einredeten und dann neue Grüppchen bildeten, und wünschte sich, es sei schon zwei Wochen später und der erste Tag in der neuen Schule lange vorüber. Sie schloss sich den Schülerinnen der siebten Klasse an, die sich in Zweierreihen aufgestellt hatten und von ihrer Klassenlehrerin zu ihrem Raum begleitet wurden. An der Tür fragte die Lehrerin sie, ob sie Theodora sei, die Neue, und stellte sie dann den anderen Mädchen vor, die sie neugierig angafften, so kam es Thea vor. Und dann erlöste sie sie, indem sie auf einen freien Platz in den Bankreihen wies neben einer Schülerin mit kurzem dunkelbraunen Haar, die ihr freundlich entgegen lächelte.

2007

Ja, das war ihre erste Begegnung mit Dorothee, ihrer Freundin fürs Leben, so ganz anders als sie und ihr doch so vertraut. Auch sie war seit einigen Jahren verstorben. Schwer war das gewesen, als sie ging, verwunden hatte Thea es bis heute nicht. Dorothee, ihre zweite Hälfte, Dorothee, ein „Gottesgeschenk“ genau wie sie. An ihrem ersten Schultag hatte die Klassenlehrerin ihnen gesagt, sie trügen eigentlich denselben Namen, und das hatten sie unheimlich spannend und verbindend gefunden. Thea lächelte, als sie daran dachte, wie schnell die beiden Mädchen enge Freundinnen geworden und es ihr ganzes erwachsenes Frauenleben hindurch geblie-

ben waren. Nie hatten sie sich aus den Augen verloren, obwohl ihr Leben doch so ganz andersartig und verschieden verlaufen war. Doro, die Stille, Nachdenkliche, Einsame und Thea, die lebhafte, oft übersprudelnde „Schlabberschnüss", geliebte Jüngste in einer großen Familie. Viel hatten sie einander geben können, jede das, was der anderen fehlte, das hatte sie wohl zusammengeschweißt, ein Leben lang.

1932

Es war Zuneigung auf den ersten Blick, bei beiden. Thea war zunächst einmal nur dankbar dafür, dass jemand sie freundlich willkommen hieß, in der ersten Pause auf dem Schulhof an ihrer Seite war und ihr manches erklärte, das sie nicht kannte. Ganz unaufdringlich und zurückhaltend geschah das, in keiner Minute hatte Thea das Gefühl, Dorothee wolle sich aufspielen oder sie in irgendeiner Weise bevormunden. Das hätte sie nicht ertragen. Es war schwer genug, auf all das Vertraute aus der Volksschule zu verzichten, auf die Gemeinsamkeit mit Irmgard, die Selbstverständlichkeiten, die sich in den letzten Jahren herausgebildet hatten. Aber dafür gewann sie auch viel Neues hinzu, sie war jetzt „op de Schull", und dieses Bewusstsein ließ sie die Verluste besser verschmerzen.

Theas Welt weitete sich mit dem Besuch des Lyzeums in Köln-Kalk, sie entwuchs dem bisherigen Leben in der Kolonie, obwohl sie tief in ihr verwurzelt blieb, aber Welt zog in ihr Leben ein, Welt mit Neuem, noch Unbekanntem und Ungeahntem und – was viel entscheidender war – den Eltern unbekannt, unvertraut, mitunter bedenklich. Sie hatte sich aufgemacht, den eigenen Weg zu finden, der sie fortführte aus der Volpertusstraße. Bewusst war ihr dies nicht, doch spürte sie es. Dass er so schnell wieder enden würde, wusste sie ja damals noch nicht.

Morgens machte sie sich nun viel früher auf den Weg – die ersten Tage von der ängstlichen Toni, die wohl ihr Mädchen noch ein wenig länger bei sich behalten wollte, bis kurz vor das Schulgebäude begleitet. Bisher hatte sie es immer in ihrer Nähe gewusst, die Volksschule war ja nur zwei Straßen weit von ihrem Haus entfernt. Aber nun – jeden Tag musste Thea jetzt nach Köln-Kalk, da war sie nicht so geschützt wie in der Kolonie, in der fast jeder jeden kannte oder zumindest doch schon einmal gesehen oder mit ihm gesprochen hatte. Die Kolonie war, so hatte es Toni immer empfunden, mehr wie ein Dorf inmitten der Großstadt, überschaubar, aber in Kalk war das ganz anders. Die vielen Straßenbahnen dort, die Geschäfte, und Straßenschlachten zwischen den „Roten" und den „Braunen" sollte es dort auch schon gegeben haben, man stelle sich das vor! Es fiel ihr schwer, Thea an diese Welt abzugeben.

Diese machte sich also nun frühmorgens auf den Weg: ein kurzes Stück durch die Gremberger Straße und dann die lange Rolshovener Straße entlang, die – unter den Bahngeleisen der Rhein- und Siegstrecke – geradewegs nach Kalk führte. Das Leben in der Schule wurde Thea schnell vertraut. Morgens versammelte man sich auf dem Schulhof, tauschte die letzten Neuigkeiten aus und suchte dann in Zweierreihen die Klassenräume auf. Vierzig Mädchen saßen in ihrer Klasse, in Bankreihen, wie sie es aus der alten Schule gewöhnt war, vorne die Tafel, seitlich Karten mit Tieren oder Landschaften. Neu waren die französischen und englischen Deklinations- und Konjugationstabellen, denn sie musste nun zwei Fremdsprachen auf einmal lernen. Dorothee, die eine ganz hervorragende Schülerin war, hatte sich sofort freudig bereit erklärt,

Thea beim Nachholen der ersten Sprache zu helfen, und sie machten auch gute Fortschritte. Alles war anspruchsvoller in dieser neuen Schule, der Stoff, die Lehrerinnen und auch die Mitschülerinnen, das merkte Thea schnell, und das forderte sie heraus, ihr Bestes zu geben. Nonnentracht war ihr bereits von Schwester Amella und deren Mitschwestern her vertraut, neu war ihr das ovale Medaillon, das die Schwestern vom armen Kinde Jesu als Ordenskennzeichen über ihrem schwarzen Habit auf der Brust trugen. Der Tag begann mit einem gemeinsamen Gebet, montags in der ersten Stunde trafen sich alle Schülerinnen in der großen Aula zu einer Andacht.

Das Beste an der neuen Schule jedoch war neben Dorothee ihre Klassenlehrerin, ein „Fräulein", keine Nonne, die Thea vom ersten Tage an liebte, weil sie so gut roch. Nach Lavendel roch sie, die „Lavendelfee", wie die beiden „Gottesgeschenke", nachdem sie schnell enge Freundinnen geworden waren, sie vertraulich und heimlich nannten. Ihre langen schwingenden dunklen Röcke und die hellen, hoch geschlossenen Blusen, die sie trug, begeisterten die beiden Mädchen, die in einem Maße für die Lehrerin schwärmten, wie es nur eindrucksfähige Zwölfjährige zuwege bringen. Oft gingen sie, kichernd und schamhaft die Köpfe gesenkt, durch die kleine Nebenstraße unweit der Schule, in der das „Fräulein" wohnte, und beobachteten deren Wohnhaus aus den Augenwinkeln. Nahe sein wollten sie ihr, einfach nur nahe sein! Jedes Wort, das sie an die Mädchen richtete, wurde hin und her bewegt, gedeutet, und mit roten Köpfen buhlten sie um ihre Aufmerksamkeit. Toni hatte es schwer, wenn sie eine andere Meinung als die des „Fräuleins" vertrat, die Tochter hatte außerhalb der Familie ein Vorbild gefunden, das ihre Gedanken und Gefühle zunächst vollständig beherrschte.

Es gefiel Thea, nun in der Welt der Wissenschaft und Bildung zu leben. Die Chance zu nutzen, die man ihr mit dem Besuch des Lyzeums geboten hatte, hatte sie sich fest vorgenommen. Und die Eltern unterstützten sie, wo sie konnten – finanziell, denn es fiel Peter nicht leicht, die Materialien und Schulbücher zu kaufen, auch wenn man letztere antiquarisch von den Schülerinnen der oberen Klassen erstand, aber auch emotional, indem sie sich mit ihr freuten und Interesse an all dem Neuen zeigten, das die Tochter mit nach Hause brachte, auch wenn es ihnen mitunter unverständlich oder gar gefahrvoll erschien. Sie hatten entschieden, dass die Tochter das Lyzeum besuchen durfte, und diese Entscheidung trugen sie nun mit allen Konsequenzen, auch wenn der Vater immer noch das Gefühl hatte, es sei gegen die Ordnung, dass seine Jüngste die höhere Schule besuchte. Die Brüder freuten sich mit ihr, neideten ihr dieses Privileg nicht, sondern sagten oft zu ihr: „Mösch, verzäll!“ Und dann berichtete sie von „Fräulein“, den Nonnen, der Turnstunde, dass Rechnen nun Mathematik heiße, sagte ihnen Sätze auf Englisch oder Französisch oder sang ihnen gar ein fremdsprachiges Lied vor zur Laute, die sie in der Höheren Mädchenschule zu spielen gelernt hatte. Heinz, der einzige der Brüder, der sich bisher ein wenig mit Fremdsprachen beschäftigt hatte, weil er ja nach Amerika hatte auswandern wollen, setzte sich nun manchmal abends, wenn er ausnahmsweise zu Hause war, zu ihr an den Küchentisch, ihre Schülermütze verkehrt herum auf den Kopf gestülpt, und lernte mit ihr Vokabeln oder Grammatik, was beiden viel Spaß machte, da er sich ganz besonders dumm anstellte.

Durch Theas Erzählungen war auch Irmgard mit in das neue Leben eingebunden. Sie erfuhr alles, was Thea beschäftigte, auch Dinge, die sie zu Hause lieber für sich behielt. Dazu gehörte vieles von dem, was sie in Dorothees Familie erlebte. Hier eröffnete sich ihr eine ganz neue Welt, und es war ihr klar, dass sie den Eltern manches besser nicht erzählte. Sie würden es nicht verstehen können.

Dorothee war die Tochter eines Unternehmers, das einzige Kind ihrer Eltern, und lebte in gänzlich anderen wirtschaftlichen Verhältnissen als Thea. Ihr Vater besaß ein Haus nahe dem Kalker Kapellchen, das am Ende der Hauptstraße in Richtung Vingst lag und das Thea bereits von ihren Besuchen mit Toni dort kannte. Die Mutter hatte eine enge Beziehung zu der wundertätigen Holzstatue der Muttergottes, die hier verehrt wurde, und wann immer sie um etwas zu bitten oder für etwas zu danken hatte, ging sie zu dieser Kapelle. Mitunter hatte die Tochter sie begleitet oder war mit den Kindern von St. Engelbert dorthin gewallfahrt.

Dass es hinter dieser kleinen Kirche jedoch ein Wohngebiet mit einzeln stehenden Villen gab, erfuhr Thea erst von Dorothee, die sie sehr bald schüchtern fragte, ob sie nicht Lust hätte, sie zu besuchen. Gleich nach der Schule könne sie mit ihr kommen. Man würde sie abends schon nach Hause bringen, ihre Eltern brauchten sich keine Sorgen zu machen. Thea hatte große Lust darauf, wusste aber, dass sie das nicht allein entscheiden konnte, deshalb fühlte sie zunächst einmal bei den Eltern vor. Man könne dort gemeinsam Französisch lernen, gab sie als Begründung für diesen Besuch an, dagegen konnte man nur wenig einwenden.

Toni stimmte zögernd zu. Gern sah sie es nicht, dass Thea sich bei ihr völlig fremden Menschen aufhielt, andererseits freute sie sich aber auch darüber, dass es ihrer Tochter so schnell gelungen war, eine neue Freundin zu finden. Denn Bedenken hatte sie schon gehabt, wie Thea sich wohl auf der neuen Schule fühlen werde, ob ihr dort nicht alles schrecklich fremd bleiben werde. Schließlich war sie wenig aus der

Kolonie heraus gekommen, und wenn, dann nur in Begleitung der Eltern oder der Brüder. Und nun sollte sie zum ersten Mal allein zu Menschen gehen, die sie, Toni, nicht kannte. Also erlaubte sie ihr zwar den Besuch, wünschte aber, dass Thea zunächst die Freundin mit zu sich nach Hause bringe.

Und so kam Dorothee im Jahre 1932 erstmals zu Thea nach Hause. Toni schloss das dünne blasse Mädchen mit den großen braunen Augen und dem dunklen Bubikopf sofort ins Herz, das so schüchtern vor ihr stand, ihr ängstlich die Hand reichte und einen tiefen Knicks vor ihr machte. Sie beugte sich ein wenig zu ihr hinunter, drückte sie fest und hieß sie willkommen. Natürlich war ihr sofort aufgefallen, dass Dorothee aus gänzlich anderen Verhältnissen kam, aber sie spürte auch, dass diese Zwölfjährige Zuneigung und Wärme brauchte. Und davon hatte sie genug zu geben!

Ein Besuch in Theas Familie gehörte seit diesem ersten Mal zu Dorothees Lieblingsbeschäftigungen, sie kam, wann immer es möglich war, genoss es, mit der großen Familie am Tisch zu sitzen, von den Brüdern liebevoll verspottet zu werden und sich als Teil einer Gemeinschaft fühlen zu können, die sie von zu Hause nicht kannte.

Bei dem ersten Besuch zeigte Thea ihr zunächst ihr geliebtes Wäldchen. Mit glühenden Wangen erzählte sie von der „Bande“, den Spielen dort, wie sie gelaufen und was alles dort passiert und wie schwer es ihr gefallen sei, das alles aufzugeben. Hand in Hand saßen die beiden Mädchen am Rand des Wäldchens, und Dorothee schaute Thea zugleich neiderfüllt und mitleidig an. Nicht einmal Irmgard hatte Thea davon erzählen können. Eine ganz andere Vertrautheit entstand mit dieser neuen Freundin. Natürlich lernten Dorothee und Irmgard sich auch an diesem Nachmittag kennen, denn Thea schlüpfte durch das Gartentörchen und zog Dorothee mit sich in die Küche der Nachbarn, in der Irmgard saß und ihr Brüderchen auf den Knien schaukelte und den beiden etwas gespannt entgegen blickte. Aber die Begeisterung des Besuches über den kleinen Jungen versöhnte sie mit der Tatsache, dass da eine Rivalin in ihr Leben getreten war, und als Dorothee sie fragte, ob sie den Kleinen mal halten dürfe, überließ sie ihn ihr großzügig.

Am Spätnachmittag fuhr in der Volpertusstraße 1 ein großes Auto vor, dem ein Livrierter entstieg, der Toni, die an die Haustür geeilt war, einen Umschlag überreichte und Dorothee mit sich nahm. Fröhlich winkte diese, auf der Rückbank sitzend, Thea zu, die – stolz und aufgeregt – auf und ab hüpfte, während das Auto langsam davon fuhr.

In der Einladung – eine solche war in dem überreichten Umschlag – gab sich Dorothees Mutter „die Ehre", „Ihre Tochter Theodora" für einen der nächsten Nachmittage einzuladen, und grüßte „Mit vorzüglicher Hochachtung". Ein wenig musste Toni lächeln, als sie Peter diesen Brief zeigte, der nicht so recht wusste, was er davon halten sollte – „su ene Buhei!" –, übertrieben fand er ihn auf jeden Fall.

Wenige Tage später begleitete Thea Doro, wie sie diese ab sofort bis zu deren Lebensende nannte, über die Kalker Hauptstraße, an dem Kapellchen vorbei, nach Hause. Etwas abseits von der Straße, geschützt durch eine weiße Mauer, die den Einblick von außen verwehrte, lag das Haus, das Thea atemlos stehen bleiben ließ. So etwas hatte sie noch nie gesehen, darin konnte man wohnen! Abends erzählte sie zu Hause, dass es ganz weiß sei, es blende einen fast, wenn man es anschaue, und eigentlich bestehe es aus zwei Schuhkartons, einem hochkant stehenden und einem normalen, der an jenen angebaut sei. Und dann gebe es ein Fenster in dem stehenden Karton, riesig hoch, dahinter sei das Treppenhaus, ganz hell, wie in der Kirche. Der schöne Stuck, der bei ihnen die Vorderfront schmücke, fehle vollständig, das Haus sei „janz nackisch“. Überhaupt gebe es viel Glas, „durchsichtig“ sei es.

Doro drängte die Freundin sanft vorwärts bis zur Haustür, die eine mollige, grauhaarige Frau mit weißer Schürze öffnete. Höflich knickste Thea, reichte ihr die Hand und bedankte sich für die Einladung, was die Mutter ihr morgens noch einmal eingeschärft hatte. Zu ihrer größten Überraschung erfuhr sie, dass dies gar nicht Doros Mutter war, sondern die Haushälterin, die sich um das Mädchen kümmerte, wenn die Eltern abwesend waren. Was Thea dann in dem Haus zu sehen bekam, verschlug ihr die Sprache. Offen waren die Zimmer unten, eines ging in das andere über, anstelle der Türen gab es Schiebewände. Und leer waren die Zimmer, unglaublich! Thea, die nur die Wohnzimmer in der Kolonie und die guten Stuben im Westerwald kannte, war völlig verblüfft. Wenige Möbel, die so ganz anders aussahen als die zu Hause, standen in den einzelnen Zimmern: keine schweren Sessel oder dicken Sofas, keine Büffets mit Ziertassen und hellen Gardinchen hinter den Glasscheiben, kein dunkler Holztisch zwischen Sesseln und Sofa, geschwungen und verziert, sondern leicht aussehende Stühle mit Korbgeflecht auf den Sitzen, runde Glastische oder kubische schlichte Schränke aus hellem Holz. Blumentapeten, die ihr so vertraut waren, gab es nirgends, die Wände waren einfarbig gestrichen, und man konnte durch die großen Fenster ungehindert in den Garten schauen, der eigentlich nur aus einem gepflegten Rasen bestand. Nirgendwo Gemüse oder Obst! Staunend ging Thea durch diese Räume, die ihr so riesig und hell vorkamen, leer und gewöhnungsbedürftig. Nicht so gemütlich wie zu Hause. Auch Doros Zimmer im ersten Stock war sehr groß, und eine Tür führte auf den hinteren Balkon. Ihr Zimmerchen hätte mindestens viermal in diesen Raum gepasst, sagte sie verwundert zu der Freundin. Aber dafür habe sie die Brüder und die Mutter zu Hause und die Kaninchen im Stall auf dem Hof, entgegnete diese leidenschaftlich, und alle seien immer beieinander. Da ahnte Thea zum ersten Mal etwas von der Einsamkeit Doros und dass sie etwas besaß, woran sie der Freundin Anteil geben konnte, und es ging ihr schon wieder etwas besser, sie fühlte sich hier nun weniger fremd. Die beiden Mädchen begannen nach dem Mittagessen, auf Doros breitem Bett liegend, Französisch zu lernen und blätterten anschließend in Gazetten, die herum lagen und Frauen in wunderschönen Kleidern zeigten. Irgendwann im Lauf des Nachmittags öffnete sich die Tür des Zimmers und eine jung aussehende Frau schwebte auf hohen Absätzen herein. Nein, eigentlich war sie eine Dame, dachte Thea, die noch viel besser roch als die Lavendelfee. Wie eine der Schauspielerinnen aus den Lichtspieltheatern sah sie aus mit ihren schmal gezupften Brauen und dem roten Mund. Weich und wellig umfloss ihr braunes Haar das schmale Gesicht, und sie trug ein körperbetontes fließendes lila Kleid aus Seidengeorgette, wie Thea später erfuhr, das ihre schlanke Figur betonte. Das also war Doros Mutter! Mit einem flüchtigen Kuss auf die rechte Wange begrüßte sie ihre Tochter und wandte sich dann freundlich deren Gast zu, wobei sie betonte, wie schön es sei, dass Dorothee Sophia – sie nannte immer den ganzen Namen der Tochter – eine so liebe Freundin habe. Hinter ihrem Rücken verdrehte Doro die Augen, was Thea ihre Befangenheit nahm. Sie reichte der Mutter die Hand und knickste. Eine Weile verbrachte diese nun bei den Mädchen, in dem schwingenden Stuhl, der am Schreibtisch stand, die Beine graziös über die Armlehne gelegt, und ließ sich von ihren

Erlebnissen in der Schule erzählen. Wie staunte aber Thea, als die Mutter aus ihrem Pompadour eine silberne Zigarettenspitze mit einem Mundstück aus Schildplatt nahm, die sie teleskopartig auszog. Das hatte Thea zuvor nur im Kino gesehen. Und als sie nun die Zigarette anzündete und tief inhalierte, trat für einen Augenblick Toni vor Theas inneres Auge, ihre Mutter, mit ihrem schlichten dunklen Wollkleid, den hochgesteckten, schon grau werdenden Haaren und der Schürze, die sie zu Hause eigentlich immer trug. Wie würde die reagieren, wenn sie das hier sähe? Es war wohl besser, heute Abend nicht alles zu erzählen, manches musste man für sich behalten, wer weiß, ob die Eltern sie sonst noch hierhin gehen ließen.

Und hierhin wollte sie weiter gehen dürfen, das war ihr ganz wichtig. Sie hatte einen Blick in eine Welt geworfen, die sie bisher nicht gekannt hatte, die sie staunen ließ und anzog. Außerdem war Doro ihre allerbeste Freundin, mit der sie sich so gut verstand, darauf wollte sie nicht mehr verzichten. Und so kam es, dass sie an diesem ersten Abend in der Volpertusstraße zwar ausführlich von dem Äußeren des Hauses und seiner Einrichtung berichtete, aber kaum etwas von Doros Mutter. „Nett" sei die, das war alles.

Seit diesem Tage besuchten die beiden, die jeweils etwas ganz Wichtiges bei der anderen fanden, einander oft. Entweder gingen sie nach der Schule in die Volpertusstraße oder Richtung Kapellchen, und da Toni Doro ins Herz geschlossen hatte, gab es keinen Widerstand mehr.

2007

Wie merkwürdig, sinnierte Thea vor sich hin, dass sie heute, mit dem Abstand so vieler Jahre, plötzlich alles verstand, was damals, als sie es erlebte, so selbstverständlich gewesen war, dass sie sich keine Gedanken darüber gemacht hatte. Nie hatte sie darüber nachgedacht, was sie beide so zueinander gezogen hatte, es war einfach so. Aber nun, da sie alles noch einmal in sich heraufbeschwor, alle zum Leben erweckte, nun sah sie auf einmal, und das war wie ein Geschenk zu ihrem Geburtstag. Doro hatte ihr den Anschluss an eine ganz neue Welt geboten, die so vieles hatte, was es in ihrer eigenen nicht gab: Radio, Telefon, eine Aufwartefrau, das Klavier und die Klavierlehrerin, den Chauffeur und die Autos, das Grammophon und die Haushälterin. Alles, was sie hatte, gab Doro bereitwillig an die Freundin weiter, wie auch sie das mit ihr teilte, was Doro so fehlte: die große Familie, die Wärme, wenn in der Küche alle um den Tisch versammelt waren, das gemeinsame Singen und Spielen, das Necken. Zwei Welten hatten sich in ihnen berührt, beide mitten in Köln im Jahre 1932, die eher dörfliche in der Kolonie und die großstädtische hinter der Kalker Kapelle. So dicht beieinander hatte das damals noch gelegen, das war ihr gar nicht mehr so klar gewesen.

Ein wenig wehmütig schaute sie zu ihrem Wohnzimmerschrank, in dem in einem schmalen Silberrahmen ein Bild der Freundin stand. Ein wenig steif geworden vom langen Sitzen erhob sie sich, tastete sich mit Hilfe des Tisches, an dem sie Halt suchte, zu dem Schrank vor, nahm die Fotografie und ließ sich wieder in ihren Sessel fallen. Da war sie, Doro, als alte Frau immer noch schön, das ehemals dunkle Haar kurz wie früher und glatt, und das Lächeln der alten Dame wirkte immer noch schüchtern, obwohl sie doch eine berühmte Musikwissenschaftlerin geworden war. Leicht strich Thea über das Glas, als wolle sie das Gesicht der Freundin berühren, und betrachtete versonnen die so vertrauten Züge. Ja, Augen und Mund erinnerten an die Zwölfjährige, neben der sie im Lyzeum gesessen, mit der sie so viel geteilt und erlebt hatte in all den Jahren, die sie Freundinnen gewesen waren, so tief miteinander vertraut, wie es wohl nur Frauen sein können. Es war schon etwas Besonderes gewesen. Auch Irmgard hatte sie gemocht und mit ihr Kontakt gehalten, aber mit Doro war es anders gewesen, tiefer, intensiver. Und dann – sie musste lächeln – wie hatte Doro doch jahrelang für Herrmann geschwärmt, und der vielleicht auch für sie? Das hatte sie sich nie gefragt, aber möglich wäre es gewesen. Nie mehr konnte sie das erfahren, nur darüber nachdenken, heute …

Sie ließ das Bild mit dem Silberrahmen in ihren Schoß sinken. Schade, von der jungen Doro hatte sie keine Fotografie, die waren alle im Krieg verbrannt, aber sie sah sie noch genau vor sich, wie sie mit ihr 1932 Arm in Arm die Kalker Hauptstraße entlang gebummelt war.

1932

Die Kalker Hauptstraße mit ihrem Kopfsteinpflaster, in das die Schienen der Straßenbahn eingelassen waren, die viertelstündlich nach Köln rumpelte, hatte damals für sie die Welt bedeutet. Sehr breit kam sie ihr vor, sehr anregend und sehr großstädtisch, das vor allem, großstädtisch. Wenn man sich nicht vorsah, lief man Gefahr, von einem der vielen Automobile, die rechts und links neben den Straßenbahnschienen herfuhren, erfasst und vielleicht sogar zu Boden gerissen zu werden. Dann wäre man von einem Krankenwagen unverzüglich in das nahe gelegene, ihr riesig erscheinende St. Joseph Hospital gebracht worden, in dessen unmittelbarer Nähe ihre Schule lag. Geschäft reihte sich an Geschäft, und nicht nur Bäcker,

Metzger und Kolonialwarenläden, sondern sogar das erste Warenhaus des Stadtteils war dort errichtet worden, das Kaufhaus Tietz, eine unerschöpfliche Fundgrube für die beiden Mädchen, die oft nach der Schule über die Hauptstraße schlenderten und die vielen Menschen dort beobachteten: hastig eilende Arbeiter mit ihren Ballonmützen auf dem Kopf und klobigen Schuhen an den Füßen, die Taschen mit dem Henkelmann unter dem Arm, eilig trippelnde Ladenmädchen oder Büroangestellte, die nach ihrer Mittagspause wieder zur Arbeit mussten, schwer mit Körben und Taschen bepackte Hausfrauen, die ihre Einkäufe nach Hause schleppten, Damen mit dem obligatorischen Fuchs über den Schultern, die auf hohen Absätzen am Arm eines seinen Anzug lässig tragenden Herrn flanierten und zur Ruhepause in eines der Cafés einkehrten. Von all diesen vielen Menschen ließen die beiden Mädchen sich nach der Schule mittreiben, Teil von ihnen, lebenshungrig und neugierig, wie Dreizehnjährige nun einmal sind. Sie boten einen hübschen Gegensatz, wie sie dort gingen: die hoch gewachsene, sehr schmale, dunkle Doro, meist ernst blickend, mit gemessenen Bewegungen, aufs modernste gekleidet, die Schülermütze ordentlich auf dem Bubikopf, und neben ihr hüpfend die kleinere, etwas gesetztere Thea, kräftig, die blonden Zöpfe meist etwas aufgelöst, darauf die immer schief sitzende Schülermütze, in selbst gestrickten Pullovern und gewendeten Wollröcken, unermüdlich schnatternd und lachend, lebendig.

Das Warenhaus mit seinen Düften, Geräuschen und Eindrücken zog sie magisch an. Sie schlenderten durch die Gänge, unter den Kristallleuchtern entlang, vorbei an den dunklen Tischen, bestaunten die Auslagen, schnupperten an den Parfüms, die in geschwungenen Glasvitrinen standen, stiegen dann über die breite Freitreppe in das Obergeschoss und inspizierten dort die Damencouture an den Kleiderständern. Wunderbar weich und fließend waren die wadenlangen Röcke, knisternd und seidig die Blusen, besonders elegant die Abendgarderoben aus Crêpe de Chine, Satin oder Lamé. In der Abteilung für Hüte hielten sie sich oft auf, und wenn sie sich unbeobachtet fühlten, probierten sie die neuesten Modelle auf und kicherten, weil diese auf Theas Zöpfen dann doch allzu merkwürdig aussahen. Stunden hätten sie so verbringen können, wenn sie nicht zu den abgesprochenen Zeiten hätten zu Hause sein müssen. Diese Besuche mussten sie immer heimlich machen und sich von der kärglichen Freizeit abknapsen.

Eines Tages, als sie wieder einmal schnell durch das große Eingangstor des Kaufhauses Tietz schlüpfen wollten, weil sie zur vereinbarten Zeit zum Mittagessen bei Doro sein mussten, ließ ein ganz ungewöhnlicher Lärm sie stutzen und verharren. Vor dem Kaufhaus hatte sich eine Menschenmenge gebildet, die die Köpfe nach links richtete, dem Lärm entgegen. Thea drängte sich nach vorne, Doro mit sich ziehend, bis an den Straßenrand, um besser sehen zu können. Von Deutz her zog eine Menschenmenge Richtung Kapellchen, begleitet von den Klängen einer Schalmeienkapelle, die vorneweg marschierte. Ihr folgten mit geballter Faust Arbeiter, wie man an ihrer Kleidung deutlich erkennen konnte, dann kamen Frauen mit Kinderwagen, viele Jugendliche. Aber eine rechte Ordnung konnte man nicht ausmachen, alles lief ein wenig kreuz und quer, und der Zug zog sich immer mehr auseinander. Deutlich hörte man ihren Gesang: „Völker, hört die Signale! Auf, zum letzten Gefecht! Die Internationale erkämpft das Menschenrecht!“ Begleitet wurden sie von Schupos in ihren Uniformen mit Helmen auf dem Kopf. Hinter dem Zug her fuhr ein „Überfallkommando“.

Doro und Thea, eingeklemmt in die Menschenmenge vor dem Kaufhaus, hörten um sich herum die Kommentare der Kalker, zustimmende und ablehnende. Von „Kommunisten" war da die Rede, von „Roten", von „Wahlen" und „Brüning", auch das Wort „Notverordnungen" fiel. Die Menschen schienen sehr erregt. Thea wurde es etwas unheimlich, sie zog die Freundin aus der Menge heraus und lief mit ihr schnell an dem Demonstrationszug vorbei. Als sie kurz vor der Kapelle waren, sahen sie einen Gegenzug von dorther kommen, zackig und diszipliniert. Ein Spielmannszug marschierte vorweg, dann folgte in brauner Uniform ein Mann in Schaftstiefeln, hinter ihm ein Fahnenträger, neben diesem zwei weitere Uniformierte. Auf die Fahne war in Goldbuchstaben „Deutschland erwache!" gestickt, und aus den vielen Kehlen der hinter ihnen marschierenden soldatisch Gekleideten ertönte: „Die Glocken stürmten vom Bernwardsturm, der Regen durchrauschte die Straßen!" Als sie auf die Höhe des anderen Demonstrationszuges kamen, schrien alle militärisch: „Deutschland erwache!" Thea und Doro, die wie gebannt stehen geblieben waren, sahen, wie erste Steine durch die Luft flogen, eine Straßenbahn blieb in dem nun entstehenden Gedrängel stecken, der Lärm schwoll an. Voller Angst nahmen sie ihre Beine in die Hand und blieben erst wieder stehen, als sie an Doros Haus angekommen waren und die Haushälterin ihnen öffnete. Hinter sich hörten sie das Heulen weiterer „Überfallkommandos", die zu dem Ort der Schlägerei eilten.

Es war Thea klar, dass es sehr unklug gewesen wäre, dieses Erlebnis zu Hause zu erzählen, aber es beschäftigte sie doch so stark, dass sie es nicht ganz für sich behalten konnte. Dazu war es zu beängstigend und auch zu unverständlich gewesen. Mit Herrmann wollte sie nicht darüber sprechen, der würde sich nur Sorgen machen und möglicherweise den

Eltern davon berichten, aus Angst, seiner kleinen Schwester könne etwas passieren. Dass es dann mit den Besuchen in Kalk vorbei sein würde, lag auf der Hand. Es blieb nur Heinz, dem sie vertrauen konnte. Mit seinen nunmehr vierundzwanzig Jahren kam er ihr sehr erwachsen und welterfahren vor, und deshalb erzählte sie ihm eines Abends, nachdem sie ihn in ihr Zimmer gewinkt hatte, von dem Gesehenen. Sie hatte den Bruder richtig eingeschätzt. Er hörte ihr zunächst ruhig zu und sagte dann, das, was sie beobachtet habe, passiere häufig. „Die Roten" und „die Braunen" gerieten oft aneinander. Er gab allerdings auf Theas bohrende Fragen hin zu, nicht wirklich zu wissen, um was es gehe. Sie erfuhr, dass mal wieder Wahlen vor der Tür standen und sehr viele Menschen sehr unzufrieden mit der Regierung waren. Dabei fiel Thea ein, dass sie in den letzten Wochen häufiger Zettelverteiler hatte an den Ecken stehen sehen. Die hatten auch immer Papierfähnchen in der Hand, die sie verteilten: in Schwarz-Rot-Gold, in Rot mit Hammer und Sichel, Hakenkreuzfähnchen, in Schwarz-Weiß-Rot oder eines mit drei Pfeilen drauf. Bisher hatte sie diese nie beachtet, aber nun, da Heinz ihr erklärte, was vorging, wurde sie aufmerksam. Allzu viel wusste er selbst nicht, nur dass er die Braunen und ihren „Militärscheiß" nicht mochte. Dieser Meinung konnte sich Thea – allein schon dem Bruder zuliebe – gut anschließen. Als sie dann am nächsten Tag, mit neuer Bewusstheit, an der Litfasssäule ein Plakat sah: „Haut dem Brüning auf die Glatze, dass die Notverordnung platze!", wusste sie immerhin, dass das von den „Militärscheiß-Braunen" kam.

Dieses Erlebnis hatte sie aufgeschreckt, aber es wurde ganz schnell überdeckt von den Vorbereitungen zu einer großen Feier in der Schule, zu der alle Klassen beitragen sollten, auch die Quarta, in der Doro und Thea waren.

Im Jahr 1932 jährte sich zum hundertsten Mal der Todestag des „größten Dichters deutscher Zunge“, wie die „Lavendelfee“ ihn genannt hatte, Johann Wolfgang von Goethes. Im Deutschunterricht hatte sie über ihn gesprochen und ihnen ihren Lieblingsvers zitiert: „Alle menschlichen Gebrechen sühnet reine Menschlichkeit.“ Das ging runter! Das war ein Vers! So ganz verstehen konnte man ihn zwar nicht, aber das war auch egal, er klang so schön, fanden die beiden, und mit ihnen noch manch andere ihrer Klassenkameradinnen.

Ja, und zum hundertjährigen Gedenken sollte nun eine Feier stattfinden an der privaten Höheren Mädchenschule der Schwestern vom armen Kinde Jesu in Köln-Kalk. Damit befanden sie sich in der guten Gesellschaft nahezu aller Gymnasien Deutschlands, und nicht nur der Gymnasien. Dem Dichterfürsten, dem Olympier, eine Feier zu bereiten in schwerer Zeit! Überall erschienen Goethe-Almanache, Goethe-Festschriften, Goethe-Erinnerungen, Goethe-Festgaben und Chroniken aus seinem Leben und Wirken, Reden wurden gehalten und Gedichte auf ihn geschrieben, Eichen gepflanzt, und es gab allerorten Feiern des Gedenkens, da konnte man in Köln-Kalk nicht zurückstehen, obwohl er nie bis dorthin gekommen war. Es „goethelte“ allüberall, eben auch in der Schule. Die Quarta sollte – mit verteilten Rollen – drei Balladen zum Vortrag bringen. Doro lernte drei Strophen aus „Die wandelnde Glocke“, und Thea musste jedes Mal lachen, wenn die Freundin mit viel Pathos „Die Glocke kommt gewackelt“ rief. Zu komisch stellte sie sich diese laufende Glocke vor, dick und behäbig, die das Mädchen in die Kirche zwang. Viel wirkungsvoller war doch ihr: „Walle, walle manche Strecke, dass zum Zwecke Wasser fließe und mit reichem vollem Schwalle zu dem Bade sich ergieße!“, denn ihre Aufgabe war es, den Refrain des „Zauberlehrling“ zu sprechen. Mit viel dramatischem Talent, beschwörend, sprach sie immer wieder diese Verse, sich ganz hinein begebend. Ja, der Zauberlehrling, der war schon mehr nach ihrem Geschmack als das Mädchen, das sich von der wackelnden Glocke in die Kirche jagen ließ! Und so goethelte es wochenlang auch in Theas Familie, denn sie trug die gesamte Ballade, die sie natürlich auswendig beherrschte, nicht nur den Refrain, wieder und wieder vor und steigerte sich dabei immer mehr. Dass sie an dem entscheidenden Abend in der voll besetzten Aula dem „walle, walle" ein „mansche Schtrecke" folgen ließ, belächelten nur einige, den meisten fiel es gar nicht auf.

2007

„Walle, walle", murmelte die alte Dame, während sie mit dem Zeigefinger der rechten Hand an dem Silberrahmen herumrieb, der das Bild der Freundin hütete. Ja, zu gut erinnerte sie sich der Ballade. „Hat der alte Hexenmeister sich doch einmal wegbegeben", so begann sie, und heute noch konnte sie alle Strophen auswendig. Wie um sich zu erproben, sprach sie langsam und bedacht die Verse vor sich hin, ganz auf die Worte und das Geschehen konzentriert. Die Geister waren schon losgelassen, damals, als sie das Gedicht vortrug, nur hatte man das noch nicht so genau gewusst.

Ihr Blick fiel auf die Wanduhr, und sie erschrak. Weit nach Mitternacht! Wo war nur die Zeit geblieben? All die Zeit, die erinnerte und die des Erinnerns? Sie hatte gar nicht gemerkt, wie die Stunden vergangen waren, tief in ihre Gedanken versunken. Nun war auch ihr achtundachtzigster Geburtstag bereits Vergangenheit, wie so vieles in ihrem Leben, und es war doch gerade erst gewesen!

Eigentlich sollte sie jetzt zu Bett gehen, es war spät, und außerdem – wollte sie das, was nun kam, aufleben lassen, diese düs-

tere Zeit der dreißiger Jahre? Daran konnte sie auch morgen noch denken oder übermorgen oder irgendwann. Am besten vergaß man es, es war schlimm genug, dass man es hatte erleben müssen.

Aber – gehörte es nicht auch dazu? „Walle, walle", murmelte sie noch einmal gedankenverloren vor sich hin, alles war darin eingeschlossen, und eigentlich wollte sie sie auch gar nicht loslassen, die Eltern, die Brüder, die Freundin, all die vielen, die in dieser Nacht wiedergekommen waren. „Die Geister, die ich rief", war das nicht auch eine Zeile aus der Ballade? Ja, sie sollten bei ihr bleiben, in dieser Nacht sollten sie bei ihr bleiben, auch wenn sie Schweres mitbrachten, Trübes, Dunkles.

Nein, das Bett konnte warten, hellwach war sie, bereit, weiter zu gehen, und gegen die Müdigkeit könnte man sich einen Tee kochen. Doch müde würde sie wohl nicht werden, dazu war die „braune Zeit", die nun auf sie wartete, zu einprägsam gewesen, zu aufrührend.

Entschlossen stellte sie das Bild an seinen Platz zurück, griff mit der Rechten nach ihrem Stock, nahm dann mit der Linken die benutzte dünne Teetasse, die sie mit Joseph damals im Urlaub gekauft hatte – es ging ihnen finanziell besser in den Sechzigern, da konnten sie sich etwas leisten! –, und ging in die Küche. Erneut setzte sie Wasser auf, gab Teeblätter in einem Filterbeutel in die ausgespülte Teekanne und goss das kochende Wasser auf. Während sie darauf wartete, dass der Tee fertig wurde, ließ sie es sich nicht nehmen, die Tasse, die sie aus dem Wohnzimmer mitgebracht hatte, unverzüglich zu reinigen und auf die Nirostaspüle zum Trocknen zu stellen. Was man sofort erledigen konnte, tat man, ob tagsüber oder nach Mitternacht. Außerdem musste sie sowieso warten, da konnte sie die Zeit auch sinnvoll verbringen.

Dunkles, ja, das war wahr, das kam nun auf sie zu, doch nicht nur Dunkles. Es war doch auch aufregend gewesen, das langsame Erwachsenwerden. Aber das doch auch in einer Zeit, die ihre Toch-

ter sich gar nicht mehr vorstellen konnte, die diese nur noch aus Erzählungen kannte, und die Enkel wussten gar nicht mehr, wie das damals gewesen war …

1932

In dem Jahr, in dem Thea die ersten Straßenschlachten beobachtet und das Goethejahr gefeiert hatte, forderte die politische Lage auch ihren ersten Tribut in der Familie, die bisher recht unangefochten durch die schweren Zeiten gekommen war, sah man mal von Heinz ab, der auf seinen Traum hatte verzichten müssen. Aber ob das wirklich zu seinem Schlechten gewesen war, wusste man ja nicht. Doch dass Franz arbeitslos wurde, das war eindeutig schlecht.

Eines Tages kam der sonst immer so fröhliche Viertgeborene nach Hause, blass und für seine Verhältnisse ungewohnt wortkarg. Er schwang die Mutter nicht wie sonst im Kreise, als er in die Küche trat, sondern ließ sich schwer auf die Bank nieder und starrte vor sich hin. Als die Mutter in ihn drang – „Gries, wat is loss? Mach mich nit bang!" –, zog er sie neben sich auf die Bank und ließ den Kopf hängen. „Isch bin jekündischt", brachte er heraus, mehr nicht. Toni erschrak – davor hatte sie sich in den letzten Jahren immer gefürchtet, dass einer der Männer keine Arbeit mehr hätte, und dann würde es ganz eng werden –, aber beherzt legte sie dem Sohn, der ihr am nächsten stand, aufmunternd die Hand auf die Schulter, nachdem sie ihm ganz kurz und fast verstohlen die nahezu weißen Haare gestreichelt hatte. „Et kütt, wie et kütt!" gab sie ihm mit ihrem Lieblingsspruch zu bedenken und besann sich dann auf IHN, „ER wird es schon richten."

Ganz so vertrauensvoll, wie sie dem Sohn gegenüber getan hatte, war ihr allerdings keineswegs zumute, es bedurfte schon Schwester Amellas ungebrochenen Glaubensmuts, mehrerer Tassen Kaffee und eines langen Gespräches mit ihr, um diese Zuversicht in IHN zu bestärken. Man werde sehen, sagte sie sich, das müsse man in der Familie besprechen.

Aber so weit ließ Franz es erst gar nicht kommen, er fand sehr schnell eine Lösung, die allerdings für großen Zündstoff in der Familie sorgte. Dass er seinen Beruf als Schriftsetzer nicht mehr ausüben konnte, bedrückte ihn nicht sonderlich. Mit seinen nunmehr achtzehn Jahren hatte er die Ausbildung abgeschlossen, fand auch, dass er mit seinem Beruf hätte leben können, seine Leidenschaft war dieser jedoch nicht. Es war ein Broterwerb, nicht mehr. Und der fehlte nun. Es tröstete ihn nur, dass er nicht wegen mangelnder Leistung oder fehlenden Engagements hatte gehen müssen, sondern wegen der wirtschaftlichen Lage, die überall die Situation schwierig machte. Dennoch: Er war nunmehr einer von sechs Millionen Arbeitslosen, und auf die Suppenküche wollte er nicht angewiesen sein. Und so eröffnete er seiner Familie eines Abends, kurz nachdem er seine Stelle verloren hatte, er habe eine Lösung gefunden: Er gehe zur Reichswehr, die suchten junge Leute.

Peters Entsetzen darüber, einen zweiten Sohn an den „Hindenburch" zu verlieren, äußerte sich lautstark, auch Toni konnte nur schwer ihre Fassungslosigkeit verbergen. Dieser fröhliche, immer zu Streichen und Scherzen aufgelegte Sohn, der nicht nur im Karneval alle mit seinen Worten und Schauspielerkünsten zum Lachen brachte, dieser Sohn wollte zum Kommiss? Das konnte nicht wahr sein!

Aber er meinte es ernst. Er hatte sich erkundigt und war felsenfest entschlossen. Soldaten brauche man immer, argumentierte er, und wenn er das schaffe, brauche man sich um ihn keine Sorgen zu machen. Dem Peter gehe es dort doch auch gut. Er sei nicht der Peter, wandte die Mutter ein, die Angst hatte, der Sohn werde sein heiteres Wesen verlieren oder dort Schwierigkeiten bekommen. Franz aber sprang nur auf, nahm die Mutter in den Arm und marschierte dann fröhlich grinsend in der Küche auf und ab. So täuschend echt und zugleich übertrieben ahmte er die Soldaten nach, dass Toni lachen und selbst Peter leicht schmunzeln musste, aber beiden war – aus ganz unterschiedlichen Gründen – nicht geheuer bei dem Wunsch des Sohnes. Noch ein Militär in der Familie, das war für Peter, dessen Ablehnung alles Soldatischen auch durch seines Ältesten Beruf sich keineswegs vermindert hatte – eher das Gegenteil war der Fall –, eine kaum zu schluckende Kröte, und das machte er auch sehr energisch deutlich. Franz ließ es jedoch gar nicht zum Konflikt mit dem Vater kommen, er wartete einfach ab, spielte auf Zeit und erkundigte sich. Und so berichtete er von den Lehrgängen, an denen auf Hindenburgs Wunsch Jugendliche teilnehmen könnten, ganz kostenlos, bei freier Verpflegung und Unterbringung. Was man dort lerne, könne doch so schlecht nicht sein, oder? „Stählung des Körpers", da käme er dann auch endlich mal zum Fußballspielen, „Erziehung der Jugend zu Zucht, Ordnungsliebe und Kameradschaft", ob der Vater das verwerflich finde, der sei doch immer der Meinung gewesen, das fehle ihm, und „Opferbereitschaft", das sei ja nun überhaupt nichts Schlimmes, so las er vor, kommentierte parodierend und machte den Vater damit hilflos. Franz lachte dessen Vorbehalte einfach weg und war so voller Optimismus und Lebenslust, dass man ihm den Lehrgang erlaubte. Der erste Schritt zur Erreichung des Zieles war getan! Ende des Jahres hatte er es geschafft, war vereidigt und führte seiner

Familie stolz seine feldgraue Ausgehuniform vor. Statt über Geschichten aus der Setzerei und über Kunden lachten nun alle über die Anekdoten aus der Kaserne, und es gab nur wenige Kameraden, die Franz nicht karikierend nachgeahmt hätte, wenn er frei hatte und nach Hause kam.

Thea hatte dem Theater – ein solches war es ja über lange Strecken im wahrsten Sinne des Wortes gewesen – zwar interessiert und aufmerksam zugesehen, prallten doch wieder einmal die verschiedenen politischen Auffassungen in der Familie aufeinander, aber im Grunde hatte es sie nicht wirklich berührt. Als Peter zur Reichswehr ging, hatte sie atemlos und voller Furcht die Auseinandersetzung verfolgt, war traurig über dessen Weggang gewesen – dieses Mal war sie mit ganz anderen Dingen beschäftigt, so dass sie im Innersten keine wirkliche Anteilnahme spürte. Die galt ihrem neuen Leben, das hatte ja ganz intensiv begonnen, ein neues und in mancherlei Hinsicht auch geheimes Leben.

Das erste Jahr auf dem Lyzeum war ein gutes, auch wenn das Dunkel sich näherte und bald nicht mehr zu übersehen war. Aber zunächst einmal faszinierte sie all das Neue, das sie kennen lernte. Natürlich war es auch die Schule, die ihren Horizont weitete, aber am meisten geschah dies durch Doro und deren Elternhaus. Thea hatte bisher nur Mütter gekannt, die Tag für Tag in der Küche standen, die Schürze umgebunden, die langen Haare meist zu einem Knoten aufgesteckt, und ihre Arbeit taten: waschen, bügeln, kochen, Kinder erziehen, backen. Meist führten sie in großer Bescheidenheit ihren Haushalt, waren sorgende Mutter und liebevolle Ehefrau und waren stolz, wenn es hieß: „Die schönste Toilette der Frau ist die Hausschürze. Da, im Hause ist ihr Königreich, da soll sie schalten und walten!“ So kannte Thea auch ihre Mutter, und so liebte sie sie.

Doros Mutter jedoch war ganz anders. Von Bescheidenheit war bei ihr wenig zu spüren, das war mit das erste, was Thea an ihr auffiel. Wenn sie in ein Zimmer kam, kam sie nicht einfach herein, sie trat auf. Meist hörte und roch man sie bereits, bevor man sie sah. Der Duft von Jasmin oder Tuberose schwebte ihr voraus, dann ertönte ein trällerndes Lachen, ehe sie das Zimmer betrat, ihren dunklen Pagenkopf schüttelte und ihre Tochter – bald auch Thea – an sich drückte. Sie fühlte sich ganz anders an als Toni, die weich war und deren Kleider meist etwas kratzten. Doros Mutter war hager, man spürte ihre Knochen, und sie hüllte sich in ganz feine, duftige Stoffe, die den Geruch ihrer Parfums annahmen. Thea bewunderte die eng taillierten Kleider, aber als sie sie zum ersten Mal in einer sehr weiten, langen Hose mit Miederbund sah, staunte sie doch sehr. Das war wie im Kino; dort hatte sie so etwas schon einmal gesehen, aber doch nicht neben sich! Überhaupt war bei Doro alles anders, als sie es kannte. Natürlich, deren Vater ging auch zur Arbeit, doch nein, er ging nicht, sein Chauffeur brachte ihn mit dem großen Horch dorthin, aber die Mutter blieb nicht zu Hause und machte den Haushalt oder kümmerte sich um den Garten, dafür gab es die Haushälterin und den Gärtner, sondern sie war immer unterwegs, fuhr selbst ein Auto und überließ die Verantwortung für Haus und Tochter meist der Angestellten, die bei ihnen im Hause wohnte.

Doro hatte ihr erzählt, dass die Mutter jeden Morgen Gymnastik mache, und das kam Thea etwas albern vor, schlimm genug, dass man sie in der Schule dazu zwang. Zu „Mutter" passte das doch überhaupt nicht, aber passten Schminke, Reptillederschuhe, Sonnenbad und falsche Wimpern dazu? Das alles lernte sie nämlich allmählich kennen, als Doro sie in das Schlafzimmer der Mutter führte – die schlief allein, nicht in einem Ehebett mit ihrem Mann, man stelle sich das vor! Dort stand ein kleines gebogenes Tischchen, voll mit Kristallkaraffen, Make-up, verzierten Bürsten und Kämmen. Zu gerne setzten die beiden sich, wenn sie wussten, dass Doros Mutter so bald nicht wieder zu Hause sein würde, dorthin und probierten all die Schminken, Salben, Puder und Lippenstifte aus. Es kostete immer viel Mühe, all das wieder abzuwaschen, denn es verstand sich von selbst, dass Thea so nicht nach Hause gehen konnte, ja, nicht einmal erzählen konnte sie von diesen Aktionen. Nie mehr hätte man sie wieder zu Doro gehen lassen. Und so rieben und rubbelten die beiden gegen Abend dann an Theas Gesicht herum und verbrauchten Unmengen Wasser und Cremes, um die Spuren der Schminkversuche zu tilgen. Dabei lernte Thea eine Neuerfindung kennen, die sie sehr beeindruckte, aber auch nachdenklich stimmte.

Toni gab ihr jeden Tag ein blütenweißes, gestärktes Taschentuch mit, das sie abends gebügelt hatte. Manchmal hatte das Tuch auch irgendwo in einer Ecke einen braunen Fleck, wenn das Eisen zu heiß geworden war und den Stoff leicht verbrannt hatte. Zum Abschminken eignete sich dieses Tuch nicht, dann wäre sie zu Hause ja aufgefallen, aber dass Doro ihr Tempotücher dazu reichte, befremdete sie. Ein Taschentuch zum Wegwerfen? Fehlte da nicht irgendetwas – Arbeit, Mühewaltung, Liebe? Denn das war es doch, was die Mutter ihr damit gab. Viel Mühe hatte sie, um Thea dieses Tuch mitzugeben, viel Arbeit, und die tat sie unermüdlich. Und so konnte es geschehen, dass Thea abends, wenn sie von einem Besuch aus Kalk zurückkam, die Mutter stürmisch umarmte und selbst nicht so recht wusste, warum es sie dazu trieb und wieso ein Gefühl des Verrats sie beschlich.

Durch die häufigen Besuche bei Dorothee machte ihr Französisch schnelle Fortschritte. Aber am schönsten war, dass sie lernte, Klavier zu spielen, was Doro hervorragend beherrschte. Irgendwann hatte Doros Vater vorgeschlagen, Theodora – er nannte sie immer so – könne doch im Anschluss an Dorothees – auch bei ihr benutzte er nie eine Abkürzung – Klavierstunde unterrichtet werden, natürlich auf seine Kosten, das sei selbstverständlich, er sei so froh, dass seine Tochter eine so gute Freundin habe. Theas Eltern hatten keine Bedenken, sie freuten sich für die Tochter, die schon so begeistert Flöte und Laute gelernt hatte. Sie konnte bei Dorothee üben, denn Peter hätte nie ein Klavier für seine Tochter kaufen können.

Das Klavierspiel band beide Mädchen noch mehr aneinander, dazu kam beider Leidenschaft für das Lesen. Herrmann hatte sie in Thea geweckt, und Doro, die viel allein gewesen war, hatte sich sehr früh mit Büchern darüber hinweg getröstet. Über „Nesthäkchen“ und „Trotzkopf“ waren sie hinaus, also begannen sie mit Novellen, die die „Lavendelfee“ ihnen empfohlen hatte. Besonders begeisterten sie sich an Storm, lasen sich gegenseitig die Texte vor, in Doros Zimmer, auf dem Bett liegend, im Sommer bei weit geöffneter Balkontür, im Winter mit geschlossenen Vorhängen, weil das so schön intim war. Tränen vergossen sie bei „Viola Tricolor“, litten mit Ines, der Nesi die Liebe verweigerte, und atmeten auf, als alle eine Familie wurden. Über Kellers Schneider Strapinski lachten sie herzlich und wären so gerne wie Augustine als Page in den Dreißigjährigen Krieg gezogen und hätten sich in Gustaf Adolf verliebt.

Da Doros Vater eine sehr umfangreiche Bibliothek besaß, bekamen sie auch Zugang zu erst vor kurzem erschienenen Romanen. Beim „Zauberberg“ kapitulierten sie, gaben einander aber nie zu, dass sie ihn „langweilig“ fanden, sondern taten so, als sei er ihnen zu dick, was sie allerdings bei den „Buddenbrooks“ überhaupt nicht störte. „Sehr frei“ fanden sie dieses Buch und kamen sich richtig „modern“ vor, als sie es lasen.

Auch Herrmann profitierte von Theas Freundschaft mit Doro, denn sie brachte ihm viele Bücher mit. Besonders interessierte er sich für fremde Länder, Entdeckungen und Expeditionen, und alles, was sich in der Bibliothek von Doros Vater darüber fand, durfte Thea für ihren Bruder ausleihen. Sein Held war gerade Sven Hedin. 1927, so erzählte er der neugierig lauschenden Schwester, sei er zu seiner letzten Entdeckungsreise nach Zentralasien aufgebrochen. Er habe so vieles gefunden: die Quellen von Brahmaputra und Indus und Transhimalaya. Reste von Städten und Gräbern habe er in der Wüste entdeckt, auch von der chinesischen Mauer. Thea nickte und gab nicht zu erkennen, dass sie so recht gar nicht wusste, wo all diese Gebiete lagen, von denen der Bruder so selbstverständlich erzählte. Sie wunderte sich, was er alles wusste und kannte. Das zeigte er sonst nie, und nie erlebte sie ihn, den Stillen, so begeistert wie an dem Abend, als er der Schwester gestand, da wolle er hin und da komme er auch hin, das sei ganz sicher!

2007

Nie war er nach Asien gekommen, nur ein wenig auf den Weg dorthin. In Stalingrad war dieser Weg zu Ende gewesen und, Gott sei Dank, er war verletzt von dort wegtransportiert worden, gerade noch zeitig genug. Später? Da endeten seine Reisen immer im Allgäu oder im Schwarzwald, nie war er auch nur in Italien oder Schweden, dem Heimatland Hedins, gewesen, dafür hatte Anni ge-

sorgt, seine Frau, die den Kaufmann geheiratet hatte, aber nicht die verborgenen Sehnsüchte in ihm. Ob sie überhaupt davon gewusst hatte? Auch das konnte man nun nie mehr erfahren.

Der Schmerz in der Hüfte weckte Thea aus ihren Gedanken. Immer noch stand sie, gegen den Schrank gelehnt, in der Küche und wartete auf ihren Tee. Als sie nun den Filter heraus nahm, stellte sie fest, dass die Teeblätter viel zu lange gezogen hatten. Ein kritischer Blick auf das Gebräu in der Kanne, „ungenießbar", und dann schüttete sie energisch den Aufguss weg. Sie löste sich aus ihrer Stützstellung am Schrank, unter Schmerzen, viel zu lange hatte sie dort verweilt, bückte sich mühevoll, ergriff eine Flasche Mineralwasser mit der einen, den Stock mit der anderen Hand und humpelte ins Wohnzimmer, wie jemand, der Zeit und Schmerz vergessen hatte und den nun die Strafe dafür ereilt. „Das langt für das, was kommt", murmelte sie, als sie die Flasche auf dem Tisch abstellte, und schüttelte unwillig den Kopf, als sie es merkte, sie hatte sich doch vorgenommen, nicht mit sich selbst zu sprechen. „Dat dunn nur ahl Lück!" Sehr vorsichtig ließ sie sich erneut in ihrem Sessel nieder, nachdem sie ein Glas aus dem Schrank geholt hatte, ein „gutes", das sie sonst nur für Wein verwendete, aber in dieser Nacht war so manche Ordnung aufgehoben, warum nicht auch diese?

Die Zeit, die sie in Doros Haus verbracht hatte, beschäftigte sie immer noch, denn es war eine so wichtige für sie gewesen. Vieles hatte sie dort gesehen und gehört, von dem die Eltern keine Ahnung gehabt hatten. Manches war für sie sicherlich unvorstellbar in dem Leben, das sie führten, in der Kolonie, die in manchem eben doch dem Dorf glich, aus dem sie kamen. Wussten sie, dass Thea dort Dinge erlebte, die sie nicht mit ihnen teilen wollte – und auch gar nicht konnte? Das Leben, das Doros Mutter führte, hätten sie nicht verstanden, da war sie immer sicher gewesen, und sie wusste, dass sie davon besser nichts erzählte. Die Furcht, nicht mehr dorthin zu dürfen, war zu groß. Hatten sie wirklich nie etwas davon geahnt oder sich geängstigt, dass die Tochter ihnen fremd werden könnte, die sie doch immer so behütet hatten, alle, Eltern und Brüder? Auch diese Frage hatte sie sich bisher nicht gestellt, merkte sie nun, sie hatte immer nur angenommen, dass es ihr mit Erfolg gelungen war, ihr kleines geheimes „großstädtisches" Leben vor ihnen zu verbergen. Und wenn das gar nicht so gewesen war? Für wie dumm hatte sie ihre Eltern eigentlich gehalten? Auch sie mussten die sich wandelnden Zeiten aufmerksam beobachtet haben, wie sich ja bald herausstellte, als die „Braunen" an die Macht kamen. Vielleicht hatten sie ihr ganz einfach vertraut oder IHM, *dass er die Tochter schon richtig lenken werde, und sich mit ihr darüber gefreut, dass Doro ihr Möglichkeiten gab, die sie ihr nie hätten bieten können.*

„Seltsam", dachte sie, „es ist seltsam, wie viele neue Gedanken ich in dieser Nacht habe." Nie Gedachtes und nie Erkanntes brachten ihr die Erinnerungen, nicht nur Vertrautes und Erlebtes. Darüber müsste sie noch einmal sinnieren, später, jetzt drängten erst einmal alle, zu ihr zurückzukehren. Und überhaupt, sie war schließlich nicht die einzige gewesen, die Geheimnisse gehabt hatte.

1933–1934

Unmittelbar nach Jahresbeginn sorgte Josef für einen gewaltigen Familieneklat. An einem Sonntagmorgen war die Familie – Franz und Peter waren nicht zu Hause, sondern in ihren Kasernen – von der Messe in St. Engelbert durch den locker liegenden Schnee zurückgekehrt, und man bereitete sich nun auf das Mittagessen vor. Thea hatte begeistert Louise und die drei Cousinen empfangen, die wie fast allwöchentlich von Mülheim herübergekommen waren. Maria, die fast

Sechzehnjährige, besuchte eine höhere Handelsschule, und sie und Thea tauschten die Neuigkeiten der Woche aus, während die eine den Tisch deckte und die andere Toni bei den letzten Vorbereitungen zur Hand ging, da Gertrud sich wieder einmal „verdrückt“ hatte, wie so oft, wenn es ums Arbeiten ging. Die siebenjährige Elisabeth saß neben ihrer Mutter und freute sich auf den Vanillepudding mit Himbeersoße, den Toni ihr als Nachtisch versprochen hatte. Mitten in dem Geklapper der Teller und dem lebhaften Geplauder der weiblichen Familienmitglieder öffnete sich die Türe zum Flur und Josef trat ein, zunächst unbeachtet. Thea, die ihn mit einem Seitenblick vom Spülbecken aus gestreift hatte, ließ mit einem Aufschrei: „Stief, wat is dat dann!“ den Topf laut scheppernd in den Aufguss fallen und lenkte damit die Blicke aller Anwesenden auf den Bruder. Der stand in der Türöffnung, mit einem fast trotzigen Blick, und ließ sich bestaunen. Bekannt war ihnen allen nur sein lockiges Haar, das er streng zurückgekämmt hatte, und der etwas unsichere Gesichtsausdruck, den er immer dann hatte, wenn er nicht so recht wusste, wie er sich verhalten sollte. Aber der Rest war allen neu. Er hatte sich nach dem Kirchgang umgezogen und trug nun ein Hemd mit einem Binder, Breeches und Stiefel, alles in Braun. Um den linken Arm hatte er eine rote Binde geschlungen, auf der man ein schwarzes Hakenkreuz in einem weißen Kreis sah. Ein braunes Lederkoppel mit Schloss und ein Schulterriemen vervollständigten seinen Aufzug. Es fehlte nur die Kopfbedeckung, aber Thea wusste sofort, welche Uniform er da trug. Zu oft hatte sie sie in letzter Zeit in Kalk gesehen, und alle die Rempeleien und Tätlichkeiten, die sie mit Doro – eher ängstlich denn interessiert – beobachtet hatte, fielen ihr gleichzeitig ein. „Du auch …?“ entfuhr es ihr, und: „Willste prügeln?“ Ein energisches „Theodora!“ ihrer Mutter brachte sie zum Schweigen. In der Stille, die nun herrschte, trat Josef ein, gefolgt von seinen Brüdern, Herrmann und Heinz, die der Hunger in die Küche getrieben hatte. Heinz starrte den Bruder nur fassungslos an – „Jetz is er janz jeck jeworden" – und ließ sich auf die Küchenbank sinken neben Tante Louise, die ihm leicht die linke Hand auf den Arm legte, wohl um zu verhindern, dass er etwas aussprach, das ihm hinterher leid tun würde. Herrmann sagte, wie es seine Art war, nichts, nur sein Lächeln verschwand, als auch er sich zu den anderen setzte.

Und so stand Josef in der Mitte des Raumes, als der Vater, sich fröhlich die Hände reibend, mit schnellen Schritten in die Küche trat. Mitten in der Bewegung hielt er inne, als er seinen dritten Sohn erblickte, und sein Gesichtsausdruck verhieß wenig Gutes. Toni seufzte, war ihr doch nur allzu klar, dass es am heutigen Tag so schnell kein Mittagessen geben würde. Gespannt starrten alle den Vater an, was der nun tun würde. Aufrecht blieb er vor dem uniformierten Sohn stehen und schaute ihn nur auffordernd an, aber mit einem Blick, der diesem sagte, dass er sich mit seiner Erklärung beeilen müsse.

Ganz allmählich erfuhr die Familie, dass Josef mit Jean schon seit längerem dem „Stahlhelm" nahe stand. Sie wollten etwas tun für Deutschland, erklärte er, nicht nur wandern und um das Lagerfeuer herum liegen, jetzt, wo sie erwachsen wären. Das Vaterland sei wichtig, das hätten sie in so vielen Liedern gesungen, und die „Schmach von Versailles" müsse getilgt werden. Deutschland müsse wieder was gelten in der Welt. Einen starken Mann brauche man wieder, so einen wie den Kaiser. „Nur im Unglück kann die Liebe / Zeigen, ob sie stark und echt. / Und so soll es weiterklingen / Von Geschlechte zu Geschlecht", schwärmte er ihnen vor mit dem Lied, das man im „Stahlhelm" immer sang. Heinz zuckte zusammen, wollte etwas sagen, wurde aber von Louise, die seinen Arm fester packte, daran gehindert. Peter hatte bisher geschwiegen, unter Aufbietung aller seiner Willenskräfte. Zwei Söhne hatte ihm das Militär bereits geraubt, und nun stand der dritte in SA-Uniform vor ihm. Ob er denn nicht wisse, wo er da gelandet sei, hielt er dem Sohn vor, eine Schlägertruppe sei das, rumprügeln täten die sich mit allen, sogar in Häuser brächen die ein, habe jemand auf dem Deutzerfeld erzählt. Josef hielt begeistert dagegen: Das sei nur jetzt, bald werde man Ordnung haben, er werde sehen, der Hitler werde das schon machen, das sei ein ganz Großer.

Peter ertrug es kaum, die glänzenden Augen seines Sohnes zu sehen, der von der SA schwärmte wie früher vom „Wandervogel". Schwer ließ er sich am Kopfende des Tisches auf die Küchenbank neben seine Schwester fallen, die ihn auf ein Zeichen von Toni hin begütigend anlächelte und dann leicht den Kopf schüttelte.

„Treck (zieh) dat us!", befahl er dem Sohn, dann könne er essen kommen. Dieser tat widerwillig, wie ihm geheißen, aber das änderte nichts an der Tatsache, dass Josef in die SA eingetreten war und Peter und dem Rest der Familie das Sonntagsessen gründlich verdorben war. Selbst die kleine Elisabeth konnte ihren Pudding nicht wirklich genießen.

Wie es Toni gelungen ist, ihren Mann zu beruhigen, hat sie niemandem – vielleicht mit Ausnahme von Schwester Amella und Louise – verraten, aber sie wird ihm klar gemacht haben, dass er sowieso nichts machen könne, „der Jung" sei zweiundzwanzig, vielleicht werde sich das alles auch von selbst geben. Womöglich hat auch ihr ständiger Leitspruch „Et kütt, wie et kütt" eine Rolle dabei gespielt.

Aber es gab sich nichts von selbst. Hitler, den Peter so gerne verjagt hätte, wurde am 30. Januar 1933 zum Reichskanzler ernannt, und damit änderte sich fast alles. Arbeitskameraden, die bisher eher zurückhaltend und abwartend gewesen waren, wurden nun zu überzeugten Anhängern und trugen bald stolz ihr Parteiabzeichen, und Peter lernte schnell, dass es nicht ratsam war, ein ironisches oder gar kritisches Wort über den „Schnäuzer" – so hatten sie ihn oft untereinander genannt – zu sagen, ja sogar gefährlich konnte es werden, denn die SA „griff durch". Und einer von diesen war sein Sohn, der mit glänzenden Augen und roten Wangen in seiner Uniform loszog wie ehemals sonntags, als er in Kniehosen und kariertem Hemd zum „Wandervogel" ging und nicht einmal merkte, dass diese beiden eigentlich nicht zusammen passten. „Deutschland erwache!" und „Kameraden" waren seine Zauberworte. Peter sorgte sich um diesen Sohn, und er sorgte sich um die Zukunft. Die Gespräche mit Toni im ehelichen Bett wurden ernster, die Diskussionen in der Familie kontroverser und heftiger.

Die Situation eskalierte, nachdem am 13. März Konrad Adenauer, der allseits beliebte Kölner Oberbürgermeister, die Stadt verlassen hatte, von den Nationalsozialisten „beurlaubt". Seit 1917 habe er Köln geführt, die Mülheimer Brücke bauen lassen und Ford nach Köln geholt, grollte Peter abends, als man sich um den Küchentisch versammelt hatte. „Vill jedonn" habe der für die Kölner und nun kämen die „Kackstivvel" von Nazis und machten alles kaputt. Josef wurde blass, als er diese Worte des Vaters hörte, wollte etwas sagen, erhob sich aber nur stumm, ging mit versteinerter Miene zur Küchentür und knallte diese laut hinter sich zu. Als Peter hinter ihm her wollte, hielt Toni ihn zurück, sprach später mit dem Sohn und bewegte ihn dazu, sich beim Vater zu entschuldigen. Aber der Riss in der Familie war nicht mehr zu übersehen, der Riss zwischen ihren uniformierten und nicht uniformierten Mitgliedern, der immer wieder zu Auseinandersetzungen führte. Aber es war auch die Zeit, in der sich Peter und Heinz wieder näher kamen, einig in ihrer Ablehnung der neuen Regierung, wenn auch aus ganz unterschiedlichen Gründen. Heinz war „das Getue“ der Nationalsozialisten zutiefst suspekt, die Einengung und die Gleichmacherei, die sie anstrebten, und als am 17. März vor der Kölner Universität „undeutsche Schriften“ verbrannt wurden, wurde Heinz wütend und sprach von einem „Scheiterhaufen“, nicht etwa, weil er die Bücher gekannt hätte, die dort in den Flammen umkamen, sondern weil ihm eine solche Vernichtung einfach gegen den Strich ging, „ganz gewaltig gegen den Strich“, wie er seinem Bruder entgegen schleuderte.

Auch Thea sah und spürte täglich die Veränderung. An die vielen Fahnen, die in der Kolonie und in Kalk in den letzten Jahren aus den Fenstern hingen, hatte sie sich längst gewöhnt. Mal waren sie gestreift oder zeigten Hammer und Sichel, drei Pfeile und mitunter sogar das Stadtwappen. Manchmal begrüßten sie sogar die Fronleichnamsprozession, allerdings wurden sie dann meist durch die rot-weißen Fahnen ersetzt. Jetzt aber sah man fast ausschließlich die roten mit dem schwarzen Hakenkreuz auf weißem Grund.

Irmgard, die das letzte Schuljahr besuchte, berichtete ihr, dass nun auf dem Schulhof eine Flaggenparade stattfinde, jeden Montagmorgen. Die Schüler müssten sich auf dem Schulhof versammeln, es werde eine Rede gehalten von einem Lehrer, dann sängen sie „Die Fahne hoch“, wobei der rechte Arm hoch gehalten werden müsse – Thea hatte schon beobachtet, dass sich dieser Gruß allüberall immer mehr durchsetzte –, und dabei zurrten zwei uniformierte Schüler das Fahnentuch an der hochragenden Stange in die Höhe. An Theas Schule gab es diesen Fahnenappell nicht, dort fand am Montagmorgen in der ersten Stunde nach wie vor in der Aula eine Andacht statt. Eine der Nonnen las aus der Bibel vor, die Musiklehrerin spielte auf dem Harmonium ein Kirchenlied, und alle zusammen sangen „Lobet den Herren“, „Wer nur den lieben Gott lässt walten“ oder „Macht hoch die Tür“, je nach Bedarf.

Nach den Sommerferien erschien der Biologielehrer eines Morgens in SA-Uniform in der Schule. Theas Klasse war gerade im Biologieraum, als die Oberin des Ordens, die auch zugleich die Schulleiterin war, an der Türe anklopfte und auf die Aufforderung „Herein“ in den Raum trat. Die Mädchen sprangen von ihren Bänken hoch, auf denen sie gerade Blätter vor sich liegen hatten, und riefen lautstark im Chor: „Guten Morgen!“ Die Nonne zeigte ihnen durch eine Handbewegung an, dass sie sich setzen sollten, blieb allerdings ungewohnt ernst – von den Schülerinnen wurde sie „die Lächelnde“ genannt – und bat den Lehrer nach draußen. Aufgeregt redeten die Mädchen durcheinander, denn es war ungewöhnlich, dass die Schulleiterin sich selbst in einen Klassenraum begab, normalerweise schickte sie eine untergeordnete Nonne. Nach einer ziemlich langen Zeit kehrte der Biologielehrer zurück, packte, ohne ein Wort an die Schülerinnen zu richten, die ihm gespannt zusahen, seine Sachen zusammen und verließ grußlos mit zackigem Schritt den Raum, nicht ohne die Tür laut hinter sich ins Schloss zu ziehen. Erst am Ende der Stunde erfuhren die Mädchen, dass er die Schule verlassen hatte und der Biologieunterricht bis auf weiteres ausfiel.

Auch auf die „Lavendelfee“ mussten die Mädchen im Jahr darauf verzichten. Toni, die sich immer gerne die Texte ansah, die in Theas Deutschunterricht besprochen wurden, war aufgefallen, dass sich das Wort „deutsch“ häufte, von „deutschem Geist“ war da die Rede, von „deutscher Verantwortung“, von „deutschem Wesen“, an dem „die Welt genesen“ werde. Über

Letzteres mussten sie sogar einen Hausaufsatz schreiben, was Thea ungeheuer schwer fiel, konnte sie sich doch überhaupt nichts darunter vorstellen. Und die Mutter gab auch nicht den geringsten Hinweis, murrte nur, mit dem „Dress" könne sie nichts anfangen, was Thea natürlich nicht in der Schule verlauten ließ.

Eines Tages spazierten Doro und sie mal wieder wie zufällig durch die Straße, in der die „Lavendelfee" wohnte. Mitunter waren sie ihr bei solchen Spaziergängen auch schon begegnet und hatten von weitem freundlich gegrüßt und geknickst. Heute aber zogen sie sich instinktiv in einen Hauseingang zurück, als sie ihrer ansichtig wurden. Denn sie war nicht allein. Neben ihr ging ein hochgewachsener Mann, der eine schwarze Uniform trug, alles schwarz: Jacke, Breeches, Stiefel, Koppel, Koppelschloss, Krawatte und Schirmmütze. Nur das Hemd war braun. Am linken Arm trug er die übliche rote Binde mit dem Hakenkreuz. SS, das war beiden Mädchen sofort klar. Die „Lavendelfee" und ihr Begleiter – er hatte mittlerweile ihren Arm unter den seinen geschoben – schlenderten langsam die Straße entlang, auf die Mädchen zu, die sie aber nicht sahen, und als sie auf ihrer Höhe waren, lachte die „Lavendelfee" laut auf und schmiegte ihren Kopf für wenige Sekunden an die Schulter des Mannes, der ihr einen schnellen Kuss ins Haar hauchte. Und dann waren sie vorbei. Die beiden Mädchen sputeten sich, die Straße zu verlassen, und obwohl sie nie Stillschweigen gelobten über das, was sie da beobachtet hatten, erzählten sie doch niemandem etwas davon. Warum, wussten sie selbst nicht so recht, sie hielten es für besser.

Richtig gewundert haben sie sich nicht, als die Klassenlehrerin ihnen mitteilte, sie gehe fort von der Schule, sie bekämen jemand anderen, der sich um sie kümmere.

2007

Die „Lavendelfee". Das war schon merkwürdig. Erst heute hatte sie einen Zusammenhang hergestellt zwischen dem, was sie und Doro beobachtet hatten, und ihrem Weggang. Damals waren sie nur sicher gewesen, dass man nicht fragen konnte. Ob die Nonnen sich von ihr getrennt hatten, weil sie überhaupt einen Freund hatte oder weil es gerade der war? Zusammen mit der Geschichte des Biologielehrers machte das Zweite einen Sinn, die Nonnen duldeten keine Propaganda, da waren sie ganz konsequent, und die Schule war dann ja auch 1939 geschlossen worden, für immer.

1934–1935

Dennoch konnten auch die Schwestern vom armen Kinde Jesu nicht verhindern, dass sich draußen alles veränderte. Wenn Doro und Thea nun über die Kalker Hauptstraße schlenderten, sahen sie mehr und mehr Uniformierte, nicht nur SA und SS, auch Gleichaltrige trugen voll Stolz schwarze Hose, khakifarbenes Hemd, schwarzes Viereckstuch, hellbraunen geflochtenen Lederknoten, schwarzen Ledergürtel mit Koppelschloss aus Metall, ein Käppi in Khakifarbe mit rotem Band, fesch über die Schulter gelegt. Diese traten nie allein, sondern immer in Gruppen auf, marschierten zum fröhlichen Klang der Schalmeien und schmetterten: „Unsre Fahne flattert uns voran" oder „Hört ihr die Trommel schlagen".

Die beiden Mädchen störte das nicht, wenn sie wieder einmal die Gelegenheit nutzten, schnell vor dem Mittagessen im Kaufhaus Tietz die neusten Hutmodelle aufzusetzen oder an den Kristallflakons in der Parfümerieabteilung zu schnuppern. Zusehends verstörte sie allerdings, wenn von „Judenkaufhaus" die Rede war oder sich Schmierereien neben der großen Eingangstür befanden. Was hatte sich denn geändert an ihrem geliebten „Tietz"? Immer noch gab es dort alles, was das Jungmädchenherz begehrte, waren die neusten Modelle zu bewundern, wenn auch allmählich ein kaum merklicher Wandel eintrat, die Kleider schlichter und die Kostüme strenger wurden. Und eines Tages hatte sich auch der Name des Kaufhauses geändert, „Kaufhof" hieß es nun, aber sonst schien dort alles beim Alten zu bleiben.

Aber im Grunde scherten die beiden Mädchen sich nicht um diese Änderungen, sie nahmen sie wahr, dachten aber nicht lange darüber nach, sondern lebten weiter ihr Leben als Heranwachsende, die zur Schule gingen und die Freizeit mit der besten Freundin verbrachten. Klavierspiel, Lesen, Hausaufgaben, Geheimnisse austauschen, Neues ausprobieren – das machte ihr Leben aus. Bei Thea kam hinzu, dass sie mehr und mehr im Haushalt mit anpacken musste, weil Toni häufig kränkelte und nicht mehr die Kräftigste war. Thea tat dies klaglos. Sie war in einer großen Familie aufgewachsen, in der alle ihre Pflichten hatten. Dass man ihr erlaubt hatte, das Gymnasium zu besuchen, war immer noch ihre große Freude, gar zu gerne ging sie dorthin, nichts war ihr dafür zu viel, eines nicht mehr ganz so fernen Tages Lehrerin werden zu können. Sie, Theodora Johanna, würde das Glück haben, in dem neuen Universitätsgebäude in Lindenthal, das 1934 feierlich eröffnet worden war, zu studieren. Sie hatte schon ein ganz besonderes Glück mit ihren Eltern, die ihr das erlaubten.

Mitunter aber haderte sie auch mit ihnen. Sie waren so ängstlich, so gar nicht „modern", hielten so am Althergebrachten fest, ließen keine Änderungen zu. Einen richtigen Konflikt mit ihnen gab es im Sommer 1934, als Doros Eltern Thea eingeladen hatten, mit ihnen und ihrer Tochter nach

Oberbayern in ein Hotel zu fahren. Drei Wochen sollten die Mädchen dort mit ihnen verbringen, nichts sollte es Thea und ihre Eltern kosten, rein gar nichts, Thea solle sich als eingeladen betrachten und dies sei ihnen eine Ehre, stand in dem Brief, den sie eines Tages im Mai mit nach Hause brachte.

Doro und sie hatten schon geplant, was sie in dieser Zeit machen wollten. Sie stellten es sich „himmlisch“ vor, jeden Abend im selben Raum einzuschlafen, nachdem man sich vorher noch „bis in die Puppen“ ausgetauscht hatte, und morgens gemeinsam zum Frühstück durch die Hotelhalle zu schlendern. Obwohl – so ganz sicher war sich Thea nicht, dass die Eltern zustimmen würden. Aber warum sollten sie ablehnen? Es würde doch nichts kosten, da könnten sie doch nicht …

Sie konnten! Dieses Mal waren beide, Vater und Mutter, sich einig, dass das nicht in Frage komme. Sie erklärten der Tochter kategorisch, das könne man nicht annehmen. Sie seien einfache Leute, aber ehrlich, und was sie nicht bezahlen könnten, nähmen sie auch nicht an. Doros Vater bezahle schon die Klavierstunden, und Thea habe so viel von dieser Freundschaft, aber das sei zu viel. Im übrigen brauche die Mutter ihre Hilfe in den Sommerferien, und mit „Urlaub“ fange man gar nicht an, das sei in der Kolonie nicht üblich und sie gehöre in die Kolonie! Kein Betteln, Schmeicheln oder Schluchzen half. Sie ließen sich nicht umstimmen, sondern bedankten sich in einem Brief an Doros Eltern für die ausgesprochene Einladung, der man aber nicht Folge leisten könne, weil die Tochter zu Hause gebraucht werde.

Thea war verzweifelt. So schön hatte sie sich diese Tage mit der Freundin vorgestellt, so viel Neues und Andersartiges würde sie kennen lernen. Das war es wohl auch, was die Eltern davon abhielt, sie fahren zu lassen. So zumindest versuchte ihr

Heinz das zu erklären, der Bruder, der in schwierigen Lebenslagen ihr Ansprechpartner war, weil auch er die Sehnsucht nach Neuem kannte. Die Eltern wollten sie bei sich behalten, hier, in der Kolonie, im Gewohnten, Vertrauten, und im übrigen passte es nicht in ihr Leben der Bescheidenheit und Entbehrungen, dass man in ein Hotel in Ferien fuhr. Es hatte ja auch nicht gepasst, als er in Bars ging und alles Amerikanische ihn faszinierte. Heinz hatte mittlerweile verstanden, was den Vater so aufgebracht hatte. Trost hatte er keinen für die Schwester, höchstens den, dass sie in fünf oder sechs Jahren ja fahren könne, da sei sie volljährig. Dass sie sich dann mitten im Krieg befinden würden, konnte er schließlich nicht wissen, damals.

Thea wollte nicht verstehen, so sehr hatte sie sich diese Reise gewünscht. Wochenlang schmollte sie, lief mit verweinten Augen umher, sprach nur das Notwendigste mit den Eltern, die sich dadurch umso mehr in ihrer Sorge, die Tochter entwachse ihnen, bestätigt sahen. Zum ersten Mal genoss sie die Ferien in Altenbrendebach, wohin sie, wie in jedem Jahr, mit der Mutter fuhr, nicht so sehr wie sonst, immer musste sie an die entgangene Fahrt nach Bayern denken.

2007

Daran hatte sie ja ewig nicht mehr gedacht, an diese Ferien! Nachdenklich nahm Thea ein wenig Mineralwasser, schluckte es vorsichtig und setzte sich aufrechter in ihren Sessel. Wie verzweifelt war sie doch damals gewesen, das erinnerte sie genau, niemand hatte sie trösten können, auch der liebe Herrmann nicht, der es nie ertrug, wenn seine kleine Schwester unglücklich war, und alles versucht hatte, sie abzulenken. Ablenkung von diesem ersten großen

Schmerz hatte sie nicht zugelassen. Sie hatte ja nicht gewusst, dass es zwei Jahre später noch schlimmer kommen würde ... Energisch schob Thea diesen Gedanken beiseite. Er würde noch drankommen in dieser Nacht, ganz gewiss, aber noch war es nicht so weit.

Die Eltern mussten damals schon hin- und hergerissen gewesen sein, dachte sie. Wenn sie sich in ihre Lage versetzte, konnte sie das auch verstehen. Da war die Freude darüber, dass Doros Familie ihr so viel bot, aber sicherlich war die Angst, sie an dieses andere, so unverständliche Leben zu verlieren, noch sehr viel größer gewesen. Sie hatten nur diese eine Tochter, als letztes Kind hatte ER *ihnen eine Tochter geschenkt, die sollte behütet und ins Leben geführt werden nach ihren Vorstellungen, nach ihrer Sitte, und die hatten sie aus dem Westerwald mit in die Großstadt gebracht. Heinz hatte schon Recht gehabt an jenem Abend des Jahres 1934, als er sie in ihrem Zimmer zu trösten versucht hatte.*

Aber ... da war mit Sicherheit noch mehr gewesen, jetzt ging ihr das auf. Heute, wo sie alles wusste, was geschehen war, sah sie mehr, tiefer, verstand besser, viel besser, besser vielleicht, als die Eltern damals selbst begriffen hatten, in jenen Jahren, in denen der politische Wandel so greifbar und die Gefährdung so nahe gewesen war, auch in der Kolonie ... eine schwierige Zeit für alle.

1934–1935

Am 24. Dezember 1934 hatte wieder einmal der Horch von Doros Vater in der Kolonie Aufsehen erregt, als er langsam vor dem Haus der Familie vorgefahren war. Es hatte geklingelt, und der Livrierte, der die Mädchen so oft schon von der Schule abgeholt hatte, hatte nach „Fräulein Theodora" gefragt, als Heinz die Haustür öffnete. Der hatte sich grinsend umgedreht, kurz gepfiffen und dann laut und durchdringend

„Mööööösch!!!!“ gebrüllt. Diese rannte – halb neugierig, halb aufgeregt, denn dieses Geschrei musste ja etwas zu bedeuten haben – in ihrer ältesten Küchenschürze, schwarz, mit buntem Blümchenmuster, auf dem man die vielen Flecken nicht so genau sehen konnte, aus der Küche herbei, wo sie der Mutter gerade bei den Essensvorbereitungen für die Feiertage geholfen hatte, und schrie, als sie um die Flurecke bog: „Schmal, wat iss?“ In diesem Augenblick sah sie hinter dem Bruder die vertraute Gestalt des Chauffeurs, stoppte ihren Lauf ab und versuchte, ein wenig Würde in ihren vorweihnachtlichen Auftritt zu legen. Heinz verbeugte sich ironisch, deutete mit der rechten Hand auf die Verschwitzte, deren dicke Zöpfe sich gelöst hatten und die nun verstohlen ihre Schürze zu verbergen suchte, flötete honigsüß: „Fräulein Theodora“, pfiff vor sich hin und entschwand federnden Schrittes die Treppe hinauf.

Thea wischte sich verlegen über das erhitzte Gesicht und ließ sich von dem Chauffeur ein großes Paket in die Hand drücken, eingepackt in Weihnachtspapier und mit einer dicken roten Schleife verziert, „mit den besten Weihnachtswünschen der Herrschaften, auch für die gnädigen Eltern“. Das Mädchen nickte, vor Überraschung unfähig, etwas zu sagen, und sah zu, wie er wieder in dem großen Auto verschwand und davonfuhr. Dann scheuchte sie die kleineren Nachbarskinder, die sich um das Auto herum gedrückt und es bestaunt hatten, mit einer wilden Handbewegung davon, schloss die Haustür und schleppte das unerwartete Geschenk in die Küche. Die „gnädigen Eltern“ bedankten sich für den Weihnachtsgruß und waren dann nicht besonders angetan von dem, was Thea nun auspackte: einen wunderschönen Trainingsanzug. Es war kein gewöhnlicher, wie ihn die Jungen immer trugen, mit Gummibändchen am Abschluss der Ärmel und Stoffabschluss am Hals. Sondern ihrer war einfach wunderschön: preußischblau, eine Farbe, die mit ihren blonden Haaren gut harmonierte. Das Beste aber waren die Strickbündchen an Hals und Ärmeln in rot-weiß-blau, die ihn so außergewöhnlich machten. Andächtig hatte Thea ihn ausgepackt und entfaltet, und so stand sie nun in der Küche mit strahlendem Gesicht und hielt sich die Jacke vor, um zu schauen, ob sie passte. Toni wahrte die Fassung, weil sie blitzschnell überlegt hatte, dass die Tochter die Jacke ja auch so würde tragen können, auch ohne die Hose, aber der Vater fragte ratlos, wieso sie „dat da" denn brauche, „en Botz" für ein Mädchen, das war denn doch zu viel. Bevor Theas Freude über das Geschenk in Bestürzung umschlagen konnte, sagte die Mutter schnell, diesen Anzug könne die Tochter ja im Sportunterricht tragen, was jedoch Peter noch mehr aufregte, denn er hielt von den Sportstunden nichts, die „die Kackstivvel" eingeführt hatten. So nannte er die Nationalsozialisten unbeirrt noch immer, allerdings nur noch zu Hause. Irgendwo musste man seine Wut ja rauslassen, das konnte man auf dem Deutzerfeld nicht mehr. Dort trugen die alle das Parteiabzeichen an der Jacke – na ja, die meisten jedenfalls.

Mit einem leisen „Papp!" dämpfte Toni ihren Mann und bedeutete ihrer Tochter, das Geschenk in ihr Zimmer zu tragen, sie werde gleich nach oben kommen. Dort bewunderte sie gebührend Doros Weihnachtsgeschenk, ließ es zu, dass die Tochter in dem Anzug vor ihr auf- und abspazierte, nahm ihr aber dann das Versprechen ab, die Hose wirklich nur zu den Sportereignissen zu tragen. Natürlich konnte Thea, stolz wie sie auf den modischen Trainingsanzug war, sich daran nicht halten, sondern stolzierte eines Tages mit ihm über die Volpertusstraße. Aber das tat sie auch nur dieses eine Mal, denn das Aufsehen, das sie besonders bei den kopfschüttelnden älteren Leuten erregte, die sie ja alle von klein auf kannten, war beträchtlich. Es stimmte schon, in die Kolonie passte dieser Anzug nicht, hier trugen Mädchen keine Hosen, das wurde ihr unmissverständlich klar gemacht. Mit umso mehr Stolz trug sie ihn jedoch immer dann, wenn es um sportliche Tätigkeiten ging. Und dass Doro den gleichen besaß, machte die Sache nur noch besser. Ihre ersten öffentlichen Hosen! Die Welt ging wirklich voran!

Das sahen Peter und Toni ganz anders, deren Sorgen täglich größer wurden. Die Unverstelltheit, mit der man bisher in der Kolonie gelebt hatte, ging verloren, man wurde vorsichtiger, traute den Nachbarn nicht mehr so unbedingt wie früher, trugen doch auch viele von ihnen mittlerweile das Parteiabzeichen, obwohl sie sonntags zur Kirche gingen und auch am Straßenrand standen, als die Fronleichnamsprozession durch den Vorort zog. In diesen Jahren wurde sie von immer mehr Hakenkreuzfahnen in den Fenstern begleitet. Heinz, der 1934 an der Prozession teilgenommen hatte, obwohl er wusste, dass das nicht so gern gesehen wurde – für ihn ein Motiv, es gerade deswegen zu tun –, hatte schon sehr bald danach die Konsequenzen zu tragen. In der Sparkasse hatte eine Beförderung unmittelbar bevor gestanden, und es war ihm auch deutlich zu verstehen gegeben worden, dass er an der Reihe sei, hoch zufrieden, wie man mit seiner Arbeit war. Aber dann wurde er doch übergangen, weil er, wie er „vertraulich" erfuhr, bei der Fronleichnamsprozession in St. Engelbert fotografiert worden war, mitten unter den Gläubigen, kurz hinter dem Baldachin, unter dem das Sakrament durch die Straßen getragen worden war. Er nahm diese Zurückstellung, die er als Ungerechtigkeit deutete, hin, was ihn aber nicht unbedingt der Staatsmacht näher brachte. Peter und Heinz lieferten sich abends mit Josef, der häufig mit einem blauen Auge oder blutiger Lippe nach Hause kam – von Thea kommentiert mit: „Dä Stief hät widder ne Blötsch am Däts!“ –, heftige Rededuelle, und allmählich schien auch dessen vaterländische Begeisterung deutlich gedämpft zu sein. Er verließ zwar nach wie vor in seiner SA-Uniform die Volpertusstraße, hatte aber den Glanz in den Augen, wenn es um das neue Deutschland ging, verloren.

Peter war von Anfang an der Meinung gewesen, die Nationalsozialisten seien ein Unglück für sein Land. Mit dieser Meinung hielt er auch nicht hinter dem Berge, zumindest in seinem Haus nicht. Thea wusste genau, man hatte ihr das nicht sagen müssen, dass sie alles, was sie zu Hause zu hören bekam, nicht weitergeben durfte, dass dies für den Vater hätte gefährlich werden können. Selbst mit Doro, der sie doch sonst alles anvertraute, sprach sie nie über Politisches, erst recht nicht, seit sie wusste, dass deren Vater Parteimitglied geworden war. Es gab auch so vieles andere, über das man sprechen konnte, so vieles, das nicht zu den Tabuthemen in der Öffentlichkeit gehörte. Wie es dem Vater, der ja schließlich Beamter war, gelang, ohne Parteibuch seine Arbeitsstelle zu behalten, hat sie nie erfahren, darüber hat er niemals mit einem seiner Kinder gesprochen. Leicht kann es für ihn nicht gewesen sein, vermutlich wurde er einfach übersehen.

Dennoch begab er sich auch in Gefahr, wenn es um das Wohlergehen und den Schutz seiner Familie ging. Heinz’ Zurücksetzung hatte er zähneknirschend hingenommen, auch weil der Sohn ihm deutlich gemacht hatte, er könne damit leben. Aber als man seine Frau angriff, ließ er das nicht so einfach zu. Im Winter 1934 hatte sich Toni gegen das Winterhilfswerk gewandt.

Überall sah man die Plakate, auf denen eine deutsche Familie dargestellt war, Vater, Mutter, zwei Söhne, einer in der

Uniform des Jungvolks, zwei Töchter, eine noch ein Säugling, alle blond und blauäugig. Gotische Schriftzeichen verkündeten: „Winterhilfswerk“ und „Ein Volk hilft sich selbst“ oder „Auch du musst opfern“. Hitlerjungen und BDM-Mädchen gingen in ihren Uniformen mit Sammelbüchsen von Haus zu Haus, unter ihnen auch Irmgard, die Nachbarstochter. Sie erzählte Thea, dass sie alles sammelten, was die Leute bereit waren abzugeben, am besten funktionierte aber der Verkauf der Abzeichen. Voller Begeisterung war sie, denn so konnten doch auch sie, die Jugendlichen, etwas für Deutschland tun. Mitunter war Thea, die nicht im BDM war, fast ein wenig neidisch auf die Freundin, die dort so viel erlebte und immer dabei war, wenn sich die Massen versammelten, bei glanzvollen Aufmärschen oder gar Militärparaden. Von ihr hatte sie auch einen lebendigen Bericht von dem ersten „Eintopfsonntag“ in Poll bekommen. Hunderte hatten dort beisammen gesessen und ein ganz einfaches Kohlgericht gegessen – die BDM-Mädchen waren für das Bedienen zuständig –, und sogar der Ortsgruppenleiter und seine Familie hatten das Essen mit allen anderen geteilt. Anschließend hatte er die Hitlerjungen und die Mädchen, die geholfen hatten, aufmarschieren lassen, war an ihrer langen Reihe entlang gegangen und hatte sich bei ihnen mit Handschlag bedankt. Wirklich jedem und jeder hatte er die Hand gereicht! Das waren dann immer die Augenblicke, in denen Thea nicht so recht wusste, ob sie nicht eigentlich doch zum BDM wollte. Dass mit ihrer Familie darüber nicht würde zu reden sein, war ihr allerdings klar.

Die Sammlung für das Winterhilfswerk brachte Toni in Schwierigkeiten. Sie hatte nämlich beschlossen, nichts dafür zu geben. Als dann eines Tages ein junger Parteiangehöriger vor ihrer Tür stand und sie davon zu überzeugen suchte, dass alle etwas geben müssten, sagte sie ihm ziemlich barsch, sie gebe nichts, sie brauche das alles selbst, sie habe eine große Familie. Daraufhin beleidigte der Sammelnde sie, schrie sie an, sie wisse nicht, um was es gehe, und bedachte sie mit kräftigen Schimpfwörtern. Toni hörte sich das nicht länger an, sondern knallte die Haustüre laut zu, woraufhin sie bei der Ortsgruppe denunziert wurde. Peter, als Haushaltsvorstand, wurde aufgefordert, binnen kürzester Zeit bei der Ortsgruppe vorstellig zu werden. Anstatt dort einzulenken, brauste er auf, weil der „Schnösel" seine Frau beleidigt habe, wenn der das noch mal tue, „hau ich ihn vom Fahrrad!", drohte er und entschwand. Dass er das ungestraft tun konnte, war wahrscheinlich nur einem guten Freund in der Ortsgruppe zu verdanken, der ihn immer wieder schützte. Irmgards Vater, der sehr früh in die Partei eingetreten war, hatte nämlich das Amt des Blockwartes übernommen und hielt seine Hand über Peter und andere Nachbarn, so gut er es eben konnte zur damaligen Zeit, ohne sich selbst und seine Familie zu gefährden. Auf jeden Fall hatte er nach diesem Auftritt seine Frau gebeten, mit Toni zu sprechen, damit nicht noch einmal ein solcher Vorfall gemeldet würde. Das könne „gefährlich" werden, ließ er ihr ausrichten. Und Peter hatte er klar gemacht, dass er – gleichgültig, was dieser denke – vorsichtig sein solle in der Öffentlichkeit, man wisse nie, was geschehe oder wer zuhöre. Auf eine Diskussion darüber, was der „Quatsch" denn solle, ließ er sich erst gar nicht ein. Er hatte eine andere politische Meinung als der Freund, am besten sprach man nicht darüber, das war für alle das Beste!

Franz hatte sich, ebenso wie Peter, der Fuss, der in seinem Musikkorps in Berlin glücklich war, wenn er Tuba und Flöte spielen konnte, bisher wenig um die Politik geschert. Dass er in die Reichswehr eingetreten war, hatte ja weniger mit seinen Überzeugungen als vielmehr mit der Möglichkeit, dort regelmäßig Geld zu verdienen, zu tun. In der Kaserne war er, wie er es schon zu Hause gewesen war, der Spaßmacher vom Dienst, hatte viele Freunde und fühlte sich wohl. Als dann allerdings der Kölner Karneval den Zeitläuften zum Opfer zu fallen drohte, verlor auch Franz seinen Humor. Der Mutter gegenüber hatte er sich heftig darüber aufgeregt, dass die Partei sich in alles einmischte, und was sollte das überhaupt, dass „die Mariechen" – die Tänzerinnen der Traditionskorps, die schon immer von Männern dargestellt worden waren – nun plötzlich Frauen sein mussten. Da könnte ja auch gleich „die Kölner Jungfrau" eine Frau sein, grollte er, worüber Toni furchtbar lachen musste. Die Vorstellung, dass oben auf dem traditionellen Karnevalswagen eine Frau neben dem Bauern die „Kamelle und Strüßjer" schmiss, war allzu aberwitzig, wobei sie nicht ahnte, dass dies wenige Jahre später tatsächlich der Fall sein sollte.

Obwohl Franz nicht mehr in der Firma war, hatte er noch einen engen Kontakt zu seinem ehemaligen Chef, weil beide dem Karneval so sehr verbunden waren. Dieser erzählte ihm von einem Aufstand der Narren, bei dem Tonis Vetter anwesend gewesen war. Die dauernden Einmischungen in ihren „Fasteloovend" wollten sie sich nicht länger gefallen lassen und hatten deshalb einen eigenen Festausschuss gegründet, „Alaaf!", sie hatten gesiegt! „Hoffentlich", dachte Toni, sagte aber nichts dazu, obwohl das ihrer Meinung nach nur ein kurzer Sieg sein konnte, zu sehr hatte das Alltagsleben sich schon verändert. Auch Louise erzählte von ihrem Blockwart, der sie letzthin ganz energisch aufgefordert hatte, die „richtige" Fahne bei den vielen Feier- und Gedenktagen ins Fenster zu hängen. Statt der Hakenkreuzfahne flatterten nämlich an ihrem Erkerfenster in der Von-Sparr-Straße immer die rot-weißen Prozessionsfahnen. Dem Blockwart hatte sie erwidert, sie habe keine anderen Fahnen, sie sei schließlich nur eine „arme Witwe mit drei unmündigen Kindern“, das könne sie sich nicht leisten, erzählte sie der Schwägerin des Sonntags lachend, aber diese begann sich auch um Louise und ihre Familie zu sorgen. Um alle sorgte sie sich, fasste sich nun häufiger ans Herz und musste sich oft hinsetzen bei der Arbeit.

2007

Sie näherte sich dunklen Jahren, politisch und privat. Am liebsten hätte sie nun aufgehört, sich zu erinnern. Aber kann man das überhaupt? Kann man Erinnerungen an- und ausschalten wie einen Lichtknopf oder einen Motor? Waren sie nicht etwas, das sich selbstständig machte, ganz ungerufen kam, zumindest ab einem gewissen Augenblick? Sie hatte nur an ihre Lieben denken wollen, heute, an ihrem Geburtstag, hatte noch einmal kurz mit ihnen zusammen sein wollen, wenigstens in Gedanken, wenn es anders schon nicht mehr ging. Und was war daraus geworden? Ein breiter Strom von Ereignissen, Menschen, Worten, Schönem und Traurigem – Leben, ihr Leben, das vor ihrem inneren Auge ablief. Erinnern ist verstehen, dachte sie, verblüfft fast, auf einmal verstehe ich so vieles, von dem ich nicht einmal mehr wusste, dass es geschehen war, oder das ich vergessen hatte, vielleicht auch vergessen wollte. O ja, da würde noch manches kommen, an das sie am liebsten nie mehr denken mochte, aber das ging nun nicht mehr, dafür war sie zu weit gegangen, da hätte sie früher aufhören müssen.

Wollte sie das denn überhaupt noch? Ein Blick auf die Uhr sagte Thea, sie hätte eine gute Entschuldigung dafür, nun doch ins Bett zu gehen, den Strom zu unterbrechen und ihn morgen oder übermorgen oder – vielleicht – gar nicht mehr aufzunehmen. Automatisch fasste sie das Halstuch und nestelte nachdenklich an dessen Schleife, tief versunken in das, was dieser Weg in die Nacht ihr gezeigt hatte. Sollte sie ... aber dann griff sie energisch zu dem Glas mit dem Mineralwasser, nahm einen tiefen Schluck, rückte das Halstuch an seinen Platz und lehnte sich in ihrem Sessel zurück, bereit für die häuslichen Ereignisse des Jahres 1935.

1935

Dieses Jahr brachte für Doro eine schwierige Umstellung. Seit den Sommerferien in Bayern, zu denen die Freundin sie nicht hatte begleiten dürfen, war sie ruhiger, in sich gekehrter, aber da Thea die lebhaftere der beiden war, fiel ihr das zunächst gar nicht auf. Was ihr wohl auffiel, war, dass Doro ihrer Mutter gegenüber verändert schien, fast abwehrend, wenn diese, wie früher oft, zu den beiden Mädchen kam und mit ihnen plauderte. Dann schien Doro sich zu verschließen, schwieg, und es hatte den Anschein, als warte sie darauf, dass die Mutter das Zimmer verlasse. Darüber sprechen wollte sie nicht, aber ihr war am liebsten, wenn sie mit zu Thea gehen konnte. In deren kleinem Zimmer blühte sie auf, alberte und kicherte, war so, wie man sie kannte. Tonis Nähe suchte sie, freute sich, wenn sie mit dieser in der Küche sein konnte, und wenn dann noch Herrmann von der Arbeit kam und sich zu den Dreien setzte, sie anlächelte und vom Büro erzählte, strahlte sie und „schmachtete" ihn an, wie Thea immer sagte.

An einem Tag im Mai kam Doro mit rot verweinten Augen verspätet in die Schule und drückte sich leise und verschämt, mit gesenktem Kopf, neben die Freundin in die Bank. Thea schaute erschrocken zu ihr hinüber und kritzelte dann schnell auf einen Zettel: „Was ist los?" und schob ihn auf die andere Bankseite. Als Antwort erhielt sie nur ein „Später" und musste sich dann darauf konzentrieren, ihre Französisch-Hausaufgabe vorzulesen, denn die Lehrerin hatte wohl bemerkt, dass sie abgelenkt gewesen war. In der großen Pause zog sie Doro in eine Ecke des Schulhofes, wo sie ungestört waren, und wiederholte ihre Frage: „Was ist los?" Ein tiefer Seufzer – und dann erfuhr sie, dass Doros Mutter nach Berlin gehe. Erschrocken fragte Thea nach, denn sie fürchtete, die Freundin zu verlieren, verstand dann aber, dass diese bei ihrem Vater in der Villa in Kalk bleiben werde, nur die Mutter ziehe nach Berlin. Erst nachmittags wurde ihr die ganze Geschichte klar. Doros Mutter hatte in den Sommerferien in dem Hotel in Bayern einen anderen Mann kennen gelernt, und beide hatten sich ineinander verliebt. Mit dem Vater verbinde sie ohnehin nichts mehr als die gemeinsame Tochter, hatte sie Doro erklärt, sie müsse verstehen, dass sie ohne Jan nicht mehr sein könne. Dieser Jan war Offizier, „ein hohes Tier" in Berlin, wie Doro unter Tränen berichtete, „ganz nett", aber bei ihm leben wolle sie unter gar keinen Umständen. Das hatte sie strikt abgelehnt, als die Mutter sie darum bat. Nach Berlin gehe sie nicht und erst recht nicht zu diesem Mann! Das sehe Thea doch wohl auch so? Diese nahm die Freundin fest in die Arme, drückte sie an sich und bestätigte ihr, dass sie das auch nie täte. Nie! Zu so einem Mann! Bis zuletzt hatte Doro gehofft, die Mutter werde bei ihnen bleiben, alles werde wieder gut. Aber auch der Vater hatte ihr erklärt, „gut" sei es seit langem nicht mehr, die Trennung müsse sein. Er freue sich aber, wenn die Tochter bei ihm in Köln bleibe, sie beide würden das schon schaffen. Und so war es entschieden: In einer Woche verlasse die Mutter das Haus und ziehe zu Jan nach Berlin.

An diesem Abend führte Thea ein langes Gespräch mit ihrer Mutter. Sie hatte so eine plötzliche Angst empfunden, als sie Doro tröstete, auch die Mutter zu verlieren. Daran hatte sie noch nie gedacht, noch nie! Voller Trauer für die Freundin und voller Wut über deren Mutter sprudelte die Geschichte aus ihr heraus, als sie nach Hause kam. Liebevoll nahm Toni ihre Jüngste in den Arm, tröstete sie und meinte, da müsse man Doro so oft wie möglich in die Volpertusstraße bringen, da werde sie das Lachen schon wieder lernen. Das beruhigte Thea zwar, aber wirklich getröstet war sie damit nicht, zu tief saß der Schock darüber, dass man die Mutter verlieren konnte. Mit Tränen in den Augen gestand sie diese neu erwachte Angst und Toni versprach ihr ganz fest, nie „freiwillig" von ihr weg zu gehen, aber es liege alles in SEINER Hand, „et kütt wie et kütt". Das Versprechen der Mutter beruhigte Thea. Ihr würde das nicht passieren, die Mutter zu verlieren, ihr nicht.

Ab diesem Tage war Toni so etwas wie eine Ersatzmutter für Doro, was Thea ohne die geringste Eifersucht sah, ganz im Gegenteil. Sie freute sich darüber, dass die beiden, die ihr so nahe standen, sich gut verstanden und die Freundin nicht ganz auf mütterliche Liebe verzichten musste.

Doch musste Doro neuen Kummer erleben: Herrmann, ihr stiller Schwarm seit langem, hatte sich verliebt. Immer, wenn er da gewesen war, hatte sie ihn angeschaut, und wenn er ihr sein stilles Lächeln schenkte, war ihr die Röte ins Gesicht geschossen und sie hatte gehofft. Aber nun hatte er sich in eine andere verliebt, wie Thea ihr aufgeregt erzählte, einfach so. Der Schwester war aufgefallen, dass der Bruder noch verträumter als sonst durch das Leben ging. Die einfachsten Dinge, die man ihm auftrug, vergaß er, statt dessen stand er völlig in sich versunken da und lächelte. Mit der Zeit fiel das auch den übrigen Mitgliedern der Familie auf, und der spottlustige Heinz meinte eines Abends, als Herrmann wieder einmal mit einer Tasse in der Hand mitten in der Küche stehen blieb und nicht mehr wusste, was er mit ihr tun sollte: „Dä Fuhrmann Jäsch is verknallt!“ Das war aber im Stimmengewirr der anderen fast untergegangen, nur Thea hatte es gehört, den jüngsten Bruder nachdenklich angeschaut und sich dann vorgenommen, herauszubekommen, ob das stimme. Und wenn sie sich etwas vornahm, führte sie es durch, auch wenn der andere das gar nicht wollte. Noch am selben Abend, als sie sah, dass Herrmann mit einem Buch auf seinem Bett saß, aber nicht darin las, sondern aus dem Fenster schaute, machte sie ihn hüstelnd auf sich aufmerksam, winkte ihn zu sich in ihr Zimmer und drang in ihn, ob das richtig sei, was der Schmal gesagt habe. Sie musste gar nicht lange bohren, Herrmann ließ sie gern an seinem Glück teilhaben. Unter dem Siegel der Verschwiegenheit berichtete er ihr, er habe ein Mädchen kennen gelernt, das er sehr möge. Neugierig fragte Thea weiter, und er gab mehr von seinem noch so jungen Glück preis. Er kenne sie aus der Straßenbahn, sie sei immer schon drin gewesen, wenn er in Kalk eingestiegen sei. Von Anfang an habe sie ihm gefallen mit ihrem Buch, das sie in der Bahn las, nur flüchtig habe sie zunächst aufgeblickt und ihm kurz zugelächelt, wenn er sich einen Platz in ihrer Nähe suchte. Allmählich sei man ins Gespräch gekommen, über Bücher natürlich, dann habe sie ihm einen Platz frei gehalten, wenn das möglich war, und eines Tages habe er sich getraut, sie zu fragen, ob sie sich nach der Arbeit auf dem Neumarkt treffen könnten. Diesem Treffen seien viele andere gefolgt, am liebsten gingen sie miteinander am Rheinufer entlang. Und ja, gab er Thea gegenüber zu, sie hielten dabei Händchen und geküsst hätte er sie auch schon.

Aber dann wollte er nicht mehr weiter erzählen, sondern verzog sich in sein Zimmer. Erst später hat er der Schwester gestanden, dass er Gedichte schrieb. Eines hat er ihr sogar gezeigt und gefragt, ob er das wohl seiner Freundin geben könne. Thea las den Beginn: „Kaugummilang sind meine Tage", fand es wunderschön und sehnte sich danach, auch einmal ein solches Gedicht zu bekommen. Nur Doro, der gegenüber die Geheimhaltung natürlich nicht gelten konnte, wünschte sich, das Gedicht wäre an sie gerichtet gewesen, und wurde traurig. Thea freute sich mit dem Bruder, dass dieser so glücklich war, zugleich nutzte sie die günstige Gelegenheit, um etwas mehr über das seltsame Gefühl zu lernen, das man Liebe nannte.

Aber dann kam der Abend, an dem Herrmann schweren Schrittes die Küche betrat, ohne Lächeln, mit verkniffenem Mund. Essen mochte er nichts und ging schnell auf das Zimmer, das er nun die Woche über nur noch mit Heinz und Josef teilte. Auch mit Thea mochte er nicht reden, und das ging tagelang so. Er kam nach Hause, grüßte kurz und verschwand, das Lächeln schien ihm verloren gegangen zu sein. Toni bedeutete der Tochter, ihn in Ruhe zu lassen, er werde schon sprechen, wenn er so weit sei. Das schien sogar Heinz zu akzeptieren, der den Jüngeren mitunter fast ein wenig mitleidig musterte. Liebeskummer mit Zwanzig sei schlimm, sagte er von der Höhe seiner siebenundzwanzig Jahre zu der Schwester, das kenne er. Und da fiel ihr Katja ein, die Käthe, die für so viel Aufruhr in der Familie gesorgt und ihres Heinzis Leben nur kurze Zeit geteilt hatte.

Irgendwann erfuhr Thea, dass die Freundin verschwunden war, einfach wie vom Erdboden verschluckt. Sie war morgens nicht in der Straßenbahn, wartete abends nicht auf dem Neumarkt. Dann war er zur Wohnung ihrer Eltern gegangen und hatte festgestellt, dass auf dem Schild an ihrer Klingel ein anderer Name stand, den er nicht kannte. Als er sich im Haus umhörte, ob irgendwer etwas über den Verbleib der Familie sagen könne, schüttelte man nur stumm den Kopf, die seien weg, keiner wisse, wohin, er solle besser nicht nach ihnen fragen, wurde ihm vorsichtig bedeutet. Sie blieb verschwunden, und es mussten manche Wochen vergehen, bis Herrmann sein vertrautes Lächeln wieder gefunden hatte. Doro befand sich in einer Zwickmühle, sie wusste nicht so recht, ob sie mit ihm über den Verlust trauern oder sich allein freuen sollte, dass wieder Hoffnung war. Thea musste immer mehr darüber nachdenken, wie es sei, verliebt zu sein.

Dies umso mehr, als auch Heinz' Gang noch federnder und sein Pfeifen noch fröhlicher wurde. Auch ihn konnte man mitunter ganz in sich versunken finden, still vor sich hin lächelnd, was zu diesem Spötter gar nicht passte, wie Thea fand. „Dä Schmal hätt en Fisternöllche", erzählte sie mit ganz neuer Sensibilität diesem Thema gegenüber Irmgard. Gar zu gerne hätte sie, neugierig, wie sie war, in ihn gedrungen, aber die Mutter, der sie ihre Lust gestand, bat sie um Nachsicht mit dem Bruder. Er werde schon von selbst mit der Sprache herauskommen, wenn es so weit sei, meinte sie, er sei nun mal eine „Schlabberschnüss", die das Herz auf der Zunge trage. Und mit siebenundzwanzig Jahren müsse er auch einmal seine Geheimnisse haben dürfen..

Und wirklich, es dauerte nicht lange, bis Heinz die Mutter eher nebenbei fragte, ob er am kommenden Sonntag einen Gast mit zum Mittagessen bringen dürfe, ein Mädchen. Diese nickte nur, lächelte ihren Zweitgeborenen an und tat so, als sei sie wenig interessiert. Natürlich sah es in ihrem Inneren ganz anders aus, denn seit dem völlig misslungenen Tag, an dem er mit Katja in die Volpertusstraße gekommen war, hatte er niemals mehr einen weiblichen Gast mitgebracht. Das musste schon etwas zu bedeuten haben, dahinter steckte mehr. Toni ließ sich, müde wie sie jetzt häufig war, am Küchentisch nieder, nachdem sie Pfefferminztee gekocht hatte, und wartete auf Schwester Amella, um ihr die Neuigkeit mitzuteilen. Beide waren sich einig, dass es für Heinz allmählich „Zick" würde, was bedeutete, dass sie auf eine Heiratsaspirantin warteten. Und nur Schwester Amella, ihrer Seelenfreundin, gestand Toni, wie sehr sie sich nach Enkelkindern sehnte, das sei doch etwas ganz anderes als Kinder! Die Kindeskinder dürfe man einfach nur verhätscheln, immer. So sicher, wie Toni war, dass dieser angekündigte Besuch nur etwas Ernsthaftes bedeuten konnte, so skeptisch war der Vater. Katja hatte er noch immer nicht wirklich verschmerzt, so fremd und ungeheuer war ihm diese damals gewesen. Und wusste man, was „dä Jung" jetzt mitbrachte? Ein „Flaabes" blieb seiner Meinung nach immer ein „Flaabes", also jemand, der nichts wirklich ernst nimmt. Toni widersprach nicht, wusste sie doch, dass Peter nur aus Angst vor einer Enttäuschung so negativ reagierte.

Und sie behielt Recht, dieses Mal war wirklich alles ganz anders, von Anfang an. An diesem denkwürdigen Sonntag waren die Mülheimer – mit Ausnahme von Gertrud, die sich mit ihren siebzehn Jahren für zu alt für den traditionellen Familienbesuch hielt – bereits zur Messe in St. Engelbert gekommen, und als man sich hinterher auf dem Kirchplatz versammelte, konnten alle beobachten, dass Heinz auf eine junge Frau zuging, die gerade aus der Kirche trat. Die Art, wie sie ihn anstrahlte, als sie ihn erblickte, wärmte Tonis Herz und ließ sie hoffen. Louise blinzelte unter ihrem wagenradgroßen Hut hervor, den sie zur Feier des Sonntags trug, und flüsterte der Schwägerin nur: „Lecker!" zu. Und das war sie wirklich, wie auch die kichernden Cousinen fanden, Thea, Maria und selbst die zehnjährige Elisabeth. Von etwas weiter weg winkte Schwester Amella der Freundin verstohlen zu und nickte so heftig, dass ihre Haube in Schwingungen geriet.

Heinz bückte sich zu der etwas Kleineren hinunter, drückte ihr ein Küsschen auf die Wange, nahm ihren Arm und schob ihn so selbstverständlich unter den seinen wie jemand, der dem anderen herzlich zugeneigt ist und ihm zugleich Kraft geben will. So kamen die beiden langsamen Schrittes auf die wartende Familie zu. Die junge, ein wenig mollige Frau lächelte etwas krampfhaft und klammerte sich an Heinz fest, war ihr doch allzu bewusst, dass die dort stehenden Frauen sie musterten, von Kopf bis Fuß. Wäre sie in deren Situation gewesen, hätte sie das gleiche getan. Was sie sahen, gefiel: Ein kleines keckes Hütchen mit Feder thronte auf dem aschblonden, halblangen, gewellten Haar, und zu einem schwingenden Sommerkleid mit Streublümchen trug sie eine weiße Trachtenstrickjacke, Seidenstrümpfe, wie Thea neidisch feststellte, die an ihren wollenen Kniestrümpfen herunterblickte, und halbhohe schwarze Spangenschuhe. Während der Musterung war das Paar bei den Wartenden angekommen und Heinz stellte sie ihnen als „Emilie“ vor, das Weitere bekam Thea vor Aufregung nicht mehr mit. Emilie lächelte alle ein wenig verlegen an, wurde dann aber sicherer, als Maria und Thea sie kurz entschlossen von Heinz trennten und in die Mitte nahmen und pausenlos auf sie einplapperten, bis man in der Volpertusstraße ankam. Tonis Herz gewann die junge Frau umgehend, als sie fragte, ob sie in der Küche helfen könne, was Thea nicht so recht verstand, da sie diese Mahlzeitvorbereitungen verabscheute und nur notgedrungen ausführte. Ehe die Mutter dies bemerken und sie aufhalten konnte, schlüpfte sie schnell aus der Hoftür und durch das

Gartentörchen zu Irmgard, um der zu erzählen, Heinz habe seine Freundin mitgebracht und sie solle gleich mal unauffällig vorbei kommen. Mittlerweile hatte sich Emilie eine Küchenschürze umgebunden und ging Toni mit Maria zur Hand, die den Küchentisch deckte, sie waren wieder einmal viele Personen zum Mittagessen, da auch Franz und Josef erwartet wurden.

Als die Suppe aufgetragen war und alle Frauen sich niedergelassen hatten, sprach Herrmann das Tischgebet, und als Emilie dabei den Kopf senkte, schwand auch Peters Skepsis zunehmend. Obwohl sie das erste Mal bei ihnen war, hatte jeder das Gefühl, sie schon lange zu kennen und vertraut mit ihr zu sein, so natürlich gab sie sich. Als sie aufstand, um Toni mit der Puddingschüssel zu helfen, stolperte sie mit ihren Absätzen, schwankte und plumpste wie in Zeitlupe mitten in der Küche auf ihr Hinterteil. Vier Söhne sprangen gleichzeitig auf, um ihr zu helfen, aber sie saß dort in ihrem Sonntagsstaat und lachte, lachte und konnte nicht mehr aufhören zu lachen, was alle nacheinander so ansteckte, dass Irmgard, die die Neugier nach nebenan getrieben hatte, fassungslos in der Hoftür stand, umtost vom Gelächter der Familie. Am lautesten aber lachte die auf der Erde Sitzende, die sich die Seiten hielt und kaum aufzustehen vermochte.

So stolperte Milli, wie sie genannt werden wollte, in ihrer aller Leben. Zunächst einmal war sie aber in Heinz' Arme gestolpert, wie die beiden beim Kaffee, dem mit zwei „e“ zur Feier des Tages, erzählten. Sie hatte zum ersten Mal recht hohe Absätze getragen, als sie über die Schildergasse zu einem Konzert im Gürzenich hastete, denn langsam gehen war nicht Millis Art. In ihrer Eile hatte sie einen aus dem Pflaster ragenden Stein übersehen und kam zu Fall, der aber nicht auf der Erde endete, sondern in den Armen eines ihr wildfremden jungen Mannes, der sie aufgefangen hatte. Statt sich nun verlegen aus diesen Armen zu befreien, war sie in ihnen geblieben und hatte lauthals losgelacht, so herzhaft und offen, dass auch Heinz nicht anders gekonnt hatte als einzustimmen. Und genau in diesem Augenblick hatte er sich in sie verliebt. Peter hörte dies und dachte dreißig Jahre zurück, als es ihm genauso gegangen war wie diesem Sohn, der ihm oft so fremd vorgekommen war. Auch er hatte sich in dessen Mutter auf den ersten Blick verliebt, weil sie so wunderbar lachen konnte. Und als er zu Toni blickte, schaute sie ihn an, leise lächelnd, als sei auch ihr diese Gemeinsamkeit bewusst geworden. An diesem ersten Abend, so berichtete Milli, sei sie nicht mehr in den Gürzenich gekommen, weil man aus dem Brauhaus, in das Heinz sie auf den Schreck hin zum Bier eingeladen hatte, so bald nicht wieder herausgefunden hatte.

Und so kam es, dass auch Heinz Mozart lieben lernte. Milli hatte es ihm angetan, das war klar ersichtlich, und alle anderen mochten sie mit ihrer natürlichen ungekünstelten Art ebenso auf Anhieb. Auch sie war in einer großen Familie aufgewachsen, mit drei Schwestern und zwei Brüdern, und hatte früh Schmerz und Trauer kennen gelernt. Ihre Mutter war schon lange verstorben. Deren Mutter übernahm die Erziehung, wenn der Vater nicht zu Hause war, unterstützt von Änne, der ältesten Tochter. Von Poll aus war es nicht weit bis zur Volpertusstraße, und so kam Milli häufig dorthin, auch ohne Heinz, weil sie an Toni hing, die sehr bald so etwas wie eine Ersatzmutter für sie wurde. Wenn sie einen Rat brauchte, ging sie zu ihr, aber auch, wenn sie nur erzählen oder lachen wollte, war sie da. Und jeder akzeptierte das neue Familienmitglied.

Milli, ihre Schwägerin, so jung, so fröhlich, so begierig, das Beste aus ihrem Leben zu machen. Viel Freude hatte sie ihnen geschenkt, aber vor das Bild der jungen fröhlichen Frau war das der Demenzkranken getreten, die niemanden mehr kannte, auch Thea nicht, die Schwägerin, die fünfzig Jahre lang Haus an Haus mit ihr gelebt hatte, gleich nebenan, dachte Thea. Sehr eng verbunden waren sie miteinander gewesen, alle die Jahre lang. Und dann dieser schreckliche Tag, als Millis Älteste mit dem Auto tödlich verunglückte. Ihre Schreie bei der Beerdigung hatte sie heute noch im Ohr, nie hatte sie sie vergessen können, immer noch hörte sie sie. Danach war Milli nie mehr die Alte gewesen, ihr Lachen schien gebrochen, und das hatte Heinz kaum ertragen, der immer öfter allein wegging.

Wie jung waren sie doch damals alle gewesen, an jenem Tag, als Milli sich in der Küche auf ihr Hinterteil gesetzt und dabei die Herzen aller gewonnen hatte. Die Zeitumstände hatte man vergessen an diesem Tag, und wahrscheinlich war auch er mit dem Westerwaldlied ausgeklungen wie so viele Abende in ihrer Jugend.

Im Grunde hatte Toni, fast als es schon zu spät war für sie, seit diesem Jahr drei Töchter gehabt, eine eigene, sie, Thea, und zwei geschenkte, Doro und Milli, und auch Irmgard war häufig bei ihnen, wenn ihre Zeit es ihr erlaubte, so dass der ehemals männlich geprägte Haushalt sich veränderte und damit auch die Mutter. Gesundheitlich hatte sie große Schwierigkeiten, aber ihre Seele lebte auf. Ja, so musste es gewesen sein, sann Thea vor sich hin, oder war das vielleicht alles falsch, was sie sich heute vorstellte? Aber was heißt schon falsch? Gibt es die richtige Erinnerung? Eine richtige Erinnerung? Es gab nur noch ihre, und die veränderte sich in dieser Nacht, ja, das war das Erstaunliche, hatte sie doch immer gedacht, es sei etwas Festes, das Sich-Erinnern.

Thea reckte sich ein wenig in ihrem Sessel, denn die Stunden, die sie hier verbracht hatte, zeigten Wirkung. Ganz verspannt kam sie sich vor, steif, alt eben, so alt, wie sie heute geworden war. Achtundachtzig, das war schon ein „schönes“ Alter, wie man so sagt. „Dummes Wort“, entschied sie – und überhaupt! War sie nicht eben erst sechzehn gewesen, hatte Milli kennen gelernt und sich trotz aller politischen Widrigkeiten, von denen sie nur wenig mitbekam, ihres Lebens gefreut?

Irgendwo – sie konnte sich nicht erinnern, wo – hatte sie einmal gelesen, Erinnerung sei der einzige Weg nach Hause. Das hatte ihr gefallen, denn sonst hätte sie es wohl nicht behalten. Aber heute fing sie an, es zu verstehen, ja, sie legte den Weg nach Hause zurück. Nach Hause? Thea zögerte. Was hieß das denn? Sie hatte doch gedacht, diese Nacht gehöre den anderen, denjenigen, die nicht mehr waren, nur noch in ihr. In ihr? Ja, entschied sie, in ihr, bei sich selbst zu Hause. Dann war, stutzte sie kurz, das Erinnern vielleicht der Weg zu ihr selbst?

„Unsinn“, wehrte sie ab, „darüber kannst du später noch nachdenken, altes Weib, geh jetzt einfach ‚nach Hause‘, was immer das auch ist.“ Erleichtert lehnte sie sich zurück, nachdem sie noch schnell einen Schluck Mineralwasser gegen die Trockenheit im Mund getrunken hatte, und versuchte den Anschluss an ihre Erinnerungen zu finden. Milli, 1935, Doros Eltern … ja, dann kam nun wohl 1936, das Jahr, in dem … Sie griff zu ihrem Halstuch, hüstelte leicht und ging dann erneut entschlossen in die Vergangenheit.

1936

Das Jahr begann mit einem Paukenschlag. Thea ließ sich ihre Zöpfe abschneiden. Seit einigen Monaten schon verdiente sie sich ein paar Groschen nebenbei, die sie auch für sich ausgeben durfte, für Kleinigkeiten, nach denen sie sich sehnte und die die Eltern ihr niemals bezahlt hätten, wie zum Beispiel den dunkelroten kussechten Lippenstift, den sie tief in der Schublade zwischen ihrer Unterwäsche verborgen hatte.

Eines Tages, als sie mit Doro auf dem Heimweg nach der Schule die Bertramstraße entlang schlenderte, fiel ihr ein Pappschild an der Tür auf, die über drei Stufen von der Straße in einen Friseurladen führte. Den gab es schon jahrelang, nie hatte sie ihn beachtet, aber das Schild zog ihre Aufmerksamkeit auf sich: „Junges Mädchen stundenweise zum Haarewaschen gesucht", las sie. Sie blickte kurz zu Doro hinüber, schaute erneut auf das Schild, drückte der Freundin kurz entschlossen die Schultasche in die Hand und stieg die drei Stufen zu dem Laden hinauf. Energisch, ohne Doros aufgeregte Handzeichen zu beachten, drückte sie gegen die schwere Holztür, die ging etwas knarrend nach innen auf, ein leises Klingeln ertönte, und sie stand in dem Laden. Ziemlich düster war es hier, Licht fiel nur durch das Glas in der oberen Hälfte der Tür und durch ein Fenster rechts an der Wand herein, so dass Thea zunächst nicht viel erkennen konnte. Aus dem Halbschatten löste sich die etwas gebückte Gestalt eines älteren Herrn, der auf Thea zukam und nach ihrem Begehr fragte. Tatsächlich, er benutzte das Wort „Begehr"! Während Thea ihm erläuterte, dass sie sich für das Haarewaschen interessierte, ließ sie ihre Blicke schnell umher schweifen. Hinten an der Längswand war unterhalb einer durchgehenden Spiegelfront eine lange Marmorplatte angebracht, in die drei Waschbecken eingelassen waren, vor denen sich jeweils ein brauner Stuhl mit Armlehne und papierüberzogener Kopfstütze befand. Seitlich des Spiegels hingen schwere schwarze Föhne in einer Halterung, und in einer Ecke sah sie eine Trockenhaube mit gebogenen Armen stehen. Alles war klein, aber es gefiel ihr. Am besten aber gefiel ihr der Besitzer des Ladens, ein etwa Sechzigjähriger mit weißem Haar, der sie immer noch schmunzelnd anblickte, während er wartete, bis sie mit der Musterung des Ladens fertig war.

Bei beiden war es wohl Sympathie auf den ersten Blick, so dass sie sich schnell einig wurden, vorausgesetzt, die Eltern gaben ihr die Erlaubnis, bei Herrn Schmitz an drei Nachmittagen in der Woche Haare zu waschen. Allzu viel zahlen konnte er ihr nicht, er war ein Einmannbetrieb und hatte nur feste Kunden. „Laufkundschaft", wie er sagte, gab es in diesem Teil Kalks nicht, dafür war er zu abgelegen. Nach kurzem Überlegen stimmten die Eltern zu – natürlich war Toni bei Herrn Schmitz in dem Geschäft gewesen, um ihn kennen zu lernen, zu Fremden gab man die Tochter nicht! –, es konnte nicht schaden, wenn Thea, nun fast siebzehnjährig, auch „den Ernst des Lebens" sah, und die Zeit reichte neben der Schule auch aus.

Für Doro war dies eine Umstellung, weil die Freundin nun deutlich weniger Zeit mit ihr verbringen konnte, aber da Thea ihr ja freudig und völlig ohne Eifersucht ihre Familie geschenkt hatte, wartete sie oft schon in der Volpertusstraße auf sie, hatte Toni im Haushalt oder Garten geholfen, und man setzte sich gemeinsam am Küchentisch an die Hausaufgaben, denn die Mädchen besuchten mittlerweile die Untersekunda, an deren Ende der Erwerb des „Einjährigen" als Abschluss stand. An anderen Tagen ging Thea nach der Arbeit im Friseursalon zu Doro, so dass sie sich weiterhin regelmäßig sehen konnten, oder sie gingen auch einmal ins Kino, wo sie sich in Paula Wessely verliebt hatten. Als Leopoldine hatte sie ihnen so gut gefallen, dass sie nun alles sammelten, was sie über die Künstlerin in die Finger bekommen konnten.

Und diese war auch schuld, dass Thea ihre Zöpfe zu

hassen begann. Die blonden dicken Flechten trug sie schon länger nicht mehr herab fallend, das wäre ihr dann doch zu kindlich gewesen, sondern entweder als Haarkrone oder als Schnecken über den Ohren. Aber lästig waren sie schon! Der Vater liebte ihre langen Haare, das wusste sie, aber sie waren schrecklich altmodisch. Zöpfe, wer trug schon Zöpfe? Und so begann sie von einer neuen Frisur zu träumen, modern, schick. Jedes Mal, wenn sie bei Herrn Schmitz die kurzen Haare anderer wusch, stellte sie sich vor, wie es wäre, ebenfalls die Strähne über der Stirn mit einer einzigen Bewegung von links nach rechts zu schleudern oder einen Scheitel so eigenartig schräg auf der linken Seite wie Paula Wessely zu tragen. Mit Doro beratschlagte sie, welche Frisur ihr wohl stehen würde, vor dem Spiegel schlugen sie ihre Zöpfe nach hinten, Doro hielt sie fest, und Thea begutachtete, wie ihr diese Frisur stand. Jeden Morgen, wenn sie ihre Haare flocht oder, wenn es schnell gehen musste, und das musste es oft, die Mutter ihr dabei half, stöhnte sie über die Arbeit, die eine solche Frisur mache. Es sei doch viel bequemer, das Haar kurz zu tragen, man könne es schneller waschen und besser pflegen. Toni gab vor, alle diese Winke nicht zu verstehen, und hielt der Tochter immer wieder vor, welch ein Glück sie doch habe, so schöne Zöpfe zu tragen, andere würden sich danach sehnen und seien neidisch auf ihr festes, langes Haar.

Weihnachten beschloss Thea, dass die Zöpfe ab müssten, und zwar genau in dem Augenblick, als sie Marias dunkelbraunen Bubikopf sah. Dass diese mit ihren dünnen Haaren gar nichts anderes tragen konnte und die Frisur der Cousine immer bewundert hatte, interessierte sie nicht, jetzt war Schluss! Jetzt wurde sie modern! Sechzehn und immer noch brave Flechten, das ging zu weit.

Ihren Entschluss teilte sie nur der Freundin mit, die bedenklich guckte, als Thea davon erzählte, sie aber staunend anschaute, als sie fest blieb. Neujahr noch mit langen Haaren, aber das sei der erste und zugleich letzte Tag des Jahres 1936 mit diesen „dusseligen“ Zöpfen. Und Thea machte Ernst. An ihrem ersten Nachmittag, den sie in diesem Jahr in Herrn Schmitz’ Frisiersalon verbachte, bat sie ihn, nachdem die letzte Kundin gegangen war, ihr die Haare abzuschneiden. Die Eltern seien einverstanden. Eine Frisur wie Paula Wessely wolle sie haben, genau so eine!

Doro, die ja informiert war, dass der große Tag gekommen sei, holte sie am Laden ab und erkannte die Freundin kaum wieder. In weichen Wellen schmiegte sich deren blondes Haar bis über die Ohren, der schräge Scheitel links gab ihr etwas ganz Verwegenes, älter sah sie aus, erwachsener. Thea strich sich über den Hals, der ihr nun ganz nackt vorkam, kühl, ging einmal vorsichtig über die Wellen der rechten Seite und machte sich dann zufrieden mit Doro auf den Heimweg. In der Hand trug sie eine braune Papiertüte mit ihren abgeschnittenen Zöpfen, die Herr Schmitz, der übrigens nichts berechnet hatte, ihr als Andenken, wie er sagte, mitgegeben hatte. In der Volpertusstraße gab die Freundin vor, sie müsse früh zu Hause sein, und machte sich schnell auf den Rückweg, denn die Reaktion von Theas Eltern wollte sie sich lieber erzählen lassen denn miterleben.

Und daran hatte sie recht getan! Etwas mulmig war es Thea schon, als sie nun so ganz allein vor der Haustür stand, die Haare in der Tüte. Aber entschlossen klingelte sie und ging erhobenen Hauptes vorbei an dem verblüfften Heinz, der die Tür geöffnet hatte, geradewegs in die Küche, wo die anderen, da es schon recht spät war, bereits mit dem Abendessen auf sie warteten. Peter sah seine Tochter eintreten, stutzte nur einen ganz kurzen Moment und brüllte dann mit donnernder

Stimme, als müsse er die Züge auf dem Deutzerfeld rangieren: „Theodora, ding Zöpp!“, nichts weiter. Dieser Ruf bewog Toni, die sich am Herd zu schaffen gemacht hatte, sich umzudrehen und dann fassungslos ihre Tochter anzustarren. Nach einer Weile murmelte sie ganz leise und traurig, was Thea viel mehr zusetzte als die Aufregung des Vaters: „Ding schön Zöpp.“ Herrmann starrte sie nur schweigend und mit weit aufgerissenen Augen an, während Heinz, der ihr in die Küche nachgekommen war, ihr im Vorbeigehen über die Schulter strich, grinsend „de Mösch“ sagte und durchdringend zu pfeifen begann.

Zu Abend aß Thea nicht mehr, schluchzend lag sie auf ihrem Bett, die braune Tüte an sich gepresst. In ihr war ein Widerstreit von Aufruhr und Unglück. Zu sehr hatten die Vorwürfe des Vaters sie verletzt. Man hätte meinen können, sie habe viel mehr verloren als ihre Zöpfe. Sie hasste die Eltern, ja, sie hasste sie, auch wenn man das nicht durfte, sie wussten nichts, rein gar nichts von der Welt und von ihr erst recht nichts. Irgendwann öffnete sich die Tür ihres Zimmers und Toni trat schwer atmend ein, beugte sich über die immer noch weinende Tochter und fragte: „King, moht dat sinn?“ – „Jo“, schniefte diese, ja, das hatte sein müssen, ganz gewiss. Sanft nahm die Mutter ihr die braune Tüte aus den Händen, öffnete sie, griff hinein und streichelte das abgeschnittene Haar ihrer Tochter. Traurig schloss sie die Tüte wieder, sagte im Hinausgehen „Naach, Thea“ und verstaute die Zöpfe liebevoll, umwunden mit einem rosa Band, in ihrem Nachtkommödchen, gleich neben dem Bett. Die langen Haare ihrer einzigen Tochter – Thea entdeckte sie dort nach dem Tod der Mutter.

Es dauerte eine Weile, bis sich die Wogen ob dieses Ereignisses ein wenig gelegt hatten. Verdanken konnte Thea dies den politischen Umständen, die den Vater sehr zu beunruhigen schienen, aber auch die Frauen, Toni und Louise, schienen angesteckt, oft steckten sie die Köpfe zusammen, wisperten und schauten sich dabei sichernd um, als fürchteten sie, es belausche sie jemand. Den „Kindern" – damit konnten nur die Mädchen gemeint sein – sagte man nichts und vergaß dabei, dass diese eine ganze Menge aufschnappten. Maria, die nach wie vor eine katholische Jugendgruppe in ihrer Mülheimer Pfarre leitete, berichtete von Verhaftungen in Kirchenkreisen, wusste aber nichts Genaues. Nur dass die Angst umging, das bekamen sie mit.

Diese Angst ließ auch Louise ihren Widerstand gegen eine BDM-Mitgliedschaft von Elisabeth aufgeben, zumindest nach außen hin. Außer ihrer jüngsten Tochter und deren Freundin Otti waren alle Mädchen der Klasse längst in den Jugendverband eingetreten und hatten samstags schulfrei, so dass nur noch die beiden an diesem Tag von einer Lehrerin unterrichtet werden mussten, die sicher lieber frei gehabt hätte und daher zu Ottis Mutter ging, um mit der „zu reden". Das Ergebnis war, dass die Tochter ebenfalls in den BDM eintrat und nur Elisabeth als letzte übrig blieb. Unter Tränen trotzte sie der Mutter ab, nicht länger außen stehen zu müssen, alle seien „drin", und sie wolle samstags nicht alleine in die Schule gehen. Louise hätte dies – von ihrem Naturell her – wohl eher gereizt, aber ihr war auch klar, dass die Tochter den Trotz der Mutter würde büßen müssen, also gab sie klein bei, aber nur ein wenig, nicht ganz. Und so erzählte sie Toni, sie habe zwar gestattet, dass das elfjährige Mädchen „als echte deutsche Maid", wie sie knurrend kommentierte, zu den Gruppenabenden und Versammlungen ging oder am Wochenende mit dem Rucksack auf große Fahrt. Allerdings weigerte sie sich, die entsprechende Uniform zu kaufen: dunkelblauen Rock, eine eingeknöpfte weiße Bluse und Fahrtentuch, das durch einen Lederknoten am Halsrand gehalten wurde. Sie sei Witwe, habe drei Töchter allein zu versorgen, für „so etwas" habe sie kein Geld, und ihrer Schwägerin Elsa, Elisabeths Patentante, verbot sie schlichtweg die Anschaffung der „Kledasch". „Das Kind" konnte tragen, was es hatte, und damit basta! Und so kam es, dass Elisabeth – sie erzählte es ihr Leben lang lachend – auf allen Bildern in der letzten Reihe stand, weil sie nur „Zusammengestoppeltes" trug.

Dass sie nun, wie alle anderen auch, BDM-Mädchen war, hinderte sie jedoch nicht daran, gleichzeitig auch zu den Gruppenabenden ihrer Schwester Maria zu gehen, solange diese noch stattfanden, womit Ende des Jahres 1936 allerdings Schluss war.

An einem Sonntag im April kam es zu einer heftigen Auseinandersetzung im Hause Volpertusstraße 1. Nach langer Zeit war Peter wieder einmal von Berlin gekommen, Josef und Franz waren ebenfalls anwesend, alle in Uniform, was der Vater noch immer nur schwer ertrug. Sehr bald kam die Sprache auf den Einmarsch der Wehrmachtstruppen in das entmilitarisierte Rheinland, den Peter auf dem Nachhauseweg vom Deutzerfeld beobachtet hatte. Wie die Verrückten hätten die Deutzer geschrien und seien den Soldaten dann über die Hohenzollernbrücke „nachgelaufen", eine Schande sei das, die „Kackstivvel" machten, was sie wollten. In dieser Art schimpfte er vor sich hin und machte keinen Hehl daraus, dass er Angst hatte vor dem, was noch folgen würde. Bis dahin hatten die Söhne schweigend zugehört, waren sie das Lamento des Vaters doch gewöhnt, aber als dieser nun auch noch begann, über Hitlers Besuch am 28. März in Köln zu schimpfen, hielt Josef es nicht mehr aus. Schließlich sei das gegen die „Schmach" gewesen, endlich sei Deutschland wieder wer, es habe lange genug gedauert. Und Franz pflichtete ihm bei. Selbst „der Kardinal“ habe die Wehrmacht „Hüter des Friedens“ genannt, die Studenten, alle, alle hätten ihnen zugejubelt. Peter nickte bestätigend. Das konnte den Vater jedoch nicht von seiner Meinung abbringen, dass das Ganze schlecht ausgehen werde, und er warf den Söhnen Blindheit und Dummheit vor, was zu einem Tumult führte, wie Thea ihn noch nie zu Hause erlebt hatte. Etwas ängstlich saß sie in der Ecke der Küchenbank neben Herrmann, der ebenfalls nur mit großen Augen um sich schaute, von einem zum anderen, und beobachtete die Mutter, die sich des öfteren ans Herz griff und schwer atmete, sich aber nicht einmischte. Heinz, der bisher ganz gegen seine Gewohnheit geschwiegen hatte, schlug plötzlich mit der Faust auf den Tisch, was schlagartig Ruhe einkehren ließ. Mit ungewohnt leiser Stimme sagte er: „Mer sin en Famillich“, schaute in die Runde, fixierte jeden seiner Brüder eine Weile mit den Augen, stand dann auf, gab Milli, die auch anwesend war, einen Wink und verließ Hand in Hand mit ihr die Küche. Alle starrten hinter ihm her.

So recht hat der Sonntagsbraten an diesem Tage niemandem geschmeckt. Es war offenbar geworden, dass die Politik einen Riss quer durch die Familie bewirkt hatte, der zwar in den kommenden Jahren überdeckt wurde, aber stets vorhanden war, immer. Peter wurde vorsichtiger in seinen Äußerungen, auch zu Hause, Toni hatte ihm wohl klar gemacht, wie gefährlich er lebte. Nur mit Heinz, der seit diesem Tage eine große Nähe zu ihm hatte, teilte er hinfort seine Bedenken, wenn alle anderen um ihn herum jubelten.

Und gejubelt wurde viel in diesem Jahr der Olympiade. Auch in der Volpertusstraße hatte mittlerweile ein Volksempfänger Einzug gehalten, ein kleiner brauner Kasten aus Bakelit mit einer runden, mit dunkelbeigem Stoff bespannten Öffnung in der Mitte und drei Drehknöpfen unten. Er stand in der Küche, da man sich dort am meisten aufhielt, was besonders auf Toni zutraf, die sich freute, bei der Hausarbeit Konzerte oder Nachrichten hören zu können. Die siebenundsiebzig Mark, die das Gerät kostete, hatte Heinz spendiert, er meinte, ohne könne man nicht mehr sein. Jeder müsse sich informieren!

Und so saßen nun am frühen Nachmittag des 1. August alle, die nicht bei der Arbeit sein mussten, in der Küche und lauschten der Eröffnungsfeier der XI. Olympischen Spiele in Berlin, der ersten, die durch Rundfunk – und auch durch Fernsehen, aber das konnte sich niemand in der Kolonie leisten – live übertragen wurde. Thea war fasziniert, so unmittelbar dabei sein zu können, und dies umso mehr, als sie wusste, dass Doro mit ihrer Mutter und deren Freund im Olympiastadion saß und dort zuschaute. Und so stellte sie sich beim Zuhören vor, was die Freundin dort wohl sah: Scharen von Begeisterten, Fahnen, Menschen aus aller Welt unter einem blauen Himmel. Wunderbar musste das sein! Selbst Peter vergaß für eine kurze Zeit seine Kritik an den „Kackstivveln“ und ließ sich von der olympischen Atmosphäre einfangen. Kurz nach 16 Uhr ertönten die ersten Strophen des Deutschland- und des Horst-Wessel-Liedes, und dann läutete die Olympia-Glocke, die in einem eigens für sie gebauten Glockenturm in der Nähe des Stadions hing. Eine Miniaturausgabe dieser Glocke hielt Thea dann in der Hand, als Doro gleich nach ihrer Rückkehr aus Berlin in die Kolonie geeilt war, um die Freundin zu umarmen und ihr zu berichten. Ungewöhnlich lebhaft wirkte sie, die sonst immer sehr nachdenklich und still aus Berlin zurückkam, da sie unter den gestörten Familienverhältnissen mehr litt, als ihre Eltern angenommen hatten. Aber nun war sie ja wieder da, bei Thea, ihrer allerliebsten Freundin, wie sie sagte, und bei Toni, der Mutter, die sie sich gewählt hatte und die diese Wahl nur allzu gerne zuließ. Gemeinsam mit ihrer Tochter bewunderte sie das Glöckchen aus Porzellan, auf dem der deutsche Adler und unter ihm die fünf olympischen Ringe abgebildet waren. Am Rand der Wölbung unten war ein Spruchband angebracht, auf dem in altdeutscher Schrift „Ich rufe die Jugend der Welt" stand.

Und dann erzählte Doro: wie der Führer unter dem Jubel der Hunderttausend seine Loge betreten hatte, ganz kalt sei es ihr da den Rücken hinuntergelaufen. Von dem Einmarsch der Nationen berichtete sie, bei dem alle Aktiven den rechten Arm erhoben hatten, nur zur Ehre des Führers, was Peter, der hinzu gekommen war, ein Schnauben entlockte. Ein besonderer Augenblick sei es gewesen, als tief unten der Fackelläufer mit erhobenem Arm auftauchte, der letzte von 3075 – unglaublich –, die das olympische Feuer durch sieben Länder von Olympia bis Berlin getragen hatten. Und als Richard Strauss' olympische Hymne gespielt und gesungen wurde, da habe sie wie viele andere auch mitgesungen: „Völker, seid des Volkes Gäste, kommt durchs offne Tor herein!" Und in dem Moment, gestand sie drei Wochen später in der Küche in der Volpertusstraße, sei sie stolz darauf gewesen, deutsch zu sein. Toni lächelte ihr freundlich zu und bedachte ihren Mann mit einem warnenden Blick, und der gab sich dann auch wirklich mit einem Räuspern zufrieden. Im olympischen Dorf sei sie gewesen und habe auch mitbekommen, wie Konrad Frey eine Goldmedaille am Barren gewonnen habe. Der Beste sei jedoch Jesse Ouwens gewesen, schwärmte sie, und für die Schule habe sie überhaupt nichts …

In diesem Augenblick sprang Thea auf, wobei sie ihre Tasse

umwarf und der Blümchenkaffee sich über den Tisch ergoss, und rannte, einmal aufschluchzend, durch den Flur in ihr Zimmer. Die Freundin eilte ihr nach, nachdem sie schuldbewusst zu Toni geschaut und diese ihr still zugenickt hatte. „O Thea“, weinte sie und nahm die Freundin in den Arm, „o Thea …“. Aber sie spürte, dass sie nichts tun konnte. Theas Kummer und Schmerz waren zu groß, als dass es einen Trost für sie hätte geben können.

Dabei verstand Doro noch immer nicht, was geschehen war. An einem der letzten Schultage war die Freundin kreidebleich in der Schule erschienen, hatte ihren Gruß auf dem Schulhof kaum beachtet, war wie eine Marionette die drei Stufen vor dem Hauptportal empor gestiegen und hatte auch nicht zur Seite geblickt, als Doro sich neben sie schob und auf sie eindrang, zu sagen, was los sei. Wortlos war sie in den Klassenraum der Untersekunda gegangen, hatte sich an dem Pult niedergelassen, an dem sie mit der Freundin saß, und immerfort hustend starr geradeaus auf die Tafel gestarrt, eine Stunde lang hatte sie nur auf die Tafel gestarrt und gehustet, ohne wahrzunehmen, was um sie herum vorging. Doro war in hellster Aufregung. So hatte sie Thea noch nie erlebt! So wortlos … unzugänglich … so – leblos! Erst in der großen Pause war es ihr gelungen, Kontakt zu der Freundin aufzunehmen, die aber nicht sprechen wollte über das, was sie so beschäftigte, dass es ihr den Atem geraubt zu haben schien.

In der dritten Stunde war Thea in das Sekretariat der Schule gerufen worden, hatte dort eine Weile verbracht und wirkte, als sie den Klassenraum wieder betrat, ruhiger, entschlossener, so als habe sie etwas Unaufschiebbares hinter sich gebracht. Nach der Schule wollte sie nicht, wie abgemacht, mit Doro in die Volpertusstraße gehen, sondern bat darum, sich zu ihr aufzumachen, sie könne jetzt nicht nach Hause. Für alles, was auf der Kalker Hauptstraße zu sehen war, hatte sie keinen Blick, unverzüglich, ohne stehen zu bleiben, eilte sie in die Richtung der Kapelle und atmete erleichtert auf, als sich die Haustür hinten den beiden Mädchen schloss. Essen wollte sie nicht, sondern nur auf Doros Zimmer. Und dort berichtete sie der Freundin dann tonlos, wie erstarrt, dass sie heute den Abmeldeschein in der Schule abgegeben habe, sie werde nach den Ferien eine Lehre beginnen, das Abitur komme nicht in Frage. Mit weit aufgerissenen Augen starrte Doro die Freundin an, sie verstand nicht und konnte kaum glauben, was sie da hörte, aber sie spürte auch, dass sie nicht fragen durfte. Jedes Wort zuviel hätte die mühsam bewahrte Ruhe in Gefahr gebracht. Thea erhob sich von dem Stuhl am Schreibtisch, auf dem sie steif und sehr aufrecht gesessen hatte, verließ das Zimmer mit sehr geradem Rücken und murmelte nur, sie müsse nach Hause, dort werde sie erwartet, sie finde schon allein den Weg, die Freundin möge hier bleiben. Doro tat, wie ihr geheißen, während ihr die Tränen über die Wangen stürzten, die Thea nicht weinte.

Lange weinte sie nicht, sie war wie erstarrt, bis in die Tiefen ihres Wesens erfroren. Mechanisch war alles, was sie tat, seit die Eltern sie in die Küche gerufen hatten, um ihr mitzuteilen, dass Schluss sei mit dem Gymnasium. Das „Einjährige“ müsse genügen, damit könne sie in der Akkumulatorenfabrik eine hervorragende Lehrstelle bekommen. Der Vater hatte sich erkundigt. Sie wollte aufbegehren, wie es ihrem Naturell entsprochen hätte, sich durchsetzen, ihren großen Wunsch herausschreien, Lehrerin zu werden, die Eltern zwingen, ihr zuzuhören und nachzugeben. All dies tat sie nicht, als sie sah, wie die Mutter die Tränen in ihren Augen hinter schnell vorgeschlagenen Händen verbergen wollte, eine Sekunde zu spät. Thea hatte sie gesehen, ehe Toni sich schwerfällig erhob und langsam die Küche verließ. Allein mit dem Vater hörte sie nur, dass es, wie sie ja bemerkt haben müsse, der Mutter sehr schlecht gehe und diese alle Hilfe der Tochter brauche. Da sei das Abitur nur Zeitverschwendung, die könne man sich nicht leisten, die Familie brauche sie, Thea.

2007

Langsam wischte sich Thea mit dem Handballen die Tränen weg, die ihr die Wangen hinuntergelaufen waren, ohne dass sie es bemerkt hatte, wie ein kleines Kind, hilflos, dem Schmerz preisgegeben. Auf einmal konnte sie die Kälte wieder fühlen, die sie damals bis in die Tiefen ergriffen hatte. Wochen- und monatelang war ihr nicht warm geworden, hatten Hustenanfälle sie geschüttelt, war sie wie eine Somnambule durch das Leben gegangen, dem Schmerz entfliehend, den sie nicht zulassen konnte. Alle die Jahrzehnte, die zwischen diesem Tag und heute lagen, hatte sie diesem Schmerz entgehen wollen.

Ganz langsam erhob sich die alte Dame, torkelte ein wenig beim Aufstehen wie nach allzu langem Sitzen und bewegte sich mühsam mit Hilfe ihres Stockes zur Terrassentür. Sie schob den Vorhang ein wenig zur Seite und schaute zum Himmel hoch, an dem es bereits dämmerte. Die Nacht ging zu Ende, der Tag graute. Wie hilfesuchend griff sie zu ihrem Tuch, als müsse sie sich an ihm fest halten, und stellte sich dem Schmerz, den sie nie hatte zulassen wollen. Warum hatten die Eltern sie das Gymnasium nicht beenden lassen? Wegen der Mutter, hatten sie gesagt, wegen der Hilfe, die sie benötigte, krank, wie sie damals schon war. Dass es ihr nicht gut ging, hatte die Tochter ja gewusst. Und selbstverständlich hatte sie ihr im Haushalt geholfen, so war sie erzogen. Man tat seine Pflicht in der Volpertusstraße. Und als eine solche Pflicht hatte sie den Abgang vom Gymnasium betrachtet, man wehrte sich nicht dagegen. Was sein musste, das musste eben sein, auch wenn es noch so weh tat.

Aber, grübelte sie weiter und blickte in den heraufziehenden Morgen, war das wirklich der Grund, weshalb sie gar nicht erst versucht hatte, sich zu widersetzen? Da waren diese Tränen der Mutter, die sie so wehrlos gemacht, ihr die Hände gebunden hatten. Als Schmerz über die eigene Krankheit hatte sie sie damals empfunden, als Schmerz vielmehr darüber, dass diese Krankheit der einzigen Tochter den Weg verstellte. Und dem konnte man sich doch nicht entgegen stemmen! Und so hatte sie alle diese Jahre an der Legende festgehalten, für „de Famillich" sei sie vom Gymnasium abgegangen, nur für „de Famillich". Wenn sie das erzählte, tat es nicht so weh, kam der Schmerz nicht so nahe, konnte man es aushalten.

Sie ließ den Vorhang wieder fallen, sperrte den Morgen aus, straffte sich und ging mit gerade aufgerichtetem Rücken zu ihrem Sessel zurück, dort Halt suchend vor dem, was in ihr gärte. Und wenn sie die Tränen der Mutter ganz falsch gedeutet hatte? Wenn diese … ja, wenn die Mutter überhaupt nicht einverstanden gewesen war damit, dass die Tochter, ihre Theodora, das Gottesgeschenk, die höhere Schule verließ, und deshalb geweint hatte? Wenn sie sich – genau wie die Tochter – nichts sehnlicher gewünscht hatte als deren Abitur und ein Studium? Warum fiel ihr das erst heute ein, warum sah sie erst heute, dass sie neben der Schule der Mutter eine viel größere Hilfe hätte sein können als während der Lehrzeit, in der sie erst abends nach Hause kam? Kaum wagte sie weiter zu denken, suchte Ablenkung, indem sie noch einmal das Familienbild zur Hand nahm, das kurz vor ihrer Geburt entstanden war. Forschend blickte sie in die Gesichter der Eltern, so jung noch und so selbstverständlich in ihren Rollen. Der Vater, halb hinter der Mutter stehend, sie beschützend und seine Familie, aber auch der Herr im Hause, derjenige, der den Weg seiner Familie bestimmte. Wie schwer hatte er sich getan, als Heinz Widerstand zeigte, anders und anderes wollte als er. Gewiss, der Vater liebte alle seine Kinder, besonders sie, die Mösch, seine Jüngste und sein einziges Mädchen, hatte er innig geliebt, aber … Thea schwankte. Durfte man hier weiter denken? Es war doch gut so, wie es war. Und ändern ließ sich sowieso nichts mehr! Sie stellte das Bild wieder auf das Tischchen zurück, griff, wie um Zeit zu gewinnen, zu der Mineralwasserflasche und schenkte sich ein Glas ein, setzte es an und trank es – wütend – fast in einem einzigen Zug aus. Dass das Glas einen Kranz hinterließ, als sie es wieder absetzte, bemerkte sie gar nicht, und es hätte sie auch nicht gestört, wenn es ihr aufgefallen wäre. Zu tief war sie in ihren Erinnerungen gefangen, zu sehr lockte es sie, den eingeschlagenen Weg weiter zu gehen.

Ja, es war wohl möglich, dass der Vater, der eigentlich immer gegen den Besuch der höheren Schule gewesen war, entschieden hatte, nun sei es genug, Toni brauche sie und damit Schluss. Ein Mädchen gehöre in die Küche, sie werde sowieso heiraten und Kinder bekommen. Und überhaupt – studierte Frauen waren ihm suspekt, das war gegen die Ordnung. Waren das Tonis Tränen an jenem weit zurückliegenden Abend gewesen?

Thea schluckte, tief, wütend, aber auch befreit. So, nun hatte sie ihn zugelassen, diesen Gedanken, der immer in ihr geruht, aber nie hatte ans Tageslicht kommen dürfen, denn dann hätte sie den Vater ja ganz anders sehen müssen … Nun gut, sie hatte lange genug verdrängt. Ihre Hände griffen zu dem Tuch um ihren Hals, lösten den Knoten und legten es in ihren Schoß, wo sie es gedankenvoll glätteten.

So sehr hatte sich ihr Leben geändert, einen ganz anderen Weg war sie gegangen als den erträumten, ganz anders war alles gekommen …

1937

Irgendwann hatte sie ihr Lachen wieder gefunden, lange hatte es gedauert und nur ganz allmählich war es dazu gekommen. Zunächst lernte sie es bei Doro wieder, die so viel Zeit wie möglich bei der Freundin verbrachte und auch nicht davor zurückschreckte, ihr im Haushalt zu helfen. Als sie sich beim Kartoffelschälen einmal gar zu ungeschickte anstellte, ihr die nasse Knolle aus der Hand rutschte und quer durch die Küche hüpfte, prustete Thea laut los. Doro, die ihrer entsprungenen Kartoffel hinterher eilte, blieb abrupt stehen, als sie das hörte, drehte sich zu ihr um und strahlte sie so unverhohlen glücklich an, dass Thea sie in die Arme nahm und einmal herumschwenkte gegen Herrmann, der gerade die Küche betrat und den Einkaufskorb – wenn er Zeit hatte, half er der kleinen Schwester schon einmal – fallen ließ, so dass Brot und Mehl auf dem Fußboden landeten. Diese Kettenreaktion – besonders Doros entsetztes Gesicht, der diese Rempelei höchst peinlich war – riss Thea zu einem Lachen hin, wie man es lange nicht mehr von ihr gehört hatte, in das Herrmann lauthals mit einstimmte und sich übertrieben tief vor dem Gast verbeugte, der tiefrot anlief, als nun auch noch zu allem Überfluss Heinz zu den Dreien stieß und sich die Geschichte noch einmal von der immer noch lachenden Thea erzählen ließ.

„De Mösch hätt jelaach", erzählte Heinz später am Abend seiner Milli, mit der er mittlerweile verlobt war und die wie er sich freute, dass wieder ein wenig Normalität Einzug hielt. Die stille, starre, höfliche Thea hatte alle erschreckt.

Seit ihrer Verlobung am ersten Weihnachtstag 1936 hatte die Braut beschlossen, sie müsse nun eine gute Hausfrau werden, woran sie bisher kein sehr großes Interesse gehabt hatte, darum hatte sich immer ihre älteste Schwester gekümmert. Und wann immer sie Zeit hatte, hielt sie sich nun bei Toni in der Küche auf, beobachtete sie bei den Vorbereitungen zum Kochen, immer ein kariertes Heft neben sich, in das sie, die Zunge im Mundwinkel, mit einem Bleistift sorgfältig die Zutaten und deren Mengen aufschrieb, um wenigstens die Lieblingsrezepte ihres Heinz einigermaßen zu beherrschen, denn man wollte im Jahre 1937 heiraten, das war ausgemacht.

Aber sie waren nicht das einzige Brautpaar in der Familie, denn im letzten Jahr hatte auch Peter sein Glück gefunden, woran Thea allerdings zweifelte, die mit der neuen Schwägerin wenig anzufangen wusste. „Die deet sich nen Deu an!" war ihr erstes Urteil, und dabei blieb sie. Ja, sie war ein rechtes Gegenstück zu der immer lustigen, spontanen, herzlichen Milli, von der man das Gefühl hatte, sie habe schon immer zur „Famillich" gehört. Das war bei Maria, so hieß Peters Braut, ganz anders. Ruhig war sie, zurückhaltend, eher beobachtend denn handelnd. Nachdem sie zum ersten Mal in der Volpertusstraße zu Besuch gewesen war, hatte die neugierige Irmgard umgehend von Thea erfahren, dass Maria „gaaaaaanz" (das „a" zog sie endlos in die Länge) besonders vornehm sei, „etepetete" eben, so sehr, dass sie die Kaffeetasse mit abgespreiztem kleinen Finger halte. Und die ganze Zeit habe sie gelächelt, immer, als ob ihr Gesicht eingefroren wäre. Die halte sich wohl für was Besseres. Ja, gut sehe sie schon aus, räumte sie auf Irmgards Frage hin ein, so brave braune Löckchen mit einem ganz akkuraten Scheitel auf der rechten Seite, und immer gebe es ein „Danke, gnädige Frau" und „bitte, gnädiger Herr" – als ob man auf einem Schloss zu Gast sei. Aber ihr müsse sie ja auch nicht gefallen, Hauptsache Peter komme mit ihr zurecht und der schmachte sie an, so – und sie parodierte Peters Blicke zu seiner Maria, stolzierte in

Irmgards Garten herum und führte eine imaginäre Braut von Strauch zu Strauch, dienernd und sie jedem Busch vorstellend. Irmgard hielt sich die Seiten vor Lachen und achtete darauf, dass sie bei Marias nächstem Besuch durch die Wohnzimmergardine des Nachbarhauses einen Blick auf sie erhaschen konnte.

Auch Maria kam aus Poll, war aber einziges Kind eines Bäckermeisters und dementsprechend verwöhnt. Sie hatte Peter, den sie bei einem Tanztee traf, in seiner schmucken Uniform bewundert, und als sie hörte, dass er im Musikkorps in Berlin spielte, hatte sie sich sofort in ihn verliebt und er sich in sie, so dass sie ganz schnell, noch vor Heinz und Milli, zu Beginn des Jahres 1937, nach nur wenigen Monaten des Kennenlernens, in St. Joseph heirateten. In den Maien, der Siedlung, in der Marias Eltern ein Haus hatten, fand die Feier statt, nach der das junge Paar nach Berlin aufbrach, wo sie zunächst einige Tage flittern und sich gleichzeitig nach einer kleinen Wohnung umschauen wollten, denn Maria wollte keinesfalls die Woche über von Peter getrennt sein. Begeistert war Thea von dieser Hochzeit nicht, wie sie Doro gegenüber unumwunden zugab, obwohl doch alles, wie sie sagte, „comme il faut“ gewesen war, zu sehr vielleicht. Die vielen weißen Spitzendeckchen, die überall in dem Haus verteilt gewesen waren, forderten ihren Spott heraus, mehr jedoch noch Marias Mutter, die vor Vornehmheit kaum geradeaus gehen konnte, wie sie hämisch sagte. Am meisten amüsierte sie sich über deren Sprache, „Deutsch mit Knaubeln“, wie sie es nannte, ironisch das kölsche „Knubbele“ falsch eindeutschend. „Mariesche, mach de Fensteren uff!“, zitierte sie geziert.

Der Hochzeit war ein heftiger Familienstreit vorauf gegangen. Als der Vater nämlich erfuhr, dass sein Ältester in Uniform heiraten wollte – Maria hatte sich beim sonntäglichen Mittagessen verplappert, da sie so stolz auf ihren schmuck aussehenden Bräutigam war –, weigerte er sich lauthals, an „dieser Hochzeit“ teilzunehmen. Nie und nimmer werde er das tun, das komme gar nicht in Frage, polterte er und war nicht bereit, seinen Sohn zu Wort kommen zu lassen. Unglücklich hatte Toni diesen nach Berlin fahren lassen und versprochen, „mit dem Papp“ zu reden, der dann nach einiger Zeit des Schmollens, die er brauchte, um seinen Standpunkt zu verteidigen, einlenkte. Grollend und mit bärbeißiger Miene zeigte er sich zu Beginn des Hochzeitstages, bis der Alkohol allmählich seine Züge lockerte. Vergessen hat Peter dem Vater diesen Aufruhr nie, zeigte er ihm doch nur allzu deutlich, wie wenig dieser ihn immer noch akzeptierte. „Dä verstäht mich nit, loss sin“, sagte der nunmehr Einunddreißigjährige noch am Abend seiner Hochzeit zu der Mutter, die zu begütigen versuchte, und sprach damit einmal das aus, was er immer schon gedacht hatte: „Dä verstäht mich nit.“ Und dieses Gefühl sollte bleiben zwischen dem Vater und seinem Ältesten und sie immer weiter voneinander entfernen.

Bedeutend besser gefiel Thea da schon Heinz’ und Millis Hochzeit, die nach der kirchlichen Trauung in St. Engelbert, wegen der Enge in Millis elterlichem Haus, in der Volpertusstraße stattfand. Die Großmutter und die ältere Schwester waren Toni, die nicht mehr sehr belastbar war, aus Poll schon Tage vorher zu Hilfe gekommen, kochten und buken mit Inbrunst in deren Küche, unterstützt von Thea und Doro, die beide die Braut in die Kirche begleiten sollten. Unter viel Gelächter und Gesang wurde das Hochzeitsessen zubereitet, und am Abend durften auch die beiden Mädchen nach des Tages Mühen mit den anderen einen Aufgesetzten kosten.

Der Tag der Hochzeit war ein wunderbarer Sommertag, und Heinz strahlte seine Milli in ihrem langen weißen Hochzeitskleid so stolz an, dass diese sich ein paar Tränchen aus den Augenwinkeln wischen musste, ehe sie ihn selig anlächelte und ganz laut „Jo“ sagte, als die Ehe geschlossen wurde. Hand in Hand gingen die beiden gerade Getrauten den Weg von der Kirche durch die ganze Kolonie, begleitet von ihren großen Familien, alle im Festtagsstaat, laut lachend und erzählend, bis man in der Volpertusstraße ankam. Dort war im Garten die Hochzeitstafel gedeckt, wozu man mehrere Tische, die man sich auch bei den Nachbarn ausgeliehen hatte, aneinander gerückt und mit weißen Betttüchern versehen hatte. In der Mitte der Tafel saß das Brautpaar, um sie herum gruppierten sich die Familienmitglieder, Doro, Irmgard und ihre Familie und natürlich Schwester Amella, die bei einem solchen Ereignis nicht fehlen durfte. Peter senior hielt die Hochzeitsrede und wünschte dem jungen Paar alles Gute und eine ebenso glückliche Ehe wie die seine, und dabei schaute er Toni an, die leicht errötete und lächelnd in ihren Schoß blickte, in dem sie die Hände verschränkt hielt.

Nach dem Mittagessen und dem obligatorischen Kaffeetrinken flüsterte Thea mit Herrmann, der sich eine Zeit lang bitten ließ, dann aber doch im Haus verschwand und mit seiner Mundharmonika zurückkam und zum Tanz aufspielte, später von dem Fuss auf der Tuba begleitet. Im Garten, zwischen den Obstbäumen und den Rabatten, oder im Hof drehten sich die Paare, und natürlich stimmte irgendwann irgendwer das Westerwaldlied an, das man noch einmal gemeinsam sang, obwohl Peter das nicht mehr so gerne tat, seit die Soldaten sich des Liedes bemächtigt hatten. Aber an diesem Abend, an dem der Schmal seine Milli geheiratet hatte, wollte er daran nicht denken. Louise, die den ganzen Tag ihren Hut nicht abgenommen hatte, saß mitten unter ihren drei Töchtern im Garten ihres Bruders, lachte, als „weht der Wind so kalt“ ertönte, und rief in die Pause, die nach dem Lied entstand: „Mer sin Kölner! Mer singe für uns Willi!“, und so schloss sich an das Westerwaldlied Willi Ostermanns letztes Lied an, das er vor seinem Tod im Jahre 1936 geschrieben hatte: „Wenn isch so an ming Heimat denke ...“ Das „isch möht ze Foß noh Kölle jonn“ sangen alle mit, gefühlvoll oder eher albern, überzeugt oder nur aus Spaß, jede und jeder, wie sie wollten, so dass der Westerwald und Köln an diesem Abend eine untrennbare Verbindung miteinander eingingen, wie Heinz mit seiner Milli.

Man hatte diesen Tag genossen, wohl auch, weil es nicht mehr viele dieser Art gab, dazu waren die Zeiten zu unruhig. Auch Herrmann wurde gegen Ende des Jahres eingezogen und trug nun Uniform, so dass nur noch Heinz, der mit seiner Frau eine kleine Wohnung in Poll bezogen hatte, Zivilist war. Oft kamen die beiden vorbei, nicht nur an den Sonntagen, um nach der Mutter zu schauen, die häufig bettlägerig war oder zu schwach, um den Haushalt zu versorgen. Aber da von den Kindern nur noch Thea dauernd zu Hause war – auch Herrmann lebte ja nun vorwiegend in der Kaserne, wenngleich ungern –, war die Arbeit auch weniger geworden.

Wenn Thea abends aus der Akkumulatorenfabrik, wo sie im Herbst 1936 eine kaufmännische Ausbildung begonnen hatte, die ihr – auch wenn sie immer noch insgeheim um das verlorene Abitur trauerte, worüber sie jedoch nie sprach – einigermaßen gefiel, nach Hause kam, fand sie oft Schwester Amella vor, die mit der Mutter auf der Küchenbank oder auch schon einmal neben deren Bett saß. Die Freundschaft der beiden Frauen war noch enger geworden, seit Toni aufgrund ihrer Schwäche mehr ans Haus gefesselt war als früher, auch

Louise schien sich gut mit der Nonne zu verstehen, so dass die Drei manche Stunde miteinander verbrachten. Worüber sie sprachen, wusste Thea natürlich nicht, aber mit Sicherheit teilten sie die Sorge um die vier Töchter, denn immer öfter hörte Thea, wenn sie mit Irmgard oder Doro wegging, die Ermahnung der Mutter: „Komm zurück, wie du gegangen bist", was sie sehr wunderte. Warum sollte sie anders zurückkommen? Sie hatte auch mitbekommen, dass Louise weinte, weil Gertrud „sich herumtrieb", was wohl bedeutete, dass sie Freundschaften mit Jungen hatte. Neugierig geworden, fragte sie ihre Cousine Maria, die wollte aber darüber nicht sprechen, sie schien sich für die Schwester zu schämen. Um die Cousine, die sie ja von Herzen liebte, nicht in Verlegenheit zu bringen, wechselte sie das Thema und erzählte Geschichten aus dem Büro, in dem sie ihre Tage von morgens bis abends verbrachte, ebenso wie Maria, die mittlerweile bei Klöckner Humboldt, der Namengeberin der Kolonie, beschäftigt war. Nach dem Büro gab es für sie, die von der Arbeitsstelle nur ein paar Schritte bis nach Hause hatte, manches zu tun: bügeln, stopfen, mitunter auch kochen oder waschen, je nachdem, wie es der Gesundheitszustand der Mutter erforderte. Alle diese Tätigkeiten wurden nun alltäglich, zur Gewohnheit, blieben aber ungeliebt. Sie musste eine Rolle übernehmen, die nicht mehr, ja, eigentlich nie die ihre gewesen war, die sie gar nicht wollte und die auch, so fand sie, nicht zu ihr passte. An die Schule zu denken verbot sie sich energisch, sogar das Träumen von ihr, das hätte alles nur noch viel schwerer gemacht, einzig das Lesen behielt sie bei, das ermöglichte ihr, sich in andere Welten zu träumen. Zwischen Doro, die ja nach wie vor das Gymnasium besuchte, und sie war eine gewisse Befangenheit getreten, weil jene sich anstrengte, nie von der Schule zu erzählen, um Thea nicht traurig zu machen, was diese natürlich merkte. Aber nachdem ein wenig Zeit vergangen war, fragte Thea nach den ehemaligen Mitschülerinnen und Lehrerinnen, und allmählich kehrte Normalität in ihr Verhältnis zurück, auch wenn ihre Lebenswege seit 1936 völlig anders verliefen.

2007

Doro hatte 1939 Abitur gemacht, unmittelbar bevor die Schule endgültig geschlossen wurde, und anschließend begonnen, Musik zu studieren, wie sie es schon seit Jahren vorgehabt hatte, während sie, Thea, nicht einmal ihre Ausbildung abschließen konnte. Aber davon hatten sie bei Heinz' Hochzeit ja glücklicherweise nichts gewusst. Umso mehr hatten sie diesen Tag genießen können, das letzte große Fest, bei dem sie alle noch einmal zusammen gewesen waren. Ja, sie erinnerte sich: Auch Peter und Maria waren eigens aus Berlin gekommen, um mitzufeiern, und dabei hatte sie die Schwägerin gar nicht mehr so schlimm gefunden. Aber es war schon so geblieben, ihr ganzes Leben lang, Milli stand ihr näher, zu Maria, Peters Maria, nicht der Cousine, hatte sie Abstand gehalten. Die Cousine war ihr nahe gewesen, immer, und zu ihr hatte sie stets gehalten, auch damals, als diese mit ihrem unehelichen Kind aus dem Krieg zurückgekehrt war.

Thea rief sich zur Ordnung. Ihre Gedanken liefen ihr voraus, übersprangen das Jahr 1938, so, als ob sie dort nicht verweilen, nicht einmal hinschauen wollten. Als sie bemerkte, dass sie immer noch ihr Tuch auf den Knien glättete, mit heftigen Bewegungen jetzt, nahm sie es und schlang es sich um den Hals, schnell und unaufmerksam, ganz gegen ihre Gewohnheit nicht darauf achtend, dass es ordentlich geschlungen war. Mit einer Hand hielt sie es fest, als könne es ihr Halt geben bei dem, was nun kam.

1938, das letzte Friedensjahr, hatte ihr beides gebracht, tiefe Freude und großes Glück, aber auch unendliche Trauer und das Ende ihrer trotz allem als unbeschwert empfundenen Jugend.

1938

Zunächst aber brachte es einen Aufruhr in der Kölner Narrenschaft, wie Franz, der Karnevalist der Familie, aufgebracht berichtete. Was er noch 1935 für einen Witz gehalten hatte, über den sich Toni vor Lachen ausschütten wollte, war Realität geworden. Zum allerersten Male musste auf Druck der Regierung mit einer uralten Tradition gebrochen werden, was in Köln niemand einzusehen vermochte. Und so jubelte man am Rosenmontag auf dem Kölner Neumarkt, wo Thea mit Doro, Irmgard, deren Freund Rudolf, Milli und Heinz, Maria, der dreizehnjährigen Elisabeth und dem Stief auf den „Zoch" warteten, wie in jedem Jahr, zunächst einmal begeistert Franz zu, der als Herold seiner Karnevalsgesellschaft „Strüßjer" und „Kamelle" verteilte, und dann sehr verhalten dem „Skandal", der ersten weiblichen Jungfrau, die tatsächlich neben dem Bauern auf ihrem Wagen vorüberzog. Das war gegen das Brauchtum, und Peter hatte zu Hause gewettert, dass die „Kackstivvel" sich aber auch in alles einmischten, denen sei nichts heilig, gar nichts, nicht mal der Fastelovend! Aber niemand konnte etwas dagegen unternehmen, als die Deutsche Arbeitsfront gemeinsam mit den Parteioberen eine „geeignete Dame" auswählte, die die Rolle der Jungfrau übernahm und am Rosenmontag das Missfallen der Kölner zu spüren bekam. Dass auch die Mariechen der Karnevalskorps mittlerweile nicht mehr von Männern dargestellt werden durften wie bisher, tat ein

Übriges, die Freude am Fasteleer, dem Quatsch und der Parodie zu vergällen.

Man konnte die Augen nicht mehr davor verschließen, dass „die Politik", wie Toni zu sagen pflegte, sich in alles und jedes einmischte. Am besten war, man bekam gar nicht so viel mit und hielt sich ruhig. „Bloß nicht auffallen", mahnte sie ihren Mann, der nicht immer den Mund halten konnte. Das war aber unumgänglich geworden, wollte man ungeschoren überleben, und so blieben politische Diskussionen mittlerweile in der Volpertusstraße aus, nur mit Heinz sprach der Vater über seine Sorgen und Befürchtungen, dass „das" niemals gut enden könne. Und dafür gab es ja auch Indizien genug. Geschäfte schlossen, Nachbarn verschwanden, man sah eingeschlagene Fensterscheiben oder zerstörte Haustüren, und am sichersten war, man blickte nicht hin!

Wo man konnte, genoss man sein Privatleben, möglichst intensiv, war doch jedem klar, dass die Situation sich zuspitzte. Josef hatte mittlerweile Anni kennen gelernt, deren Eltern ein Feinkostgeschäft in Zollstock besaßen. Dass dies das Motiv für die Liebe gewesen sei, wie Heinz spöttisch vermutete, stritt der Stief vehement ab. Und Anni war ja auch eine Hübsche mit ihrem lockigen blonden Haar und den strahlenden blauen Augen, die sie so sicher einzusetzen wusste, um alle in ihrer Nähe für sich zu gewinnen, das musste selbst Thea zugeben, die ansonsten nicht begeistert war von diesem neuen Familienmitglied. Wie die ihren Josef jetzt schon unter dem Pantoffel hatte, beobachtete sie kopfschüttelnd. „Dä Jeck merkt dat nit!", teilte sie Irmgard mit, halb lachend, halb entsetzt, und lästerte über „all dat Jedöns", das „Geküsse und Gekose", nicht ahnend, dass sie sich schon bald darauf nichts Schöneres vorstellen konnte als Geküsse und Gekose.

Ende April hatte sie sich an einem Sonntag mit Irmgard

verabredet. Sie wollten spazieren gehen, was sie schon lange nicht mehr getan hatten, und da es ein schöner Frühlingstag zu werden schien, freute sie sich riesig, konnte man doch dabei mit der Freundin all das austauschen, was einen beschäftigte. Außerdem hatten sie ausgemacht, durch Theas geliebtes Wäldchen zum Rhein hinunter zu gehen, und dort gab es immer etwas zu sehen und zu beobachten, über das man plaudern konnte. Als sie aus dem Gottesdienst kam, stürzte Irmgard auf sie zu und rief ihr von weitem zu, der Rudolf – ihr Freund seit einem halben Jahr – sei gekommen, ob er mitkönne. So hatte sich Thea den Nachmittag eigentlich nicht vorgestellt, aber da sie wusste, dass Irmgard ihren Freund nur sehr selten sehen konnte, stimmte sie großherzig zu und wartete nach dem Mittagessen auf die beiden. Wie groß war ihr Erstaunen, als sie drei Personen vor dem Haus auf sich zukommen sah! Neben Irmgard und Rudolf stand ein weiterer junger Mann, der ihr als Joseph vorgestellt wurde, „mit ph", wie er sofort anfügte, „mit ph, nicht mit nem einfachen f". Verstohlen musterte sie ihn, als sie ihm die Hand gab, und was sie sah, fand sie nicht schlecht: Er war relativ klein, kompakt, hatte wunderschöne braune Augen und so ein Lächeln im Gesicht, so ein Lächeln … Sie wusste gar nicht, wie sie es beschreiben sollte, aber ganz warm wurde ihr davon. Als sich die Vier in Bewegung setzten, gesellte sich Joseph sofort zu Thea und ging neben ihr durch die Siedlung, hinter Irmgard und Rudolf. Zunächst schwiegen die beiden sich an, wohl jeweils damit beschäftigt, ein Gesprächsthema zu suchen, das ihnen die Befangenheit nehmen würde. Endlich begann Joseph zu erzählen: Er kam aus Kalk, war anderthalb Jahre älter als Thea und kannte Rudolf seit der Schulzeit, sie waren in einer Klasse gewesen und trafen sich immer noch regelmäßig. So sei er nun hier, endete er schmunzelnd und sah seine Begleiterin auffordernd an. Diese erzählte nun ihrerseits: wie sie Irmgard kennen gelernt habe, von ihrer großen Familie und von der Akkumulatorenfabrik und den Kolleginnen dort. Auch Joseph arbeitete in einem Büro, das verband sie und gab ihnen genügend Gesprächsstoff für die erste Stunde. Er wollte Beamter bei der Bahn werden, wie sein Vater, und seine Tätigkeit schien ihm viel Spaß zu machen. Zumindest erzählte er sehr humorvoll und interessant von seinen Aufgaben. Es imponierte Thea gewaltig, als er, am Rhein angekommen, seine Jacke auszog, sorgfältig auf der Wiese ausbreitete und Thea mit einer Handbewegung einlud, darauf Platz zu nehmen. Der Tag war so warm, dass man gut eine Weile am Fluss sitzen und die vorbei fahrenden Schiffe beobachten konnte. So ließen sich die Vier also einträchtig nebeneinander nieder. Irmgard und Rudolf sprachen wenig, hielten dafür aber intensiv Händchen, Thea und Joseph mit ph lachten, neckten einander und erzählten munter. Auf dem Rückweg waren sie bereits so vertraut, dass Thea ihm, als sie ihr Wäldchen durchquerten, das große Geheimnis ihrer Jungenbande und die Enttäuschung über deren Verlust anvertraute. Mitfühlend berührte er ihren Arm ganz kurz, so dass ihr der Atem stockte und sie schnell weiter erzählte, damit das nicht auffiel. Kurz bevor sie in der Volpertusstraße ankamen, blieb Joseph plötzlich stehen, hob seine Hand und – zog sie an ihrem blauweißen Tuch, das sie um den Hals geschlungen hatte. Das habe er den ganzen Nachmittag tun wollen, gestand er ihr mit leicht roten Ohren und etwas schuldbewusst, dabei wieder dieses Lächeln … Thea lachte laut auf und klärte ihn über ihren Tick auf, immer ein Halstuch tragen zu müssen, das sei nun mal so. Und da fasste er sich ein Herz und bat darum, sie wiedersehen zu dürfen. Endlich hatte er es gewagt! Schon eine ganze Weile hatte Thea darauf gehofft und befürchtet, dieser Nachmittag bleibe der einzige mit Joseph, und so sagte sie ganz schnell, ohne sich zu verstellen oder ihm etwas vorzumachen, laut „Ja!". Ob sie mit ihm zum Tanz in den Mai im Gremberger Wäldchen gehen wolle, fragte er dann, und wieder kam ein schnelles „Ja!" zurück, dann zögerte sie und sagte: „Ming Eltern …", weil ihr eingefallen war, dass diese sie sicherlich nicht mit einem Wildfremden losziehen lassen würden. Sofort beruhigte er sie und bot an, am nächsten Abend bei der Familie in der Volpertusstraße vorbeizukommen, sich vorzustellen und um Erlaubnis zu bitten. Erleichtert atmete sie auf, so könnte es gehen, und stimmte zu. An ihrem Elternhaus angekommen, drückte er ihre Hand beim Abschied ein wenig fester und schaute sie dabei bedeutungsvoll mit seinen großen braunen Augen an, so dass ihre Knie schwach wurden und sie, verwirrt und aufgeregt, sofort in ihr Zimmer lief, weil sie allein sein wollte zum Nachdenken und Nachspüren. Dort fand sie wenige Minuten später Irmgard, die, nachdem sie sich mit einer Umarmung von ihrem Rudolf verabschiedet hatte, zur Haustür nebenan hinein- und zur Gartentür sofort wieder hinausgelaufen war, den Garten durchquert und die Treppe mit schnellem Schritt erklommen hatte. Sie betrachtete fragend die Freundin, die gedankenverloren auf einem Stuhl saß und sie nicht ansah. Mehr als ein „Hä is nett" brachte sie aus der sonst so Redseligen nicht heraus, aber das genügte ihr auch fürs Erste.

Am nächsten Abend kam Joseph, ein Blumensträußchen für die Mutter in der Hand, um sich vorzustellen. Thea hatte die Eltern auf die Schnelle vorbereitet, und man sah beiden an, dass sie sehr neugierig auf denjenigen waren, der ihre Tochter zum ersten Mal offiziell ausführen wollte. Peter konnte seine Skepsis nur schwer verbergen und saß hoch aufgerichtet auf seinem Küchenstuhl, als Thea den jungen Mann mit den Blümchen hereinführte. Artig übergab dieser sie Toni, die dankend nickte und ihn dabei einer genauen Musterung unterzog: ordentlich gekleidet, auf Akkuratesse schien er – oder seine Mutter – Wert zu legen, gute Manieren, nett anzusehen und – und das war ihr ganz wichtig – lieb schaute er aus. Die Höflichkeit, die er der Tochter gegenüber bezeugte, gefiel ihr, zu mögen schien er sie auch, so wie er die Mösch anblickte. Man plauderte eine Weile miteinander, und nach kurzer Zeit war auch der misstrauische Vater besänftigt. „Dä Jung hätt Humor", war sein Urteil über Joseph, und den brauchte dieser auch, als er später von den Brüdern nur „dä dicke Jupp" genannt wurde, um ihn von Josef, dem Stief, unterscheiden zu können.

Man kam überein, dass Thea mit ihm zum Tanz in dem großen, neu errichteten Hotel im Gremberger Wäldchen gehen dürfe, natürlich nur in Begleitung von Irmgard und deren Freund, das war eine nicht diskutierbare Bedingung, und um Zehn müsse sie zu Hause sein! Thea atmete auf. Geschafft! Sie durfte mit! So leicht hatte sie sich das nicht vorgestellt, der Joseph musste den Eltern schon gut gefallen! Und ihr erst! In dem Augenblick, als er mit seinem kleinen Blumenstrauß, gekleidet in eine dunkelblaue Hose und einen grünen Pullover, über den der weiße Hemdkragen lugte, vor ihr an der Haustür stand und ihr aufmunternd zulachte, hatte sie sich in ihn verliebt, ganz einfach so, nicht früher und nicht später, sondern in genau diesem Augenblick! So hatte sie es immer erzählt. Und so begleitete sie ihn erleichtert zur Haustür, plauderte dort noch ein wenig mit ihm. Als sie ihn herausließ, zog er sie neckend an ihrem Tuch, und noch, als er um die Ecke in die Gremberger Straße bog, sah sie errötet hinter ihm her und hielt den Zipfel ihres Tuches, den er berührt hatte, in der Hand.

Den Tanz in den Mai genoss sie, alles an ihm. Den gemeinsamen Hinweg durch das Wäldchen, die Abendluft, das fröhliche Geplauder der anderen, die Vorfreude und die Musik, die ihnen von weither entgegen scholl. Wunderschön kam sie sich heute vor in ihrem besten Kleid, das die Mutter selbst geschneidert hatte: Auf weißem Grund ergossen sich Schleifchen und Blumen in Dunkelblau, am Hals war es mit einem blauen Band gerafft, hatte wunderschöne Puffärmel, eng in der Taille, von der der Rock glockig herab fiel und bei jedem Schritt mitschwang. Gegen die noch vorhandene Kälte trug sie eine blaue Wolljacke, von Louise zu Weihnachten gestrickt, aber diese Kälte spürte sie nicht, als sie dahin gingen, ganz leicht war ihr und warm, so warm, als ob schon Sommer wäre. Sie fühlte sich ganz neu, anders war ihr Gang, beschwingter, mädchenhafter, lockig ihr kurzes blondes Haar, das hatte sie mit viel Mühe und Irmgards Hilfe mit Käthes Lockenschere in Form gebracht, und sie war so voller Vorfreude, ging sie doch zu ihrer allerersten offiziellen Tanzveranstaltung und dann noch begleitet von einem Mann, nein, nicht von irgendeinem, sondern von Joseph, dem ihr Herz gehörte. Musikalisch, wie sie beide waren – Joseph spielte begeistert Geige –, konnten sie sich ganz dem Rhythmus der Musik hingeben. Instinktiv machte Thea die richtigen Schritte, ließ sich von Joseph führen, dem sie sehnsüchtig hinterher schaute, wenn sie einmal mit einem anderen tanzen musste, und war in ihrem Element. Als Lilian Harveys „Ich tanze mit dir in den Himmel hinein" erklang, verlor sich ihr Blick in Josephs braunen Augen, die so liebevoll in die ihren schauten, und es war ihr, als sage das Lied die Wahrheit. Sie war im Himmel!

Lächelnd summte die alte Dame das Lied vor sich hin, das damals ganz neu und heute fast vergessen war: „Ich tanze mit dir in den Himmel hinein“, das hatte an diesem Abend gestimmt, aber aus dem Himmel war sehr bald erst tiefer Schmerz und große Trauer geworden und dann Krieg. Und dennoch – Joseph war ihr Geschenk des Lebens gewesen. Wehmütig betrachtete sie seine Fotografie, die in einem blank geputzten Silberrahmen – keinen Fingerabdruck duldete sie je auf ihm – gleich neben dem Familienbild stand, das ihre Erinnerungen geweckt hatte. Da war er, der „dicke Jupp“, stämmig, nicht dick, und auch die Augen des alten Mannes blickten liebe- und humorvoll. Dieser Blick hatte sie ihr Leben lang begleitet, über ihr gewacht und ihr Mut gemacht, so viele Jahrzehnte lang. Als ihr Mann, denn das war Joseph geworden – 1942 hatten sie standesamtlich und am Pfingstsamstag 1943 dann endlich auch kirchlich geheiratet, da war er bereits Soldat und sie hatte immer um ihn bangen müssen – als ihr Mann gestorben war, hatte sie geglaubt, auch nicht mehr weiter leben zu wollen, und das war nun auch schon elf Jahre her. Sie stellte das Bild, das sie zur genaueren Betrachtung aufgenommen hatte, wieder auf das Tischchen zurück, nicht ohne mit ihrem Tuch über die Stelle gegangen zu sein, an dem sie es angefasst hatte. Wenn er da wäre, dachte sie und hielt den Zipfel ihres Tuches fest, dann hätte er sie jetzt daran gezogen, das hatte er sein ganzes Leben lang getan, immer, wenn er fröhlich war und mit ihr gelacht oder wenn er sich mit ihr gestritten hatte, denn das war ja bei ihrem Temperament nicht zu verhindern gewesen, auch dann hatte er sie an dem Tuch gezogen, und dann hatte sie lachen müssen und alles war wieder gut gewesen.

Wie alle ihre Brüder war er heil durch den Krieg gekommen, ein Wunder, aber wie hatte sie sich mit dem Vater und den Schwäge-

rinnen um alle gesorgt! Mit Milli, die ihre erste Tochter, und Maria, die Karin geboren hatte, aber auch mit den beiden Annis, Josephs und Herrmanns Frauen, und Hilde, die Franz zu Kriegsbeginn geheiratet hatte.

Ihre Gedanken kehrten zu jenem Abend im Mai des Jahres 1938 zurück, als sie nur jung und ganz glücklich gewesen war, so glücklich, weil er ihre Gefühle zu erwidern schien, denn als sie auf dem Nachhauseweg in das Dunkel des Wäldchens eintraten, legte er ihr kurz, als wolle er sie vor einer Gefahr schützen, den Arm um die Schulter, ließ sie dann hastig wieder los, behielt aber ihre rechte Hand in seiner linken, fest und warm, so dass sie sich ganz geborgen bei ihm gefühlt hatte, wie sonst nur bei der Mutter oder dem Vater. Ach, wenn doch nur ihre Gedanken bei diesem Abend bleiben könnten, hier wollte sie Schluss machen mit dem Erinnern, nun war sie doch endlich nach Hause zurückgekehrt. Wo anders sollte das sein als bei Joseph?

Ihr Blick fiel auf die Wanduhr im Wohnzimmer, und sie erschrak. Die Nacht war fast vorüber, und immer noch saß sie hier, verloren in ihre Gedanken und Erinnerungen. Achtundachtzig Jahre alt. Damals im Mai war sie achtzehn, glaubte in den Himmel tanzen zu können und ahnte nicht, was dieses Jahr noch bringen sollte … Da waren sie wieder, die Gedanken an das, was auf sie wartete. Fortschieben ließen sie sich nicht, also … Kurz schloss sie die Augen und schaute dann wieder auf das Bild ihres Mannes, als wolle sie sich von ihm Kraft holen.

1938

Kraft gab er ihr eine Menge in diesem Jahr, vielleicht war es auch das Verliebtsein, das sie leichtfüßig durch diese schwere Zeit gehen ließ, in der immer mehr Unrecht geschah. Die

Plakate an den Litfasssäulen: „Deutsches Volk! Wehr dich! Kauf nicht beim Juden!“, die allüberall im Stadtbild auftauchten, hatte sie wahrgenommen, aber so recht eigentlich nicht beachtet, zu sehr war sie mit sich und ihrem Joseph beschäftigt, bis sie an einem Morgen im November, es war der 10., nicht mehr übersehen konnte, dass etwas geschah, das gegen ihr Gefühl von richtig und moralisch verstieß. In der Nacht war es recht unruhig gewesen in der Kolonie. Aus dem Schlaf war sie aufgeschreckt von Männerstimmen, die nicht weit von dem Elternhaus entfernt lärmten, und Gepolter, das sie nicht einzuordnen vermochte, aber dann war sie doch wieder eingeschlafen, ohne zu schauen, was auf der Straße los war. Auch die Eltern, deren Schlafzimmer nach hinten heraus lag, waren aufgewacht, der Vater war sogar ins Erdgeschoss gegangen und hatte versucht, aus dem Wohnzimmerfenster zu spähen. Viel hatte er nicht gesehen, ein paar dunkle Gestalten – „Jesocks“, wie er sagte –, die davon liefen, und danach war es ihm sehr schwer gefallen, wieder zu schlafen, so sehr drückten ihn die Sorgen, was denn nun wieder passiert sei in dieser unruhigen Zeit. Auch Toni hatte wach gelegen und ängstlich dem Lärm unten und dem Herzklopfen in ihrer Brust und dem Pochen in ihrem Kopf gelauscht. Die Nächte brachten ihr nur wenig Erholung, ihre Erschöpfung wollte einfach nicht weichen!

Als Thea nun kurz vor acht Uhr zu der Akkumulatorenfabrik eilte, blieb sie plötzlich wie angewurzelt stehen. Am Ende der Volpertusstraße war ein kleines Möbelgeschäft, dessen Besitzer sie zwar kaum kannte, da er keine Kinder hatte, der aber immer freundlich und höflich grüßte, wenn sie vorüber ging. Die Fensterscheiben waren eingeschlagen, auf ein im Rahmen gebliebenes gezacktes Stück Glas war mit weißer Farbe „Juda verrecke!“ geschmiert, auf dem Bürgersteig lagen zertrümmerte Stuhlbeine, zerfetzte Sitzkissen und zerschnittene Vorhangstoffe. Alles war mit Scherben übersät. Als Thea langsam und ohne zu verstehen, was da geschehen war, in einem großen Bogen über die Fahrbahn an dem Geschäft vorbei ging, sah sie, ganz in die Ecke gedrückt, den Besitzer des Ladens, die Hände vor dem Gesicht zusammengeschlagen.

Auch im Büro berichteten andere flüsternd von den Verwüstungen, die sie gesehen hatten, aber niemand wagte laut und offen seine Empörung zu äußern, man ging, einige kopfschüttelnd, andere auch triumphierend, zur Tagesordnung über. Thea plagte den ganzen Tag über ein Gefühl der Scham, ohne dass sie wusste, woher es kam und wogegen genau es sich richtete. Abends erfuhr sie dann, dass sie dieses Gefühl mit Heinz teilte, der bereits mit Milli in der Küche saß, als sie nach Hause kam. Man schickte sie nicht weg wie sonst so oft, wenn Vater und Sohn über Politik redeten, nein, an diesem Abend durfte sie bleiben und zuhören, was der Schmal erlebt hatte.

Dieser war am Abend zuvor sehr lange in seiner Bank gewesen, weil er viel aufzuarbeiten hatte, und hatte dann seinen Heimweg durch die Roonstraße angetreten. Ihm waren bereits vorher die vielen Männer aufgefallen, meist in Zivil, wenige in SA-Uniformen, die als große Gruppen durch die Straßen zogen, und er hatte auch beobachtet, dass sie plötzlich wie auf Befehl stehen blieben, dicke Steine in der Hand hielten und damit gezielt Fensterscheiben einwarfen. Er hatte Angst bekommen und war schnell an ihnen vorbei geeilt, bis er den Menschenauflauf vor der großen Synagoge sah und hörte. Hunderte hatten sich dort versammelt. Unbemerkt hatte er die Straßenseite gewechselt und von dort drüben im Vorüberhasten gesehen, dass Leuchter auf die Straße flogen und zerschellten, Papierrollen auf einen Haufen gelegt und angezündet wurden, und als er am Ende der Roonstraße angekommen war, sah er bereits Flammen aus dem Dach der Synagoge schlagen. Er gab zu, Angst gehabt zu haben, riesige Angst, weil überall marodierende Haufen unterwegs gewesen waren. Nur nach Hause habe er gewollt, nichts anderes. Und nun bekannte er, dass er sich schäme, man habe doch eigentlich etwas tun müssen, das seien doch auch Menschen. Bei diesen Worten legte ihm Milli, der man ihre Schwangerschaft bereits ansah, furchtsam die Hand auf den Arm, und auch Toni war erleichtert, dass ihm in dieser Nacht nichts geschehen war. Mittlerweile wussten sie, dass die Aktionen gegen die Juden gerichtet waren, dass ihre Wohnungen durchsucht und ihre Geschäfte zerstört worden waren. Aber darüber sprach man nicht weiter an diesem Abend in der Küche in der Volpertusstraße, man musste mit seinen Äußerungen sehr vorsichtig sein, und wer weiß, wer einen hörte, selbst in der eigenen Küche! Aber der Ton, in dem Peter nur „Kackstivvel" rausbrachte, zeigte seine ganze Empörung und Verachtung, aber auch er war nicht frei von Furcht.

Es wurde eine traurige Vorweihnachtszeit, auf die Thea sich sonst doch immer so sehr gefreut hatte. Wochenlang war das Haus stets von Plätzchenduft erfüllt gewesen, und die Abende, an denen man sich um den Adventskranz versammelte, der in der Küche von der Decke herunter hing, weil nur sie die Woche über geheizt wurde, sang, Gedichte hersagte oder einfach nur erzählte, hatte sie genossen. Nun aber spürte man die Unsicherheit, die herrschte, das Misstrauen und hatte das Gefühl, etwas sei „im Gange", dazu kam, dass die Mutter sich eine schwere Grippe geholt hatte und das Bett hüten musste. Schwester Amella kam täglich, um nach ihr zu sehen, und machte ein bedenkliches Gesicht, und Thea schaffte es kaum, die vom Fieber nass geschwitzten Betttücher zu wechseln und zu waschen. Sie trockneten so schwer zu dieser Jahreszeit, so dass einem nichts anderes übrig blieb, als sie an der Stange rund um den Herd oder gar mitten in der Küche aufzuhängen. Außerdem musste sie nun ganz allein die Weihnachtsvorbereitungen treffen: Plätzchen backen und das Essen vorbereiten, die Tischtücher waschen und bügeln, alle Winkel des Hauses putzen und überhaupt allgegenwärtig sein, wie es die Mutter all die vielen Jahre gewesen war. Ihren Joseph sah sie nur wenig und wenn, nur kurz in dieser Zeit, denn da sie abends nach der Arbeit oft zu müde war, um noch viel zu schaffen, blieben ihr nur die Wochenenden, und auch an denen musste sie samstags morgens noch ins Büro. Umso mehr freute sie sich, wenn sie dann nach Hause kam, dass Louise bereits in der Küche stand. Diese war früh am Morgen zum Haus des Bruders aufgebrochen – wusste sie doch, dass Maria die Wohnung in Mülheim in Ordnung halten und alles Notwendige für den Vierfrauenhaushalt erledigen würde –, hatte dort ihren Hut abgelegt, sich die Schürze umgebunden und bereits mit der Arbeit begonnen, die Thea, besonders wenn die Brüder zu Hause waren, unmöglich allein bewältigen konnte. Der Schwägerin zuliebe griff Louise kräftig zu, nie hatte sie dieser vergessen, dass sie ihr eine Heimat geboten hatte, als sie sich allein nach Köln aufgemacht oder wie sie ihr nach Mattjöhs Tod zur Seite gestanden hatte. Jetzt konnte sie ein wenig davon zurückgeben. Und so half sie ihrer Nichte, das Weihnachtsfest 1938 vorzubereiten.

Das gelang den beiden perfekt! Zum Fest waren – außer dem jüngeren Peter – alle Brüder zu Hause, so dass das Haus wieder einmal voll war, und auch Tonis Zustand hatte sich so gebessert, dass sie die letzte Woche das Heft in der Küche wieder in die Hand genommen hatte. Es wurde ein wunderbares Weihnachtsfest, die „Famillich" saß gemeinsam um den großen Küchentisch, die vier „Jungen" und die Mösch, dazu

Milli, die vier „Mülheimer“, am Nachmittag kam Käthe mit ihrer Familie durch das Gartentörchen, das verbindende und trennende, der Chauffeur hatte Doro abgeliefert, die mit roten Wangen und leuchtenden Augen Herrmann beobachtete, der am Spätnachmittag seine Mundharmonika holte und Weihnachtslieder spielte. Ein vielstimmiger Chor begleitete ihn: Milli hatte eine wunderbare Sopranstimme, mit der Theas Alt gut harmonierte. Sie ließen sich auch nicht von Peter und Franz, die überhaupt nicht singen konnten, es aber umso lieber taten, aus dem Takt bringen, auch Maria traf den Ton nur selten, sang aber dafür umso herzhafter. Toni und Louise saßen nebeneinander, lachten sich immer wieder an, voller Freude darüber, ihre Familien um sich versammelt und so viel Freude miteinander zu haben, und alle prusteten herzhaft los, als Toni wieder einmal in irgendeinem Zusammenhang ihr Lieblingswort „Et kütt, wie et kütt“ losließ, von Peter trocken mit „Jo Mamm, du häss räsch“ kommentiert. An diesem ersten Weihnachtstag des Jahres 1938 hatte man die Welt dort draußen vor der Haustüre der Volpertusstraße vergessen, wenn man auch das Westerwaldlied nicht mehr sang, wurde es doch von den marschierenden Wehrmachtsverbänden zu oft benutzt.

Und Toni behielt recht, es kam, wie es kam. Am zweiten Weihnachtstag gingen die Kinder eigene Wege. Josef traf sich mit seiner Freundin, Heinz und Milli blieben zu Hause, Franz und Herrmann kehrten in die Kaserne zurück, und Thea … ja, Thea hatte das schönste Weihnachtsgeschenk bekommen, das sie sich vorstellen konnte. Joseph hatte sie in die Oper eingeladen, und die Eltern hatten zugestimmt. Sie durfte allein mit ihm abends ausgehen, ganz ohne Begleitung. Das Vertrauen in die beiden war wohl gewachsen in dem halben Jahr, das sie sich nun kannten. Selbstvergessen ging Thea den ganzen Tag über durch das Haus, immer „Wie eiskalt ist dies

Händchen“ vor sich hinsingend, mal leiser, mal lauter. Ob ihr dabei wirklich „La Bohème“ im Sinn war, sei dahin gestellt, wahrscheinlich dachte sie nur an Joseph, der sie, in seinen besten Anzug gekleidet, einen dunklen Wollmantel darüber – es war kalt –, zu Hause abholte und mit der Mutter, die an diesem Abend recht blass aussah, ein paar Worte wechselte, als diese sich in der Küche wärmte. Der Vater hatte Dienst auf dem Deutzerfeld. Ihr sei kalt, hatte sie den Tag über geklagt, so dass Thea mehr Holz in den Ofen legte, der Mutter einen raschen Abschiedskuss gab und sich deren „Komm wieder, wie du gegangen bist“ anhörte, als sie sich endlich mit Joseph auf den Weg zum Opernhaus machte. Am liebsten wäre sie zur Straßenbahnhaltestelle getänzelt, so leicht fühlte sie sich. Dass der Joseph Musik mochte! Das war ein Glück! Ein großes Glück! Unter ihrem schwarzen Wollmantel, den sie von ihrer Cousine Maria geerbt hatte – Maria hatte einen wunderbaren Geschmack, alles, was sie trug, war so vornehm! –, trug Thea ihr bestes Kleid, dunkelblau, fließend, mit einem weißen Spitzenkragen und Spitzenmanschetten an den langen, nach unten hin enger werdenden Ärmeln. Zum ersten Mal trug sie es heute, kurz vor Weihnachten erst war es fertig geworden, da die Mutter, die es genäht hatte, darüber ja krank geworden war. Die Spitze hatte sie von Tante Louise bekommen, das war deren Weihnachtsgeschenk für sie gewesen. Auf den schwarzen, hoch am Spann geschlossenen Schuhen mit höherem Absatz lief sie etwas unsicher und wich vereisten Stellen aus. Und wie schön war es gewesen, als Josef ihr den dunkelroten Schal fürsorglich hoch ins Gesicht gezogen hatte, bevor sie losgingen. Eine Mütze hatte sie nicht tragen wollen, dafür hatte sich Irmgard nicht so viel Mühe mit ihren etwas widerspenstigen dicken Haaren gemacht. Sie war bereit, und sie wollte genießen, neben sich den Mann, den sie liebte und der dies erwiderte, was konnte ihr passieren in ihrem Leben?

Es war schon lange nach dreiundzwanzig Uhr, als sie wieder in der Volpertusstraße ankamen. Während des ganzen Nachhausewegs hatten sie über die Oper gesprochen, über Rudolfo und Mimi, die Pariser Künstler, die Musik und das Bühnenbild. Beide waren sich einig, dass es wunderschön gewesen war, das wollte man bald wieder einmal machen. Als sie vor Theas Zuhause ankamen, konnten sie sich nicht voneinander trennen, so viel hatten sie sich zu erzählen und so sehr wollten sie noch ein wenig beisammen sein, sich an den Händen halten und ihr Glück fühlen. Mitten im Gespräch beugte sich Joseph vor, sah ihr fragend in die Augen und senkte dann ganz langsam seine Lippen auf die ihren, ein ruhiger Kuss, den sie mit allen Sinnen in sich aufnahm. Ihr erster Kuss, am Weihnachtsabend!

Plötzlich wurde die Haustür aufgerissen, und im Schein des Flurlichts erkannte Thea Josef. Als sie – erschrocken über diese Störung – ein wenig näher an ihn herantrat, sah sie, dass ihm Tränen die Wangen herabliefen. Doch ehe sie, aufgeschreckt und bange, fragen konnte, zog er sie und Joseph in den Hausflur, zeigte mit dem rechten Arm zur Treppe und schüttelte heftig den Kopf, als sie ihn fragen wollte, was los sei. Voller Unruhe eilte Thea zur Treppe, wobei sie sich nach Joseph umsah, als ob sie Halt brauche. Dieser stieg wie selbstverständlich schnell hinter ihr die Stufen hoch und folgte ihr in den dünnen Lichtschein, der aus dem Schlafzimmer der Eltern fiel. Über ihre Schulter sah er, dass der Vater gebeugt mitten im Zimmer stand, neben ihm der Blockwart, Käthes Mann, der ihm eine Hand auf die Schulter gelegt hatte. Auch Käthe war anwesend, sie stand auf der rechten Seite des Ehebettes, ein Taschentuch vor den Mund gepresst, und starrte auf das Bett hinab. Thea verharrte kurz an der Tür des Zimmers, dann stürzte sie hinein, zur linken Seite, Mutters Schlafplatz, und blieb fassungslos stehen. Joseph sah Toni in ihrem Bett liegen, blass, aber gelöst wirkend, so als schlafe sie, ein leichtes Lächeln auf den Lippen. Aufschluchzend brach Thea neben der Mutter in die Knie, fasste deren leblose Hand und rief vorwurfsvoll: „Du hast et versprochen!“ Nie hatte sie sie verlassen wollen, freiwillig, das hatte sie ihr versprochen, damals, als Doros Mutter ging. Und nun war sie gegangen, an ihrem schönsten Tag! Einfach still gegangen …

2007

Dieses Versprechen hatte die Mutter nicht halten können, dieses eine nicht. Sie hatte Thea zu einem Zeitpunkt verlassen, als diese sie noch bitter nötig gehabt hätte, zum ersten Mal verliebt, noch ganz unsicher, was das Leben ihr bringen würde. Zu gerne hätte sie ihr damals von diesem ersten Kuss erzählt, von der wunderschönen Musik und Joseph, von Joseph hätte sie ihr am liebsten erzählt. Aber Tonis Herz hatte irgendwann am Abend dieses zweiten Weihnachtstages, als niemand zu Hause war, aufgehört zu schlagen, war einfach stehen geblieben, zu einem Zeitpunkt, als alle gedacht hatten, es gehe ihr besser. Josef war als erster nach Hause gekommen und hatte sich, als keiner ihm die Tür öffnete, beunruhigt an Käthe gewandt, die einen Schlüssel besaß. Und er hatte dann mit ihr, die ihn begleitet hatte, die Mutter tot im Bett gefunden, unmittelbar ehe der Vater nach Hause gekommen war. Ganz schnell sei es gegangen, meinte der Arzt, den sie gerufen hatten, von Herzschlag, schwachem Herzen und fehlender Lebenskraft sprach er, und sie alle spürten nichts anderes als den Verlust, auf immer, nie wieder rückgängig zu machen.

Still saß Thea in ihrem Sessel, ein wenig in sich zusammen gesunken, und spürte heute den Schmerz ebenso wie vor fast siebzig Jahren, und davor hatte sie sich den ganzen Abend gefürchtet. Wenn man zurück ging, musste man alles noch einmal erleben, man konnte sich nicht aussuchen, was zu einem kam, das wusste sie nun.

Tief seufzend richtete sie sich auf, streckte den Rücken und wischte wie versunken die Tränen mit dem rechten Handrücken weg, genau wie die neunzehnjährige Thea es getan hatte, als sie am Bett der Mutter kniete. Das war das Ende ihrer Jugend gewesen, ganz genau konnte sie dieses bestimmen. An dem Weihnachtsabend 1938 musste sie erwachsen werden. Für den gebrochenen Vater, der sich ein Leben ohne Toni überhaupt nicht vorstellen konnte, musste sie da sein, die Frau im Hause ersetzen – und keiner hatte gefragt, ob sie das wollte. Die Ausbildung gab sie auf, schließlich war sie das einzige Mädchen in der Familie, und da war es klar, dass sie den Haushalt führte, für den Vater sorgte und all das übernahm, was die Mutter getan hatte. Während Doro ihr Abitur machte und mit dem Studium begann, stand sie, Thea, in der Küche, buk und kochte, wusch des Vaters Arbeitskleidung in dem kleinen Schuppen im Hof, der als Waschkammer diente, überzog die Betten für die Brüder, wenn sie nach Hause kamen, und gab ihnen allen das Gefühl des Vertrauten, des Heimatlichen. Ob es ihr damit gut ging, hatte niemanden interessiert, es war ihre Pflicht, weil sie ein Mädchen war, für „de Famillich" zu sorgen, wie Toni es bisher getan hatte. Hatte sie damals eigentlich jemals darüber nachgedacht, was mit ihr geschah?, fragte sich Thea, als sie an diesem frühen Morgen nach ihrem Geburtstag in dem Wohnzimmer in Poll saß, das sie vor über fünfzig Jahren eingerichtet hatte. Etwas wie Unbehagen griff Platz in ihr, ja, mehr noch, ein Gefühl von Auflehnung, der Wunsch, „Nein" zu sagen zu dem, was sie damals so fraglos akzeptiert hatte. Oder hatte sie rebelliert, innerlich? Sie wusste es nicht mehr, sie fürchtete, nicht einmal das sei ihr – betäubt, wie sie sich gefühlt hatte – damals eingefallen, so selbstverständlich sei es gewesen, dass sie alles aufgab. Sie hatte ein Leben geführt wie viele in dieser Zeit, aber … es war kein selbst gewähltes gewesen, und den Traum von einem Studium hatte erst ihre Tochter realisieren können … ihren Traum … oder den Traum der Tochter? Hier wollte sie lieber nicht weiter gehen mit ihren Gedanken, die hatten sie sowieso in eine Richtung geführt in dieser Nacht, die ihr unheimlich war.

Sie schüttelte sich ein wenig, griff energisch zu dem Tuch an ihrem Hals, band es fester und mühte sich, steif geworden von dem langen Sitzen, aus ihrem Sessel aufzustehen, was ihr nach einer Weile dank ihres Stockes gelang. Langsam humpelte sie zur Terrassentür – wobei sie sich anfangs mit der linken Hand noch auf dem Tisch abstützte und dabei automatisch ein Staubkorn wegwischte – und zog mit einem Ruck die schweren Vorhänge beiseite. „Hell", murmelte sie vor sich hin, „die ganze Nacht …" Sie hob den Kopf und sah, dass die Sonne über den gegenüber liegenden Häusern bereits aufgegangen war. Die ganze Nacht hatte sie sich in ihren Erinnerungen verloren. Wann sie das letzte Mal eine Nacht aufgeblieben war, wusste sie nicht mehr, das musste Jahre her sein, denn hingelegt hatte sie sich immer, auch wenn sie spürte, dass sie wohl nicht würde schlafen können. Zumindest ruhte man dann, das hatte die Mutter auch immer gesagt.

Der Stuhl, auf dem sie in dieser Nacht gesessen hatte, stand an der Terrassentür, und auf ihm ließ sie sich, müde von dem Erinnern, müde auch von dem Erinnerten, nun schwerfällig nieder, als brauche sie jetzt die Helligkeit, die von draußen hereinkam.

Ihren Lebensplan hatte sie aufgeben müssen, sehr früh schon, das konnte sie sich jetzt zugeben, den Schmerz darüber hatte sie noch einmal durchlebt, oder … hatte sie ihn nicht eigentlich zum ersten Mal wirklich gelebt und nicht nur tief in sich verschlossen? Ein ganzes Leben hatte er in ihr geruht, in dieser Nacht war er ans Licht gekommen. Seltsam …

Immer wieder hatten alle gesagt: „Tante Thea, erzähl …" Und dann hatte sie erzählt von ihrer armen, aber so goldenen Kindheit in der Volpertusstraße. Sie hatte erzählt von der Kindheit, die sie gewollt und die sie gebraucht hatte. Nie wäre es ihr eingefallen, Vater oder Mutter anders zu schildern. Sie waren die Sorgenden, sich Aufopfernden für eine große Familie – fünf Jungen und ein Mädchen – in schwerer Zeit. Eine glückliche Kindheit hatten sie ihnen geschenkt, so hatte sie sich erinnert, so hatte sie es erzählt. Aber das war nur die eine Wahrheit. Daneben gab es noch eine ganz andere, eine mit Verletzungen, Ungerechtigkeiten, Nicht-verstehen-Wollen oder -Können, mit Hustenanfällen und auch – Unterdrückung. Zumindest bei ihr, dem Mädchen, war ein selbst bestimmter Lebensweg nicht akzeptiert worden. Und dennoch, sie, die Mösch, war immer geliebt worden, das schon, dessen war sie sich an diesem Morgen sicher, aber man hatte sie auch der Vorstellung angepasst, die die Mutter sich so lange von einer Tochter gemacht hatte. Erst in den letzten zehn Stunden hatte sie diese Erinnerung endlich zugelassen, von der sie nie hatte erzählen können, weil sie verschwunden war, irgendwo tief in ihr, dort, wohin das Bewusstsein nicht reichte.

Nachdenklich blickte sie auf ihre Hände, spreizte sie und faltete sie dann unwillkürlich, ließ sie in den Schoß sinken. War sie unglücklich, nun, da sich alles zu einem Bild gerundet hatte, auf dem es auch Schatten gab? Aber gehörten Licht und Schatten nicht eng zueinander, auch in einem Leben, in diesem, ihrem Leben? Sie hatten sie zu der Thea gemacht, wie sie heute hier auf ihrem Stuhl hockte, die sehend geworden war in dieser Nacht der Erinnerung. War das Segen oder Fluch? Sie wusste es nicht, konnte sich nicht entscheiden – es war, wie es war! Nach Hause war sie gegangen, zu ihren Wurzeln, zu sich, und sie fühlte sich wohl mit dem, was sie sah, ihrem ganzen Leben, das sie nun annehmen konnte, nachdem sie seine Anfänge noch einmal hatte durchleben und ihre Lieblingsmenschen hatte treffen dürfen.

Thea, die Mösch, straffte sich, stand auf, blickte noch einmal hoch zu der Sonne, die über den Dachfirst gestiegen war, und machte sich dann mit Hilfe ihres Stockes auf in die Küche, um sich das Frühstück zu bereiten. Heute wollte sie auch einmal ein Ei essen, das musste der Arzt ja nicht wissen, ein weiches Ei mit viel Toastbrot und Kaffee, gutem, starkem Kaffee, und sie dachte sich ihn mit einem ganz langen E.

„Erinnern macht hungrig", sagte sie lächelnd. Heute Mittag würde sie einen ausgedehnten Mittagsschlaf halten.

Was noch zu erzählen wäre

Sie sind gegangen, alle mittlerweile. Wer würde noch von ihnen erzählen, wenn ich nicht wäre, die ich ein Teil von ihnen bin? Ich kann die Erinnerung an sie wach halten, ich tue es auch, weil ich zu ihnen gehöre.

Wer wüsste noch, dass Thea gerade im Hof der Volpertusstraße 1 stand und die Wäsche aufhängte, als das laute Gebrumm der Flugzeuge ihr den Beginn des Zweiten Weltkrieges ankündigte, des Krieges, in den alle fünf Brüder ziehen mussten. Das hatte Toni nicht mehr erleben müssen, das nicht und die Angst nicht, sie kämen nicht zurück. Diese Angst teilte Thea mit dem Vater, mit Milli und Maria, später mit den beiden Annis und Hildegard, ihren Schwägerinnen. Sie bangten zu Hause um die Söhne, die Brüder, die Ehemänner, bekamen ihre Kinder in dieser Zeit, die um die Väter bangten, die sie gar nicht kannten, weil diese im Feld waren.

Viele Nächte saß Thea mit ihrem Vater in der verdunkelten Küche oder auch im Keller des Hauses, und sie verdrängten ihre Angst, indem sie erzählten von früher, von all den lustigen und auch den traurigen Ereignissen, die sie hier erlebt hatten, von Singen und Lachen, Streiten und Tanzen, Feiern und Mangel. Nie aber sprachen sie von dem Tag, an dem Toni ihre Familie verlassen hatte, so plötzlich, so unerwartet, so endgültig. Es war, als könne man nicht darüber sprechen, und als der Vater gar nach einem Jahr bereits eine neue Frau, Anna, kennen lernte, glaubte Thea, er habe die Mutter vergessen und warf es ihm innerlich vor, aber sie sprach es nicht aus. Bald heiratete der Vater ein zweites Mal, und Thea litt unsäglich. Er hatte die geliebte Mutter so schnell vergessen, das verzieh sie ihm nicht, ebenso wenig wie Franz, der die neue Frau im Hause viele Jahre lang siezte. Dass Thea mit der Versorgung des Witwers völlig überfordert gewesen war, konnte sie damals nicht einsehen, sie hatte doch ihr Bestes getan, aber das war zu wenig gewesen. Also kehrte sie an ihren alten Arbeitsplatz in der Akkumulatorenfabrik zurück, heiratete ihren Joseph und bezog mit ihm zwei Zimmer im elterlichen Hause, die sie jedoch nur kurz gemeinsam bewohnten, da Joseph an die Ostfront zurück musste. Einziger Glanzpunkt in dieser Zeit war die dreitägige Hochzeitsreise ins Hotel „Zur Traube“ in Bad Honnef, und dann blieb ihr wieder nichts als das Stricken: Dicke Socken, Ohrenwärmer, Pullover und Pulswärmer gingen nach Russland, um den Soldaten dort das Leben etwas leichter zu machen.

Toni hat auch nicht mehr erleben müssen, dass ihr geliebtes Haus zu Beginn des Jahres 1944 bei einem schweren Bombenangriff völlig ausbrannte und nicht mehr bewohnbar war. Alles war verloren, das Hochzeitsservice, die Spitzendeckchen, Herrmanns Bücher, die Sofas und Sessel im Wohnzimmer und der große Tisch in der Küche, um den man sich so viele Jahre versammelt hatte, in guten und in schlechten Zeiten. Nur wenig hatten sie mit in den Keller nehmen können, einige Familienbilder, die Bibel, die Peter immer bei Bombenangriffen bei sich trug, und das Goldkettchen mit dem Kreuz, das Thea seit dem Tod der Mutter nie ablegte. Da an Wohnen in Köln nicht mehr zu denken war, schlüpfte man bei den Verwandten im Westerwald unter. Der Kreis schloss sich. Alle trafen sich dort wieder: Thea, Milli und Peters Maria, Louise mit Elisabeth, dann kam ihre Maria ebenfalls dazu und gebar dort ihre uneheliche Tochter, für Louise ein schwerer Schlag, hatte doch auch Gertrud sie enttäuscht, als sie in den Kriegswirren in Thüringen einen „Evangelischen" geheiratet hatte, den sie kaum kannte und von dem sie sich auch nach wenigen Jahren wieder trennte.

Nach dem Ende des Krieges kehrten die Frauen in das zerbombte Köln zurück, die Männer kamen aus dem Krieg. Zuerst Herrmann, der eines Tages im September 1945 über die Kuppe des Teufelsbruches in der untergehenden Sonne auf sie zukam, dann folgten die vier älteren, einer hinter dem anderen, und man begann, sich wieder eine Existenz aufzubauen, wie viele andere auch in dieser Zeit.

Leider hat Toni aber auch nicht mehr erleben können, dass ihre erste Enkelin, Sigrid, die Tochter von Heinz und Milli, im Mai 1939, noch vor Ausbruch des Krieges, geboren wurde. So sehr hatte sie sich nach Enkelkindern gesehnt, wie sie Schwester Amella gestanden hatte, aber es war ihr nicht mehr vergönnt gewesen, weder die erste noch die drei weiteren Enkelinnen und den Enkel, die bis 1946 auf die Welt kamen, auf dem Schoß zu halten. Und Theas Tochter Dorothea Antonie, auf die diese so lange warten musste, erst recht nicht.

Die Geschwister blieben in Köln, nur Franz, der als letzter aus dem Kriege heimgekehrt war – er gehörte zu denen, die Adenauer durch seinen Besuch in Russland frei bekommen hatte –, verließ die Heimatstadt, da sein Ehe mit Hildegard wegen der langen Abwesenheit zerbrochen war, und ging nach Osnabrück. Eine zweite Ehe scheiterte, erst bei der dritten Frau fand er zur Ruhe und arbeitete als Korrektor bei der Osnabrücker Zeitung.

Peter, Heinz und Thea bauten zu Beginn der fünfziger Jahre ihre kleinen Siedlungshäuschen in Poll, der Älteste nur eine Straße von den beiden anderen entfernt, die über fünfzig Jahre lang nebeneinander wohnten und deren Gartentörchen nie geschlossen war und Heinz' beiden Töchtern den direkten Zugang zu der geliebten Tante, Patin der Älteren, bot.

Nur Herrmann zog in eine Mietwohnung auf die andere Rheinseite, nach Köln-Müngersdorf, in der Nähe seiner Firma, bei der er bereits am Ende des Jahres 1945 wieder zu arbeiten begann. Seinen Sohn, den Anni ihm geboren hatte, lernte er erst kennen, als er nach Köln zurückkehrte und dort – wie alle in dieser Zeit – einen Neuanfang suchte. Er, der immer Abenteuer mit Sven Hedin oder Sir Walter Scott hatte erleben wollen, hatte sein Abenteuer in Süddeutschland gehabt, gründlich, im dritten Kriegsjahr. Diesem war eine Tochter entsprungen, für die er zwar immer gezahlt, die er aber, auf Annis Betreiben hin, nie hatte sehen dürfen. „Sie oder ich" war ihre Forderung gewesen, damals, als er ihr den Fehltritt gestand, und er hatte sich für sie entschieden. Das dankte sie ihm nun mit dauerhafter Sorge um ihn und das gemeinsame Heim, in dem man, wie die Brüder spöttelten, „vom Boden essen konnte" – „kein Stäubchen, kein Fussel, keine Luft". Sein Leben bestimmte sie, was er essen durfte, welchen Wagen man kaufte, wo sein Lieblingssessel stand, und er fügte sich. Mit stillem Lächeln, resignierend, trug er Schuld ab, an die ihn seine Frau stets erinnerte, lebenslang. Die Sehnsucht nach der Tochter stillte ein wenig sein Patenkind, Monika, Marias kleine Tochter. Er, der Fuhrmann Jäsch, blieb der Stille im Kreise der Geschwister. Immer dabei, wenn sie sich trafen, unauffällig, lächelnd, aber niemand wusste, was er dachte und fühlte, er schwieg darüber, ebenfalls ein Leben lang.

Josef lebte mit seiner Frau Anni, von Heinz „die Zantipp" genannt, und seiner Tochter Helga, die 1944 geboren war, ebenfalls auf der anderen Rheinseite, in Zollstock, wo er das Feinkostgeschäft seiner Schwiegereltern übernommen hatte. Sein Traum, nach der glänzend bestandenen Meisterprüfung als Konditor und Patissier ein Café zu eröffnen, hatte hier geendet, zwischen der Wursttheke und häuslichem Unfrieden, denn seine Frau war nicht leicht zu nehmen und daran schuld, dass Josef nicht zu den Familienfeiern kam, was ihm die Brüder nur schwer verzeihen konnten, während Thea versuchte, Verständnis für ihn aufzubringen. Dass Helga gezwungen wurde, von klein auf im Laden mitzuhelfen und ohne Diskussion nach dem Schulabschluss als Vierzehnjährige dort zu arbeiten, verstimmte jedoch auch Thea nachhaltig. Sie bemühte sich stets, die Familie „zusammenzuhalten", wie sie das nannte. So schrieb sie dem abwesenden Franz, telefonierte, als man dann endlich ein Telefon hatte, mit den anderen und achtete darauf, dass man nicht schlecht über die Nichtanwesenden sprach.

Dies war jedoch, was Heinz betraf, ein schier unmögliches Unterfangen. Er, der Schmal, der immer gerne gespöttelt und so sicher die Schwächen der anderen erkannt hatte, war im Laufe seines Lebens zu einem Zyniker geworden, besonders wenn er, was nicht selten geschah, zu heftig dem Alkohol zugesprochen hatte. Nach dem Krieg hatte er es schnell zum

Bankdirektor gebracht, war angesehen bei seinen Kunden und als kompetent und umgänglich bekannt, seinen beiden Töchtern gegenüber jedoch ähnlich unerbittlich, wie sein Vater es gewesen war. Er, der Rebellische, Freiheitsliebende, wurde als Vater eng, verlangte genau die Einordnung und Anpassung, unter der er selbst doch so sehr gelitten hatte. Nachdem er seinen Traum von Amerika nicht hatte verwirklichen können – nie in seinem Leben ist er dort gewesen, weil er unter Flugangst litt und Milli ihn wohl auch nicht begleitet hätte –, schien er ihn begraben zu haben unter den Zeitläuften und wandte sich zurück zu dem, was seinen Vater angetrieben hatte. Im Lauf der Jahre glich er Peter am meisten, nicht äußerlich, das tat der junge Peter, aber innerlich. Rot gefärbte Haare und Miniröcke lehnte er ab, und einen wirklich eigenständigen Weg mit einer fundierten Ausbildung gab es für die beiden Mädchen nicht, „die sulle hierode“ (heiraten). Als dann seine älteste Tochter tödlich verunglückte, zog er sich in sich selbst zurück, war häufig nicht zu Hause, sondern traf sich mehrere Male in der Woche mit seinen Freunden zum Kartenspielen und Biertrinken in der Stammkneipe, weil er Millis Schmerz nicht aushielt. Die hatte ihr Lachen verloren, vernachlässigte den Haushalt und die jüngere Tochter und wurde unförmig dick. Nur Essen konnte sie noch trösten, und deshalb fuhr sie Tag für Tag „in die Stadt“, setzte sich dort mitten unter Fremden allein in den „Erfrischungsraum“ eines der vielen Kaufhäuser – immer musste es dieser „Erfrischungsraum“ sein, nie suchte sie ein Restaurant auf – und bestellte Kartoffeln und „viel Fleisch“, oft ein Eis mit Sahne hinterher, dem nachmittags häufig ein Stück Buttercremetorte folgte. Nur bei Thea ließ sie mitunter ihre Trauer um die tote Tochter zu, aber wirklich helfen konnte diese ihr auch nicht.

Beide, Milli und Heinz, verbrachten ihre letzten Jahre im Pflegeheim, dement, in ihrer Welt lebend.

Auch Peter, der Vater, und Louise, seine Lieblingsschwester, konnten nicht zu Hause bleiben, sondern mussten in Pflegeheime gebracht werden, Peter starb bereits Anfang der fünfziger Jahre, Louise 1960. Auch sie erkannten am Ende nicht einmal mehr ihre Kinder.

Der jüngere Peter blieb seiner Liebe zu den Uniformen treu. Er ging zum Zoll und konnte auch dort das tun, was er am liebsten tat: Dinge ausführen, die andere ihm auftrugen. Nicht nur als Zollbeamter konnte er dies tun, sondern auch als Ehemann. Am liebsten war ihm, ruhig in einer Ecke zu sitzen, in einer Zeitung zu blättern und Maria entscheiden zu lassen, für sich, für ihn und für die 1941 geborene Tochter, für die nur das Beste gut genug war und die die „Fürnehmheit“ ihrer Mutter übernahm.

Auch von Thea wäre zu erzählen, besonders von ihr, der Mösch, der Jüngsten und dem einzigen Mädchen in dieser Familie, für die man ihr so früh die Verantwortung aufgebürdet hatte. Gelitten hatte sie, furchtbar, unter der zweiten Heirat des Vaters, zugleich aber hatte sie – das hatte sie gelernt – zu verstehen gesucht, Schuld bei sich und ihrem Versagen gefunden. Nur Joseph war ihr damals eine Stütze gewesen, niemand sonst hatte ihre Überforderung zur Kenntnis genommen, nicht einmal sie selbst. Sie hatten geheiratet, und da er, wie alle Familienmitglieder, den Krieg einigermaßen unversehrt – zumindest äußerlich unversehrt – überstanden hatte, begannen sie 1945 in dem völlig zerstörten Köln, im Keller des Hauses Volpertusstraße 1, ihr Eheleben. Er arbeitete bei der Bahn, und sie fand schnell eine Stelle im Büro der „Chemischen“ in Kalk, die Soda produzierte. Natürlich hoffte sie, gleich zu Beginn ihrer Ehe, im Kriege noch, schwanger zu werden. Ihre Mutter hatte acht Kinder geboren, und dem Kriege würde man schon trotzen können. Aber die Jahre vergingen, und nie hatten sich Anzeichen einer Schwangerschaft gezeigt. Schwere Jahre waren das für die beiden, aber für sie vielleicht noch ein wenig schwerer, fühlte sie sich doch als die Versagerin, die Joseph das erhoffte Kind nicht schenken konnte. Häufig war sie krank in dieser Zeit, so dass er um sie hatte bangen müssen, aber er stand zu ihr, und der Kummer schmiedete sie zusammen. Als sie dann mit neununddreißig Jahren völlig überraschend Veränderungen ihres Körpers spürte, dachte sie an die Wechseljahre, nicht aber an Schwangerschaft. Voller Angst waren die neun Monate gewesen, die letzten sechs hatte sie liegend verbringen müssen, aber je weiter die Zeit voranschritt, umso mehr rührte sich eine zaghafte Freude, und Furcht verwandelte sich in Hoffnung. Und dann war im September 1959 ihre Tochter geboren, die sie Dorothea Antonia genannt hatten, nach der Patentante, die nie geheiratet, und der Großmutter, die sie nie gekannt hatte, das so heiß erflehte Kind, das ihr alle seine ungeborenen Geschwister hatte ersetzen müssen. Ein weiteres Gottesgeschenk, unendlich ersehnt und überschwänglich willkommen geheißen. Sie hatten sich vorgenommen, ihr alles zu geben, wirklich alles.

Und das kluge, begabte und phantasievolle Mädchen wuchs fast seit dem Tag seiner Geburt in einer Welt der Literatur, der Musik und der Kunst auf, kaum in Kontakt mit anderen Kindern, die Krankheiten hätten bringen oder zu schlechtem Benehmen anregen können. Frühzeitig eingeschult, brachte sie nur die besten Schulnoten, spielte bereits als Sechsjährige recht gut Geige und Flöte und bekam zu ihrem zehnten Geburtstag, den sie natürlich nur mit der Familie feierte – immer war das so – und nicht mit ihren Freundinnen, Klavierstunden geschenkt, obwohl sie sich so sehnlichst eine Trompete gewünscht hatte. Ein Mädchen spielte nicht Trompete! Auch die Privatschule, die sie besucht hatte, schloss sie mit den besten Abiturnoten ab und begann Musik zu studieren, wie ihre Eltern es sich wünschten.

Und irgendwann hatte der Hass begonnen, der Hass der geliebten Tochter auf Thea, den diese nicht verstand. Sie hatte doch alles für die Tochter getan, sie liebte sie so sehr. Joseph war mitunter etwas weich und nachsichtig, da musste sie streng sein, denn „das Kind" musste doch seinen Weg gehen. Nie begriff sie, dass „das Kind" ihren, Theas, Weg ging, den man ihr verwehrt hatte, und es dauerte lange – die Tochter musste selbst Mutter werden –, bis diese sich mit ihr aussöhnte, auch innerlich.

All dies wäre zu erzählen: von den unglücklichen Ehen der Brüder, dem Versagen den Kindern gegenüber, obwohl man sie doch liebte, und Peters und Louises Tod. Das Leben hatte bei allen deutliche Spuren hinterlassen – die Kriegszeit, die Angst und der Schrecken –, aber auch Spuren, die bis in die Kindheit und Jugend reichten – verschüttete Träume, zerstörte Hoffnungen, Vorstellungen der Eltern. Von all dem wollte ich erzählen, damit es nicht verloren geht, nur weil niemand mehr da ist, der noch weiß.

Mir hat man noch erzählen können von dieser Zeit, mir, deren Onkel Peter, Heinz, Josef, Franz und Herrmann und deren Tante Thea war, mir, Marias unehelicher Tochter. Louise war meine Großmutter – ich bin also ein Teil von ihnen, weil ich sie gekannt habe und weil sie zu meiner Familie gehörten. Hätte ich nicht von ihnen erzählt, wäre etwas verloren gegangen, das zu uns gehört, zu uns, die wir heute leben und Onkel haben, die Peter, Heinz, Josef … heißen, und Tanten, ja Tanten Thea!

Ich habe sie genommen, die ich noch kannte und erlebt habe, und habe das, was ich wusste, *aber* auch das, was ich mir vorstellte, niedergeschrieben. Und in diesem so ganz anderen Sinne sind sie auch ein Teil von mir. Sie haben gelebt *und* sie sind in mir entstanden, beides zugleich. Und wen von ihnen es wirklich gab und was wirklich geschah, das bleibt *mein* Geheimnis, die ich in doppeltem Sinne Teil von ihnen bin.

Eine Liebe am Niederrhein

Ein Glücksfall, wenn ein längst verschollen geglaubter und aus dem Gedächtnis der Zeitgenossen entschwundener Roman wieder auftaucht. Und dabei nicht irgendein Roman, sondern einer, wie es am Niederrhein keinen zweiten gibt: ein Roman über eine große Liebe zwischen zwei eigenwilligen Kämpfernaturen, eine Geschichte, die nicht nur schön und anrührend, sondern auch wahr ist.

Aus unmittelbarem Erleben schildert Margarete Böing – eine in den 1950er und 1960er Jahren viel gelesene Kinderbuchautorin – die Verhältnisse in Dinslaken und am Niederrhein um das Jahr 1910. Zwar machen sich schon die ersten Frühboten der beginnenden Industrialisierung bemerkbar, aber noch liegt der Zauber einer ländlichen Idylle über diesem Land. Unwiderstehlich wird der Leser hineingezogen in das Leben und Treiben der damaligen Menschen, lernt ihre Sorgen vor dem vordringenden Bergbau kennen und nimmt teil an den Geselligkeiten und Festen ihrer Pumpengenossenschaften und Schützenvereine.

Margarete Böing, Kämpfer
336 Seiten mit zahlreichen zeitgenössischen Abbildungen,
Leineneinband in Schuber, ISBN 978-3-939973-00-3
Erhältlich im Buchhandel und unter www.alcorde-verlag.de